李敖

红楼人物

张一南 著

华文出版社
SINO-CULTURE PRESS

图书在版编目（CIP）数据

红楼人物 / 张一南著. —— 北京：华文出版社，2023.2（2024.1重印）

ISBN 978-7-5075-5680-3

Ⅰ.①红… Ⅱ.①张… Ⅲ.①《红楼梦》人物－人物研究 Ⅳ.①I207.411

中国版本图书馆CIP数据核字（2022）第031924号

红楼人物

作　　者：	张一南
责任编辑：	杨艳丽
出版发行：	华文出版社
地　　址：	北京市西城区广外大街305号8区2号楼
邮政编码：	100055
网　　址：	http://www.hwcbs.cn
电　　话：	总编室 010-58336210　编辑部 010-58336191
	发行部 010-58336202　010-58336267
经　　销：	新华书店
印　　刷：	北京博海升彩色印刷有限公司
开　　本：	880mm*1230mm　1/32
印　　张：	11.125
字　　数：	230千字
版　　次：	2023年2月第1版
印　　次：	2024年1月第3次印刷
标准书号：	ISBN 978-7-5075-5680-3
定　　价：	79.00元

版权所有，侵权必究

说明:依据版本为岳麓书社《脂砚斋批评本红楼梦(上、下)》,2015年9月版,(清)曹雪芹著,(清)脂砚斋评,王丽文校点。

目 录

◇◇001

《红楼梦》的打开方式

《红楼梦》不是一本政治斗争教科书、不是一本宫斗小说、不是一本恋爱过程流水账、不是一本"正经书",也不是供你做填字游戏的笨谜语、不是雍乾政治生活的日记、不是至高无上的圣典。她是一部小说,一部架空的小说,也是一部现实主义的小说,是成年人对少年生活的追忆。《红楼梦》的人物设定具有典型性,人物的身份决定了人物的性格表现。

第一章◇◇013

"假正"的贾政

贾政其实象征着宝玉的自我约束,象征着宝玉内心冲突中认可社会规则的一面。宝玉是过去的贾政,是贾政拼命想要压抑的自我;贾政是未来的宝玉,是宝玉知道自己终将成为的人。宝玉与贾政的矛盾,是天然的自我与社会要求的自我之间的矛盾。这种矛盾无法化解,也不需要来化解。

第二章◇◇031

"护官符"与党争

《红楼梦》中的人物,有着各不相同的身份。这个身份的差异,既不能夸大,也不能忽视。理解了人物身份,才能理解人物行动的逻辑,而不是把一切都归为古代世家奇怪的规矩。同时,也要避免把人物矛盾理解得过于尖锐,违背《红楼梦》的本意。要适应《红楼梦》的思维方式,是需要一个过程的。

第三章 ◇◇ 045

"情不情"的小王子：

贾宝玉

贾宝玉是曹雪芹第一人格的代表：生活特别美满、家庭环境好、念书也好。因为生活美满，生出了"被管束"与"被嫉妒"两个烦恼；因为被管束，所以格外向往自由；因为被嫉妒，所以格外痛恨小人。因为生活美满，所以对外物毫不挂怀；因为对外物毫不挂怀，所以对人的感情格外珍视；因为对人的感情格外珍视，所以对一切"不情"都存有深"情"。这一系列的性格特征，又汇聚成对"须眉浊物"的毫不妥协的反感。曹雪芹把贾宝玉说成一个放诞不拘的少年，实际却赋予他中国士人的很多性格特征。这样一个典型人物，代表了曹雪芹的一种人格审美理想。

第四章 ◇◇ 097

理想的镜花水月：

林黛玉

林黛玉是曹雪芹第二人格的代表，与贾宝玉珠联璧合，代表了曹雪芹性格中孤高、忧郁、执着的一面，富于文人气质，带有很强的理想色彩。曹雪芹既从世俗角度，将林黛玉安排为贾宝玉最合适的伴侣，更从精神角度，将林黛玉安排成贾宝玉唯一的精神伴侣。林黛玉不但是中国士人理想的审美特质的集合体，更具有才子的典型性格特征，呈现出一种超越性别的理想之美。

第五章 ◇◇ 141

"无情"与"无缘"：

薛宝钗

薛宝钗是曹雪芹第三人格的代表，作为林黛玉的对比而存在，代表了曹雪芹性格中人情练达的一面。宝钗呈现的是一个人需要顾全他人、却没有遇到真爱时的状态，与宝玉只有偶尔萌动的情愫。宝玉在钗黛之间的选择，是女性美与超性别美之间的选择，是知识与见识间的选择，也是母系与父系之间的选择。宝玉有所摇摆，但始终选择黛玉。钗黛相处，是一幅唯美的画面，宝钗对黛玉略有敬畏，黛玉在消除误会后对宝钗崇拜有加。迷信错误的社会知识，是宝钗的最大弱点，她的"贤惠"之处，恰恰是失败之处。

第六章 ◇◇ 177
豪爽的"女汉子"：
史湘云

史湘云是作者的第四个人格，也是贾宝玉人格在女儿世界中的投射。她是一个无所顾忌的"女汉子"，豪爽是她性格的最大特点。"绮罗丛"中的优越生活，与"谁知娇养"的辛酸，共同造就了她的豪爽性格。这种豁达的性格，在中国的文人传统中很有代表性。史湘云表现出一定的男性气质，是中国传统男性士人的美化版。她以女性身份体验着中国男性士族的生活，在明清才女中具有一定的代表性，始终受到士族文化传统的接纳和喜爱。对贾宝玉来说，史湘云象征了他心底对自由的最原初的向往，也是他现实中最好的玩伴。

第七章 ◇◇ 195
大小姐出身的少奶奶：
王熙凤

王熙凤是《红楼梦》成人世界中最有光彩的形象，她是世家小姐出身的少奶奶，代表了刚刚长大的年轻人。她出身高贵、才干出众，刚刚掌握了世俗权力，野心勃勃、尽职尽责，却又不得不面对现实的种种苦衷。她是未来的管家人，同时又不得不面对复杂的婆媳关系；她是一位有魅力的少妇，同时又必须小心保护作为女性的自己；她是得到丈夫喜爱的妻子，同时又必须时刻警惕丈夫"偷腥"，维护封建宗法制度。王熙凤代表了曹雪芹的人格中世俗的一面。这个人格是可爱的，显示出红楼人物所特有的鲜明性情。

第八章 ◇◇ 251
高门庶女的小心思：
贾探春

贾探春是一个典型的高门庶女形象。她有着与宝玉相似的血统和成长环境，认同王夫人为自己的母亲。赵姨娘的存在则给她带来了青春的烦恼，是她敏感和自卑的来源。探春是一个对未来充满担忧的青春少女，她担忧的事情并不一定是现实，我们要正确看待探春身上折射出来的嫡庶文化，不可夸大庶出身份对她的影响。王夫人给了探春疼爱和保护，探春身上也带有王家人的气质。探春的性情和跨性别意识，与宝玉有内在的相似之处。

第九章 ◇◇ 279

贾宝玉的粉丝群：
怡红院的丫鬟

《红楼梦》里的丫鬟们是小人物，承担着比较细碎却同样不可或缺的功能。从人格分析的角度看，她们代表了作者心灵深处一些比较底层的元素。袭人那基于自由意志的忠诚、晴雯的清高与牺牲、紫鹃的智慧与俏皮，都是作者一部分人格的写照，也代表了中国人的一部分性情。从人物功能的角度看，她们没有希望做宝玉的妻子，却崇拜和维护着宝玉，与"情不情"的宝玉之间，形成了另一种模式的两性关系。她们是清净女儿更本真的存在，向宝玉展示了女儿世界的神秘与美好。

第十章 ◇◇ 315

十二钗中的一组对角线

"十二"是个神秘的数字，总让人产生分组的冲动，就好比"十二星座"的分组。按身份分成三组：异姓的小姐组（黛玉、宝钗、湘云和妙玉）；贾宝玉的同姓姐妹组（元春、迎春、探春和惜春）；媳妇们和她们生的下一代（可卿、李纨、熙凤和巧姐）。按个性分成四组：特别耀眼、个性很强组（黛玉、元春和可卿）；性情温和、自我克制组（宝钗、迎春和李纨）；性情豪迈、有男子气概组（湘云、探春和熙凤）；承担了家族没落命运组（妙玉、惜春和巧姐）。

《红楼梦》的打开方式

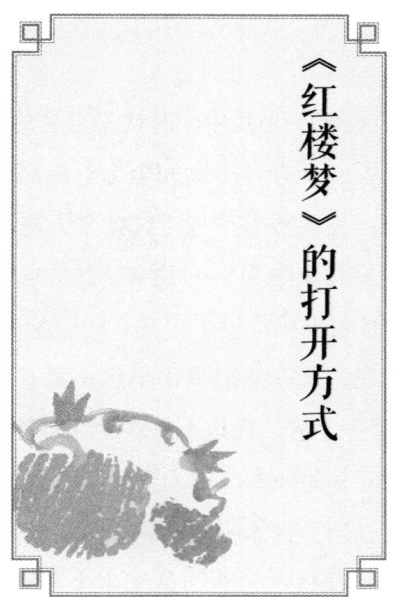

《红楼梦》是我中学时代最喜欢的书之一,我当时几乎向曹雪芹贡献了一个青春少女的全部追星热情。转眼间,我也从林黛玉的年纪,长到曹雪芹写《红楼梦》的年纪了。现在我写这本书的动机,无非是向当年的我喊话:这本书是值得爱的,我现在还爱着,并且可以用我爱了十几年的经验,陪你一起爱。

听说,现在的很多中学生不喜欢《红楼梦》了。其实,在看《红楼梦》之前,我也不喜欢《红楼梦》,《红楼梦》是四大名著里我最后阅读的一本。因为当时我听到的种种对《红楼梦》的描述,都让我觉得,这本书很不适合我。我就像见到贾宝玉之前的林黛玉一样,寻思这"不知是怎生个惫懒人物"。但是,作为一个文学好少年,我总得把四大名著读齐了,所以我就勉为其难翻开了这本书。结果就像林黛玉见了贾宝玉一样,大吃一惊,觉得这书"倒像在哪里见过一般"。再后来嘛,当然就"真香"了。

我想说的是,如果你不想翻开这本书,或者翻开了这本书看不下去,很可能是你的打开方式不对。打开方式不对,可能是你之前误听了关于这本书的种种传言。

对于还没有翻开《红楼梦》,或者看不下去《红楼梦》的朋友,现在我向你推荐我的打开方式,首先就要告诉你,《红楼梦》不是什么。

它不是一本政治斗争教科书。《红楼梦》讲一个古代盛世中的贵族之家,里面涉及的人物过着安定富足的生活,基本上属于同一个生活圈子。这些人之间，差异是存在的，矛盾是存在的，但是谈不上什么生存竞争。作者对人世间的美好始终存有温情和善意。如果你害怕看见大善大恶的对决，那么你可以放心地打开这本书。如果你已经辛苦地在这本书里找了半天大善大恶，那么恭喜你，不用再找了。

它不是一本宫斗小说。虽然时下流行的宫斗文难免会有《红楼梦》的影子，但是宫斗文中那些令人厌倦的元素，《红楼梦》是没有的。在《红楼梦》中，每个人的行为都有足够的理由，没有不切实际的想象，没有不近人情的恶毒，更没有看似阴险实则幼稚的权谋。《红楼梦》最大的长处，在于对人情细致入微的体察。宫斗文给人以单薄和不真实的感觉，恰恰是因为缺乏这样的体察。

它不是一本恋爱过程流水账。有人说《红楼梦》就是哥哥妹妹谈恋爱，好像宝哥哥就知道跟女孩子玩玩闹闹，林妹妹就知道一个宝哥哥，都很没出息的样子。实际上，《红楼梦》传授的，远不限于恋爱经验，更多的是一个成年人在自我与外界的交流中逐渐形成的思考。《红楼梦》里的恋爱关系，和里面的其他人际关系一样，都可以看作个体与世界互动方式的隐喻。《红楼梦》是在用谈恋爱打比方，教你怎么在世界上生活，怎么去追求和守护你所热爱的一切。如果你有一个执着的性情，有特别想去追求或守护的东西，那么这本书很适合你。

更关键的是，它不是一本"正经书"。至今为止，肯定有很多老师、长辈向你推荐过《红楼梦》了。人都有一个心理，就是会觉得老师、长辈推荐的书是"正经书"，既然是"正经书"，就不想看。这里我要告诉你一个秘密：凡是真心实意向你推荐《红楼梦》的，都不是喜欢看"正经书"的。

《红楼梦》从一问世就不是"正经书"。曹雪芹写《红楼梦》是出于自娱自乐的，然后他周围的一圈好友也看得开心，于是就借来借去，抄来抄去。那个盛况，就跟我们今天读 Priest 的网文一样。只不过，曹雪芹的这些好友，都是有文化、有地位，也有趣的人，他们喜欢的"网文"，就显得更风雅一点。后来，清廷禁过《红楼梦》，但是这些文人士大夫哪是禁得住的，反而越读越起劲了。那些羡慕风雅的人，也渐渐加入了他们的队伍，《红楼梦》越传越广，不再是小圈子的读物了。再后来，大家舍不得让这么好的"帖子"沉了，就不断向比自己年轻的人推荐。这么一代一代传下来，《红楼梦》就成了名著。

曹雪芹自己就是个不喜欢读"正经书"的人。主人公贾宝玉也是整天"杂学旁收的"，而且专门诋毁"正经书"。《红楼梦》能流传下来，也是依靠广大不爱读"正经书"的读者。所以，如果你不喜欢"正经书"，说不定你正是《红楼梦》的受众呢。也许，等你读完了《红楼梦》，那个向你推荐《红楼梦》的、看起来很严肃的老师，会像书里的宝姐姐一样，笑眯眯地跟你说："你当我是谁？我也是个不爱看'正经书'的。"

对于已经喜欢上《红楼梦》的朋友，我同样想提醒你，《红楼梦》也不是什么。

它不是供你做填字游戏的笨谜语。曹雪芹最初把《红楼梦》设计为小说，写的时候心态是很轻松的。曹雪芹爱玩梗，爱用文字技巧跟我们开玩笑，他的细节也处理得很精致，可以互相呼应，但这不代表我们可以过度神化《红楼梦》里的文字，搞得每一个字都是伏笔。我们也没有必要认为,《红楼梦》有多么精妙的结构,有什么数学上的隐喻,因为这毕竟是一部小说。更有甚者,有人认为《红楼梦》里的每一件事都对应一个特别具体的历史事件,那就更没有必要。曹雪芹没有动机辛辛苦苦编一部密码书出来,更没有动机写一部一点也不好玩的纯密码书出来。把《红楼梦》看成谜语和密码,其实是不符合小说创作的规律的。我们读《红楼梦》,顺着作者的思路去读就足够了。

  它不是雍乾政治生活的日记。如果不把《红楼梦》看成密码,可不可以把它看成当时政治生活的真实记录呢?也不可以。曹雪芹是个文人,不是什么高官,他讨论起当时的政治时局来,实在没有讨论诗词在行。《红楼梦》是虚构的,而且是个架空文。小说家写小说,其实是像做梦一样的,就是把潜意识的闸门松开一点儿,让小说自己"流"出来。"流"出来的小说里,可能会混杂一点儿作者在现实中的经验,就像白天的经历会对晚上的梦有影响一样。但是从现实生活进入梦境或者文学作品,作者是以感受的形式,不是以事实的形式。一个好的小说家,一定会把现实经验打碎,改头换面,重新组合。在《红楼梦》里,你可以读出作者生活的时代带给他的感受,但不会看见他的时代发生的大事。

  它不是至高无上的圣典。《红楼梦》是一部简单而丰富的书。它贴近人情,门槛不高,但是又能告诉我们很多有用的东西——关于我们民族的文化,关于人类的爱与美。所以,《红楼梦》是一部非常优秀的启蒙读物,成为很多中国人精神上的母亲。这些成年人在回望青春的时候,会特别感念这位母亲,向她献上至高的赞美。年轻一代看到这本书被尊敬的前辈极力推荐,就会以为这本书是什么无上秘籍,带着一种特别虔诚的心情去阅读。其实,《红楼梦》只是一部小说,小说就应该当小说读。母亲不是神像,不是供我们膜拜的,而是来哺育我们的。在接受了母亲的哺育之后,我们还要以母亲的怀抱为起点,再走出去,走到很远的地方。曹雪芹自己也不断跟我们说,他的小说是"满纸荒唐言",是供人"破愁醒闷"的,他自己在小说里就不断自我"吐槽"。如果我们把《红楼梦》看得太神圣,神圣本来就不符合《红楼梦》的精神,也会影响阅读体验。

那么,《红楼梦》到底是什么呢?

第一,它是一部小说,而且是一部通俗小说。我们没必要轻视通俗小说,越是通俗的小说,越可能承载一个民族的文化。某种程度上说,通俗小说比典雅的文学更能真实全面地反映一个民族的文化。既然《红楼梦》只是一部通俗小说,那就要抱着轻松的心态去阅读。

第二,《红楼梦》是一本架空的小说。它写的不是清朝的事,而是整个中国文化给曹雪芹留下的一个印象。清朝人看《红楼梦》,就跟我们看《琅琊榜》一样,认为说的是古代的事。我们与其在《红楼梦》里寻找明清,还不如在《红楼梦》里寻找六朝和唐宋。当然,最好还是寻找整个中国,寻找中国的灵魂,而不是某个纤小的规矩。

第三,《红楼梦》是一本现实主义的小说。现实主义和架空并不矛盾。所谓现实主义,并不是指一定要写现实中发生的真事,而是指要写真实的感受,调动自己最熟悉的经验,用自己对人生的真实理解去诠释小说的设定;与之相对的浪漫主义,写的也不一定是没有发生过的事,而是要充分调动想象力,去写自己"够不着"的事。比方说,明星跟你说了一句话,你就想象自己和他谈了一场恋爱,这就是浪漫主义;你看见两个明星谈恋爱,就想象他们也像你一样传小纸条,这就是现实主义。所以,即使是写架空文,也可以是现实主义的,曹雪芹就是这样。

曹雪芹的时代,有很多人写关于才子佳人的小说,但是大多是偏浪漫主义的,而且有点太"浪漫"了,作者都没见过才子佳人的生活是什么样的。终于有一天,曹雪芹觉得不能忍了,说我见过才子佳人,哪是你们写的那样,来,我告诉你们,才子佳人是什么样的,于是他亲自"下场"写了部《红楼梦》。他这种精神,就是现实主义的精神。《红楼梦》的长处,也正在于能向我们展示现实真正是什么样子的,而且,这种展示达到了极高的精度,越是细微的心理,越是写得真实而复杂。作者在这些地方的苦心经营,正是需要我们仔细欣赏的。

第四,《红楼梦》是一本追忆的小说。小说的主要人物都是十几岁的少年人,相当于今天中学生的年纪,刻画的也都是少年人的心态,写的都是家庭琐事。但是,作者写小说的时候,已经三十多岁了,他是在见识了更广阔的世界后,回望少年人的世界。很多少年时代刻骨铭心的感受,到这时才想清楚是怎么回事。书里的故事,少年人完全可以代入,但是作者可以帮你讲得更清楚。作者的心还是透明的,但眼神已经是忧郁的。那份透明的忧郁,少年人完全可以看懂,但是在多少年后,或许还可以更懂。

《红楼梦》里写到的人,都是一些什么人呢?

曹雪芹所处的雍乾时代,是中国帝制时代的最后一个盛世。

这个时代相对安定富足、文化繁荣。这个时代不是没有不平和痛苦，但确实是一个高度文明的时代，存在着一些美好的东西。从某种意义上说，那个时代的人，过着帝制时代最好的日子。这个时代，自然也折射进《红楼梦》。

在清朝中叶的盛世衰落后，中国人民经过了一段漫长的艰苦岁月。在这段艰苦的日子里，中国人民面对着饥寒交迫、生离死别，也承担着救亡图存、筚路蓝缕。在这段并不《红楼梦》的日子里，人们仍然喜爱着《红楼梦》，眷恋着其中的优雅与温情，即使有的地方读不懂了，也用自己的方式诠释着《红楼梦》。这段红学史，是异常令人感动的。

我们这代人是幸运的，历史给了我们足够的时间，得以衣食无忧地长大，从容地学习琴棋书画，体会青春感伤，直到三十多岁，还能有一张平静的书桌写作。数百年来，我们恐怕还是第一代人。更幸运的是，感谢科技的进步，今天的人不用生在大富之家，也能过上和《红楼梦》里差不多的物质生活。我们有我们的烦恼，但我们在阅读《红楼梦》的时候，可以有更强的代入感，这也让我们在读《红楼梦》的时候，有了我们的视角。

《红楼梦》一开始就设定，小说写的是一个"昌明隆盛之邦，诗礼簪缨之族，花柳繁华地，温柔富贵乡"。这是一个理想的生活环境，排除了一切物质匮乏导致的挤压，在这个前提下展现人与人之间的关系。书中的人物，都是安富尊荣之人。在当时的社会中，他们是生活水平比较高的一批人，在各自的阶层中，也是比较幸运的个体。做少爷的，生在书香世家，有长辈宠爱；就是做丫鬟的，也是进入了比较宽厚的府第，不会遭受苛待。

这样的一批人，没有体会过生存层面的恐慌，对人生比较有信心，也更容易展现出鲜明的个性。推动他们行为的心理动力，往往不是畏惧，甚至不是功利，而是更高级的精神需求，我们不妨把这种精神需求称为"体面"。"体面"有不同的表现形式。在弱势者那里，可能表现为怕人笑话；在年轻人那里，可能表现为争取尊重；在老爷太太那里，可能表现为规矩尊严；在少爷小姐那里，甚至可能表现为纯粹的人格审美。这些"体面"，往往决定了人物的行动策略。

在这样的心理机制下，《红楼梦》中的人物表现出一些基本的共性：他们敢于表达自己的看法，但是表达的方式又是委婉的、不过激的，即使发生冲突，也要给对方留足面子。文雅和风趣，是他们的表达习惯。《红楼梦》中人物的言行，要放在这样的语境下，才能得到正确的理解。

那么，我们应该怎样阅读《红楼梦》呢？

第一，要带着爱去看《红楼梦》。曹雪芹写《红楼梦》是带着爱写的，我们看《红楼梦》也要带着爱去看，不要批判了这个批判那个。要把每一个人物当成你爱的人，甚至用"粉丝"看"爱豆"的滤镜去看每一个人物，去发现他们的可爱。当然，爱是不能强求的，但是，如果能带着爱看，可以理解得更确切一些。

第二，要善于"翻译"。《红楼梦》里的主要人物都处在中学生的年纪，其实他们的喜怒哀乐，也跟今天的中学生是差不多的。我们今天这个时代，也有很多东西跟他们的时代对得上。要善于把他们的处境"翻译"成我们今天的处境。千万不要把《红楼梦》看得高高在上，以为里面的情境跟我们的现实生活是阴阳永隔的。

第三，要开着弹幕看。这个弹幕，就是《红楼梦》"脂批"。"脂批"就是以脂砚斋为代表的曹雪芹的亲友们，在最初传抄《红楼梦》的过程中留下的批语，里面有很多对剧情、人物和艺术手法的精当评论，也充满了各种欢乐的"吐槽"，跟我们今天弹幕的功能是一样的。开着弹幕看，总是要更美味一些，何况这是《红楼梦》的第一批读者留下的弹幕，更弥足珍贵。有条件的话，要尽量看带脂批的版本，并且充分尊重脂批的看法。脂批不仅能告诉我们很多有用的信息，更能帮助我们培养读《红楼梦》应有的思维习惯。

第四，不要光看字面。这一点，曹雪芹也反复提示我们了。《红楼梦》里说的话，你千万不能看他字面怎么说，就直通通地怎么信。《红楼梦》里的人都是很傲娇的，他们说话的意思经常是反的。有时候明明很得意，偏偏要"自黑"一下；有时候明明不占理，偏偏要出来"搅"一下。看《红楼梦》，乃至看中国古代的一切书，你千万不要指着书上的一行字，跟我说："老师，他明明说了×××啊。"我一定会回你一句经典的——"诗人说话，不可当真"。你一定要体察他说话的语境，该打折扣的一定要打折扣，该反着听的一定要反着听。

第五，一定要始终着眼于人情来读《红楼梦》。正如《曹刿论战》里鲁庄公说的那句："小大之狱，虽不能察，必以情。"《红楼梦》里的每一个故事，即使你不了解有关的文化常识，或者暂时看不懂故事的前因后果，那也一定要记住，尽量按照正常的人情去理解。《红楼梦》讲的就是一个"情"字。只要不抛开"情"，你的理解就不会有大的偏差。

对于少年人来说，读《红楼梦》也是一种思维训练。习惯了《红楼梦》的思维模式，你将会拥有一个更加细腻的内心世界，更懂得珍惜生活中的美好，对他人的感受更敏感，还能掌握较为复杂含蓄的汉语表达。我相信，在中华民族文化重建的过程中，《红楼梦》将发挥不可估量的作用。

如果我这样说，你还是看不进去《红楼梦》原著，那就听我讲吧。也许，听我讲完你就能看进去了。如果听我讲完你还看不进去，至少你也能知道《红楼梦》大概说的是什么了。不过，你自己总归还是要看书的，我只负责在你糊涂的地方，帮你理理清楚。

我讲《红楼梦》，切入点是人物设定，简称人设。我们欣赏一部小说，首先是吃它的人设，而不是剧情。因为人物塑造才是小说的中心，情节是为人物塑造服务的。你对一部小说的理解，很大程度上就是对人设的理解。如果你实在懒得看完小说，只要抓住了人设，跟人聊天的时候，哪怕情节不记得了，也不会太尴尬。

一部好的小说，人设是典型的、合理的。所谓典型、合理，就是人物的性格与他的身份是密切相关的。极端一点说，性格的细微差异取决于身份的细微差异。所有的人物都是小说家不同人格的显现，不同的人物代表了小说家不同方面的人生经验。我理解，《红楼梦》就是这样的。曹雪芹如果处在林黛玉的位置上，就会有林黛玉的表现；如果处在贾政的位置上，就会有贾政的表现。所以，我讲《红楼梦》的人设，着重讲他们的身份，讲他们与其他人物的相对关系，身份讲透了，关系讲透了，人设也就出来了。我们说人是社会关系的总和，至少在优秀的现实主义小说里是这样的。

关于《红楼梦》的打开方式，就介绍到这里。关于《红楼梦》里多姿多彩的人设，各位看官，且听我慢慢道来……

第一章 「假正」的贾政

《红楼梦》里那么多的人物,那么多的头绪,从谁写起好呢?

曹雪芹的办法是从刘姥姥写起,写一个几乎是最底层的边缘人物,让她带着我们,从下往上审视他编织的这个梦。而我既然是来拆解这个梦的,那么就要反其道而行之,写一个几乎是最顶层的边缘人物,通过他,从上往下审视这个梦。我选择的这个人物,就是贾政。

《红楼梦》的"男一号"毫无疑问是贾宝玉,这个人物身上有着最强的代入感。但是在讲贾宝玉之前,我们先要把贾政说清楚。因为我们对贾宝玉的很多误解,其实都源于对贾政的误解。

长大了的二爷

贾政是贾宝玉的父亲,贾代善和贾母的二儿子。他的亲哥哥,就是贾琏的父亲——贾赦。

《红楼梦》里的人都管贾宝玉叫"二爷",其实你有没有想过,贾宝玉的父亲,也是一个"贾二爷"呢。不但如此,贾政的爷爷荣国公,是宁国公的弟弟,也是一个"贾二爷"。就连似乎并没有哥哥的贾琏,也被人叫作"琏二爷"。曹雪芹似乎总是对"二爷"情有独钟。

在封建大家庭中,嫡长子往往比次子承担着重得多的责任和期望。因为长子是要"袭官"的,注定要代替父亲,成为家族的代表和管理者。在保留着中国传统观念的普通人家，也存在"你是哥哥，你要照顾弟弟们，要给弟弟们做出表率"这样的说法。而次子或者更小的儿子，本质上只是"备用"的，只有当哥哥出了意外，才需要代替哥哥承担起家族的种种责任。从理论上说，只要哥哥一切安好，弟弟就可以心安理得地接受哥哥的照顾，或者去做一些冒险的事、自己喜欢的事，不是非要承担传宗接代、光宗耀祖的任务。所以，父母在教养次子时，心态要比教养长子放松很多，次子在成长中面临的压力要比长子小得多。成长经历的差别势必会影响人的性格。

当然，现实是复杂的。现实中，哥哥不一定都比弟弟面临更大的压力，但是现实主义小说是要讲究典型性的，曹雪芹在塑造人物的时候，对"袭官"的长子们，与"贾二爷"们，按照他对世界的理解，有着不同的安排。

在曹雪芹笔下，贾家的"大爷"们，都是不太指望得上的。在贾政这一辈，东府的长子早亡，由次子贾敬"袭官"；顶替了长子位置的贾敬，表现也不太好，终生碌碌无为，晚年醉心修道，不问家事，任凭子孙把东府折腾得一团糟，最后吃丹药把自己毒死了；西府的长子贾赦更是个十足的恶霸，为了抢几把扇子，把石呆子逼得家破人亡，还在娶了一堆小老婆的情况下，妄图霸占贾母身边的鸳鸯。在宝玉这一辈，东府的贾珍与儿媳秦可卿关系暧昧，还在秦可卿的葬礼上不顾礼制，大肆铺张；西府的贾珠据说活着的时候很完美，但可惜二十岁时病死了，没有出场。再下一辈，东府的贾蓉似乎只有讨好凤姐的戏份，至少看不出宁国公嫡系继承人的气度；西府的贾兰年纪尚小，似乎也看不出什么过人的才识。这些理应受到家族重点培养的长子,无论是在才能上还是道德上,都成了贵族教育的失败案例。不知道是不是他们承受的压力太大了,产生了逆反心理。这里恐怕也寄寓着曹雪芹的调侃。

曹雪芹对"二爷"们,则要温柔很多。光彩夺目的男主人公贾宝玉是"二爷"。甚至书中贾琏没有哥哥出场,但也呼以"琏二爷",这恐怕是作者对这个人物存有暗暗的偏爱。而经常被脂砚斋赞为"政老"的贾政,也是一个"二爷"。

任何大人都是从小孩子长大的。贾政小时候,跟贾宝玉一样,也是一个锦衣玉食的公子哥儿。当时,注定会袭官的是贾赦,家里人必然会对贾赦严格要求。贾政如果想做官,正常情况下只能通过科举的途径。如果他考中了进士,肯定也是全家的光荣。如果他考不中,会怎样呢?也不会怎样,贾家难道还能饿着他吗?大不了就是做一个无所事事、靠哥哥照顾的公子哥儿。所以,你别看贾政长大以后俨然成了封建道德的化身,他的童年应该是过得比较轻松自由的。

冷子兴说贾政从小喜欢读书,这话我们只能姑妄听之。因为不会有人说一位经过皇帝钦点的现任员外郎——而且还是皇妃的父亲——从小不好好念书的。世界上凡是稍微成功的大人,在别人口中没有不是从小好好学习的,至于他小时候究竟啥样,那就只有鬼知道了。退一万步说,即使贾政小时候真的爱念书,那也是出于他的个人意愿,不包含任何生存压力的因素。贾宝玉在什么地方淘气,贾政总是一看就懂,其敏感,其熟练,恐怕不是一个从小"两耳不闻窗外事"的好学生能做到的。贾政小时候,最大的可能是像贾宝玉一样，衣食无忧，自由自在，甚至有点"牛心左性"地长大的。

后来，贾赦果然承袭了"一等将军"的爵位。但是皇帝一看，咦，他们家老二也不错啊，算了，不用考进士了，直接去上班吧。这样，一心想要参加科举考试的贾政，就没有机会考试了。

看起来，贾政为准备考试付出的努力好像有点浪费了。这个"浪费"，其实就相当于，你一心参加高考，但在考试之前，突然被保送了北大。这种"浪费"也是很令人开心的。话说回来，如果之前你没有为了准备高考努力学习，也不可能被保送北大。

贾政担任的"主事"，其实就代表清代进士常见的起家官，皇帝金口玉言，直接给了贾政进士的待遇。即使贾政考中了进士，最后金殿对策，也无非是等皇帝金口玉言一下子，然后做个主事。皇帝直接让贾政去上班，除了看贾代善的面子，大概也是觉得贾政长得像能中进士的人，而即使没有这一出，贾政考科举到了金殿对策这一步，皇帝也还是要给贾家这个面子的。贾政的出身，是皇帝对贾家的一个特别的恩典，完全能顶进士用，甚至很多时候只怕比进士还好用。大家不要觉得贾政没考进士，出身就比进士差了。

贾政在出场的时候，已经做到工部员外郎，算是中层官员了。做到这个官职，已经可以维持世家的地位。以后如果再有工作变动，无非是在中层官职内部打转，从工部转到吏部，从逍遥的闲职变为忙碌的实职之类。再往上升迁，余地也不大了，因为要升为高级官员，非得机缘巧合，为国家立下大功劳才行。所以我们看到的贾政，是比较清闲的，没有什么奋斗的动力。后半段，曹雪芹不想老写贾政了,就给他加了点工作量,把他外放到地方上,不让他老在家待着了,这也属于官员的正常迁转。贾政的仕途,算不上显赫,但也算不上不得志,就是一个"命很好"的普通人。

贾政在前半段人生,过得是比较舒服的。父母对他要求不高,皇帝又免了他的考试,得到的工作也是不错的。

但是,贾政不可能一直舒服下去。年复一年,他逐渐成了王夫人的丈夫、五个孩子的父亲、李纨的公公、贾兰的爷爷,成了清客们依附的东道主、路人们仰视的政老爷。在这些人面前,当年的小爷不能再任性了,他必须长大,端起一个方正君子的架子来。而他那袭了官的哥哥反而越长越不成器,无论能力还是威信,都无法达到一个书香门第大家长的水准。贾政还势必要承担起很多本来属于他哥哥的责任。这一切责任都是贾政不能推卸的,因为他身边的人,都是他的家人,他爱的人。只要他是和他儿子一样的"多情公子",他就不能不背起这些甜蜜的负担。

人在成长过程中总是要被社会异化的,而世家公子长成世家老爷的动力,其实还是一个"情"字。如果一切平稳,贾宝玉没有"情极之毒",他的未来,无非就是像贾政一样。从这个意义上说,贾政就是长大了的贾宝玉。

"假正"与初心

曹雪芹给贾政取名"政",谐音"正"。贾政的人设首先是"正"。贾政扮演的社会角色近乎完美,书中的人都把他视为儒家道德的化身。薛姨妈到金陵来,非要住到姐姐家去,无非是希望姐夫贾政能管束薛蟠。贾宝玉日常受到父亲的管教,更是不必说了。

在其他成年人失去理智的时候，贾政永远是保持冷静的那一个。秦可卿死的时候，薛蟠讲虚荣出风头，把"坏了事"的老亲王的棺材拿来用。而贾珍正"哭得泪人一般"，扬言要"尽我所有"为儿媳办丧事，所以毫不犹豫地采用了薛蟠找来的棺材。只有贾政劝阻道，"此物恐非常人可享者"。无论是从封建道德的要求来看，还是从现实中可能招致的非议来看，贾政的考虑都是合理的。

甚至当王熙凤和贾宝玉中了马道婆的诅咒、命在旦夕的时候，贾府上下乱作一团，贾母和王夫人哭得死去活来，连贾赦都开始像无知村妇一样出去"寻僧觅道"，贾政作为贾宝玉的父亲，却能说出"儿女之数，皆由天命，非人力可强者"的通达之论来。第二次面对可能失去儿子的状况，贾政并非不"懊恼"，但他能想到生死并非人力所能挽回，更不会求助于儒家所反对的迷信，不会让巨大的悲痛冲毁他的行为准则。所以脂批称赞他说："念书人自应如是语。"贾政的感情，已经不会再超出儒家的道德框架，不会再与不完美的现实发生冲突。

可惜，贾府的所有人都姓"贾"，谐音"假"，所以贾政的"正"，也不过是"假正"而已。贾政为什么是"假正"呢？是不是他表面仁义道德、背地里男盗女娼呢？贾政也实在没有做过什么恶事，没有任何证据证明，贾政沾染过其兄的那些劣迹。"正"的背面，并不是"邪恶"。

那么，贾政用"假正"的外表掩饰了什么呢？

第二十二回制灯谜的时候，贾政坐在宴席上，小辈们就都不敢言语。贾母怕孩子们拘束，就早早"撵贾政去歇息"。贾政也明白贾母的意思，但还是说："今日原听见老太太这里大设春灯雅谜，故也备了彩礼、酒席，特来入会。何疼孙子孙女之心，便不略赐儿子半点？"

这话说得可怜巴巴，简直是"妈妈再爱我一次"。贾政是来干吗的？是来监督宝玉的道德行止的吗？他也是来玩的！他听说今天可以猜灯谜，特意准备了灯谜、准备了礼物，是来和大家一起玩的！他想和孩子们一起玩，更想在母亲面前做回那个撒娇的少年。但是很遗憾，他俨然已经长成一个令人敬畏的老父亲了，大家已经不敢带他玩了。连他母亲也早已把爱心倾注到孙辈身上，把他视为一个妨碍孩子们玩乐的存在了。

我们现实中也有这样的人，如果你的班主任，或者哪个退休老同志，非要加你的微信，然后给你发一些卖萌的表情包，请你别光顾着害怕，千万要对他好一点。因为他在内心深处，真的觉得自己还是个宝宝。

贾母说，"你在这里，他们都不敢说笑"。这句话包含着母亲对已经成年的儿子的尊重。但是设想一下，从母亲口中听到这句话，听到母亲"钦点"自己为让人"不敢说笑"的人，心里难免有些不是滋味。

后来，贾母终于恩准贾政玩灯谜了。她说了一个谜语，贾政一下子就猜到了，但是他还是故意乱猜了好多别的，罚了好多东西。除了要哄母亲开心以外，他是不是也在尽情享受这次来之不易的游戏带来的快乐呢？

最后，贾政终于恋恋不舍地说出了正确答案，也跟贾母要了礼物，然后又出了一个谜语让贾母猜。说完，他就让宝玉悄悄把答案告诉了贾母。读到这里，我不禁想，多少年前，贾政也曾伏在母亲耳畔说悄悄话吧，甚至也曾帮大人给祖母带话吧，但是现在，他只能让儿子扮演他当年的角色了。

猜灯谜的贾政，是欢天喜地的，欢天喜地得让人有些心酸。其实在他心里，一直住着一个喜欢玩乐的小男孩。这个小男孩被禁锢起来，不是因为他不想跟大家玩了，而是因为大家都不带他玩了；不是因为现实压力不允许他释放天性，而是因为身份改变之后，新一代的孩子们天然地疏远他了。"假正"的背面，是一个长不大的小公子。

这个长不大的小公子长得什么样子呢？当然是和贾宝玉一个模子刻出来的。曹雪芹在七十八回中补出："（贾政）起初天性，也是个诗酒放诞之人，因在子侄辈中，少不得规以正路。""在子侄辈中"，是他作为家长的身份；"规以正路"，则是他不得不用社会准则规范子侄的行为。但从天性来讲，贾政也是"诗酒放诞"的，会作诗，会喝酒，个性张扬，不愧是贾宝玉的亲爹。"诗酒放诞"也是中国士人的理想人格，是千百年来无数读书人的青春。

贾政组织子侄活动，从来都是吟诗作对，没有真的考过一次高头讲章。虽然在晚辈看来，家长组织写诗，也够吓人的了，但其实比起高头讲章来，吟诗作对带有很强的娱乐性。贾政为什么要组织孩子们写诗，特别是爱带着贾宝玉写诗呢？还是因为他热爱写诗。说不定，贾政年轻的时候，也像贾宝玉一样，玩过诗社呢。只不过，身份变了，气氛也就完全不一样了。宝玉在战战兢兢之余，多半体会不到，父亲只是想跟他玩一次"社课"。

家长带着子侄写诗，这也是中国士族的传统。六朝的世家大族，就已多有这样的记载。到了诗学进一步普及的明清，更成为一种时尚。贾政带着子侄写诗，说明他也是风雅之士。我们没有见过贾政的诗，但他评诗是很在行的，他对贾宝玉作品的评论，剥开那些明贬暗褒的辞令，往往是切中肯綮的，寄托了曹雪芹的诗学思想。贾政其实是会写诗的，清代的士大夫，首先都是"士"，是读书人，并不是倚仗着职务在那里附庸风雅。

傲娇的老爸

说到贾政对贾宝玉的态度，我们好像感觉他对儿子是一味地贬抑，再加上宝玉确实很怕贾政，更让我们觉得这位父亲严厉得不近人情。但是我们要知道，传统的中国人，不要说对儿子，就是对自己，也是永远在"自黑"的。这甚至都不是谦虚，而已经固化为一种社交辞令。如果你一直在同事面前沾沾自喜："我儿子可聪明了，又认识了五个字了。"大家会觉得这个人不仅不懂人情，也没见过聪明孩子。但是如果你说："我儿子不行，都上三年级了还只会对对联，连首律诗也写不成。"大家一定会拥上来说："很不错了啊，你要求太高了吧。"根本不用你再亲自夸了。

所以中国人夸儿子的时候，传统上是不会直接夸的，而是会用明贬暗褒的手法，用批评的语气，恰到好处地把儿子的优点勾画出来。贾政对贾宝玉的每一次批评，几乎都是明贬暗褒。

如果是当着儿子的面，就更不能直接夸了。少年人即使很有才情，写的东西也总不会是完美的。如果有缺点，做家长的就要负责指出。即使没有明显的缺点，也要摇着头说一句"不好"。这样,即使外人看着觉得幼稚,也不好再说什么了;如果外人看了觉得好,当然又会拥上来使劲夸。中国的家长一般把这种做法解释为"怕孩子骄傲",其实还不到位,其实是怕给孩子招"黑"。

当然,这么做的前提是,你的孩子是世家的公子,会有人来"黑"他;而且你身边还跟着一帮清客,负责拼命夸他。如果你的孩子只是父母两个人的宝贝,那么贾政的做法就不适用了。

贾政对贾宝玉其实是很欣赏的。当宝玉和贾环同时出现时,从贾政眼中看来,宝玉是"神彩飘逸,秀色夺人",而贾环是"人物委锁(琐),举止荒疏"。因而贾政"把素日嫌恶、处分宝玉之心,不觉减了八九"。这里曹雪芹站在宝玉的视角,又替宝玉"自黑"了一把,把贾政在宝玉问题上的傲娇说成"嫌恶"。其实这句改变为一般表述应该是,"觉得不管怎么样,还是宝玉好"。贾政对宝玉的偏爱是明显的。

宝玉题对联、写诗,贾政在没什么意见可提之后,永远是说一句"不好"。但实际上,一转头,贾政就把宝玉题的所有对联挂在了大观园里。贾政的解释是为了让元春看了高兴,但实际上,如果不是觉得可以炫耀,他才不会挂出来呢。当然,他一边挂一边会跟人解释:"都是小孩子写的啊,只是为了让贵妃看着高兴啊。"贾宝玉写过四首"风流妖艳"的即事诗,在江湖上广为传诵,似乎也从没见贾政对此发表什么意见。

当面从不说好,背后却以儿子为骄傲,这是中国传统父亲的典型做法。我们今天不一定认可这种做法,但这跟真心"嫌恶"儿子,还是有区别的。

比如说,第七十七回,贾政对贾环和贾兰说:"宝玉读书,不如你们两个，若论题联和诗这种聪明，你们皆不及他。今日此去，未免强你们作诗，宝玉须听便助他们两个。"这句话怎么读呢？是说宝玉读书不如他们俩吗？其实是说宝玉作诗比他们俩好。前半句话，只不过是在夸宝玉之前，要给贾环贾兰留足面子。难怪王夫人听了这话都觉得高兴。而且，贾政马上就让他们作诗，让宝玉展示他的特长，却没打算给贾环贾兰展示"读书"的机会。

有意思的是，贾政尽管对贾环和贾兰也要讲客气，却在他们面前替宝玉谦虚，这里面其实是有亲疏之别的。说明贾政在感情上对宝玉比对贾环贾兰亲近得多，只把宝玉视为另一个自己。我们看到贾政一直在黑贾宝玉，也是这个原因。

贾政黑贾宝玉，却永远忘不了带出他的优点。说他不会读书，就一定要说出他会写诗。在这个不靠十年寒窗出人头地的家族中，不会读书不一定是缺点，有可能是不屑于应试，不屑于功名；而会写诗才是大大的优点，因为只有写诗能见出一个人的性灵和风雅，证明他没有辜负书香门第的血脉。

再比如，第九回，贾宝玉要去上学的时候，贾政"冷笑"了一下，接着全程没有一句好话。今天我们会质疑：怎么能这么打击孩子的积极性呢？不是应该说"你要好好学习，将来当大总裁，为安置失业人口作出贡献"之类吗？不，中国的体面人家，是不会这么说话的，特别是旁边还有一群清客在场的时候。这时候，贾政会说的话，就是曹雪芹安排贾政说的那两句话："你如果再提'上学'两个字，连我也羞死了。依我看，你竟顽你的去是正理。""他到底念了些什么书！到念了些流言混语在肚子里，学了些精致的淘气。"意思是，他家孩子上学，也没有多用功，就是稀里糊涂地混日子，跟玩也差不多。这样，万一孩子真的念不好书，当爹的算是有言在先了，至少不至于在现实与当初的大话之间形成巨大的反讽效果；一旦孩子念好了书，就更显得孩子聪明，也显得父亲的标准高。贾政明里说宝玉书读得不好，暗里却带出他没有很费力地读书。一个孩子读书好不好，不是当下就能看出来的，总得考了科举才算数；但是他没有很费力地读书，则有可能是聪明。无论宝玉书读得好还是不好，贾政这话其实都为他留了地步。

当然，当爹的这么说自己孩子的时候，你站在旁边，也得"会"听。如果你听了这话，真认为他家孩子就是读书不好，那你就又呆了。这时候你的任务，就是赶紧上来夸这个孩子，反驳孩子家长的观点。果不其然，贾政的清客没有呆的，都上来夸宝玉了。而我们这些读小说的看客，也不能那么呆，不能因为看了这两句话，就认定贾宝玉是个差等生。认为宝玉书读得不好的，多半是看了贾政说宝玉的这些话，然后就呆呆地信了。

顺便一说，宝玉说要上学的时候，我们可爱的林妹妹也并没有好话，而是取笑他要去"蟾宫折桂"了。贾宝玉听了这个嘲讽，反而更觉得林妹妹亲热。其实，林妹妹的说话方式，跟她亲舅舅也是一脉相承的。如果这时候林妹妹说"你要好好学习，将来治国齐家"，估计早就被宝玉斥为"混账话"，跟她生分了。两者的区别只是，宝玉被林妹妹嘲笑，还敢接话说下学一起吃饭；被父亲嘲笑，心里还是害怕的，不敢揣摩父亲的话有几分真几分假，更不敢接话了。

宝玉的小厮李贵，李嬷嬷的儿子，也是不会听话听音的，他也是真诚地相信宝玉读书不好。李贵大概是不识字的，让他来判断宝玉的学识，未免太为难他了。贾政训斥李贵，也是不太客气的，连粗话都上来了，把李贵吓得跪下直磕头。贾政训斥李贵，也是为了敲打宝玉。李贵不明白老爷为什么会对自己的小主人格外严厉，以为老爷真的不喜欢小主人，当然，这并不会影响他对小主人的忠诚。所以他对宝玉说，你要好好念书啊，要不连我们都跟着倒霉，这倒也算是把贾政想让他传达的意思传达到了。

这里贾政指导宝玉读书的两句话，说得也很内行。贾政听说宝玉已经读《诗经》了，心里还是暗暗高兴的。但是他为什么嘱咐先生，不让宝玉读《诗经》呢？有人说贾政思想封建，应试教育，不让宝玉看课外书。而且《诗经》都不是课外书，而是科举要考的"五经"之一，贾政居然不让他读，这也太迂腐了。

其实，课外书哪里是学校老师带着看的？看课外书也得靠缘分，只有发自内心喜爱，自己找来看的书，看了才能受益。贾宝玉看《西厢记》《牡丹亭》，也不是老师教的。在宝玉当时的学习阶段，考试的主要教材是"四书"。这时候看《诗经》，好比初中生提前看大学教材，而且不是自己有兴趣看的，是老师天天在课堂上讲的。这种做法，可以说既不应试，也不素质，虽然不能说绝无好处，但是颇有好大喜功之嫌。还原到《红楼梦》的时代，很可能只是在讨好贾政。所以贾政就让李贵给私塾先生传话：不用搭这些花架子讨好我，我并不领情，你讲《诗经》能讲出花儿来吗？还不如让孩子把基础打扎实，"把《四书》一气讲明背熟"。基础打好了，将来学什么都不晚，一味地提前教育，其实不是好事。

由此可见,贾政对当时的教育,是有着自己的思考的。他的观点很新鲜,也很通达。后来,他的外甥女林黛玉教香菱学诗,不让香菱乱看诗话,也是这个思想。

曹雪芹从来没有写过贾政考贾宝玉"四书""五经",每次宝玉担心贾政问他功课,都没有真正发生。比如在"抄检大观园"之前那一次,赵姨娘的丫鬟小鹊跑来说"仔细明儿老爷问你话",吓得宝玉连夜温习古文,简直比研究生听说导师要回国还紧张。后来,贾母、王夫人和丫鬟联合起来帮他打马虎眼,骗贾政说宝玉被一个黑影吓病了。其实,这次宝玉有点自作多情了,因为此前贾政跟赵姨娘说的是,他为宝玉和贾环各自看上了一个丫鬟,只是怕耽误他们俩念书,过一两年再说。听赵姨娘说宝玉已经有了袭人,贾政略感意外。贾政会替两个儿子物色丫鬟,别说宝玉想不到,就是看小说的也想不到。这也说明,贾政没有多"正",并非不懂儿女私情。这次贾政想问宝玉的话,其实就不是"四书""五经"。

"掉粉"事件

贾政最"掉粉"的一件事,还是打宝玉。大家心爱的宝玉被贾政打成那个样子,一下子让贾政的支持度降到了零。

那么,贾政打宝玉,为的是什么事呢?老先生们往往很客气,说宝玉是反抗封建制度、追求个性解放之类。宝玉究竟做了什么,犯了什么性质的错误呢?贾政打宝玉,一共因为两件事,一件是蒋玉菡的事,一件是金钏儿的事。

第一件事,宝玉几乎是不冤枉的。他与男优蒋玉菡结为好友,而蒋玉菡被权贵忠顺王爷视为玩物。在忠顺王爷看来，这无疑是贾宝玉对他的冒犯。而忠顺王府与贾府"素无往来"，恐怕关系并不好。贾府是惹不起忠顺王府的，宝玉得罪了忠顺王府，就足以让贾政紧张了。更何况，在当时的社会，读书上学的公子与唱戏的来往，是不光彩的。从"情"的角度讲，宝玉与蒋玉菡交往出于真情，是没有错的。但是这件事带来的社会压力是很大的，宝玉要为此付出代价，是可以预料的。所以宝玉才会对黛玉说："就便为这些人死了，也是情愿的！"

忠顺王府的人指控宝玉与蒋玉菡往来，这件事完全是真的，我们所能讨论的，只是如何评价这件事的问题。在王爷和贾政看来，这个指控都是坐实了的。贾政听到这件事的反应，应该是既害怕，又羞愧。

第二件事，宝玉基本上是冤枉的。贾环跟贾政造谣说，宝玉强奸金钏儿未遂，把她逼死了。这些诬蔑、不实之词，就是贾政关于这件事听到的全部信息。如果这件事是真的，那就是刑事案件了。不管在什么时代，任何一个负责任的父亲，听说儿子犯了这样的事，哪有不着急生气的？打他一顿算是轻的了。贾政在又羞又怕的情绪下，犯了轻信谣言的错误。除此以外，他的反应不能算是过激的。

贾政一直对宝玉是最钟爱的，把这个同样"诗酒放诞"的儿子看成年轻的自己，现在突然听说他犯下了这么可耻的罪行，难免一下子失去理智。此时，他的内心充满了失望和不解。他一介书生，可以"下死手"打自己最爱的儿子，潜意识里未尝不是在自我惩罚。

闻讯赶来的贾母，也以"老祖宗"的权威，点出了"贾政曾经也是贾宝玉"的事实："我说一句话，你就禁不起；你那样下死手的板子，难道宝玉就禁得起了？你说教训儿子是光宗耀祖，当初你父亲怎么教训你来！"对老太太来说，教训宝玉的贾政，虽为人父，但仍是自己的儿子，自己说贾政一句话，和贾政打宝玉，是可以类比的。这个新颖的视角，一下子剥去了贾政的权威。而"当初你父亲怎么教训你来"一句，说得含糊，却给人留下了广阔的想象空间。我们没法知道贾代善是怎么教训贾政的，从贾母的口气推测，总归没有这么"下死手"打过。贾政有没有犯过这么严重的错误呢？从贾母的口气推测，未必没有犯过大错。这时候，虽然贾母不一定知道宝玉犯了什么事，但是她一定想起了贾政犯过的事。这种揭老底的话，由母亲的口中说出来，显得是那样的无法反驳。贾政在为宝玉树立行为规范的同时，也无时无刻不在接受着亡父的行为规范，连怎样教育儿子，也要遵循父亲教育他的先例。

　　这里也写出了世家的特点。世家的代际阶层变动不大，每一代人都沿着相似的生命轨迹生活，终其一生都可以参考前人的生活经验。这对个人来说，是有好处的，但也无疑是一种桎梏。好处在于，一个人即使做了父亲，也不用担心不知道怎么做父亲；桎梏在于，一个人即使做了父亲，也只能按自己父亲的方式做父亲。贾政做了贾宝玉的父亲，也必须首先是贾代善的儿子。在实现了阶层跃升的家庭中，父子矛盾往往体现为观念差异带来的冲突；而世家的父子矛盾，则更多体现为个人自由与社会规范之间的矛盾。比起阶层跃升的家庭，世家的父子矛盾其实显得不那么尖锐，但也更不易化解。

有人可能会觉得，宝玉在挨打之后的表现太窝囊了，不仅没有任何反抗，甚至没有表示过恨贾政。其实，宝玉没有什么可恨贾政的。与蒋玉菡交往，宝玉是知道后果的，只是他与蒋玉菡真情相交，愿意为此承受这个后果。关于金钏儿，宝玉虽然冤枉，但也是有愧的。

即使没有"打宝玉"的典型事件，社会压力和内心的愧疚，也已经在折磨宝玉，这件事不过是把宝玉面对的、承受的压力具象化了。与其说贾政是宝玉的对立面，不如说他象征着宝玉的自我约束，象征着宝玉内心冲突中认可社会规则的一面。宝玉是过去的贾政，是贾政拼命想要压抑的自我；贾政是未来的宝玉，是宝玉知道自己终将成为的人。宝玉与贾政的矛盾，是天然的自我与社会要求的自我之间的矛盾。这种矛盾无法化解，也不需要来化解。

事实上，通观全书，宝玉是非常怕贾政的，但是他从来没有恨过贾政。一个人非常怕另一个人，却从来不恨这个人，这说明他对这个人存有极深的敬意。宝玉对贾政是存有敬意的，他对贾政的怕，不是屈服于强权，而是害怕被自己崇敬的人否定。贾宝玉的一切行为逻辑，都是源于"情"的。他是那种可以为情而死的人，所以不是一个会屈服于强权的人。他怕父亲，也是源于对父亲的情。

没想到吧，看上去那么严肃的贾政，心里竟住着一个酷似贾宝玉的小男孩。《红楼梦》就是这样一部隐藏着无数秘密的小说。让我们继续怀着对待家人的温情，去倾听作者心底的秘密吧！

第二章 "护官符"与党争

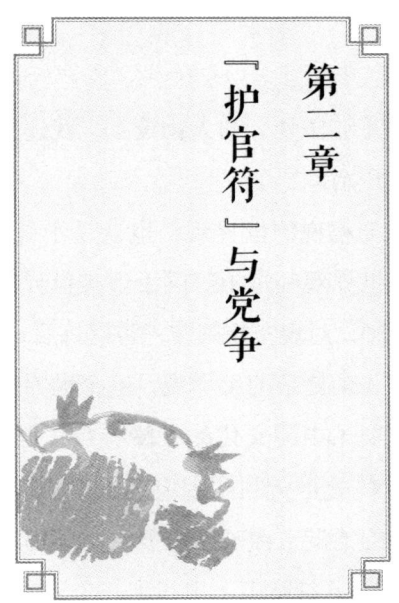

谈《红楼梦》的人物设定，我还要从与人物设定有关的世界观设定开始。

一部小说的世界观，也就是小说中设定的世界运行的规则。小说的世界观经常不等同于现实世界的规则，是需要作者根据自己的思想，对现实规则作一番提炼后，有意识地设定的。《红楼梦》就拥有一个复杂的世界观，这个世界观广泛地运用了中国传统元素，体现了中国文化的一般特点，但又跟任何一个朝代的风俗、制度都不完全一样。现实中的制度和风俗，总是千变万化的，有着复杂的情况，而《红楼梦》出于写小说的需要，就必须删繁就简，所以，《红楼梦》里写到一个人是什么出身、什么官衔，总比现实中要符号化一点，象征意义比现实中要重一点。这一点，相信大家可以理解。对小说的设定，不要拿某朝某代的现实去抬杠；对历史现实作解读，更不要拿小说设定去套。

一部小说，在开头的地方，都要尽快地把世界观告诉读者。在提纲挈领的前五回，曹雪芹一共把跟人物有关的世界观说了三遍。第一遍是第二回，冷子兴演说荣国府，主要是把贾府内部的人物关系说了一遍；第二遍是第四回，门子从顺袋中取出一张"护官符"来，把贾府及其周围的亲戚说了一遍；第三遍是第五回，以太虚幻境的判词和曲子，把重要的女性角色说了一遍。看《红楼梦》的时候，如果分不清谁是谁，一定要好好去读这三个地方。

"护官符"上的贾府亲戚

首先，我们来看"护官符"。

很多人一看到"护官符"这个设定就勃然大怒，"哪里这样放屁的事"，官还要有个符来护，封建制度真是太万恶了。不过，如果你要搞清楚《红楼梦》人物设定，还是请先把这个批判的心收一收，好好看看这上面写了什么。

这张纸上写了金陵的好多"大族名宦之家"。曹雪芹就给我们看了前四家，因为只有前四家跟这本书有关。实际上，像这样的家族，可能远远不止四家。

这四家的次序，是按爵位排的。这里的爵位，是曹雪芹给封的，全部意义就在于表示一下这四家地位的高低。这个高低，是相对意义上的，就好像一个班里学习最好的四位同学，总得有个第一、第二、第三、第四的排名，这样的排名，绝对不是官大一级压死人的那种。这四家能进入这个排名的前四，就说明他们之间是差不多的，是一个方阵的。

那么，这个"爵位"象征什么呢？爵位是贵族身份的象征。中国人说到贵族，喜欢用一个词叫"旧家"，就是有文化传统的家族。这个"旧家"不一定是最有权势的，也不一定是最有钱的，但是在社会上受到特别的尊重。这就是有文化地位。在文化传统里，人们总会在心理上，给这些"旧家"留出很高的地位；这些"旧家"也会有他们的文化传统，小到教育孩子，大到遇到大事，都有一套他们的经验。曹雪芹设定的爵位，其实就象征这些家族的传统，象征其文化地位。

而且在爵位以外，这四个家族还各有各的长处，通过这些长处可以往回找补①，进一步缩小差距。好比说，贾同学考试第一，史同学虽然考第二，但是他弹琴特别厉害，王同学虽然考第三，但是打篮球特别厉害，薛同学考第四，但是他是班长，所以很难说他们几个谁更厉害。最后算下来，四大家族基本上是势均力敌的，所以他们互相之间都是最理想的通婚对象。

第一家，贾家，就是贾宝玉他们家。贾家的爵位是公，象征贾家的文化地位是最高的。不仅如此，他们还"白玉为堂金作马"。什么叫"白玉为堂金作马"呢？首先字面意思是有钱。其实还有一点，"玉堂金马"是翰林院的象征。翰林在古代被认为是最有文化的，最清贵的。说贾家"玉堂金马"，暗示他们家是翰林出身，是书香世家。当然，古代的翰林也是官员，与政治权力密切联系。也就是说，贾家在政治、经济、文化方面都很强，其中文化尤其强，这种典型的世家，在古代是最被人羡慕的。

第二家，史家，就是史湘云他们家，也就是贾母的娘家。史家的爵位是侯，文化地位仅次于贾家，也是很有传统的家族。曹雪芹安排贾宝玉的爷爷娶了史家的女儿，也是在暗示史家家史久远，地位高。史家的特点是什么呢？"阿房宫，三百里，住不下金陵一个史"，首先是人丁兴旺。在古代，一个家族人口多，也表现出很了不起的实力。按比例，人口多，出的人才就多，当官的就多，实在当不了官，起码"械斗"的时候能出把子力气，当然势力就大了。其次，阿房宫是什么存在？它不仅大，而且极为奢华，说明史家也是殷实厚积之家。最后，更重要的是，据说秦

---

① 找补：把不足的补上。

始皇在阿房宫里收集了六国很多的贵族女子，这也点了史家作为"旧家"的身份。

第三家，王家，就是王夫人和王熙凤的娘家。王家的爵位是伯，又逊一等。但是王家的特点是什么呢？"龙宫缺少白玉床，龙王来请金陵王。"王家特别有钱。所以王熙凤的生活习惯是特别讲究、奢华的。而且曹雪芹后来写到宝玉的舅舅王子腾不断升官，王家的实权比贾政他们大。出身也不差，尽管比贾家稍微低一点，但是王家有钱有权，这就找补回来了。但是按照我们的文化传统，有钱有权好像还是不如有文化好。王家是一个正在上升的家族的形象。所以曹雪芹安排贾宝玉的父亲娶了王家的女儿。

第四家，薛家，就是薛宝钗家。在这儿，曹雪芹就没傻乎乎地继续写，薛家是子爵。他没写薛家的爵位，不知道薛家是没有爵位，还是觉得不值当写。据脂砚斋批，薛家祖上薛公是"紫微舍人"，其实就是"中书舍人"。中书舍人就是皇上的私人秘书。这个职位本来不是特别高，就是皇上身边总需要一个抄抄写写的人。但是这么一个工作，即使定的工资级别再低，慢慢地实际地位也就高了。一个王朝时间长了，世家大族的优势一直积累，就越来越不听皇上的话了，这时候皇上就会想在身边放几个才能出众的寒素士人，做自己的心腹。寒素更听皇上的话，跟皇权的关系更紧密。像中书舍人这样的职位，皇上就会安排自己信任的寒素士人。这些士人不是"旧家"，但是因为跟皇权关系密切，所以实际地位也是很高的。曹雪芹设定薛宝钗的祖先就是这样的人，所以虽然不确定有没有爵位，但也有的往回找补。薛家现在是皇商，帮皇帝办差事，虽然比翰林要逊色一点，但总归还是官，不是真正的商人。曹雪芹的爷爷曹寅就是干这个的。曹寅也是很好的诗人，很受皇上信任，你不能说他身份低、没文化。你也不能说曹雪芹看不起他爷爷。薛家的特点是"珍珠如土金如铁"，也是特别有钱，透着有点土豪气息了。另外就是跟皇权关系密切，可以往回找补。

有人说按这个顺序，到贾宝玉这辈就该娶薛家的女儿了，这么说就没有林黛玉什么事了。但是其实也不一定。一个是其实这个联姻，已经小小地体现过一次了。薛宝钗的母亲薛姨妈是王夫人的亲妹妹，大家记清，薛姨妈可不姓薛，她娘家姓王。王家和薛家已经联过姻了。王家肯把女儿嫁给薛家，也说明薛家的地位不低。

薛家的地位不低，那林家的地位低吗？当然更不低了，贾家都肯把女儿嫁给林家呢。在曹雪芹的人物设定里，林黛玉的出身是很高的，这个我们后面再讲。那为什么林家在"护官符"上没有出现呢？因为"护官符"上写的是金陵的世家大族，林家是苏州的。并不是只有金陵才有跟贾府门当户对的世家，林家就是外地的贵族。外地贵族是个很玄幻的存在，因为读者初见，不"知根知底"。外地的贵族有可能显得很高，这里面有"外来和尚会念经"的成分；也有可能显得很不起眼，因为你看不出他在外地的实力。所以写小说的时候，"外地贵族"这个身份也是很好用的。曹雪芹并不想在林妹妹和宝姐姐之间拉一个踩一个，那么写就太俗了，他得写她们俩各有所长，难分伯仲，所以他不会特意写林家比薛家高，也不会特意写林家比薛家低。书中给林家一个"外地贵族"的身份，是很巧妙的。

《红楼梦》里的"党争"

据说中国封建时代有"党争"的传统。大到一个朝堂,小到一个三四人的小店,都可以分帮结派。一般只要资源足够充足,这个斗争都不会是你死我活的,往往就是你看不上我,我看不上你,在"照章办事"和"难为一下"之间,玩一点暧昧。其实不光中国,稍微高级一点儿的文明,都有这种事,不过不在我们讨论范围内罢了。

《红楼梦》里有没有"党争"呢?我十几岁的时候,是拒绝承认《红楼梦》有党争的。但是我现在觉得,还是有。一个小说,总是要有矛盾冲突的,否则小说就进行不下去了。只不过,你要认清,是谁在跟谁争。

《红楼梦》写的是一个资源绝对充足的世界。《红楼梦》里人物行为的动力,不是求生存,而是争体面。《红楼梦》里的斗争,不是因为你抢了我一口饭吃,我不抢回来就活不下去了;而是因为,我发自内心地看不起你。

《红楼梦》的人物关系,经常就跟"护官符"一样,你在这方面比我强,我在那方面比你强,来回找补一下,最后我们在同一个水平线上,享受同样的待遇。就好比说,我博士毕业,但是没有工作经验,你比我多五年工作经验,但是没有博士学位,最后咱们拿到同样的职位,领差不多的工资。但是这就会造成,他会觉得,你凭什么呀,你连博士学位都没有,居然跟我拿一样的工资;你也会觉得,他凭什么呀,他一天班都没上过,居然跟我拿一样的工资。我们内心深处是互相看不起的。但是,我们又在同一条船上，找工作都不容易，谁也不想丢了这个工作。所以我们表面上会和谐相处，会互相忍耐。但是到了紧要关头，我还是会有意无意地，稍微往跟我一样的人那边，倾斜一点点。这就是中国人智慧的地方，也是《红楼梦》人物行动的基本原则。

《红楼梦》里的派系，首先是世家大族内部的派系。《红楼梦》里的主要人物，可以分成两个系统。这两个系统，是按母系分的。因为在闺门之内，是一个女儿国，父系文化基本不发生影响，或者也可以认为，父系文化的影响是基本相同的。人物的文化背景、为人处世的方式，主要是受到母亲影响的。对贾府发生重大影响的母系，主要有史家和王家两个系统。

王家系统，首先有王夫人，有她的侄女王熙凤，还有她的妹妹薛姨妈，这都是直接姓王的。然后，这些姓王的女人生下的女儿们，也都是王氏系统的。薛姨妈的女儿薛宝钗，王夫人的女儿贾元春，还有贾探春——注意，贾探春虽然不是王夫人亲生的，但是她在文化上，完全是以王夫人为母亲，接受王夫人的影响——王熙凤的女儿贾巧姐太小了，可以先不考虑。

史家系统，首先有史太君贾母，然后有贾母的娘家人史湘云。请注意，贾母的女儿贾敏和贾敏的女儿林黛玉，史家的文化传统，是可以通过母系传给林黛玉的。更不用说林黛玉是在贾母的保护下长大的。所以，林黛玉也是属于史家系统的。

这两个系统的文化有什么区别呢？王家系统最大的特点是，特别讲上下尊卑。《红楼梦》里凡是写到给下人、给穷人一个嘴巴的，全都是王家系统的人。平时看起来端庄持重、彬彬有礼的人，急了是会很自然地伸手打人的。当然，她们平时也不是残酷虐待下人的,甚至对下人还都很好,但是她们与下人之间,始终有一种分寸感。宝钗的身份感表现在"嗔莺儿不去倒茶"。紫鹃可以操心黛玉的婚事,莺儿对宝钗是不敢的。

相反,史家就没那么讲上下尊卑。史太君的人生哲学是"横竖规矩不错就好",所以史家系统的丫鬟,都有更大的自由,更敢管主子的事。史家系统的人不会伸手打下人,连严词教训都没有。史家人不讲尊卑,讲什么呢?讲享乐,所谓"做人嘛最重要的是开心"。

史家的哲学,其实更接近"旧家"的传统。经过的事多了,见得多了,什么都无所谓了,反而没那么讲究。王家就更有上升阶段的特点,凡事一定要讲个规矩。曹雪芹把这个区别写得特别清楚,一丝不乱,这也是他作为一个现实主义作家特别厉害的地方。

曹雪芹这么安排,也是人设的需要。贾母和王夫人这一对婆媳,婆婆比较随意,儿媳妇比较讲尊卑,这个关系比较好处,不容易有矛盾。如果是反过来,儿媳妇大大咧咧,婆婆特别较真,那你就天天看这对婆媳打架吧,就别看宝哥哥林妹妹谈恋爱了。那就不是《红楼梦》了,成《双面胶》了。因为她们不是主要人物,所以要尽量简化她们的矛盾。这也是中国人比较理想的上下级关系,上位者宽容,下位者懂规矩,等于双方都谦让一步。出身于"旧家"的贾母做婆婆,出身于上升世家的王夫人做儿媳,这里面也有象征的意味。

但是,这里有个隐患,如果将来王夫人和林黛玉成了婆媳,那就成了婆婆讲尊卑、儿媳比较随意,那样矛盾就会比较大。这也暗示，在未来儿媳的人选上，王夫人在感情上会更倾向于跟自己有血缘关系的薛宝钗。

史家和王家的不同，是典型的"统治阶级内部矛盾"，甚至都不是矛盾，只能算文化差异。围绕在她们周围，则是一批没能进入"护官符"的次等士族女儿。

在《红楼梦》里，"二爷"总是显得比"大爷"更光彩夺目，娶到"护官符"上世家的小姐，也都是"二爷"。荣国公的儿子娶了贾母，贾政娶了王夫人，琏二爷娶了王熙凤，贾宝玉肯定也是要娶这个级别的妻子。而"大爷"们的妻子，没有一个出身这样的家世。

有人疑惑，贾府第四代长孙，怎么会娶秦可卿这样一个出身寒微的女子呢？于是猜测，秦可卿可能有了不得的身世。其实，荣宁二府所有长子的妻子，出身都不显赫，都属于次等士族。邢夫人的娘家人邢岫烟穷得要当衣服，尤氏的异母妹沦落到给贾琏做妾。李纨因为是贾宝玉的亲嫂子，要格外体面些，所以是国子监祭酒的女儿，但仍然不算是"护官符"家族。曹雪芹给她的设定，也更接近寒素性情。秦可卿虽然是抱养的，但毕竟是秦继业的女儿，也是出身于读书做官的人家，虽然比不上"二奶奶"们，但是在"大奶奶"里，并不算特别寒酸。

这些"大奶奶"有着相似的出身：娘家也是读书做官的人家，有一定教养，但在贾府面前处于明显弱势。她们也有着相似的性情：温柔顺从，不像"二奶奶"们那样无所顾忌。这样的性情，正是大家族期望的儿媳的性情。

中国表面上的传统是，嫁女儿要嫁比自己高的人家，娶媳妇要娶比自己低的人家。这背后的逻辑可能是：娘家处于弱势的儿媳妇，就会忍辱负重，心甘情愿地侍奉公婆，而且更好"调教"，更容易放弃娘家的文化，全盘接受婆家的文化，从而把娘家的文化影响降到最低，一心维护婆家的文化传统。

但实际上，这个原则不可能永远得到贯彻。且不说世家大族之间有联姻的需要，其实就从世家公子本人的角度说，他们也不愿意一辈子对着一个贤良淑德、唯唯诺诺、毫无共同语言的妻子；那些桀骜不驯却光彩照人的世家小姐，对他们有着永恒的诱惑。是谨守男尊女卑的"天理"，还是追求门当户对的"人欲"，每个人会有不同的选择。

曹雪芹的安排是，所有的"大爷"们，都去娶次等士族的女子，"二爷"们都娶"护官符"上家族的千金，可能因为长子更需要继承家族传统，而次子可以随意一些。这是曹雪芹的私人设定，并不是古代的现实中有这样的规矩。

曹雪芹给这些次等士族的女儿都安排了比较悲惨的身世和并不完美的个性。邢夫人和尤氏都是继室，都没有自己的孩子，也都有着明显的性格缺陷；李纨的形象正面却缺少光彩，还遭受了守寡的厄运；秦可卿是得到作者偏爱的人物，却仍被说成是抱养来的，与自己的公公有着暧昧的关系。比起世家的女儿，她们没有那么无忧无虑、才华出众，她们是红楼女性的另一面，也代表了那个时代更多士族女性的命运。

可以想见，邢夫人与王夫人这对妯娌，是互相不服气的。贾赦娶邢夫人，贾政娶王夫人，符合他们各自身份的"分工"，邢夫人和王夫人处于平等的地位。但王夫人对这位嫂子，实在难以发自内心地喜爱；邢夫人对王夫人，也难免会有暗暗的嫉妒。王熙凤与尤氏之间，也会存在类似的问题。她们必须互相承认对方的地位，但是其内心的感情，总是没法用理智控制的。

除了夫人以外，贾府的男主人往往还都有妾室。在曹雪芹的设定中，妻和妾是身份悬绝的，妾往往是丫鬟出身，她们只是"半个主子"，只是高级的奴隶。她们是没有希望成为夫人的，所以也不可能威胁到夫人的地位，甚至连反抗夫人的余地都非常有限。像赵姨娘，她再怎么"倒三不着两"，也是绝对不敢冒犯王夫人的，她只能跟周姨娘、袭人她们攀比。而作为夫人，当然也没有必要跟妾特别计较。所以，在《红楼梦》里，妻妾矛盾没有太大的戏份儿。

不过，理智和感情终归是两回事。作为主体性比较强的女性，看着心爱的丈夫走进在自己眼里一身毛病的"下等人"的房间，夫人的心里也还是会有说不出来的不舒服。这种不舒服没有正当的渠道可以说出来，就只好找别的方式曲折地发泄了。王熙凤对妾室很厉害，这是明面上的，其实，王夫人的很多行为，也可以找到这方面的潜在原因。

在妾室以下，还有各种等级的丫鬟、下人，他们更没有反抗的余地。在《红楼梦》里，直接反抗自己的主子、反抗所有主子的下人，几乎是没有的。下人与下人之间的矛盾、下人与主子之间的矛盾，往往都从属于主子之间的矛盾，都可以从主子的层面找原因。反过来说，主子之间的矛盾，也往往不会体现为主子之间直接掐，而是体现为下人之间的矛盾。因为主子之间直接掐很失体面，一个弄不好就会过分，这样就有一个迂回。

所以说，我们读《红楼梦》，心一定要细，千万不能粗枝大叶，把矛盾跳过去了。跳过去，你就不理解人物为什么要这样行动，还以为古代世家的规矩特别奇怪呢。更不能"简单粗暴"把矛盾尖锐化，一旦尖锐了，那就不是《红楼梦》了。要适应《红楼梦》的思维方式，这是需要一个过程的。第一次进大观园，谁都会迷路。如果你一时半会儿还找不着大观园的北，那我就继续给你当导游。

红梅人物

第二章 「情不情」的小王子：贾宝玉

终于说到《红楼梦》的男主角——贾宝玉了。

脂砚斋说,贾宝玉这个人,谁也没有见过,但是感觉天地间就是有这么一个人似的。不光《红楼梦》,好的文学作品,都有这个特点,不管它的故事情节多么荒谬,你总觉得它的人物就是真实存在的。时间长了,你还会跟书中的人物产生感情,好像他是你的老朋友一样。一部小说,世界观设计得再自洽,如果没有这种立得住的人物,也不能算是成功。

大家老是想问:贾宝玉这么一个人,他是不是曹雪芹呢?脂砚斋说他没见过贾宝玉,那贾宝玉真的跟曹雪芹没关系吗?

一般说来,一部小说中,与作者性别相同的主人公,就是作者自己。准确地说,是作者自己第一人格的投射。这并不是说,主人公的经历就是作者的经历。主人公的经历完全可以与作者毫无关系,但是,作者在写作时,就是在扮演主人公,他在主人公身上融入了自己对世界的理解。

事实上,作者在写作的时候,也在扮演书中的每一个人物。每一个人物身上都投射了作者的一部分自我,都可以代表作者灵魂的一个侧面。一个人一辈子肯定不可能经历所有的境遇,他不可能既是男子又是女子,既是主子又是奴才。但是借着写小说,作者可以把自我的另一面释放出来。曹雪芹写的时候肯定要想:如果我是个十几岁的公子哥儿,我这时候会怎么做呢?写出来就是贾宝玉。曹雪芹想:我要是个七十多岁的老祖母,我会怎么做呢？写出来就是贾母了。但是，不同的人物，在作者灵魂里占的地位不一样。在这么多人物里，作者最想写的、代入感最强的就是主人公，所以主人公会代表作者最主要的人格。

曹雪芹作为一个男性作者，在小说里写了各种各样的女性形象，他用这些女性形象寄托自己灵魂的不同侧面，写得都很生动、很可信，这是非常了不起的。但是，他的第一人格，还是寄托给了贾宝玉。贾宝玉是《红楼梦》所有人物里最接近曹雪芹的，代表了曹雪芹的自我认知。他也是曹雪芹在大观园里的眼睛，曹雪芹通过他的视角来讲这个故事，会方便一些。

但是曹雪芹又告诉我们，这个故事不是贾宝玉讲的，是石头讲的，所以这部小说本来叫《石头记》。这块石头，就是贾宝玉脖子上那块通灵宝玉。贾宝玉自己不是石头，在小说开头的神话里，贾宝玉是神瑛侍者，跟石头完全是两码事，是他带着石头下凡的。不过，这些都是曹雪芹糊弄我们玩的。哪有什么通灵宝玉，神瑛侍者也没有，不管是石头说还是贾宝玉说，都是曹雪芹说的。只不过，曹雪芹选择了第三人称，没用第一人称，就不能说故事是贾宝玉讲了。不用第一人称，是为了方便开启"上帝视角"，想知道什么马上就能知道。贾宝玉不可能什么都知道，曹雪芹就说，他那块宝玉是通灵的，什么都知道。

顺便说，这块石头也不是什么都知道，有一回它就说，它没亲眼看见，它不知道。不过我相信，其实它是知道的，它是有话不想告诉我们，所以推说不知道——这石头也跟着曹雪芹学得傲娇了。

虽然故事是石头讲的，但是这块石头是一直挂在贾宝玉的脖子上的,所以在它不通灵的时候,它的视角基本上就是贾宝玉的视角。曹雪芹时不时会超越贾宝玉所在的空间,但是他自始至终是站在贾宝玉的立场上讲故事的。所以,贾宝玉是完全可以代表曹雪芹的。

生活美满的小王子

在小说开篇的神话里,通灵宝玉是女娲补天剩下的一块石头,动了凡心,想去人间,求一僧一道送他到人间去经历一下。一僧一道于是答应携他到"那昌明隆盛之邦,诗礼簪缨之族,花柳繁华地,温柔富贵乡,去安身乐业",并设法让他跟着神瑛侍者下凡。这一僧一道没有糊弄石头,神瑛侍者确实投了一个最好的胎,一切都是最好的配置。这就是贾宝玉。

他出生在繁华的京城,贾家是"护官符"上领衔的世家。真正生在皇室也不好,一辈子腥风血雨不得安宁。读书做官的人家,士大夫家庭,是最好的家庭。在这个家庭里,他的父亲,基本上是这个家族他这一代唯一能上升的男性,总的来说是一个好父亲。他的祖母,出自"护官符"上第二名的家族;他的母亲,出自"护官符"上第三名的家族。他父亲是他祖母亲生的,他是他母亲亲生的,在中国传统社会里,嫡出总是占有优势。何况在《红楼梦》设定的这个社会里,女性有很强的主体性,母系其实拥有相当的权力——宝玉的母亲会积极地管教他,舅舅会尽量地帮助他。其实,在中国的士族社会里,这种现象也是很普遍的。所以,母亲是谁,不是一件无所谓的事。除了贾家以外,贾宝玉还同时代表了史家的利益和王家的利益,这两个家族也都是会尽全力给他支持的。贾宝玉出身的这个家庭，从各方面来说，都好得没挑了。

那贾宝玉在这个家庭里的地位怎么样呢？他是这个家庭的宝贝。首先他是男孩，可以给家族传宗接代。其次，他是一个介乎独生子与非独生子之间的存在。我们这代人是独生子女的一代，我们有体会，独生子女也好也不好。好就好在，没人跟你争资源，家里有什么，肯定都是你的；不好在，独生子女压力大，别说有什么意外，就是你没找到正式工作，一家人都会觉得陷入绝望。贾宝玉理论上既有哥哥也有弟弟，哥哥还有儿子了，所以他压力不大，他要不好好学习，长大没出息，只要他弟弟他侄子有出息，他父母也就不会紧盯着他了。但是，他哥哥已经死了，他弟弟是庶出的，他母亲也不待见他弟弟，所以，他弟弟和他侄子跟他没有同等的竞争关系，他母亲他祖母都是明显偏向他的。贾宝玉占尽了独生子女的好处，但是没有独生子女的坏处。

如果光是这样，好像贾宝玉存在的意义就是让他的姓氏往下传，就是个废物男。实际上，贾宝玉还是被视为荣国公的继承人，被寄予了深厚的期望。贾母就跟张道士议论过，贾宝玉长得最像"国公爷"；宁荣二公的阴魂还亲自跟警幻仙子说过，他们的子孙，就贾宝玉一个可以指望的。贾母把贾宝玉当宝贝，不是因为她就这一个孙子，而是贾府的男性可能就他一个能有出息的。当然，在中国，可能有出息的孩子，你永远不能说他可能有出息。

贾宝玉会念书吗？

听到这儿大家可能会疑惑了，贾宝玉怎么可能有出息呢？我们印象里贾宝玉念书不行啊。这个，我们就得作一番考证，看看贾宝玉到底学习好不好。

我们作小说阅读,一定不能听风就是雨,不能听见有一个人物说贾宝玉学习不好,就相信他学习不好。我们一定要考虑:这话是谁说的,说话人的立场是什么,他怎么知道这件事,他在这件事上有多大的发言权。根据这些,来分析这句话的可信度,分析这句话可能在哪些方面打折扣。

首先,贾宝玉学习不好这件事,有事实证据吗?事实证据比口头评论硬多了。但是,没有任何事实证据说明,贾宝玉会在科举考试中表现不佳。曹雪芹从来没有写他科举落第,也没有写他在学堂里考个零分回来。当然,也没有证据证明他在科举考试中会表现好。因为他还小呢,还没参加过科举考试,就相当于一个还没参加过高考的中学生。对于一个中学生,其实你是没办法知道他在高考中的表现会怎么样的,所以你不能过早断言,这个中学生是不适应高考制度的,是高考制度的牺牲品。"科举制度的牺牲品"是范进、孔乙己这样一大把年纪屡战屡败的,贾宝玉还说不到这儿呢。

有人可能会说,从一个中学生的平时成绩也可以大概推测出他能考上什么大学。其实我们只能极为粗略地推测一个人在高考大军中大致处于哪个方阵。比如说,一个学生,在普通中学长年处于倒数第一的位置,我们大致可以推测他没什么希望上北大。但是,如果有两个省重点的学生,甲一心钻研考试,每回测验都拿第一,这个奖那个奖都拿全了;乙不怎么在意考试,也不怎么去拿奖,每次考试都是十来名的样子,我们可以推断甲一定会比乙有出息吗?还真不能。小测验要这么准,我们还要高考干什么呢?更别说,高考之后还要考硕士博士,还有漫长的成才之路。所以,我们还是要相信全国统考,相信专业人士的判断,而不能把目光放在中学测验的一分之差上,更不能相信非教育专业人士对一个中学生作出的预言。

说回《红楼梦》,那贾宝玉的学识在这里相当于什么水平呢?他肯定不是普通中学的倒数第一。贾宝玉写诗的水平很高,这不是清客的吹捧,而是我这个自己也写诗的读者的判断。我之前说过,你也别信曹雪芹黑他、林黛玉黑他、他自己黑自己,这些评头论足都是不能信的,实际上曹雪芹意在表达:他的诗写得很好。

有人说,诗写得好有什么用?高考又不考。在贾宝玉的时代,科举考就是考写诗的。科举考试有试帖诗、试帖赋,这都是专门的考试科目。就是写八股文,也要以熟悉近体诗的规范和写法为基础。哪怕是你"蟾宫折桂"做了翰林,还是要继续被考核写诗的。更别说做了皇帝的近臣,还要写应制诗。做了清流的大官,诗写不好就要被天下人笑话。越到高层,写诗越重要。在那个时代,诗写得好可是读书人的头等大事。

当然,在考场上,贾宝玉不能那么"风流妖艳"地写诗;他平时写诗有趣,代表他有写诗的基本功。从贾宝玉的诗来看,他的对仗、用典、字法、句法和章法都是很过关的,这都是在科举考试中用得上的真本事。考官也都是写了一辈子诗的人,不至于真看不出贾宝玉比贾环写得好,也不至于真的不喜欢看有趣一点儿的文章。至于在科举考试中过不了关的那些悖谬的毛病,贾宝玉其实是没有的。真正不温柔敦厚的诗,只怕贾宝玉也是写不来的。

贾宝玉这个人，可能没有那么热衷于揣摩考官想看什么，但是他的智力是绝对不差的，甚至基本功也不差。对应到今天，他大概相当于那种省重点中学考十来名，虽不太用功，但是知识面很广、看书很多、"鬼点子"很多的中学生。这种学生也许不被身边人看好，但是在高考中的表现未必差，在之后的人生道路上表现更未必差。至于那种小小年纪就一心揣摩"上意"的，后面的人生其实未必像他们想象的那么顺利。

除了事实，口头评论也是要听一听的，但是听的时候要充分考虑，说话人的身份是什么，立场是什么，这些话在哪方面可能夸张了，哪方面可能"打折扣"了。那么，我们来看看，在《红楼梦》里，都是哪些人说贾宝玉学习不好，又是哪些人欣赏他的才华。

首先，叙述人对贾宝玉各种调侃。可是我们已经知道，贾宝玉本来就是曹雪芹的第一化身。那么，曹雪芹调侃贾宝玉，属于自嘲，是当不了真的。一个人说自己不好，这个"不好"的程度是要"大打折扣"的。叙述人调侃贾宝玉，也是以说他不用功为主，说一个人不用功，也不见得是坏话，有时候是夸他聪明。

其次，贾政当面没给过贾宝玉好脸。可是我们已经知道，贾政是一个傲娇的人，他背后其实很为这个儿子自豪的。父亲说儿子不好，这个"不好"的程度也是要"大打折扣"的。

再次，认真说过贾宝玉读书不好，很为他未来担忧的，有袭人、李贵和李嬷嬷。这三个人有一个共同点，都是文盲。古代社会的文盲率是很高的，下人基本上是没有机会接受教育的，即使是与读书的公子朝夕相处，他们也没有时间、没有兴趣学习文化知识。所以，他们对贾宝玉"学习成绩"的判断，只能来自道听途说，其中主要是听贾政这种傲娇的人说。以他们的文化素养，恐怕听不出贾政哪句是真哪句是假。

贾母和王夫人也对宝玉的学业比较担心。这两位夫人的文化水平看上去也不是很高，也不足以判断宝玉的学业，仍然得听贾政说。而且，她们对宝玉都是有母性的。母亲看自己的孩子，总是觉得长不大，总是觉得别人都不会像自己这么爱这个孩子，总是担心他赶不上别人。所以，在读书上学这种社会化的问题上，母亲和祖母对孩子的评价是有可能偏低的。

当然，如果这个孩子真的学习很差，被老师和同学看不起，母性是会启动保护机制的。薛蟠不成器，薛姨妈对他就有袒护的倾向。这种倾向，贾母和王夫人对宝玉是没有的，说明宝玉并没有差到让她们启动保护机制的程度。

再者，薛宝钗和史湘云都劝过贾宝玉好好学习，但是也没说过他学习比别人差。薛宝钗和史湘云是能够读书识字的，但是她们没有机会跟贾宝玉一起上学，没有见过贾宝玉的功课是什么样的，更不清楚他相对于同龄的男性水平如何，也只能靠传闻判断。薛宝钗和史湘云并不认为贾宝玉特别笨，只是担心他不如别人。

另外，贾政的清客们对宝玉都赞不绝口，夸他"天分高，才情远"。这里面会有奉承贾政的成分，所以这些称赞要"打折扣"。但是，这些清客都是读书识字的男人，他们很清楚好文章是什么样、这个年龄的男孩子一般是什么水平。他们奉承宝玉，也不能奉承得太离谱，否则就成讽刺了。他们的赞不绝口"打了折扣"，起码在大方向上，贾宝玉还是属于有才华的那种。

最后，林黛玉虽然像她舅舅一样调侃过贾宝玉不用功，但是她是真心爱着贾宝玉的。林黛玉的才识是在宝钗、湘云之上的，那么，这样一位绝世才女为什么要爱宝玉呢？我们是唯物主义者，我们当然不相信真的是因为木石前盟。如果贾宝玉"学习"很差，林黛玉才不会爱他。林黛玉虽然也没有上过学，但是她从来不说"混账话"，从来不曾劝宝玉"上进"。这除了因为她心性高洁，像宝玉一样不太把考官的意见当回事，也因为她根据自己的判断，对宝玉有充分的信任。

由此可见，除了傲娇的曹雪芹和贾政以外，说宝玉行的，是黛玉这样的大才女，是贾政身边的"老先生"；说宝玉不行的，不是文盲、下人，就是文化不高的亲妈、亲奶奶，或者拿不定主意、不知道宝玉跟别人比怎么样的，是介乎二者之间、不能上学的宝钗和湘云。也就是说，文化水平越高的，越说宝玉行，文化水平越低的，越担心宝玉不行。所以，你觉得，宝玉的文化水平到底怎么样呢？

在传统的中国社会，如果你是一个既受宠爱又很争气的孩子，大人一般不会太夸你，因为怕你"折了福"。这里面含有迷信的成分，也有怕你骄傲、怕你招来嫉妒的现实考虑。这是中国人爱护孩子的一种独特的方式。出于类似的道理，你的爱人也不太会直接地夸赞你。而嫉妒你的人，仍然会嫉妒你，他们会尽量相信对你不利的说法，尽量贬低你的优点。不明真相的路人，则难免会把你的情况想象得差一些，毕竟谁会相信天才少年就生活在自己身边呢？在《红楼梦》里，几乎没人夸贾宝玉，其实贾宝玉面临的就是这样的处境。时间长了，大概连贾宝玉也会相信，自己念书不是太好。

人在少年时，遥望大人的世界，难免会有种种忐忑：我是不是学习不够好？我喜欢的专业是不是养不活自己？我的家境是不是不够好？我是不是找不到理想的结婚对象？越是现实生活安逸的孩子，越是容易这样瞎想。《红楼梦》里的这些少男少女，就充满了这种青春的忧虑。这种忧虑是美的，可以带来很多诗；但也是没来由的，不能真信。贾宝玉认为自己在科举考试中表现不会太好，这是他在当下这一刻的真实心理，但他的"认为"未必符合现实，他的实际生活，跟真正念书不好的公子哥儿，也是不一样的。如果我们分析周围人对贾宝玉的态度，上来就说"因为他念书不好，所以……"，那就是又被曹雪芹骗了。

甜蜜的烦恼

一个人出生便能碰上的好运气，无非是生在一个好的家庭，或者天生比别人聪明。这两种好运气，贾宝玉都碰上了。那么，运气这么好的人，有没有他的烦恼呢？

如果一个人物没有烦恼，那么这个人物是不真实的。你写一个幸福的人物，也要写他的烦恼，读者才能从他的烦恼中看出他的幸福，才说明他是真的幸福。但这个烦恼又不能是硬安在他身上的，一定要跟他的幸福密切相关，这样才符合典型的原则。

那么，贾宝玉的烦恼是什么呢？我认为有两点，一个是被管束，一个是被嫉妒。这两种烦恼，都是典型的"甜蜜的烦恼"。

管束贾宝玉的人是很多的。管他的人多，是因为爱他的人多。每一个爱宝玉的人，都以自己独特的方式管束着他。所以，贾宝玉面临着来自四面八方的管束。

贾政是把贾宝玉当成自己来爱的。他恪守着儒家"君子远其子"的教育方针，很少出现在贾宝玉的日常生活中，只有发生了和外界有关的、男人的事情，才会出现。长期的疏离让贾政在宝玉眼中显得神秘而可怕。每次贾政叫宝玉，宝玉都怕得不得了，好像发生了什么百年一遇的灾难一样。实际上，除了忠顺王府上门问责那一回，每次贾政叫宝玉，都是好事。这说明贾政其实是疼爱宝玉的，总是在尽量帮他"谋福利"。这有点像今天导师和研究生之间相处的日常，而不像本应更亲密的父子关系。

贾政也是把宝玉当成自己来管的。当有人称赞宝玉的时候，他总是替宝玉谦虚，摇着头说"不好"；当宝玉犯了大错的时候，他更是把宝玉当成自己身上不能被社会接纳的一面，"下死手"去打。贾政对宝玉的管束，象征着社会规则对少年的压制，是没有任何商量余地的。好在，贾政管宝玉的时候并不多，如果他天天管，宝玉怕是没有活路了。只不过，贾政对宝玉的疼爱表露得太含蓄，导致贾政给宝玉、给读者，都留下了过于严厉的印象。

王夫人对宝玉的爱，是母性的爱。王夫人对宝玉的疼爱，就表现得直接多了，她甚至会在众人面前，把老大不小的宝玉抱在怀里，不住地摩挲，以至于贾环嫉妒得把油灯推倒去烫宝玉的脸。母爱是一种无条件的爱，妈妈爱你，唯一的原因就是她是你的妈妈，你是她的孩子，这是一种生理性的本能，完全不是因为你考了第一名，甚至也不是因为你孝顺她。王夫人陪伴宝玉的时间，要远远超过贾政。在贾宝玉的世界里，王夫人是出镜更多的家长。

王夫人对宝玉的管束，集中体现为限制宝玉和女孩子们交往，但是，这跟今天的母亲限制儿子早恋，还是不太一样的。

王夫人很害怕宝玉跟借住在贾府的外姓小姐们"作怪"，这是她的底线。因为，作为母亲，她有责任管好自己的儿子，如果发生了有损小姐们清誉的事，她实在没法向亲戚们交代。这方面的管束，其实仍是社会规则的象征，仍然是没商量的。只不过，这样的事，贾政不方便出面管，只能由王夫人来管。至于宝玉跟姐姐妹妹们一起吟风弄月，其实她是不管的。

更多的时候，王夫人是在防范宝玉的丫鬟和自己的丫鬟，特别是不遗余力地阻止她们成为宝玉的"跟前人"。也就是说，王夫人主要是不让宝玉纳妾。按贾府的风俗，少爷在婚前有几个"跟前人"，是很正常的。在这方面，王夫人似乎对宝玉管得过严了。其实，年近半百的王夫人，在这里有她的小心思，可能连她自己都没有觉察到。

王家是很讲上下尊卑的，对奴才的僭越保持着敏感。这甚至表现为，王家的小姐不喜欢丈夫纳妾。贾琏在婚前是有"跟前人"的，王熙凤在结婚后不久，就设法把她们"处理"了，只留下自己的陪嫁丫鬟平儿，还要限制她和贾琏的接触。王熙凤的"泼醋"，在《红楼梦》里造就了好几个名场面。王熙凤对赵姨娘也很苛刻，为什么这么苛刻呢？说到底，还不是因为她姑姑王夫人不喜欢赵姨娘？王夫人因为年龄、身份的关系，不好再"泼醋"了，但她打心眼里是不喜欢丈夫纳妾的。不许丈夫纳妾，在封建社会是不贤德的，所以不能公开说，但是不许儿子纳妾，就很有理由了。所以，王夫人有意无意间，会把对贾政和赵姨娘的不满，投射到宝玉和丫鬟们的身上。

在王夫人的眼中，跟宝玉密切接触的丫鬟，都是潜在的赵姨娘。更别说她们超出丫鬟"本分"的种种言行直接有悖于王家的文化。王夫人认为，自己防范丫鬟们，是维护儿子的德行，甚至也是为未来的儿媳妇营造良好的生活环境，所以是绝对正义的。没有人会认为，这跟她看不惯赵姨娘却又无可奈何有什么关系。管不了丈夫就管儿子，也是中国传统女性的心理补偿。从这个意义上说，王夫人也是把宝玉当成贾政来爱的。

这一点小心思，淡得几乎可以忽略不计。只是当做出一些有点儿残忍的事，比如撵金钏儿和晴雯的时候，王夫人才表现出一点儿复杂的心理因素。其实，王夫人事后也知道自己太过分了，所以她对于金钏儿的死，也是真心实意地愧疚。

母爱是无私的，因为没有无私的母爱，婴儿就无法活下来。但是，无私的母爱也有不好的一面，就是当孩子渐渐长大，这种无私的爱就像穿小了的衣服，会成为一种束缚，让孩子喘不过气来。和很多母亲一样，王夫人在儿子开始长大的时候，并没有及时让自己无私的爱退居幕后。贾宝玉正在从一个男孩子成长为一个男人，他需要去接触异性，也需要去接触外面广阔的天地，而王夫人并没有给他足够的自由。

对于接触异性，王夫人的干预多于其他母亲。宝玉出门其实也是不自由的，这恐怕也是贾母和王夫人共同干涉的结果。

贾宝玉有一次和茗烟偷偷溜出去，到袭人家探望袭人。袭人吓了一跳，回去的时候，坚持不让宝玉骑马，特意雇了一抬暖轿送他回去，为的是不让路人看见。这种保护，已经远远超出了安全的考虑，不像是对待一个男孩子，而像是对待一个关涉礼教大防的大家闺秀了。袭人这么做，应该不是她自己的主意，而是太太或老太太一贯的要求。

还有秦可卿出殡的那一回，贾宝玉本来是骑马的，结果王熙凤让他不要"猴在马上"，招呼他坐到暖轿里来。王熙凤的话，一般来说也代表贾母和王夫人的旨意，而且恐怕代表王夫人的可能性更大一点儿，即使是传达贾母的话，也至少融会了王夫人的精神。

在当时，骑马是一件表现男子气概的活动。本来，只有姑娘家，才会因为安全考虑和不能"抛头露面"的规矩，被家里人禁止骑马。男性不会骑马，会显得娇气文弱。乾隆皇帝就曾经因为很多旗人官员不会骑马而恼怒，下令禁止他们坐轿上朝。而像贾宝玉这样被女性长辈过度保护的男孩子，只能像女孩子一样坐暖轿。贾宝玉本来自己会骑马，却被女性拉回轿子里，这个情节颇具象征意味。

王夫人，或者还有贾母，为什么不让宝玉骑马呢？这个我也不太清楚。我猜，她们可能不愿意让宝玉过早在人前露面，不想让人们传说，"贾府有个十二三岁的公子，特别活跃"，更不想让他招来太多的嫉妒。在传统社会，人们相信孩子出名太早不是好事，所以，被寄予希望的孩子反而是不能经常露脸的。给小孩子大操大办生日，或者把孩子带到人前各种"表演"，被认为是暴发户的行径，是对孩子不利的。处心积虑地让未成年的孩子出名，其实是不爱孩子。不让宝玉露脸，跟不让女孩子的诗作流传出去，可能有类似的考虑。

按照今天的教育观念，母亲过多干涉孩子是不好的。但是我们应该看到，王夫人这样来管儿子，是违背儒家的初衷的。儒家表面上说，女性要"三从"，母亲既然要服从儿子，当然就谈不上太多的干涉。但是随着"孝"的地位被越抬越高，"从子"这一条，几乎从来没有实现过。社会越到后期，母亲对儿子管束得越多。这其实也是女性主体性觉醒的一种表现，虽然是一种不太理想的表现。

《红楼梦》中的女性都有着鲜明的个性。女性要有个性，就不能光接受好的方面，光看着姐姐妹妹们逞才斗巧，也得接受其中看起来不那么美好的方面，也就是，掌握了权力的女性，也会像男性一样，给人带来压力和束缚。

王国维嘲笑李煜"生于深宫之中，长于妇人之手"，因而带上了女性化的特质。这话用来说贾宝玉，也是没错的。要将男孩子培育出女性化性情，光父亲的缺席是不够的，更需要母亲的强势。我们知道，贾宝玉有强烈的女性崇拜，他的性格中，也有女性的特质。对于这样的特质，他自己是引以为自豪的，所以王熙凤一奉承他是"女孩一样的人品"，他就乖乖地从马上下来了。贾宝玉的这种标志性的性情，虽然不能说是王夫人一手造成的，但是与他生命的最初阶段笼罩于女性的权威之下，是不无关系的。

那么，这样的性情好不好呢？原始儒家是反对的，他们认为，男人就要有男人的样子，女人就要有女人的样子。

从具体的教育方法上看，王夫人有很多做得不对的地方，给儿子带来了束缚和苦恼，但是从母亲形象的角度看，这样一位强势、有权威的母亲，在男孩的成长过程中，却是不可或缺的。她的存在，可以让儿子早早懂得敬畏女性。在这个前提下，男孩子才有可能长成一个对女性怀有温情的男人,一个适应高度文明社会的男人。

尤为幸运的是,王夫人作为一个贵妇,并不亲自照顾儿子的饮食起居。这个责任,转由宝玉的乳母李嬷嬷承担。这使得王夫人的强势并没有渗透进宝玉生活的每一个细节。对于实际照顾他的李嬷嬷,宝玉是可以反抗的,甚至可以耍"少爷脾气",因此,他并没有像一个真正受到全方位强势管束的孩子一样,养成唯唯诺诺的性格。他仍然是一个非常有主见,甚至是有点儿"牛心左性"的少年。

爱的管束

另一位为宝玉提供母性之爱的,是他的祖母贾母。贾母按照史家的文化传统,把丫鬟都宠得无法无天,可想而知,她是怎么宠爱她的金孙贾宝玉的。贾母宠爱宝玉,不全是出于传宗接代的考虑(事实上,可以为荣国公传宗接代的远不止宝玉一人)。在两个儿子中间,贾母本来就是"偏心"贾政的,因为贾政比贾赦成器多了。贾宝玉又是玉字辈唯一可能有出息的。在贾母眼中,宝玉"就同当日国公爷一个稿子",贾母在他身上,也倾注了对亡夫的爱,或者说,是对亡夫家族的爱。

与讲究尊卑的王夫人不同,讲究享乐的贾母,几乎是鼓励贾宝玉"早恋"的。她生怕孙子错过了"大好青春",给他身边塞了袭人还不够,又塞了个晴雯,甚至可以说,宝玉身边的八个大丫鬟都是她安排的。对于宝黛的恋情,她更是全心全意地撮合。当然,如果宝玉想去找宝姐姐、史妹妹玩耍,贾母同样是满心欢喜的。

贾母对宝玉的管束，体现在尽可能地消解他头上的光环。贾母总是抓住一切机会跟人说，宝玉并不尊贵，也不聪明，只是一个普通的小孩子。按照迷信的说法，这是怕小孩子"折福"。客观地说，特别是对于比较小的孩子，这种做法有助于小孩子减轻压力，无忧无虑地享受童年。在贾母眼中，宝玉将来能有出息固然好，即使不那么有出息，也同样是她的宝贝孙子。比起让孙子成为"国之栋梁"，她更希望孙子平安快乐地长大，做一世"富贵闲人"。这是母性的另一种体现方式，会带给小孩子极大的安全感，帮助他们自由地成长。

在《红楼梦》里，贾宝玉是唯一没有正式名字的男主子，"宝玉"是他的乳名。之所以这样，是因为贾母特别嘱咐，大家都要叫他的乳名。不仅主子们要叫，连丫鬟也要这么叫，据说还贴在大街上，让挑粪的花子也叫。

传统中国人迷信地认为"贱名好养活"，小孩子叫一个卑贱的名字，阎王爷就会认为他"不值钱"，不会把他带走，所以过去的农村孩子经常会叫"狗剩"之类。贾母也是出于差不多的考虑，宁可孩子终身卑贱，也希望孩子能健康地长大。

但贾母不可能管孙子叫"狗剩"，她采取的办法就是让全世界都叫孙子的小名。叫小名，就表示他还不是一个值得敬畏的少爷，而只是一个没有什么附加价值的娃娃。不管宝玉长到多大，赢得了多少人的喜爱乃至敬仰，在贾母眼中，他永远是一个生活不能自理的娃娃。

贾母尽量把宝玉往小里说、往普通里说，是长辈的一种智慧，比对他寄予无限期望、给他无限压力要好多了。但是如果做得过分了，也会给他另一种压力。想象一下，一个十几岁的少年，一边读着圣贤文章，一边还被所有人叫着乳名，这个场面其实是有点尴尬的。

读者经常感觉贾宝玉这个人物形象"忽大忽小"，一会儿能说出洞察人世的大道理，一会儿又需要人抱着上马。其实，这也不一定是曹雪芹写的时候没想好，而是像贾宝玉这样的人，实际生活就是这样的，他内心成熟的程度远超他的年龄，但在现实中，因为被人照顾得太好，他的某些表现可能又落后于他的年龄。贾宝玉在现实中长不大，贾母要负很大的责任。贾母给了宝玉无限的宠溺，但同时也总是把他当小孩子，这对他仍然形成了一种压制。这也是母性的一体两面，给他保底的，同时也是把他往下拽的。

给贾宝玉母性之爱的，还有一位李嬷嬷。李嬷嬷从小给宝玉喂奶，也负责照顾他后来的生活，但是不负责对他的教育。她的职责，更像是传统社会中一位民间的母亲。李嬷嬷不像贾母、王夫人那么清楚"读书上学的公子"应该是什么样子，更不能理解宝玉内心的那些风花雪月，她所担心的，就是宝玉饿着没有、冻着没有、多喝酒了没有……在这些近乎生理活动的领域，是由她来管束宝玉的。

李嬷嬷管束宝玉的动机是复杂的。一方面，宝玉是她奶大的孩子，在感情上跟她亲生的孩子是一样的，她是真的怕他冻着饿着；另一方面，宝玉又是她的小主人，保证他吃饱穿暖不生病是她的职责，如果出了闪失，她是要被主人责骂的。李嬷嬷有照管宝玉的义务，却没有"便宜行事的权力"。所以，李嬷嬷在她的管辖范围内，是极为谨小慎微的，这势必把宝玉的饮食起居管得很死。李嬷嬷才是最直接对宝玉履行母亲职责的人，但是从宝玉的感受来说，她也是最集中体现母性负面力量的人。宝玉受到的一切管束，几乎都是通过李嬷嬷来落实的。宝玉如果对父母和祖母有不满，是不能对他们发泄的，但是可以拿李嬷嬷来"煞性子"。宝玉不敢恨自己的长辈，就会把这些恨转移到李嬷嬷身上。

宝玉，以及叙述人，对李嬷嬷是很不友好的。小说赋予李嬷嬷是一个老态龙钟、拄着拐的形象。其实，李嬷嬷应该比王夫人年轻很多。做奶妈的年龄，应该是社会意识中的最佳生育年龄，推断李嬷嬷的实际年龄应该是三十多岁。曹雪芹把她写得这么老，就是因为宝玉心里觉得她絮叨、烦人、一无是处。这反映了宝玉与底层的母性管束的冲突。

在很多时候，李嬷嬷扮演着宝玉母亲的角色。比如"探宝钗"一回，其实她是代表贾宝玉的母亲出场的。"探宝钗"那一场戏为什么有趣呢？其实那场戏不是什么"宫斗""宅斗"，只是体现了少年贾宝玉开始长大却无法摆脱母性束缚的成长矛盾。你可以这么理解：一个初二的男生，到一个女同学家去玩，结果他一直喜欢的另一个女同学，正好也到这个女同学家来玩了，于是就很尴尬；更尴尬的是，他拜访的那位女同学，正巧她的妈妈也在家；比尴尬还尴尬的是，过了一会儿，男生自己的妈妈也来做客了；双方的妈妈都以为他们三个是小孩子、不懂事，两个女同学互相拿这个男生开玩笑，但是又点到为止，不让两位妈妈发现。可以想见，这位男生此时一定如坐针毡，这就是宝玉当时的处境。

在这个名场面里，扮演宝玉的母亲的，就是李嬷嬷。如果这时候是王夫人来访，可能就没有这么强的戏剧性了。因为王夫人更知道宝玉心里在想什么，也更知道礼貌进退，而且还跟宝钗的妈妈是亲姐妹，这就很不方便钗黛二人糊弄老太太玩。所以，曹雪芹安排了文化水平低、只关心宝玉衣食的李嬷嬷出场。

中学男生经常有这样的体验：你觉得自己已经是个小男子汉了，在女同学面前知道要面子了，偏偏你妈妈还拿你当小孩子看，当着她们的面，跟她们的家长讨论你在家的糗事。贾宝玉也是这样，他在宝钗、黛玉面前越是要面子，李嬷嬷越是在那里说，"小孩子不要喝酒啊，回家好好写作业啊"，诸如此类。这时候，贾宝玉简直觉得无地自容。如果是亲妈，他可能不敢恨，但这是奶妈，所以他就恨得肆无忌惮了：回家以后，他就闹着要撵李嬷嬷走，还气得把茶杯都摔了。

宝玉撵李嬷嬷这个举动，突出体现了他挣脱母性束缚的强烈愿望。当然，这个愿望是没有那么容易实现的：贾母不可能由着他真的把李嬷嬷撵走，最后只是半明白半糊涂地把丫鬟茜雪撵走了。贾宝玉还得继续接受李嬷嬷的管束和照顾。

还有一个爱着宝玉、管着宝玉的人，就是袭人。在这一点上，袭人可以算是李嬷嬷的接班人。一个孩子长成大人的过程，就是脱离父母、找到爱人的过程。袭人是第一个与宝玉发生关系的女性，本来是他脱离母性束缚的契机。但有趣的是，在这个家庭里，袭人是贾母派来的，是"母性的最高代表"亲自安排的。不但如此，袭人后来又获得了王夫人的认可，得到了王家系统的"加持"。袭人这样一个"通房丫头"，并不代表着新的世界，反而同时代言了两股母性力量。她对宝玉的爱，仍然有浓厚的母性色彩。袭人照顾宝玉，仍然是像照顾小孩子一样，无微不至地关心他的吃饱穿暖。至于宝玉的精神世界，袭人是不理解，也不关心的。

与老态龙钟的李嬷嬷不同，袭人毕竟是一位青春少女，她的话，宝玉不能不听。奇妙的是，袭人对宝玉的屡次规劝，一个很重要的内容，就是限制他与女孩子接触，这竟与王夫人关心的问题不谋而合。袭人是让宝玉品尝到男女之情的人，如今竟是她来限制宝玉的男女之情，这种反讽，是曹雪芹最擅长的。由袭人来管束宝玉的私情，是令宝玉最无法拒绝的。袭人为宝玉摆脱母性的罗网指示了一个出口，宝玉跟着她走过去，却又重新落入了罗网。

不仅丫鬟会管宝玉，连小厮也会管宝玉。跟随宝玉的茗烟、李贵，也都肩负着看管、规劝宝玉的使命。李贵以为宝玉真的不会念书，曾经哀求宝玉好好学习，免得自己受到连累。李贵是李嬷嬷的儿子，他对宝玉的管束，其实是李嬷嬷的延伸。家门之外的世界，李嬷嬷照管不到，但可以让她的儿子照管，所以宝玉即使是出门上学，也仍然是不自由的。当然，小厮们管宝玉，归根到底，实际还是贾政和王夫人在管宝玉。

林黛玉也是深爱宝玉的人。在大家印象里，要伺候林黛玉这样一个女朋友，是不容易的事，肯定要被管头管脚。史湘云就说过林黛玉会"辖制"宝玉，读者肯定也都觉得是这样。但实际上，林黛玉倒没怎么管宝玉。她从不劝宝玉"立身扬名等语"，也并不真的干涉他与女孩子们来往。林黛玉给了宝玉一生中弥足珍贵的自由，因此，宝玉"深敬黛玉"。

黛玉不管束宝玉，固然有崇尚自由的史家家风的影响，但与贾母不同，黛玉对宝玉不是保底式的宠溺，而是建立在理解基础上的信任，是灵魂伴侣之间的志同道合。从这个意义上说，林黛玉才真是引领宝玉走出母性束缚的人，确实是最配跟宝玉相爱的人。

然而，林黛玉也有她的"小性儿"。她不反对宝玉"爱红"，但是一逮着机会，就一定会调侃宝玉和宝钗，拿宝玉跟袭人的关系开玩笑的次数也不少，就连湘云、宝琴等人，也都纷纷"中枪"。这样一位熟悉春秋笔法的才女，只要她愿意，就没有她编排不了的人。这种玩笑甚至很风趣，并不是真的吃醋，但是她这样把宝玉身边所有异性都编排进去，让宝玉疲于应对，也着实给宝玉增添了不少烦恼。更不用说，林黛玉是一位贵族少女，是一位诗人，又是恋爱中的人，情绪之不稳定，已经达到了人类的极限——动不动就会哭、动不动就会多心什么的，总是"题中应有之义"。不能说她是故意用情绪来控制宝玉，但是宝玉总要时时照顾她的情绪。客观上，这也成了加在宝玉身上的一重管束。

其他的姐姐妹妹，也都规劝过宝玉，宝钗和湘云都劝过宝玉好好念书，好好融入"须眉浊物"的社会，不要"爱红"。这些劝告，其实还是母性束缚的延伸。贾宝玉想不到，这些好好的姐妹，也会说出"这样的话"来，跟王夫人甚至李嬷嬷也没有区别了。这时候，他是既意外又生气的，比"来了这么一个神仙似的妹妹也没有玉"可生气多了。有时候他被说急了，也甩过很难听的话。不过，大多数时候，我相信他还得保持客气，起码在表面上接受一下姐姐妹妹们的意见——贾宝玉就是在跟姐姐妹妹愉快地玩耍的时候，也难免突然被这么管一下。

各种各样的管束，填满了贾宝玉生活的每一个缝隙。对这一点，贾宝玉是非常不满的。在第四十七回，他曾向好友柳湘莲抱怨："我只恨我天天圈在家里，一点儿做不得主，行动就有人知道。不是这个拦，就是那个劝的，能说不能行，虽然有钱，又不由我使。"处处受人管束，是少年贾宝玉最大的不如意。

被嫉妒的少年

贾宝玉的另一个烦恼，在于被人嫉妒。

家境好、念书好的少年，是难免被人嫉妒的。在第二十五回，马道婆就着宝玉的事蛊惑贾母说："大凡那王公卿相人家的子弟，只一生长下来，暗里就有许多促狭鬼跟着他，得空便拧他一下，掐他一下。或吃饭时打下他的饭碗来，或走着推他一跤。所以往往的那些大家子的子孙，多有长不大的。"

其实，世界上哪有什么鬼，但是跟着宝玉，得空便拧他一下的存在，还是有的，就是嫉妒他的小人们。这么理解的话，马道婆这话说得还是挺生动的。

马道婆说这话的起因，就是贾环假装失手，把贾宝玉的脸给烫了。之所以烫了，就是因为贾环嫉妒他，嫌王夫人抱贾宝玉不抱他，嫌丫鬟们跟贾宝玉玩不跟他玩。

嫉妒贾宝玉的人，其实是很多的。即使贾母再怎么有意雪藏他，也盖不住这个"小王子"身上耀眼的光芒。学堂里有人找他的麻烦，忠顺王府打上门来告状，都跟他过于显眼不无关系。甚至平日跟宝玉一起为非作歹的"死党"薛蟠，有时候话赶话说到那儿，也会流露出对宝玉的嫉妒，造出对宝玉不利的言论来。对于这些，曹雪芹都是一笔带过。曹雪芹重点写的，还是赵姨娘和贾环对宝玉的嫉妒。

在叙述人眼中，贾环和赵姨娘都是很不堪的人物。贾环是赵姨娘生的，王夫人不待见①赵姨娘，难免也会对贾环有偏见。但是大家普遍不喜欢贾环，并不仅仅因为他是庶出的。实际上，无论是智力、性情、气质，贾环都比宝玉差很多。大家爱宝玉，不爱贾环，主要是因为宝玉可爱，贾环不可爱。也就是说，大家不喜欢贾环，原因不是他庶出的身份，而是他禀性差。当然，可爱的那个正好是嫡出，锦上添花；不可爱的那个正好是庶出，大家就免不了抓住这件事挤对他。

但是，一个嫉妒别人的人，永远不会承认自己不如别人。贾环永远不会认为，宝玉比他有才华、性情好，而只会认为，一切都是因为宝玉是嫡出，自己是庶出，而世界上所有的人都是势利眼。然后，他就可以简简单单地骂一骂不公平的嫡庶制度，尽情地倾泻自己的怨毒。

赵姨娘是贾环的生母，因为是妾，绝对没有资格做宝玉的母亲。在宝玉和贾环之间，她当然要无条件地袒护贾环。更何况，她在王夫人面前是绝对的弱势，她必须以一种近乎病态的偏执保护自己的孩子。她生怕庶出的身份给贾环带来不利的影响，也愿意相信贾环受到的一切冷遇都是源于他的庶出身份。在这样的信念之下，她痛恨宝玉夺走了自己儿子的一切资源，见不得宝玉有一点儿好。

赵姨娘代表了母性的极端负面。一种母爱一旦完全不受理智

---

① 待见（dài·jian）：〈口〉喜爱，喜欢（多用于否定式）。

的控制，同时又站在了孩子的对立面，那它就会变成一种毁灭性的力量。全人类在潜意识里都害怕这种力量，所以几乎全人类都在讲"后妈""坏巫婆"的故事。赵姨娘这个形象，也可以归入这个系列里。这种邪恶的母性形象，往往是跟嫉妒联系在一起的，赵姨娘也不例外。

好在，赵姨娘没有白雪公主的后妈那么厉害。在这部现实主义的作品中，她是弱小无助的，是可笑的。但就是这样一个弱小可笑的人，她的嫉妒也足以给宝玉带来很大困扰。

和贾环一样，赵姨娘把宝玉收获的一切喜爱，都归结为他是嫡出。她看不到宝玉的任何优点。所以，她心里非常不平：宝玉不过是一个小孩子，跟自己的儿子是一样的，有些方面还比不上自己的儿子，凭什么大家都这么捧他，"竟是得了个活龙"呢？她不会明白，宝玉是一个古今少有的可爱少年，不是随便什么人都比得上他的，贾环更比不上他。强行拿贾环比宝玉，只是徒增烦恼罢了。

一个天赋优异的人，似乎是注定要遭受嫉妒的，反正他已经获得过好运气了，付出这点代价可以说也是难免的。一般来说，他也承担得起嫉妒带来的伤害。但是，当他还是一个少年的时候，嫉妒的伤害就显得有点要命了，因为他还没来得及长得足够强大。强者应该宽容弱者，但当他只是一个有可能长成强者的少年时，要求他宽容弱者，就未免有点不公平了，因为他毕竟还不是真正的强者。中国人讲究损上益下，这听起来也没什么错，但是有优势的少年，往往成为这个规则的牺牲品。在《红楼梦》里，赵姨娘和贾环就对宝玉发动了几次致命的伤害。

宝玉不是没有想过缓和与赵姨娘母子的关系。他不顾贾家"凡作兄弟的，都怕哥哥"的传统，想着"兄弟们一并都有父母教训"，自己没有资格"多事"。这固然是他一贯"情不情"的温和性情，但是他同时也在想，"况且我是正出，他是庶出，饶这样，还有人背后谈论，还禁得辖治他了？"宝玉的心里，还是装着"正庶"观念，但他还是想尽力淡化这个差异，宁可放弃管教弟弟的权利。他生怕自己做了什么事，让人误会自己仗着嫡出欺负庶出的弟弟。

　　然而，宝玉的这份心思没有得到任何回报。他不过是在贾环欺负莺儿的时候，劝了一句"这里不好你别处顽去"，就被贾环认为是"宝玉哥哥撵我"，进而让赵姨娘认为贾环"垫了踹窝""讨没意思"，生出了一番事端。宝玉的努力，既不能改善赵姨娘母子的处境，也不能改善他们对自己的态度。

　　我们都知道，一个孩子如果在成长过程中一直嫉妒别人，他的心理就会扭曲。贾环就是这样的。但是我们从来没有想过，如果一个孩子在成长中一直被人嫉妒，这会给他的心理造成什么样的影响。宝玉就是一个一直被人嫉妒的孩子。我想，这种经历会让他早早认识到，试图与小人和解是徒劳的，会让他格外厌弃世俗中卑琐的行径。宝玉极其厌恶"须眉浊物"和"鱼眼睛"，不屑于"国贼禄蠹"之道，特别是他绝不妥协的态度，或许与被小人嫉妒的经历是有关系的。

　　曹雪芹向来"叙坏人不是绝对的坏"，但是对于赵姨娘母子，他几乎懒得花任何笔墨去辩护。赵姨娘和贾环几次伤害宝玉，都存有很深的恶意，很少出现曹雪芹爱写的误会和巧合。这反映出，曹雪芹对这种人的强烈憎恨。不知道曹雪芹少年时是不是也有过类似的心理阴影。

在宝玉的成长过程中，爱他的人无论如何都会爱他，恨他的人无论如何都会恨他。他不会从迎合别人中得到任何好处，因此，他全然没有迎合别人的意识。他独立不羁，敢于发表离经叛道的言论，敢于蔑视大多数人信仰的科举仕进之路。这种性情是高贵的，在我们的文化传统中是被赞扬的。曹雪芹虽然时常调侃宝玉"乖僻"，但实际上，非常欣赏他的性情。

大方与小气

贾宝玉从生下来就没体验过匮乏，这导致他对物质没什么概念。对他来说，想要什么就会有什么，用完了伸手再拿。他从来不懂什么叫精打细算，更不懂什么叫生计艰难。一般人写贵公子，很多会写成穷奢极欲，但是贾宝玉甚至连穷奢极欲的概念也没有，因为他从来没有过求之不得，没有过被亏欠的心理，所以并不需要过多的物质来补偿亏欠。

曹雪芹曾经借下等婆子的口吐槽贾宝玉："爱惜东西，连个线头儿都是好的；遭（糟）塌（踏）起来，那怕值千值万的，都不管了。"贵公子的这个特点，李商隐还有一个更雅致的形容："不收金弹抛林外，却惜银床在井头。"[①]（富平少侯）用金子做成的子弹去打鸟，金弹丢在树林外，也不去捡，但偏偏觉得光洁的井床

[①] 出自李商隐《富平少侯》。原诗："七国三边未到忧，十三身袭富平侯。不收金弹抛林外，却惜银床在井头。彩树转灯珠错落，绣檀回枕玉雕锼。当关不报侵晨客，新得佳人字莫愁。"

看着银光闪闪的，新鲜得不得了，格外爱惜。李商隐写的是一个"十三身袭富平侯"的公子哥儿，比贾宝玉还要更阔一点，年纪跟贾宝玉差不多，性格也差不多，都有着迥异于常人的价值观。

物质上的富足，给了宝玉一种豁达之气。"这值什么"是他的口头禅。在"晴雯撕扇"的名场面里，他为了哄晴雯开心，说出了一段名言：

> 这些东西，原不过是借人所用，你爱这样，我爱那样，各自性情不同。比如那扇子，原是扇的，你要撕着顽①也可以使的，只是不可生气时拿他出气。就如杯盘，原是盛东西的，你喜听那响的声儿，就故意的摔了，也可以使的，只是别在生气时拿他出气。这就是爱物了。

这话说得多么豪迈，是因为他把物的价值看得极轻，把人的心意看得极重。而且他不是仅说说的，当晴雯真的拿了扇子来撕，他还在旁边怂恿道："响的好！再撕响些。"他还把麝月的扇子抢过来让晴雯撕，让麝月自己到匣子里再去拣扇子，还说出了那句标志性的"什么好东西"，"古人云：'千金难买一笑'，几把扇子能值几何？"这说明，他对外物的态度真是这么无所谓。当然，他是为了哄晴雯开心，但如果是买一把扇子要算计半年的穷小子，再怎么怜香惜玉，只怕也说不出这样的话、做不出这样的事。

真正把钱不当钱，应该是贾宝玉这样，觉得"千金"也买不来"一笑"，财物在人的精神愉悦面前，卑微得不值一提。像贾宝

---

① 顽，通"玩"。

玉这样，才是真正的少爷做派，才是真正的"有钱人发言"。

其实，这也不需要你多么有钱，只需要你像贾宝玉一样，内心没有匮乏感。如果你实在做不到，那你只要克制着不说"晴雯是看上贾宝玉的钱"，也可以显得稍微高贵一点。

贾宝玉不在乎钱是一贯的，给身边的女孩子们，特别是物质上不那么富足的丫鬟们，留下了深刻的印象。贾环就做不到这一点。其实贾环的生活条件是跟贾宝玉差不多的，不同的是他的内心有匮乏感。

第二十回写到贾环跟宝钗的丫鬟莺儿赌钱，赌急了耍赖，莺儿就说："一个作爷的，还赖我们这几个钱，连我也不在眼里。前儿我和宝爷顽，他输了那些，也没着急；下剩的钱，还是几个小丫头子们一抢，他一笑就罢了。"

贾环是主子，也是男孩子，居然赖丫鬟的钱，这是很让人看不上的行为。宝玉的行为和他形成了鲜明对照。宝玉和丫鬟玩，从来不会因为输了钱着急，假如剩下了钱，也还是会散给小丫头们，然后"一笑就罢了"。"一笑就罢了"，是宝玉的典型形象。这样的宝玉，是令人喜欢的。

宝玉可以这样，是因为他没有匮乏感，贾环就不行，所以他听了前面莺儿的话，第一反应是："我拿什么比宝玉呢？"进而得出结论："你们怕他，都和他好，都欺负我不是太太养的。"这是典型的贾环式归因。连宝钗从旁劝慰他的话都是"快别说这话，人家笑话你"。贾环的这种心理，确实值得"笑话"。

这时候，宝玉正巧走过来，他是怎么劝贾环的呢？他说：

> 大正月里,哭什么!这里不好,你别处顽去!你天天念书,到(倒)念糊涂了?比如这件东西不好,横竖那一件好。就弃了这件,取那件。难道你守着这个东西哭一会子就好了不成?你原是来取乐顽的,既不能取乐,就往别处去,寻乐顽去。哭一会子,难道这算取乐顽了不成?到(倒)招自己烦恼,不如快去为是!

在宝玉的意识里,没有什么比寻乐玩去更重要了,这也是来自贾母的教诲。发生了什么不愉快,也不值当哭。这里不好,就到别处去玩;这个东西不好,就去玩别的东西。这时候,贾环不敢回嘴,但是他心里肯定在默默地想:"那是你!我能跟你比吗?你去哪儿玩都有人捧着你,送到你手边的东西都是好的,我就不一定了。"宝玉给出的建议很豁达,但这是基于宝玉特有的对世界的信心。在宝玉的概念里,即使有不好玩的地方,不好玩的东西,也是小概率事件,下一个要去的地方、下一个遇到的东西,还会是好的。贾环没有这样的信心,在他的意识里,下一个地方、下一个玩具,大概率会是更不好的。像贾环这样的人,时时刻刻存着这样的担心,是难以理解宝玉的豁达的。

贾宝玉的轻视外物,是与他的身份相符的。这种性情发展到这个程度,其实已经与物质上的贫富无关了,而成了一种审美人格。

贾宝玉也不是对任何物质都无所谓,有的时候,却又小气得很,"连个线头儿也是好的"。什么样的线头儿是好的呢?当然是凝结着人情的线头儿,女孩子给的线头儿,特别是林黛玉给的线头儿。

大观园题对联那一回，贾宝玉从贾政那里出来，几个小厮上来表功，说自己在老太太面前说了好话，讨宝玉的赏。宝玉说一人赏一吊钱，小厮居然说："谁没见那一吊钱！"看来宝玉平时赏小厮赏得太多了，惯得小厮都染上钱少便不稀罕的毛病了。于是，宝玉就任凭小厮们把他身上佩戴的荷包、扇囊之类"尽行解去"。这又显出宝玉的日常为人大方了。袭人一看宝玉"身边佩物一件无存"，就知道是怎么回事，说明这种事发生过不止一次了。

结果，林黛玉生气了，因为她刚做了一个荷包给宝玉，既然"将宝玉所佩之物尽行解去"，那么其中一定也包括黛玉给他做的那个荷包。黛玉觉得宝玉也太大方了，连自己送的荷包都这么随便给人，气得把正给他做的香袋儿剪了。谁知宝玉并没有她想得那么大方，他知道自己的小厮有这个习性，怕他们把林黛玉送的荷包抢走，特意戴在衣服里面了。对于需要在乎的东西，宝玉是格外珍惜、格外细心的。此处，随便让小厮解走荷包和精心护着林黛玉送的荷包，大方和小气，形成了鲜明的对比。

又比如第四十五回，宝玉雨夜来看黛玉，黛玉怕他回去路上滑倒，给他一盏玻璃绣球灯让他照明。宝玉推说自己也有，只是怕"失脚滑到（倒）了，打破了"，可惜。这次连林黛玉都吐槽他："跌了灯值钱，跌了人值钱？""怎么忽然又变出这个'剖腹藏珠'的脾气来。"林黛玉是了解贾宝玉的，他平时绝没有"剖腹藏珠"的脾气。依我看来，宝玉未必真有这么个灯笼，他现在推辞，只是怕把黛玉的灯笼打破了。他爱惜的不是灯笼，而是黛玉的情意。只要是黛玉的东西，那就真是"连个线头儿也是好的"。

不重物色的人，自有他格外珍视的物色，曹雪芹往往爱写这样的反差。贾宝玉不重物色，重视的是人情，因而对凝结着人情的物色，也格外珍重。对于高于物色的人，宝玉自然是更加珍重，无论这些人是否对他有情。对无情之物有情，对无情之人有情，这就是脂砚斋给宝玉的三字定评："情不情。"

"情不情"的闺阁良伴

脂砚斋用"情不情"三字来概括宝玉。第一个"情"字是谓语，是"对……有情"的意思；"不情"二字是宾语，就是"没有情的"。"情不情"的意思就是，对没有情的人有情。

贾宝玉对人有情，是不需要对方用情来回报的。绛珠仙草还没有情的时候，他就作为神瑛侍者浇灌她；秦可卿在现实中与他没有男女之情，他却在梦中对她表现出莫名的迷恋；宝钗、湘云与他没有恋情，他仍然对她们怀有尊重与温情，怀有对她们才识与外貌的欣赏之情；袭人并不理解他，他仍然对她的朝夕陪伴怀有感激和眷恋；对于与他没有情缘，甚至对他怀有些许敌意的丫鬟，他仍然存有关怀和同情；甚至对于在他生命中一闪而过的小红、㘅儿，乃至村庄上的"二丫头"，他也同样怀有善意和祝福。他说，"见个女儿，我便清爽"，却从不要求她们对自己有情。

吐槽宝玉物质观念奇葩的婆子，也吐槽过他"情不情"的属性：

> 大雨淋的水鸡似的，他反告诉别人'下雨了，快避雨去罢'！你说可笑不可笑？时常没人在跟前，就自哭自笑

的。看见燕子,就和燕子说话;河里看见了鱼,就和鱼说话;见了星星、月亮,不是长吁短叹,就是咕咕哝哝的。且是连一点刚性也没有,连那些毛丫头的气都受的。

婆子口里的"可笑",让我们看到了宝玉"情不情"的可爱。他会不顾自己淋雨,先替别人着想,怕别人没处避雨;对于无关紧要的"毛丫头",他也展露出温柔,宁可在她们面前"受气",被人嘲笑没有"刚性";甚至对没有人情的自然物,燕子、鱼、星星、月亮,他也能产生共情,去和它们说话。宝玉的内心怀有无限的情,足以让他去细腻地体验这个世界,去关怀每一个卑微的存在。曹雪芹借婆子的口,用极为粗浅的语言,描绘了一个极有诗意的人格境界。

这种诗意的境界,是儒家的一种理想人格,就是宋儒张载说的,"民吾同胞,物吾与也",简称为"民胞物与"。把素不相识的路人视为自己的同胞,把没有人情的事物视为自己的好友。这是一种伟大的爱,是极深的情。曹雪芹借贾宝玉的形象,把这种人格理想表现得美好而又真切。

在儒者的内心,始终响着两个声音:一个是"民胞物与"——我要尽可能地去爱更多的人;另一个是"爱有差等"——我对于我爱的人,要多爱一点。这两个理想,有不同的适用范围,根据环境的不同轮流出现。曹雪芹把"民胞物与"化身为"情不情",赋予了宝玉;把"爱有差等"化身为"情情",赋予了黛玉。"情不情"是他的第一人格,"情情"是他的第二人格。

"情不情"和"情情"都有弊端。"情不情"过头了,容易让人觉得滥情;"情情"过头了,容易让人觉得对别人不够友好。按照传统审美,男性稍微"情不情"得过头一点,女性稍微"情情"得过头一点,还比较容易让人接受。如果是在现实生活中,当然男性和女性选择"情不情"和"情情"都没问题,只要都别过头就好。不过如果不是谈恋爱,在一般的人际交往中,地位高一点的人"情不情",地位低一点的人"情情",会显得更美好一点。所以,相对而言,"情不情"是一种偏阳性的气质,"情情"是一种偏阴性的气质。每个人身上都同时存在阳性与阴性的气质,只不过,你是宝玉的时候,你就会"情不情",你是黛玉的时候,你就会"情情"。

《红楼梦》用很大篇幅写了贾宝玉与姐姐妹妹们相处的日常琐事,在这些琐事中,总是漂浮着一丝丝若有若无的暧昧情愫。经常有同学问我:"贾宝玉是不是个渣男啊?"我说,当然不是了。

小孩子到了青春期,开始明白男女有别了。这时候,他们对男女之情不仅是向往,同时也有排斥。如果得不到正确引导,他们会以为,这件事是"不好"的。少年人还不太明白成年人的世界是什么样的,这时候,他们常常会有远远超过成年人的道德感。有的人跟一个有好感的异性同学一起写作业,就认为自己在"谈恋爱"了,并且很认真地认为,自己从此不能跟别的异性说话了,否则就是"渣"。道德感到了这个程度,其实有过之了,真实的世界不可能是这样的。

在真实的世界里,一个人一生要遇到大量的异性,与他们一起工作、学习、娱乐,进行各种各样无关爱情的交往,留下种种美好的回忆。在这些交往中,难免会有星星点点的瞬间,如果放在小说里，尽可以生发成各式各样浪漫的爱情故事，但在现实中，什么也不会发生。小说和现实往往是分得很清楚的。在现实中，这样的瞬间必须随风而逝，最多是在确认安全的无数年后，变成某位老人无意间回忆起的亦真亦幻的温馨，如果都照着小说去发展，那就真成"渣男""渣女"了；在小说中，则必须捕捉这样的瞬间，写出人们平时不会注意到的细节，这样才是好小说。

《红楼梦》就是以捕捉这样的瞬间见长的。在读《红楼梦》的时候，我们必须保持足够的敏锐，跟着作者去发现人类细微的情感；在现实中，我们万万不可按《红楼梦》的逻辑，把每一个引人遐想的细节都"坐实"了。这就像我们写"同人文"，尽可以捕风捉影、牵强附会，把每一个正常的细节都敷衍为爱情，这是一种艺术创作，但是万万不可把想象的事当真，更不能去打扰现实中的人。

在结婚之前的青春时代，这个道德标准还可以放得更宽些。所谓"忠于伴侣"的原则，是指在结婚以后，履行双方签订的契约，不做有损对方利益的事。而在结婚之前，特别是有确定的恋爱关系之前，是不存在这个问题的。在结婚之前，少男少女本来就需要在茫茫人海中寻找自己的一生挚爱，就是要认识很多的异性，与他们友好相处，确认是否有发展爱情的可能，这不能算"渣"。一个人在结婚之前，总会遇到几个有可能发展为未来伴侣的对象。无论男女都是这样。你有几个潜在的恋爱对象，同时你在对方那里，也只是几个潜在的恋爱对象之一，没有什么不公平的。只不过，你潜在恋爱对象的其他潜在恋爱对象，可能大部分不会出现在你的生命故事里而已。在《红楼梦》中，贾宝玉始终没有确定的恋爱关系，薛宝钗、史湘云，包括林黛玉，还都只是他潜在的恋爱对象。也许在现实中，她们都还有别的潜在恋爱对象，但最终嫁给了别的人。只不过，这些人没有出现在《红楼梦》中而已，并不是贾宝玉一个人占有了这么多女性。

《红楼梦》中贾宝玉的状态，就是谈恋爱前，与门当户对的姐妹们自由交往的状态。从《红楼梦》中可以看到，那个时代的世家对这个程度的交往是相对通脱的，至少没有"只能和一个女孩子说话"的观念。我们今天，实在没有必要比几百年前的古人更迂腐。

在这个状态下，女孩子们是"不情"的，她们并没有将贾宝玉视为必然的结婚对象，只是"正在混沌世界，天真烂漫之时，坐卧不避，嬉笑无心"，至少在宝玉眼中是这样的。当然，从女性的角度看，不排除她们已经有了少女的小心思。那些介乎无情与有情之间的暧昧言行，宝玉都会当她们是"无心"，不会贸然认为她们爱上了自己。这已经是宝玉高出一般"须眉浊物"的地方了。

而宝玉对她们的"不情"是有情的。对于女孩子们有意无意展现出来的爱意与善意，宝玉是感念和珍惜的。在不打扰她们的前提下，他会在自己心里记住这些情分，甚至偷偷敷演出一些旖旎的意象。更不用说，在他背后，还有一双深谙人情的、成年人曹雪芹的眼睛。曹雪芹调侃宝玉是"意淫"，这个词在今天已经用滥了，加入了很多与曹雪芹本意无关的含义。实际上，曹雪芹在造这个词的时候，指的就是宝玉的"情不情"，也就是在现实中不打扰他人、却在潜意识中就生活中的蛛丝马迹生发出无限的想象，大致就是我们今天磕"同人文"的做法。当然，这其实本来就是小说一贯的写法。《红楼梦》也正是以写这样的"情不情"见长的。

宝玉的"情不情"还体现为，他对女孩子有情，不以女孩子对他有情为条件。对于"不情"的女孩子，他仍然用一片深情去理解、去欣赏、去爱护。他善待所有女孩子，并非是功利性的，是源于天性中的至情，源于灵魂的丰富与细腻。这也是为什么宝玉这个人物显得特别可爱，远远高出于一般的"须眉浊物"。

贾宝玉虽然还是一个少年，但他已具备中国式男人最高尚的品质。这样的男人，会是一个好的伴侣。即使不想与他谈恋爱，他也是一个理想的"闺阁良伴"。

那么，贾宝玉最爱的人是谁呢？贾宝玉与几个姑娘萌生了不同程度的恋情。在建立正式的恋爱关系之前，这是允许的。贾宝玉爱得最深的人是林黛玉，薛宝钗次之，史湘云再次。

世界上的爱情有多种。有一种爱情，是生死相许的爱情。自从你见过了这个人，你就十分确定，今生必须要跟这个人相守，你可以为这份爱情去死，去承受痛苦；同时这份爱情不只意味着痛苦，你跟这个人在一起的时候，又感到轻松、愉快。另有一种爱情，是你如果得不到，就会果断放手，不会为之去死，去承受痛苦，但如果你得到了这份爱情，你也会感到轻松、愉快。前一种爱情可以包括后一种爱情，而当前一种爱情缺席的时候，后一种爱情同样是完整的爱情。

宝玉与黛玉，就是前一种爱情，与宝钗，则是后一种爱情。只要宝玉和黛玉在同一个世界，不管世上还有多少选择，他们都会义无反顾地选择对方。但如果世界上没有黛玉了，宝玉也可以与宝钗相爱，并且也是真的爱情，并不是凑合过日子。黛玉在的时候，不但宝玉不会选择宝钗，连宝钗也会有意地躲开，避免嫌疑，因为此时的爱情并不值得她付出过高的代价。而当他的世界中黛玉来了又走了之后，宝玉还是会和宝钗结婚，就像藕官对药官那样，"便只是不把死的丢过不提，便是情深意重了"。只不过因为黛玉曾经存在过，他会"到底意难平"。好比说，黛玉与宝玉互为第一志愿，宝钗与宝玉互为第二志愿。有希望的时候，人总是会尽力地去追求第一志愿，但如果追不到，第二志愿也是志愿，也会高高兴兴地服从，也说不上是对不起第一志愿。

这里面有一个前提，只有黛玉不在了的时候，娶宝钗才不算是对不起宝黛的爱情。所以，按照曹雪芹的意思，宝玉与宝钗的爱情，只有在黛玉去世后才会发展。在前八十回中，宝玉与宝钗没有爱情，只有偶然的闪念和暧昧，唯一与宝玉有爱情线的是黛玉。脂砚斋指出："二玉事，在贾府上下诸人，即看书人，批书人，皆信定一段好夫妻。书中常常每每道及。岂其不然？"（第二十五回）。在黛玉活着的时候，所有人都认定宝黛是一对，宝玉从来没有过"选黛玉还是选宝钗"的疑惑，更没有人作过"撮合宝玉和宝钗"的尝试。

实际上，只要不发生黛玉早亡这样的不可抗事件，在现实生活中，宝玉和黛玉更有可能结为夫妻，宝钗才更有可能变成"意难平"。从审美上，我个人甚至觉得，与其用硬性的灾难拆散宝黛，让宝玉回忆死去的黛玉，还不如等宝钗自然地离去，让宝玉回忆与宝钗之间不曾发生的爱情。这也是现实中更可能发生的情形，但也许不是适合文学表现的爱情。曹雪芹安排黛玉早亡，很大程度上是为了让宝玉和宝钗的爱情有一次出场的机会。

宝玉和湘云的感情，比跟宝钗的更虚幻一些。湘云是"从未将儿女私情略萦心上"的女汉子，她与宝玉更接近血缘亲情，他们之间更多的是相似，而不是相配。更何况，湘云的疑似夫婿卫若兰已经在小说中显现了，恐怕宝玉也已经不是湘云的"第一志愿"了。宝玉与湘云相恋的可能性也是存在的，但又小于宝玉与宝钗相恋的可能性。只有当宝钗也消失的时候，宝玉才有可能与湘云结合。宝玉与湘云大概只能互相化为对方的回忆。

在士族生活中，人们并不歧视继室。只要是正妻，就默认地位是平等的，没有"先来后到"的区别。所以，如果宝玉先后娶了几位小姐，这在现实中是可能发生的。只能说，宝玉的个人意愿，会有黛玉——宝钗——湘云的排序。

宝玉与丫鬟们的感情，又是另一组平行线。在古代一妻多妾的制度下，宝玉爱的丫鬟们与他爱的小姐们不构成竞争关系。丫鬟要变成宝玉的家人，只能成为他的妾，几乎没有"扶正"的机会，不会威胁他的正妻。在古代，只有"停妻再娶"，娶两位正妻，才算是"重婚罪"，并且是重罪，而在妻外有妾，不会给人"渣"的感觉。妻只能有一个，妾的数量没有法律限制，所以宝玉即使同时与几个丫鬟有感情关系，也不被认为是"渣"。尽管如此，在《红楼梦》里，明确与宝玉有过男女之情的只有袭人一人，晴雯与他没有男女之情，宝玉与其他几个丫鬟则写得朦朦胧胧。即使是袭人，在王夫人的压制下，也始终没有成为宝玉的"跟前人"。比起他的兄弟们，宝玉与丫鬟的关系也算是"精神恋爱"了。

那么，曹雪芹没有写过的爱情，我们读者可不可以想象呢？

当然可以了！好的文学，就是要启发读者在文本之外的想象。如果一部小说，除了男主角和女主角的爱情，读者再想象不出其他的爱情组合，那么这部小说其实是失败的，因为它写的别的人物不丰满。如果每个人物都有独立的生命，那么他们当然能够接受读者的再创造，《红楼梦》正是这样的小说。

在解读《红楼梦》的时候，我们要明白作者的本意是宝黛相爱，在此之外，你尽可按照自己的喜好，想象宝玉与宝钗相爱，与湘云相爱，与袭人、晴雯相爱的情形，因为所有这些人物都是有灵魂的。你甚至可以去原著中发掘种种蛛丝马迹，作为他们相爱的证据，找得多了，说不定你觉得比宝黛的爱情还要真切。这说明作者写得好，人物之间的互动多，能驾驭像现实生活一样千变万化的细节。你尽可以沿着原著的世界观、人物设定和情感逻辑，去讲你喜欢的故事，这也算是对得起曹雪芹的苦心了。

"须眉浊物"的死对头

贾宝玉还有一个标志性的惊世骇俗言论，就是他经常性地公然"歧视男性"。

贾宝玉的歧视男性言论，有一些是甄宝玉说的，不过他们俩都是曹雪芹第一人格的化身，就不用分得那么清楚了。

宝玉说，"女儿是水作的骨肉，男人是泥作的骨肉。我见个女儿，我便清爽；见了男人，便觉浊臭逼人。"他说男子是"须眉浊物"，更说读书上进的男子是"国贼禄蠹"。

时至今日，还有人对宝玉的这些言论极其不满，所以可以想见，在曹雪芹的时代，这些话会激起多么大的风浪。自从进入父权社会以来,就只有男性歧视女性的分儿,什么"女子与小人难养",什么"男尊女卑",都是可以随便说的。现在怎么居然有人胆敢歧视所有男性,说出"须眉浊物""泥作的骨肉"这样的话来,还有比这更大逆不道的吗?直到今天有人要是在网上说个"须眉浊物",都难免会有某些不"开眼"的男性急得诅咒。更遗憾的是,"须眉浊物"这话,本来就是一个男性说的。说这话的人物和写这话的作者,都是男性。这么一说,男性们就会更愤怒了,说:"你贾宝玉,你曹雪芹,怎么能这样呢?身为男性,怎么能做男性的叛徒呢?"

什么叫"须眉浊物"呢?这个概念可以意会,却很难下一个精准的定义。

让我来勉强给这个群体画个像吧:男性,以中老年为多,但也有非常年轻的;信奉男权中心文化,以及相关的权力结构,坚信自己能从这个体系中获利;无视自己的实际条件和生活环境,能巧妙地从中国不同时代、不同阶层的传统文化中,挑选出对自己最有利的说法,用来要求别人服从自己;认为自己世故油滑,很懂得怎么在这个世界上谋取私利,被打脸之后,又能马上摆出一副大公无私的架子来,说自己之所以怀才不遇,都是因为太正直了;整天板着个脸,不知道肩负着什么伟大使命,但是其实也做不出什么有用的事,动不动还会把别人坑进去;明明没有任何了不起的地方,但是永远在说,"我们男人就是了不起""我们上了岁数的男人就是了不起""我就是了不起",云云。怎么样,你身边是不是有那么一位,或者那么一群,这样的人?

其实,这个群体只是男性中的一部分。贾宝玉歧视"须眉浊物",并不是针对所有男性的。但是,一旦你说了一句,"并不是所有男性都是'须眉浊物'",当那些不是须眉浊物的少年还在低头沉思"我是不是"的时候,真正的"须眉浊物"早就得意扬扬地抢着上来说,"你看,我就不是'须眉浊物'"。所以,贾宝玉,或者曹雪芹,干脆说,所有男性都是"须眉浊物",一个别跑。

说所有男人都是"须眉浊物",那些还不浊不臭的少年就会开始反省了。人是需要有一点自省精神的。没有人生下来是完美的,男性有男性天生的缺点,女性有女性天生的缺点。人之为人,就是要不断克服自己天生的缺点。生为男性,不能认为"男性就是伟大",要明白"男性天生是不好的",才能克服男性的缺点;同样,生为女性,也不能认为"女性就是伟大",也要认识到"女性天生是不好的",才能克服女性的缺点。曹雪芹是男性,他不用反省女性的缺点,只要反省男性的缺点就行。贾宝玉成为这么"美好"的男性,就是因为他相信男性天生是不好的,一直在跟自己天性中的缺点战斗。

真正的"须眉浊物"是绝对不可能自省的。他一定会第一时间扑上来跟你咆哮:"你怎么能把所有男人一棍子打死呢?"你当然不能跟他说,"我不是针对所有的男性,我只是针对你"。但是就算你把"须眉浊物"的症状一条一条摆在他面前,说"只有这样的才叫须眉浊物",他比对之后,也会发现自己全部"中枪",于是越发暴怒:"像我这么伟大光明正确的男人都是'须眉浊物',还有哪个男人不是'须眉浊物'?你还是针对所有男性!"所以,我最后还是会坚持说,"所有男人都是须眉浊物"。

贾宝玉美好在哪里呢?就在于他是"须眉浊物"的死对头,

每一条都跟"须眉浊物"反着来。这样的男性，是非常了不起的。

虽然贾宝玉坚持宣称他反对的是所有男性，但实际上，他反对的是以男权为标志的权力结构，反对的是这套权力结构下非常缺乏审美性的价值观。在孔子生活的时代，儒家的价值观本来是非常具有审美性的，但是两千年过去，这套价值观已经千疮百孔。有的"条款"已经过时，被缺乏审美意识的人借尸还魂；更多的"条款"则被人遗忘，被"浊臭逼人"的市侩哲学取代。然而，具有审美意识的人始终还在那里，仍然需要具有审美意识的价值观。为此，他们不惜另立山头，抛弃原来的一套话语，从"天尊地卑"开始抛弃，去建立自己的一套奇特的价值观。其实，细看下来，这套新的价值观，内核其实跟孔子那套是差不多的，因为美永远是美。

这件事，在曹雪芹生活的时代，由曹雪芹来做了。其实每个时代，都有人做这样的事。晚明有这样的人，晚唐有这样的人，汉魏也有这样的人。比如，曹魏后期的嵇康和阮籍，就是这样的人。曹雪芹有一个号叫"梦阮"，想必他对嵇康、阮籍的风格是心向往之的。

曹雪芹发明了"女清男浊"的理论，其实，"清"与"浊"的对立，并不是曹雪芹发明的。汉魏以来，在一段漫长的历史时期里，"清"都是士族审美的最高境界，"浊"是被人们不喜欢的。所谓"清"，就是每件事都跟"须眉浊物"反着来。"清"是审美的，是高贵的，"浊"是不审美的，不高贵的。直到今天，我们还会下意识地用"油腻"这样的词来形容"浊"。"清"的审美，其实是中国士族精神的结晶，是中国式的贵族精神。

曹雪芹把"清"的审美寄托在了女儿身上,其实,除了对性别特质的觉悟与调侃,凌驾于男女的对比之上,更有清、浊的对比。曹雪芹最终的理想,还不是"女",而应该是"清"。

那么,女性就都是"清"的吗?贾宝玉最开始是这么认为的,后来越来越觉得不对。他倒不是发现了女性本身的缺点,而是越来越觉得,那些"须眉浊物"的毛病,有的女性身上也有。

他首先发现,年纪大的已婚妇女,也是"浊"的。抄检大观园那一回,他气得说:"怎么这些人只一嫁了汉子,染了男人的气味,就这样混账起来,比男人更可杀了!""可杀"的标准是"比男人",程度是"更"。贾宝玉发现,一些年纪大的已婚妇女,尤其是下人婆子们,比男人更像"须眉浊物",他把这原因归为她们嫁给了男人,被男人传染了。

在"须眉浊物"主导的男权社会下,女性本来是被压迫者,已婚的底层女性,被压迫得更厉害,但是她们往往并不反抗,反而格外认同这套权力结构,甚至不遗余力地做他们的帮凶,好像相信自己也能从中得到什么好处一样。被压迫的身份,并未能使她们天然地获得"清"的特质,在艰难生活日复一日的消磨下,她们反而变得更"浊"了。过年的时候,拉着你的手跟你宣讲"须眉浊物"理论的,经常不是大爷,而是大妈。在曹雪芹那个时代,大概也是差不多的。

对于这个现象,贾宝玉还有一个更生动的描述。

> 女孩儿未出嫁是颗无价之宝珠;出了嫁,不知怎么就变出许多的不好的毛病来,虽是颗珠子,却没有光彩宝色,

是颗死珠了；再老了，更变的不是珠子，竟是鱼眼睛了。

这么一说，好像是对已婚妇女的歧视了。不过，不得不承认，他说的也是一个很常见的现象。很多女孩子，做学生的时候很有灵气，毕业结婚之后，就渐渐地变成俗气妇人了，最后也只会拉着你的手，给你讲"须眉浊物"理论了。

不过，曹雪芹在这里用了一个典故——鱼目混珠。鱼目混珠是怎么回事呢？有个传说，海里的鲸鱼——古人说鲸鱼，不一定就是今天说的鲸，有可能就是很大的鱼——刚死的时候，把它的眼睛抠下来，灿烂夺目，就像大宝珠一样。但是，过了几天，鲸鱼的眼睛就会不断流水，日渐干枯，就不像宝珠了，变成垃圾了。有的女孩子会变"浊"，是因为她骨子里是"浊"的。少年时代，没有面临现实的考验，人是不分化的。没有考验的时候，人都是向往美好，向往"清"的。少年人，尤其是少女，总会是"清"的，看起来都是"无价之宝珠"。有的少男，可能会以为"须眉浊物"的世界能给自己什么好处，早早走上"须眉浊物"的道路，从很小就不"清"了，变成迂腐的小夫子；但是少女没有这条路，她们对自己在"须眉浊物"社会里将会受到的压迫总会有一点觉悟，总会对那个污浊世界的规则持一点回避的态度，所以几乎每个少女都是清清净净的。但是随着年龄增长，步入成人社会的女性，总会遇到大大小小的考验。是否要放弃自己最喜欢做的事呢？是否要嫁给自己不喜欢、周围人却都看好的男人呢？是否要按大人说的方法，去讨好一下那个看起来很有权力的人呢？是否要按照大多数人的方式去生活呢？说"不"并没有那么容易。女孩子成长过程中遇到的每一件小事，都是一个重要的决定，不比嵇康、阮籍决定是否接受一个不正义的职位来得轻松。这时候，骨子里并不"清"的女孩，就会渐渐放下她美好的外表，露出"鱼眼睛"的本相来。这种得罪女性的话，曹雪芹不说，由我来补齐。

大观园中可爱的丫鬟们，过不了几年就要各奔前程，"就如同一盆才抽出嫩箭来的兰花送到猪窝里去一般"，在生活的重压之下，大部分很快就会变得与宝玉讨厌的婆子、姨娘一样了。对她们来说，大观园中的美好，不过是草草收尾的红楼一梦。至于黛玉、宝钗、湘云等人，也要慢慢走上王熙凤、王夫人直至贾母的道路，变得不那么可爱了。与此同时，贾宝玉也要渐渐变成贾琏、贾政。这实在是整部书最大的悲哀。

意识到这一点的青春少女，会对未来，甚至对婚姻，产生强烈的抗拒，害怕变成鱼眼睛。所以林黛玉会说，"质本洁来还洁去，强比污淖陷渠沟"。失去宝珠的光彩，简直比死都可怕。我们看书的时候，其实都希望林黛玉的结局是死，而不是长大嫁人，甚至林黛玉自己，可能也是暗暗这样期望的。

但是我要告诉你们一个好消息，并非所有的宝珠都是鱼眼睛，世界上总是有真正的宝珠的。真正的宝珠永远是宝珠，是不会变成鱼眼睛的。宝珠即使会蒙尘，会磨损，但光彩还是会存在。林黛玉如果能活成贾母，仍然会保有她的光彩，正如现在的贾母也自有她的光彩。所以，女孩子没有必要害怕长大，没有必要害怕婚姻。

贾宝玉所反对的其实是由成年的男性和女性共同尊奉的，一套愚蠢而缺乏审美观念的社会规则。这套规则所肯定的一切忠孝节义，一切愚昧的顺从与愚昧的傲慢，一切好听的名词，都有可能被贾宝玉命名为"浊气一涌"，加以轻蔑的嘲笑。"须眉浊物"们和"鱼眼睛"们为遵循这套规则所付出的一切汗水和血泪，经宝玉轻轻一点，就化为毫无价值的尘埃。可以想见，这些人有多么憎恨这位至清的少年。

这些人并不真像他们曾经期望的那样，得到过什么权力和好处，所以他们对于自己憎恨的少年，可以采取的措施也非常有限，仅限于威胁和恐吓。他们会对少年说：这是社会规则啊，你不遵守的话，是没有好下场的。在《红楼梦》里，贾宝玉受到的种种劝诫，其实都是这样的威胁。诸如：你不要毁僧谤道啊，不要看不起"须眉浊物"啊，不要看不起头悬梁锥刺股念书的人啊。其潜台词是，这么下去，你是不会有好下场的。真的会没有好下场吗？其实他们也不知道。

贾宝玉完全没有被这些话吓住。他也不知道这样是不是没有好下场，但是他豁出去了，就算是没有好下场，他也要鄙视"须眉浊物"。一个少年人，不怕成为社会的异类，这需要多么大的勇气。这种不管不顾的劲头，来源于他对外物的豁达，来源于他对小人的厌恶，来源于少年人的血性，来源于对"清"的向往。这是宝玉的性格中最让我喜爱的地方。

宝玉拒绝与"须眉浊物"同流合污，就是宝钗、湘云来劝他也不行。比如有一回，湘云劝他：

> 如今大了，你就不愿读书去考举人进士，也该常常的

会会这些为官做宰的人们，谈谈讲讲些仕途经济的学问也好，将来应酬世务，日后也有个朋友。

湘云劝他要么就去读书考科举，要么就去扩展人脉，学学应酬，其实就是劝他去迎合社会规则。首先，宝玉无论是读书作诗，还是挥洒谈吐，一点儿不差，湘云这话劝得很没有必要。宝玉即使想不明白这个道理，也会本能地觉得反感。更何况，宝玉是不吃吓唬的，即使真的因此被社会抛弃，也在所不惜。之前，宝钗劝过他类似的话，他可以拔腿就走；现在湘云来劝他，他说"姑娘请别的姊妹屋里坐坐。我这里仔细污了你知经济学问的"，说得一点儿不留情面。宝玉全然不顾对方是否难堪，全然没有往日对姐姐妹妹的温柔，可见这件事是绝没有妥协余地的。只要在这件事上有一丝的犹豫，就不是宝玉了。

接下来的对话更感人。袭人提了一句："那林姑娘见你赌气不理他，你得赔多少不是呢。"宝玉说："林姑娘从来说过这些混账话不曾？若他也说过这些混账话，我早合他生分了。"这句话正好让林黛玉听见了，曹雪芹写她是"不觉又喜又惊又悲又叹"，感动得一塌糊涂。如果我是林黛玉，我听见这句话，也得感动得一塌糊涂，因为贾宝玉这句话，简直是世界上最动人的一句情话。

一个女人爱一个男人，最难以克服的一个症状就是"不放心"，不管他对你多好，跟你说多少情话，你都不放心。林黛玉爱贾宝玉，就一直表现为"不放心"。为什么会不放心呢？因为一个男人开始喜欢一个女人太容易了，可能的原因太多了。所以女人一直需要确认："爱我的这个男人，到底是爱我什么呢？我的这些优点，别的女人有没有？我有多容易被替代？"具体到林黛玉，她会想："宝姐姐那么好，云妹妹那么好，他凭什么爱我呢？我会被她们代替吗？"所以后面宝玉追上来劝黛玉的时候，劈头就是一句"你放心"。

那么女人到什么时候才会放心呢？当她听到男人往往是不经意地说，他爱她不是因为她的美貌和财富，甚至不是因为她的性情和才华；这个男人甚至没有刻意在夸她，就是自然而然地认为，她会跟自己一样，鄙视那些"须眉浊物"，鄙视那些可笑的社会规则。到这时候，这个女人就可以放心了。

这叫什么呢？这就叫"知己"，叫"志同道合"。没有比志同道合更高级的爱情了。宝玉甚至都不用问，就凭着默契，就可以坚信，这些"须眉浊物"，这类仕途经济，林妹妹肯定看不上，她要能看得上这些，自己早就跟她"生分"了。如果世界上还有一个陪他一起鄙视"须眉浊物"的人，贾宝玉相信，这个人肯定是林黛玉。当贾宝玉站在整个世界的对立面的时候，林黛玉是站在他身边的人。到这分儿上，林黛玉就不可替代了。假设再过二三十年，贾宝玉老成贾政了，走在路上听两个"须眉浊物"高谈阔论，他回头一笑，这时候他的眼睛，找的还是林黛玉。

宝玉对黛玉的"敬与爱"，不是他的一种选择，而是他世界观的一部分，是他灵魂的一部分，是必然的。他爱黛玉与藐视仕途经济，不能当成两件事来看。这就是曹雪芹说的"木石前盟"，这两个灵魂是一体的。至于什么金锁，什么金麒麟，都插不进他们中间来。

贾宝玉是曹雪芹第一人格的代表。这个人物的第一特点是生活特别美满，家庭环境好，念书也好。因为生活美满，生出了"被管束"与"被嫉妒"两个烦恼。因为被管束，所以格外向往自由；因为被嫉妒，所以格外痛恨小人。他因为生活美满，所以对外物毫不挂怀；因为对外物毫不挂怀，所以对人的感情格外珍视；因为对人的感情格外珍视，所以对一切"不情"都存有深"情"。这一系列的性格特征，又汇聚成对"须眉浊物"的毫不妥协的反感，成为他性格中最突出的特征，这一特征又决定了他对黛玉的爱情。曹雪芹把贾宝玉说成一个放诞不拘的少年，实际却赋予他中国士人的很多性格特征。这样一个典型人物，代表了曹雪芹的一种人格审美理想。

红楼人物

第四章 理想的镜花水月：林黛玉

林黛玉是曹雪芹的第二人格。曹雪芹把这个人格设定为女性，设定为贾宝玉最爱的人。曹雪芹在她身上寄托了自己性格中最有诗人气质、最不与世俗妥协的一面。这个形象也永远地寄托着我们的审美理想，让一代又一代的读书人为之痴迷。

如果要把《红楼梦》影视化，王熙凤是谁演谁像，因为我们都知道王熙凤应该是个什么样子；林黛玉是谁演谁不像，因为我们都知道林黛玉应该是个什么样子，但永远没有人能达到这个样子。林黛玉是一个过于完美的理想，我们只能凭理性推知她的存在。贾宝玉是我们的文化让我们最想成为的人，林黛玉是我们的文化让我们最想爱的人。没有人能成为林黛玉，因为任何一个人欲的瑕疵都会击碎这个梦境。在林黛玉面前，任何人都是"泥作的骨肉"。

林黛玉是"清"的极致，极致到一旦落入凡尘，就会幻灭。她是贾宝玉至清至美的一个镜像，是我们的信仰。我们只在小说的精致镜框里，远远地观望她的倩影就好。

关于林黛玉的诗性，我仍然是从世俗的角度，勾勒一下林黛玉在现实中的大致处境，消除一下大家对她的误解。希望不要妨碍大家对这个人物的欣赏。

贾母的择婿艺术

在后世的解读中，林黛玉渐渐成为一个寒门孤女，但我觉得，曹雪芹本来给林黛玉设定了一个非常好的身世。

因为《红楼梦》是贾宝玉视角，所以林如海在《红楼梦》里的存在感不高，这就给一些读者留下一个印象，好像林如海是比较贫寒的。但是，我首先得说一个基本原理：如果林如海贫寒，贾府就不会把女儿嫁给他了。

中国传统婚姻，最讲究的就是"门当户对"。这个"门当户对"的观念，不在于你们家有多少钱，甚至不在于你们家是干什么的，而是一个更玄妙的概念。玄妙到，可能两人是同事，级别一样，但是让两家结为亲家，有一家会打死也不肯。两家只有能结为亲家，才说明达到了最终的平等。在传统中国，一个人和什么人结婚，比干什么工作，更能准确地说明这个人处于什么阶层。

当然，不可能每一桩婚姻都是双方家庭完全平等的。门当户对其实是一个范围，完全平等当然最好，差异实在太大就不可能结婚，差异在一定范围内，如果有其他条件弥补，也能促成婚事。一般来说，男方对女方家庭的容忍度大一点，女方对男方家庭更挑剔一点。"择婿"概念虽然不见于儒家的教科书，却是中国几千年绵延不绝的"潜规则"，可以说是一门精致的生活艺术。

不同人家的择婿标准是不同的。正常的士族家庭，一般还是以女儿生活幸福为目的，刻意卖女儿的是很少的。处于上升阶段的家庭，可能会更在乎钱财、官位之类，希望女儿攀得高一点儿。对现有阶层已经满足的家庭，可能会更多希望女儿生活舒适，对那些可以量化的条件不那么看重，但是在"软件"方面，会有更苛刻的要求。贾母显然是属于后者，她没有什么让女儿往上攀的动机，史家的文化又是注重享乐、不重表面规矩的，她在嫁女儿的时候，会着重考虑更细的方面。

比如，在电视剧《大明宫词》里，武则天嫁太平公主的时候，给她选了一个"虽然不是什么普通人家，但是也远离朝堂纷争多年"的薛家，也就是说，希望女儿富足、平安、不要太辛苦。自古至今，对自己生活已经满足的中国父母，在为女儿谋划婚姻时，大多是这么想的。

说到古代士族嫁女儿的原则，有一个极端但是意味深长的例子。晚唐的文宗皇帝，看上了宰相郑覃的孙女，想让她当自己的儿媳妇——太子妃。这个郑覃是典型的士族，他这个"郑"，是荥阳郑氏，唐代的山东五姓之一，就是现实版的"护官符"家族。郑覃一听到这个消息，赶紧把孙女嫁给了一个九品清流官——相当于现在的社科院助理研究员，姓崔，崔氏是当时山东五姓中的另一家。这事让皇上很受伤：太子还不如一个姓崔的清流官吗？

在这个故事里，郑家拒绝了皇上，把女儿嫁给了崔家。这说明郑家、崔家的门第比皇上家高吗？肯定不是。要比门第，那还是皇上家高。只不过是郑家不希望女儿攀那么高，觉得做太子妃太辛苦，宁可她稍微"低就"一点儿，可以自在一点儿。但是"低就"也不可能太低，还是得在山东五姓范围内找，也不能不是进士，不能不是官，还得是清流官。至于这个年轻人眼前只是九品官，这个倒是无所谓，以后又不是不升官了。

当然，这个故事是极端的例子，郑覃这件事做得比较绝情，要不也不会写入史书。一般不那么绝情的人，面对皇家求亲的时候，也就忐忑答应了，嫁女儿的话，也不一定非要嫁到九品官那么低。但是这个故事生动地说明了士族在嫁女儿时候的心理。贾母在嫁女儿的时候，应该也是这样的心理。

林黛玉的母亲贾敏在出嫁前，很受贾母宠爱。无数年后，王夫人回忆起来，还说"那才是个千金小姐的样儿"。这里面似乎还带着点嫂子对小姑子娇生惯养的羡慕和嫉妒。贾母又是很重视女孩儿婚姻的人，后来她得知并不看重的孙女迎春所嫁非人，她还要跟迎春的父母没完。她嫁贾敏的时候，一定是精挑细选才选中了林如海。从林如海身上，我们可以品一品贾母择婿的标准。

先说家世。林家本来是侯爵，而且这个侯爵没有遇上过事，没有被削夺，只是自然降等，皇上还给延了一代，到林如海这儿，才实在不能延了。也就是说，林如海是作为侯爷的儿子长大的，但自己不是侯爷。这意味着什么呢？意味着兼有有爵位和没有爵位的好处。有爵位的好处当然是家世高贵，家风教养好；坏处是处于权力中心，太辛苦。如果是袭爵者的妻子，还要更多地接受礼教的约束，难免为维护家族利益而受点儿委屈。贾府的袭爵者就都没有娶到世家大族的小姐。

所以比较理想的，是嫁给有爵位的人家不袭爵的公子。这样女婿既接受过最好的教育，又不承担那么大责任。贾府不袭爵的，都有世家小姐嫁给他们。但是这样仍然有问题，就是要处理妯娌关系，而且有可能跟比较寒素的女子做妯娌。

要想没有妯娌的烦恼，就要嫁给独生子。林如海就是一个独生子，只有几门"堂族"亲戚，按紫鹃的说法，还是很远的关系。但是独生子就又有继承爵位的问题，除非这个爵位不能继承了。不能继承的世代又不能太远，太远这家就可能没落了，家族文化就不能保证了。最好是他上一代还是，他这一代不是了。其中原因当然不能是犯了事被剥夺，只能是爵位递降，按规定不能延续了。这么苛刻的条件，林如海居然全满足了。

爵位不再传承之后，最好的出路是什么呢？当然是科举仕途。凭借既有的种种优势，从勋贵世家转型为文化世家。贾政也想走这条路，只是因为皇帝临时开恩，不用进考场了，而林如海考了。走科举道路，光考个秀才是没用的，必须中进士才能做官。林如海中了探花，进士第三名。考状元也不行，中状元听着太土了，像戏词儿，探花就听着文艺一点，既好，又好得不那么满。"探花"这个名目的意思，本来是指同榜进士里最年轻的一个。其词源是，大家聚会的时候，支使小孩，让他去园子里"探访"鲜花，算是一种游戏。这个活儿，让岁数大的干就不好看了。所以，这个词又带有一点风流潇洒的意味，暗示探花郎比较年轻美貌。总之，林如海的功名也没的说。

这样，林如海又兼具了勋贵世家和科举出身的优点。叙述人说他："虽系钟鼎之家，却亦是书香之族。"两样都占了，富贵也有，文化也有。

中了探花以后，林如海做了什么官呢？他先升到了"兰台寺大夫"。这个官名也是曹雪芹安排的。"兰台"，汉代中央档案、典籍库，为史官修史之处，后世泛指史官，是典型的清流官。他在里面做到"大夫"，一般叫"大夫"的，至少得是从五品官。一个人做到从五品官，一般就可以认可他的子女算士族子弟了。清流官，做到"大夫"，是典型的士族了，官品和官职都是比较好的那一种。

但是光做"兰台寺大夫"，就有点穷了。在古代，要有钱，要过比较优裕的生活，还得外放，到地方上做官。林如海外放，就做了"巡盐御史"。"巡盐御史"这个官，我们不好说有多大。但是京官外放，要么品级上多少给升点，要么有其他好处，要不人家不去。可以推测，"巡盐御史"的官品得比"兰台寺大夫"高，更得比贾政那个"工部员外郎"高。

那曹雪芹给林如海编了个什么样的官呢？盐务向来都是肥差，何况在扬州这种繁华之地，会很有钱。但是直接搞盐务，又给人感觉不那么清闲高雅。那么什么官职清闲高雅呢？御史系统是比较清闲高雅的。汉代兰台隶属于御史府（台），所以，曹雪芹就把盐务系统和御史系统结合起来了，编出了"巡盐御史"这个官名。

古代的"御史"，不仅仅是一个官名，更是一个官职系统，从低到高的职位都有，高的有御史大夫、御史中丞，低一点的有监察御史、侍御史什么的，就好像教授是一个职称序列，具体有教授、副教授、助理教授一样。御史系统的功能，主要是监察，上到皇帝，下到文武百官，如果有什么过失，他们都可以提出批评。御史起的作用，不完全是法律层面的，还有思想意识层面的，御史是凭着儒家思想去判断各级官员做事是不是合适的。所以，御史系统的职能是监督，确保各级官员的行政运作符合儒家思想，不判案子，不会出现"酷吏"，更不是皇家的特务机构。

御史系统是负责监督的，也属于清流官，御史系统的官员胆子往往都很大，看见实际行政官员做事不合适了，都敢提。有时候，小小的侍御史都有机会到皇上面前说事。这不是哪个御史的性格问题，而是御史系统的工作要求就是这样，所以，御史是相对比较受人尊重的官职。

　　曹雪芹说的"巡盐御史",我们大致可以理解为监督盐务工作的御史。曹雪芹给林如海设计这么一个工作,就是想让他既有钱,又清贵。再加上他有过"兰台寺大夫"这么一个最好的资历,基本上可以认为,林如海担任的是地方官里最完美的官职。贾母就选了这么一个人做自己的女婿。

　　当然,林如海不一定是当了"巡盐御史"才结婚,但是起码说明,贾府看这个女婿一点也没看走眼,可能在他的仕途上也帮了忙。林如海的整个履历表,是非常好看的。

　　我们从"门当户对"的角度比较一下贾宝玉和林黛玉的家世:宝玉的祖父是公爷,黛玉的祖父是侯爷,贾家稍微高一点点;贾政没有袭爵,走的是科举道路,林如海也没有袭爵,走的也是科举道路;贾政差一步没进考场,直接按进士待遇做官,林如海中了探花,可能是进了翰林院,林如海稍微高一点点;贾政至少做到五品清流官,林如海也至少做到五品清流官;贾政是京官,林如海外放到地方,贾政好一点点;贾政在工部任散职,林如海有过翰林院经历,现任御史,官品有提升,而且有钱,这一点比贾政好不少;贾家是大族,家族支撑强一点,林如海是独生子,全靠自己,这一点贾政比林如海好不少。总的算下来,宝玉和黛玉的家世半斤八两,基本持平,并且每一方面都性质相同,差异很小。王熙凤曾经指着宝玉对林黛玉说:"你瞧,人物儿、门第配不上,还是根基配不上?模样儿配不上,是家私配不上?那一点玷辱了谁呢?"这话反过来说,也是一样的。从世俗角度看,宝玉和黛玉的家庭背景不存在谁配不上谁的问题。

从选婿的角度看，林如海比起贾政来，可能更适合做丈夫。林如海的优势在于履历漂亮，探花升为兰台寺大夫，接着升为御史，比较荣耀，受人尊重，又清闲，作为丈夫，都是好条件。林如海的劣势，在于是独生子，又离开了京城，但是作为丈夫，这也未必不是好的条件。独生子，家庭关系就简单；离开京城，就自在，在地方上有更多的实惠可享。这点劣势对贾敏来说未必是坏事，最多是影响林如海进一步当大官，但也避免了因当大官日理万机而做不成好丈夫的风险。所以说，贾母，或者说曹雪芹，给贾敏选到这个如意郎君，可真是煞费苦心。

林黛玉真的穷吗？

如此说来，林如海应该是很有钱的，那为什么林黛玉那么穷呢？

对于一个问题，科学的思考方式是，先问"是不是"，再问"为什么"。我们首先要讨论：林黛玉真的穷吗？

对着林黛玉这么一个人，我真的不想讨论"她有钱吗"这么俗的问题。有没有钱，对这样的人来说，实在是不重要的。无奈现在总有人问这个问题，我也不得不彻底"俗"起来，好好回答一下。

在清朝，女儿没有财产继承权。林如海没有儿子，应该会从远房宗支中过继一个儿子，继承他财产的大头。但是，他会留出一个相当可观的比例，给他的独生女儿作嫁妆。嫁妆实际上是古代女性继承父母财产的主要方式。林如海留给林黛玉的嫁妆，应该包括了田庄、地产之类。嫁妆单子是有法律效力的，林如海一定会认真对待，写得明明白白。

接下来的问题是，在林如海死后，如何保证林黛玉拿到这笔嫁妆呢？这笔嫁妆会不会被林如海的过继儿子，或者其他族人私吞呢？

这样的担忧不无道理，在古代社会，"吃绝户"是常见的现象，族人以各种卑鄙手段欺凌孤儿寡母、侵吞财产的例子屡见不鲜。这是乡里宗族社会的一个很大弊端。

就像金庸小说里写的，剧毒之物在五步之内必有解药。中国古代社会的毒瘤不是无药可解。封建社会中的一种强权，往往会受到另一种强权的制约。制约宗族势力的一股重要力量，就是母系权威，也就是中国老百姓俗称的"娘家人"。

中国传统赋予了母系家族一定的权力。娘家兄弟对已出嫁的姐妹，以及她们子女的事务，有一定的发言权，我们可以管这叫"舅权"。如果婆家做事不公道，舅舅理论上是有权站出来，替自己的姐妹和外甥"做主"的，老北京管舅舅叫"人主"。特别是林家发生了夫妇相继亡故的事，贾家作为"人主"是需要站出来说话的。如果林家人侵吞了林如海的财产，损害了林黛玉的利益，贾家就会为她主持公道。"舅权"对夫家宗族势力是一种制约，在传统社会，也算是对妇女儿童权益的一种保障。

当然，"舅权"的行使是有条件的。娘家的势力必须与婆家势均力敌，甚至略微强过婆家，简言之，舅家必须足够强势。古代宗族欺凌孤儿寡母，往往是看准舅家不够强势。贾家的势力是足够大的，贾母在择婿的时候又特意挑选了支系不旺的林家，贾家相对林家是略微强势的。贾琏带林黛玉到扬州去奔丧，其实就是代表舅家出面，监督林家执行林如海的遗嘱。林如海的族人都不是近亲，可能已经几代没有袭爵了，在"运旺时盛"的贾家人面前，他们并不敢耍什么花招。

另外，侵夺财产的事，还是发生在平头百姓中间为多。士族还要顾及"物议"，甚至御史的弹劾，一般不至于弄得太过分。林如海的远亲总还是士族，大概率不能太不顾面子。林家已经拿了林如海遗产的大头，对林黛玉的嫁妆，还是会大方一点儿。当然，穷急了的人是有的，胆子特别大特别不要脸的人也是有的，但是这样的案例已经属于市井传奇的范围，不是《红楼梦》要写的。

那么，贾琏有没有可能监守自盗，私吞分给黛玉的嫁妆呢？同样不可能，因为林家人不会答应。林家虽然相对贾家略为弱势，但毕竟是有势力的衣冠士族，并不会像市井小民一样任人宰割。如果嫁妆依法依理分给黛玉，他们不会说什么；一旦这嫁妆被外姓人侵吞了，他们肯定会用各种方式，来维护林家的权益。这就是所谓"制约"——双方都有势力，谁也不能做得太过分，最终实现一个比较公平的局面。

更何况，这笔嫁妆，只是预留出来的，林黛玉并不会马上拿到手。女性拿到嫁妆的时间，得到她出嫁的时候，而非她父母去世时。从理论上说，在黛玉出嫁以前，这笔嫁妆仍然是林家的财产，由林家保管。贾琏要想私吞，实在是难度太大了。

同时，制约林家人和贾琏的，还有第三股力量，就是黛玉潜在的夫家。到黛玉出嫁的时候，这笔嫁妆将从林家划出，再划给黛玉的丈夫。如果嫁妆单子写得明明白白，嫁妆却不翼而飞了，万一将来黛玉的丈夫不是宝玉，那她的夫家在经济上蒙受了巨大的损失，是会追究林家和贾家的责任的。谁也不会蠢到去冒这个风险。当然，如果黛玉嫁的是宝玉，而贾琏侵吞黛玉的嫁妆，就是侵吞宝玉的财产，这就更蠢了。即使贾母答应他，王夫人也饶不了他。

我说黛玉的嫁妆不会被侵吞，有的小朋友可能会觉得，这样把人想得太好了，太天真了吧？其实，成年人的世界恰恰是这样的，互相制约，最后谁也不敢随意作恶。成年人的世界不是没有黑暗，但总不会以你想象的那种简单的方式去黑暗。

那么，这笔嫁妆，具体由什么人来经营呢？黛玉别说还没拿到嫁妆，就是拿到了，也不可能亲自去经营。林如海留给林黛玉的不动产，应该是有专门的管家之类经营的。不管产权转移到谁手里，实际的经营者都是不变的。林黛玉无论什么时候都不需要操心。

林如海虽然是地方官，但他不一定把所有田产都买在做官的地方。反正他有钱，完全可以在京城附近买地。买到贾府的田庄附近，图个跟岳父家互相照应，也不是完全不可能。如果是这样，林如海把这些靠近贾府的田地，划作黛玉的嫁妆，是很自然的，他去世后，贾府帮忙照看也很方便。这样，林家在林黛玉出嫁前侵吞嫁妆的可能性也变得更小了。林如海在贾敏去世后就让黛玉投奔贾家，说法是让她在生活上有人照料，实际上可能更多的是这方面的考虑。

所以，林黛玉并不是真的穷，她应该有一笔可观的嫁妆，到出嫁时，至少在经济上不会比任何姐妹差。

那么，我们为什么会觉得林黛玉穷呢？因为她一直在说自己穷。

当一个诗人说自己穷的时候,我们是不能直接当真的。诗人的话是不能当真的,他为了创作的需要,用什么样的夸张说法都有可能。如果像新闻报道那么真实,就不是诗了。诗人特别爱夸张自己穷,因为这样比较风雅,符合传统审美观。林黛玉大多数说自己穷,都不能当证据,因为这都是诗人在说话。

林黛玉说自己穷,最硬的一个证据,是第四十五回,黛玉跟宝钗特别真情实感地说了一段:

> 你如何比我?你又有母亲,又有哥哥;这里又有买卖地土,家里又仍旧有房、有地,你不过是亲戚的情分,白住了这里,一应大小事情,又不沾他们一文半个。要走就走了。我是一无所有,吃,穿,用度,一草一纸,皆是和他们家的姑娘一样。那起小人岂有不多嫌的?

从这段话看,黛玉认为自己是"一无所有"的,尤其是没有"买卖地土",没有房没有地。宝钗还接了一句,"将来也不过多费得一付嫁妆罢了。如今也愁不到这里。"黛玉"听了,不觉红了脸",但也没有否定宝钗的话,似乎她也认为自己的嫁妆是要贾府出的。那么,林如海给她的嫁妆、地土去了哪里呢?林家吞了、贾琏吞了,都说不通。

我认为,我们要充分注意到,林黛玉是林黛玉。林黛玉这样的人,可能是不知道自己有钱的。一个十五岁的、一心写诗的少女,怎么会知道自己有钱呢?薛宝钗也不过是一个十七岁的写诗的少女,她也不一定知道林黛玉有钱。

林如海留给林黛玉的嫁妆,此时并没有到她手里。林如海的后事是贾琏督办的。"买卖地土"是有专人经营的。黛玉父母去世得早,不像宝钗整天有母亲在耳边交代。黛玉住在贾府,日常用度由贾府供给。黛玉是一心写诗的人,不会留心财物。黛玉年纪还小,对世俗的很多具体事务还不太懂。黛玉是娇生惯养的大小姐,饮食起居都有人伺候,不会像现在住宿的女中学生一样自己拿着生活费。从哪一点看,林黛玉都没机会知道自己有钱。

黛玉不会拿着自己的生活费吗?是的,不会。她不知道自己有钱。钱不会被人侵吞了吗?是的,不会。因为这是士族社会,这是《红楼梦》里。

其实,不仅是黛玉这样的人,只要是从小生活相对优渥的人,在十几岁的时候,往往不太清楚自己父母有没有钱。不关心钱又缺乏社会经验的小孩子,有时候还会误判,认为那些需要自己经营生活的人是有钱的。

宝钗操心家里的事比黛玉略多一点,她可能比较清楚自己家有多少钱,也不能准确判断黛玉有多少钱。她也不能明白几个家族之间互相制约的关系,看黛玉父母双亡,可能会以为她真的没有嫁妆,并且天真地认为,既然黛玉是要嫁给宝玉的,那么没有嫁妆也无所谓。而极度缺乏社会经验的黛玉,看着宝钗天天帮忙打理家产,会觉得她很有钱。黛玉也不会明白,薛家就是再有钱,宝钗也没有继承权,最后也无非是得一份嫁妆。

至于黛玉是否真的不知道自己有嫁妆,这个也是要存疑的。在嫁妆到手之前,黛玉说自己"一无所有",也是不能算错的。黛玉说这句话的时候，更多是指向自己的日常开销，未必想到了嫁妆这回事。宝钗说到"嫁妆"的时候，黛玉只是"不觉红了脸"，说宝钗拿她取笑，并没有直接说嫁妆的有无。这种时候，她总不可能说："其实，嫁妆我还是有的。"所以，这里只能说明宝钗不知道黛玉有嫁妆，不足以证明黛玉不知道自己有嫁妆。而宝钗认为黛玉没有嫁妆，可能也是受到了刚才那句"一无所有"的误导。

即使林黛玉很清楚自己的财产结构，也不能排除一种情况，就是当她说自己没有"买卖地土"的时候，没有把自己嫁妆中的"买卖地土"算进去。她说的是自己父亲的家产已经被过继的兄弟继承，自己的嫁妆还没有到手。

更大的可能性是，林黛玉模模糊糊知道自己是有一笔嫁妆的，但是事情是贾琏经办的，她不太清楚嫁妆具体包括什么，只是看见父亲的家已经属于她的过继兄弟了，这一点给她留下了深刻印象。这时候，她还沉浸在失去父亲的悲痛中，没心思搞清楚账目是怎么回事，更没有心思去争她弄不懂的东西。

那么，黛玉又为什么没有生活费呢？她会因此受制于贾家吗？

比起巨额家产，黛玉的生活费是小问题。如果黛玉需要生活费，林家是不会不供给她的。她之所以在姥姥家吃饭不给钱，是因为在姥姥家吃饭不能给钱。

在中国的人情社会里，亲友之间互相给钱必须特别小心，给了不该给的钱，是会伤感情的。朋友主动帮了你的忙，你不能按市场价付钱给他，因为这样显得生分，好像你花钱雇人家一样。有时候，付钱反而是不尊重，你只能想办法以后还人情。

按老北京的讲究，即使是蓬门小户，闺女回娘家，娘家是不能跟她要饭钱的，姥姥跟外孙就更不能要饭钱。贾家这样有钱又有文化的家族，如果一个外孙女住着还要付饭钱，那会是对这个家族极大的侮辱。一个林黛玉，在贾家就是住得再久，也不会把贾家吃穷了的。贾家还不至于跟一个父母双亡的晚辈要生活费。贾家不跟林黛玉要钱，不等于她没有钱。

那么，姥姥家不跟你要饭钱，你就心安理得一直住下去吗？当然不行，因为人是应该有"不好意思"这种心理的。朋友帮你忙太多了，你会不好意思麻烦人家，所以不再让朋友帮忙了，但是付钱是不可以的。同样道理，你在姥姥家白吃白住，时间长了，自己觉得不好意思了，就要离开，但是付钱是不可以的。

林黛玉在贾府一直住下去，又不能付钱，也会觉得不好意思，但是她又不能走，所以会觉得不自在。有这种不自在，是因为她的内心足够敏感，而不是因为谁给她气受。林黛玉只能时时注意，不愿意"生事"，不愿额外给贾府添麻烦。如果她不懂事，在贾府使劲"作"，其实也没人会为难她。

林黛玉的一切忧郁、愧疚、不安，都是来源于她的过度自省和过低的自我价值观，压力始终是来自内部而非外部的。过度自省和过低的自我判断，也是诗人和少女的共同特征。

试想，如果林黛玉很清楚自己有多少钱，牢牢地把嫁妆单子攥在自己手里，在姥姥家心安理得地住下去，心里想着"反正我不是没钱"，这还是林黛玉吗？曹雪芹现在的设计，是符合传统审美的。

从世俗的角度来看，林黛玉是有钱的，只是她太不世俗了，误以为自己没有钱而已。

"亲生的"准孙媳

从父系来看，黛玉与宝玉门当户对。从母系来看，黛玉与贾府的关系又是最亲密的。

黛玉的母系文化来自贾敏，贾敏的母系文化来自贾母，贾母目前是贾府宗法意义上的宝塔尖，仍然是贾府内部文化的主导。我们说什么事到了极致，习惯说"到了姥姥家"——"姥姥家"是一个人生命本源的本源，代表着一个人最本能的反应。回到姥姥家，就是回到最自然最本色的状态。贾府就是林黛玉的姥姥家。贾母治家的原则，黛玉曾经在贾敏那里耳濡目染，适应起来自然快。

父系社会下婆媳会产生矛盾，很大程度上是因为婆媳来自不同的家庭文化。民间有句话叫"哪个儿媳妇也不是婆婆亲生的"。这句话固然有伦理的调侃，但也真实地反映了婆媳间必然存在的文化差异。而林黛玉是除了贾府自己的女儿以外，跟贾府文化背景最接近的，更兼从小在贾府长大，几乎就是"亲生的"了。

无论是从门第的角度，还是从母系文化的角度，都很难找到比林黛玉更合适的贾府儿媳了。正巧，按照贾府传统，宝二爷也正该娶一位门当户对的千金小姐。从当时的世俗观念来看，宝黛也可以算是天作之合了。

黛玉的父系、母系背景都很好，她几乎没有自卑的理由。最多是在扬州长大，回到京城的姥姥家会觉得有跟家里不一样的地方，但凭她的聪明，也很快会适应。她真正的不幸在于，父母去世得早，没有父母的照顾。

写黛玉父母双亡，估计作者也是出于省力气的考虑。在很多小说里，主角或主角的恋人总有一方要父母双亡，这样就可以避免花很多笔墨去写两亲家的博弈。至于为人物增添悲剧色彩，只是顺便的事。既然贾宝玉的人设是生活美满，那么就只有让林黛玉父母双亡了。更重要的是，《红楼梦》的故事，要求林黛玉这样一个出身高贵的外姓小姐长期生活在贾府，只有设定她父母双亡且没有父系近亲，才能令人信服。

没有父母照顾固然可怜，但是不等于无依无靠。贾府就是她非常可靠的庇护所。在贾府中，最有话语权的贾母是黛玉的亲姥姥。在失去了最心爱的女儿后，她必然在外孙女身上倾注无限的溺爱；顶梁柱贾政是黛玉的亲舅舅，中国传统社会中舅舅实际拥有一定权力，承担着为外甥"做主"的责任；王夫人虽然跟她没有血缘关系，也总归是她的舅妈，是直截了当的"硬亲戚"，在与黛玉相处时，不可能无视贾母和贾政对她的感情；即使是没有大用的贾赦和邢夫人，也同样是黛玉的舅舅和舅妈；贾府的公子都是黛玉的表兄弟，小姐都是黛玉的表姐妹，也是非常亲近的关系。黛玉与整个贾府有着紧密的血缘关系。

这样的血缘关系，已经可以保证她受到足够好的照顾。当然，这样的血缘不能保证黛玉获得像亲生父母那样的照顾，但至少是不会有人故意给她气受的。特别是在物质上，贾府不至于克扣这样一位未来的少奶奶。如果有人想象，林黛玉穿衣服只能穿人家剩的，这是对贾府的富足没有充分的认识。

如果说林黛玉在贾府有不如意，那是肯定的，但是这种不如意，绝对不会是那些说得出来的不如意，而只能是一种微妙的感觉。这样微妙的感觉，就是所谓"委屈"。这些微妙、委屈，对于稍微粗糙一点的心灵来说，都不算是事；只有对林黛玉这样一位敏感的诗人来说，才是心灵上的重压。普通人在生活中见到林黛玉，大概会疑惑：你天天锦衣玉食，有帅哥陪着，老太君宠着，下人们小心伺候着，还有什么不如意的呢？林黛玉是一个忧郁的诗人，但她忧郁的原因，都不是普通人能想到的。想象林黛玉吃不饱穿不暖、被下人挤对，都是普通人的思维，都是错的。

不过这里有个问题，黛玉的母系文化与贾母高度一致，却与王夫人不一样。将来她们如果成为婆媳，难免会存在文化冲突。如果让王夫人在钗黛间作一个选择，从感情上，她肯定是倾向于跟她有血缘关系的宝钗的，这是人之常情，没有办法。只不过，如果其他条件决定了娶黛玉比娶宝钗要现实得多，王夫人也没理由特别反对黛玉。关于王夫人和宝玉在钗黛间的取舍，我们到宝钗一节再讲。

现在贾府里的文化是由贾母主导的，一旦贾母去世，王夫人就会主导贾政家的文化，她难免会按自己的心意，把贾母的规矩改掉一些。实际上，在抄检大观园等事件中，王夫人已经表现出向贾母要权的意思了。可以设想一下，贾母去世时，如果宝黛还没有成亲，甚至如果黛玉还没成为有一定话语权的老媳妇，王夫人还是会与她形成一定冲突的，宝黛爱情因此毁灭的概率也是存在的。所以紫鹃劝黛玉"趁早儿，老太太还明白硬朗的时节"，赶紧"作定了大事"，是非常有用的建议。

另外，林黛玉不再有娘家的支持。如果她嫁给一个不讲理的人家,不会有"人主"给她撑腰,这也是一个现实问题。如果嫁给宝玉,则不会有这样的问题。有人想象黛玉嫁给宝玉后也会因为没有娘家人支持而受气,也是不对的。这一点,紫鹃看得很清楚,她"逼婚"于宝黛,是有着周密的现实考虑的。

清代的女版林殊

从门第和血缘来看,黛玉与贾府都是最接近的。林黛玉在《红楼梦》里的地位,有点像林殊在《琅琊榜》里的地位。

《琅琊榜》里的林殊,母亲是公主,姑姑是贵妃,也就是说,皇上既是他舅舅,又是他姑父。除了皇上亲生的儿子,简直不可能有人比他跟皇上血缘更近了。所以,他再怎么傲娇,再怎么自称"草民",他一回金陵,太皇太后也就是他太奶奶就认出他来了。他再怎么说自己无依无靠,都有满满一金陵的人帮衬他。如果你真的认为林殊在金陵的处境很可怜,就是被作者瞒过了。同样的,如果你真的认为林黛玉在金陵的处境很可怜,也是被曹雪芹瞒过了。

当然,我们不能说林黛玉像林殊,只能说林殊像林黛玉。其实,林殊的人设,有不少向林黛玉致敬的地方。我在这里简单罗列一下:

> 林殊的姓就是跟林黛玉借的。
> 林殊的血缘跟皇室非常近,就像黛玉的血缘跟贾府非常近。
> 林殊是在外地待了很久,返回"金陵"的。林黛玉是

从扬州到京城。

林殊是个文人,学识渊博,气质儒雅。林黛玉有才情,会作诗。

林殊身体病弱,年寿不永,还经常吐血。林黛玉经常咳嗽,体弱多病。

顺便说,有人从医学角度认为,林黛玉的症状不太像肺结核,而是像其他心肺疾病。巧的是,也有人这么分析过林殊。我想,大概是他们的形象都模仿某些古代文人,而这些古代文人未必是得了肺结核。他们的形象,跟西方现代文学中流行的肺结核病人的形象,还是有一些差异的。

林殊自称"草民",在金陵很有做客的感觉,同时生活优雅,还有点小奢华。

林殊有一种深情、一种执着,这一点与林黛玉的主要特征极为相似。

林殊的性别特征相对不明显,有一种超越性别的美。其实这也是林黛玉形象的审美特质。

这一点或许与他们病弱而智慧的设定有关,这种设定把人物形象导向一种偏于精神的存在。

那么,《琅琊榜》为什么要在林殊身上有意无意地加上这么多林黛玉式的元素呢?因为这样会让读者觉得美。也就是说,这些特质,符合我们这个民族具有一定文化水平的通俗文学读者的审美期待。在有林殊出现之前，要分析林黛玉为什么美，我总觉得没有头绪。林殊这个文学形象在大众中的流行，意外地启发了我新的思考。

唯一的不同是，林殊是男性，林黛玉是女性。我们要考虑到，在曹雪芹的时代，《红楼梦》的受众仍然主要是男性，而今天的《琅琊榜》，是主要面向女性的。林黛玉其实是给男读者看的，正如林殊是给女读者看的。我们可以想象，曹雪芹时代的男读者看到林黛玉的感受，就是今天的女读者看到林殊的感受。

今天可能会有读者始终没法喜欢林黛玉，也有读者始终没法喜欢林殊。我的一个建议是，如果你喜欢其中一个，你可以带着这种喜欢的感觉去看另一个，至少能加深一点理解。

我的另一个建议是，如果《红楼梦》的时代让你感到有点隔膜了，那么你在理解林黛玉的时候，可以比照林殊这个形象，但不要把林黛玉想得比林殊寒酸。因为林黛玉如果太寒酸，曹雪芹时代的读者是不会喜欢她的。

林黛玉是一种审美理想的象征。这种审美理想，来自士族文化的积淀，也获得了广大读者的认可。时至今日，无论是否喜欢林黛玉，我们都可以很容易地理解林黛玉代表着一种怎样的审美，可以很容易地看出，身边的人有谁像林黛玉。这其实说明，曹雪芹塑造这个人物形象，满足了受众的审美期待，因而是极为成功的。

"情情"与还泪神话

林黛玉最突出的特征，就是她对宝玉的入骨深情。对宝玉的爱，几乎就是黛玉的整个生命，以至于有现代的批评家说，黛玉是"扁平人物"①，支撑她行为的动机、她的性格表现是单一的。我们姑且接受这个说法，黛玉的表现是有些"扁平"的。

按照我的喜好，扁平人物更适合浪漫主义或者现代主义，而非现实主义。现实主义总是热衷于塑造"圆形人物"②的。黛玉身上，也确实有更多的浪漫主义色彩，几乎没有什么人间烟火气。在《红楼梦》这样一部洞察世情人心的小说中，存在一位像林黛玉这样的人物，其实很不可思议。

脂砚斋把黛玉的这个特征命名为"情情"，与宝玉的"情不情"对应。"情情"也是动宾结构，就是"对'情'这个东西有情"。因为宝玉是有情的，所以她对宝玉有情。黛玉爱宝玉，爱的是他的至情至性，爱的是他对自己有情。

"情情"是一种偏阴性的气质，处于下位的人实现起来更容易有美感。但"情情"不是女性的专利，中国古代的很多士人都有"情情"的精神。士人讲究"士为知己者死"——因为你是我的知己，因为你对我有情，所以我就对你有情，有情到可以为你而死的程度。"士为知己者死"的下一句是"女为悦己者容"，其意思是，士人为知己去死的心情，跟女孩子为爱自己的人打扮的心情，是一样的。这两件事本质上是一样的。在林黛玉这里，这两件事本质更是一件事了。

《红楼梦》一开始，讲了一个神瑛侍者和绛珠仙草的故事，这个故事是宝黛爱情的创世神话。有人可能觉得，曹雪芹一个清朝

---

①② "扁平人物"与"圆形人物"是福斯特在《小说面面观》里提出的概念。扁平人物又称为性格人物，或类型化人物，指文学作品中性格缺少变化或性格特征突出而单一的人物。圆形人物指人物性格比较丰满，表现出人物的复杂性和多面性。

人,他写的故事还能叫神话吗?我认为可以。神话不一定是上古流传下来的,谁都可以写神话,我们现在也可以写。

什么叫神话呢?不是所有假的故事都是神话,甚至神话也不一定全是假的。神话是对神的描述,其中,一个神代表一类人,这个描述其实是对某种现实关系的高度概括。这个高度概括不能是干巴巴的,而必须编成一个故事——一个特别有表现力的故事,为的是让人们好理解、好记。

这么说可能不太好理解,那么我们举一个具体的例子。比如,我国关于炎帝和黄帝的神话:炎帝和黄帝分别是两个部落的首领,两个部落结盟,一起打败了蚩尤,炎帝和黄帝就是我们的祖先。这个故事其实就是一个神话,是中国人的创世神话。这个故事也许是真的,也许是假的,都不妨碍它是一个神话。它存在的意义是告诉我们,我们是从哪里来的,因为我们是这么来的,所以我们应该怎样和身边的人相处。

比如说,周朝人讲这个故事的时候,就会说:"姬姓的周天子,是黄帝的后代。姜姓的大功臣,是炎帝的后代。所以我们姬姓和姜姓,要像黄帝和炎帝一样,世世合作,世世通婚,一起去对付外敌。"那么这个神话就是在描述姬姓和姜姓的关系。今天我们讲这个故事的时候,就会说:"不同的部落融合,才有了今天的我们,炎黄子孙本来就是民族团结的产物,所以我们也要讲民族团结,要互相融合,一起去对付外敌。"那么这个神话就是在描述今天的民族关系。光讲炎帝和黄帝在五千年前的关系,其实是没有意义的。

古人在宗教活动中可以编神话,我们今天在写小说的时候也可以编神话。比如现在流行的小说《镇魂》，本来是以现代都市为背景的，但是写到中间，突然插了一段一万年前小鬼王和昆仑君的故事。她写昆仑君为小鬼王提升了神格，小鬼王在后来的一万年中一直守护着昆仑君，努力变成昆仑君喜欢的样子。作者说，小鬼王就是现实中的沈巍，昆仑君就是现实中的赵云澜。为什么要插这么一段呢？其实这是小说的一种创作手法，神话叙事。写这段神话，是为了让读者看清沈巍和赵云澜的关系。小鬼王和昆仑君的故事，是浓缩了的沈巍和赵云澜的故事，而不是另一个故事，更不是宣传封建迷信。

《红楼梦》开篇写神瑛侍者和绛珠仙草的故事，也是用了神话叙事的手法，为的是让大家看清贾宝玉和林黛玉的关系，就相当于《镇魂》写小鬼王和昆仑君的故事。

神瑛侍者用甘露浇灌绛珠仙草，让绛珠仙草有了灵魂。绛珠仙草想要报答神瑛侍者，但她觉得自己的整个生命都是神瑛侍者给的，不知道拿什么报答才好。正好神瑛侍者要下界为人，绛珠仙草就决定陪着他去，把自己的整个生命化作泪水偿还神瑛侍者给她的甘露。什么时候甘露还完了，眼泪流尽了，她在人间的生命就结束了。

这个神话，受到中国神话里"报恩"母题的启发。经常有神仙精灵，因为前世受了这个人的恩惠，这辈子就来做他的妻子报答他。"报恩"实际上是什么意思呢？我说"你上辈子欠我的"，其实意思就是"我这辈子欠你的"。当你对我的付出，我无力偿还，这时候我就给一个诗化的解释，说你是上辈子欠我的吧，否则干吗要为我这样付出？这个母题，其实是形容女性在爱情中作出的牺牲,是表达男性对女性的感激。说林黛玉是来报恩的,意思是说黛玉为爱情付出了整个生命,其实是要表达宝玉对黛玉的感激和愧疚。

这个神话里,已经写出了宝黛的一点儿性格。神瑛侍者这个行为,可能是有一点儿不经意的。他不经意,却带累别人为他爱,为他受苦。同时他就是在不经意间,对于绛珠仙草这么一株无情的草木,也是有情的,是温柔呵护的。这就是他的"情不情"。绛珠仙草是要报答这份情的。她之所以爱宝玉,就是因为他这份情。因为他对自己的情,也因为他这"情不情"的性格。这就是黛玉的"情情"——爱的就是爱本身。

黛玉的"情情",是要付出她的整个生命的,宝玉的这个"情",就是她来人间的目的,更是她灵魂的起源。她去受苦,去牺牲,都是理所应当的。她在这里又有一点儿怯懦,一点儿自卑,觉得自己"一无所有",没有什么可以给宝玉的。其实她已经给宝玉很多了,但是她自己不觉得。她觉得自己只有眼泪——只有生命可以给宝玉。这里写出了人在爱情面前极度的卑微,"低到尘埃里",又是极度的坚决,"我的每一滴眼泪,都是为你准备的"。

"情情"的对象,可以是一个具体的人,此时就表现为爱情;也可以是一个更虚幻、更高远的对象,此时就表现为理想。追求爱情与追求理想,在很多时候是非常相似的,都是因为对方是有情的,自己就付出全部的情,甚至全部的生命,去誓死相随。我们在代入林黛玉的时候,可以代入追求爱情的体验,也可以代入追求理想的体验。

林黛玉是用整个生命去爱的,爱是她生命的全部目的。曹雪芹写林黛玉的爱,从来不脱落"还泪"这个主题。所有的爱,一定牵连着流泪;所有的流泪,一定牵连着生命。

黛玉是来还泪的,她为宝玉的每一点牺牲和付出,都表现为眼泪。每一次流泪,都意味着她"还泪"的任务又完成了一点,离死亡又近了一步。到后来,她曾说只觉心里酸楚,眼泪却少了。这就是她"还泪"的任务快完成了,生命也快走到尽头了。每次流泪,都会带走她的一点生命。

林黛玉的眼泪,还表现为她的诗。她在非应制状态下写的所有悲哀的诗,也都可以看成她还给宝玉的眼泪。例如,她在宝玉送她的帕子上题写的三首绝句,其实就是代替她的眼泪的。林黛玉写一次诗,也算是流了一次泪。

如果去掉其中的神话色彩,流泪与死亡的联系在现实中如何理解呢?我认为,其实林黛玉每次流泪,都想到了死亡。林黛玉几乎每天都流泪,难道她每天都想到死亡吗?我认为,是的。她是为爱而生的,当她对爱产生了怀疑时,就会想到死亡。

最典型的一个例子,林黛玉写《葬花吟》那回,是她一次集中的还泪。

事情的起因其实很简单,就是黛玉去找宝玉,晴雯没给她开门。找宝玉是因为她听说贾政找宝玉,为他担心。其实没有这事,那回是薛蟠假托。她去找宝玉,结果叫门的时候晴雯没听出她来,没给她开门。过了一会儿,她看见宝钗出来了,她就哭了;回去又哭了半宿。第二天起来,到葬花的地方去,她又接着哭,还写了《葬花吟》。

她为什么哭呢?我觉得说是简单的"吃醋"还不够,其实就是宝钗出来的那一刻，她体会到了爱情的幻灭。

她本来一下午都在为宝玉担心，这个担心，其实潜意识里是有一点儿甜蜜的，就是她通过为宝玉担心，在精神上受这样的苦，确信自己是爱着的。她怀着这样的担心去找宝玉，结果宝玉跟没事人一样，在里面跟宝姐姐说笑呢，连门也不给她开。这一刻她突然强烈地觉得，自己这一下午的担心都是没有意义的，自己这一生对宝玉的爱都是没有意义的，人家宝玉不需要，也根本不当回事。人家有宝姐姐陪着说笑，也挺好的，自己并没有比宝姐姐更重要。"我的整个生命就是爱，但是这个爱原来如此的不重要"，这时候她就想，"我还不如死了呢"。

林黛玉每一次哭，都在想我还不如死了，都在想我对宝玉的爱原来是不重要的。当然，这不是事实，但是在流泪的这一刻，她就是这么想的。

少年人要守护一个东西的时候，是非常坚决的，甚至是用自己的生命去守护的。但是他会间歇性地反省，自己这么坚决地守护，是否真的有意义。可能一件很小的事，就会突然让他产生这种反省。如果这不是事实，过了这股劲儿，他自己也不会这么质疑了，但是他还是会突然这么想：既然我对我守护的东西是毫无意义的，而这个东西却是我生命的全部，那么我的生命就是毫无意义的，我还不如死了。少年人是经常会想到死的，为了理想可以死，觉得自己对理想没有用了，也会想到死。这其实正是生命激情的体现。

在这一刻，林黛玉突然觉得：对自己来说意味着整个生命的爱情，也许在宝玉那里是微不足道的；生命的意义原来是虚无的。

她哭了半宿，都在想生死的事，所以第二天才会写《葬花吟》。她尽情地挥洒着眼泪、才情和生命，向着还泪的尽头走了一大步。

然而，她如此强烈的情绪，其实是没有现实依据的，她的爱情对宝玉来说并不是可有可无的，因此她生命的意义并不是虚无的。贾宝玉几句话，就把她从这种死亡的情绪中拉了出来。这种并不真实的情绪是强烈的，但只能是暂时的。这也符合少女诗人的情感特点。

黛玉爱宝玉，永远是奋不顾身的。她可以拖着病体，为宝玉相思，为宝玉伤感，为他做针线，为他抄功课，她会为他大哭，会为他突然病到要死。这份爱很感人，也很沉重。像这个程度的爱，我们还是"代入"追求理想比较好，凡俗之人恐怕很难承受得起。在林黛玉身上，承载着曹雪芹追求理想的那一部分自我。

在世俗的层面，黛玉对宝玉的爱，最感人的地方，则在于她对宝玉的理解和在此基础上的纵容。

宝玉曾说："林姑娘从来说过这些混账话不曾？若他也说过这些混账话，我早和他生分了。"我认为这是宝玉最感人的一句情话。同时，从不说混账话，何尝不是黛玉的爱情最感人的地方？

对一个男人来说，如果有这样一个女人，能理解并认同他对世界的看法，并且支持他的相应行为；如果她能理解他为什么和周围的大多数人不一样，从来不劝他迎合流俗；如果她对他的包容超过了他的母亲，而且并不是因为"你是男人，好吧，我让着你！"而是基于强烈的主体性，给他以肯定，那么，这个男人是无论如何无法抗拒这个女人的魅力的。所谓爱情，就是你有一天发现，原来在这个世界上，还有另一个你，你的所有的那些所谓

"荒谬"的想法,这个人全部认同。即使全世界的人都反对你,这个人总是会跟你一样。当你发现你身边有这么一个人的时候,你的感觉,就跟贾宝玉第一次见到林黛玉的时候说的一样,"这个妹妹,我曾见过的"。这时候,你们之间就会产生一种强大的吸引力。这就是为什么黛玉会得到宝玉的爱,宝钗、湘云、袭人终究不会得到宝玉的爱。

现在社会上有一些讲"女德"的人,说女人对男人就是要顺从,这样就会得到男人的爱了。这是荒谬的,奴性的"顺从"从来不会得到真爱。黛玉对宝玉并不是这样的,黛玉支持宝玉任情由性,从不跟他说"混账话",并不是出于奴性的顺从,而是出于爱的默契。黛玉的爱,与那些奴仆的爱,有着天壤之别。只不过,在那些"须眉浊物"或"鱼眼睛"看来,二者并没有什么区别。他们只会觉得,宝玉这么"牛心左性",林姐儿干吗要"助着他"呢?干吗不劝劝他呢?在他们眼中,宝玉既已是大逆不道,那么黛玉就是在纵容他。同时他们又看到,黛玉是被爱的,宝钗们是不被爱的。于是他们"恍然大悟":原来只有顺从男人才会被爱呀,原来规劝男人是不会被爱的呀。他们将此总结成经验,到处去传播。所谓"女人要顺从"的理论大概就是这么来的。他们不可能明白,如果你不是黛玉,如果你爱的男人不是宝玉,顺从是没有什么用的。

话说回来,有黛玉在,宝钗们也确实是不会被爱的。有事没事,就去说"你为什么不能跟别人一样啊",是很招人烦的,是不会被爱的。你说我是为他好,好就好呗,反正他不会爱你。如果你觉得大家做得都对,只有他不对,那说明你们彼此还不是那个人。

扫眉才子

林黛玉另一个让人不能忘情之处，在于她是一位才女。

黛玉虽然身体柔弱，却比众位姐妹更多一点才子气，因而表现出某些阳性的气质。

封建社会是男性优先发展的社会，读书几乎是男性的专利，才子被视为男性中的佼佼者。正因如此，极少数能够读书作诗的女性，会被视为具有男性气质的女性。中国的传统，对这极少数的女性，选择了包容和珍视。在中国古代，才女是受到追捧的。按照士大夫阶层的趣味，谁能娶到一位知书达理的大家闺秀，特别是如果她达到了能与丈夫诗词酬唱的水平，那是特别值得自豪的事。按照士大夫的审美，一个在文化上表现出一点男性气质的女性，才是最有吸引力的。

《红楼梦》里，刘姥姥进大观园的时候，看见宝玉的房间特别精致，就以为是哪位小姐的绣房，又看见黛玉的房间有很多书，就以为是哪位公子的书房。故意写宝玉像女性，黛玉像男性，这是曹雪芹的审美趣味。曹雪芹是站在贾宝玉的立场炫耀：你看，我的生活多么精致，像女人一样，和我相爱的女人又是多么博学，像男人一样。这几乎是整个明清士大夫的审美理想。在传统中国，如果一个女人像林黛玉一样有一屋子的书，是会得到男性的青睐的，这也会成为她夫家炫耀的资本。

然而，中国封建时代又宣扬"女子无才便是德"，那么才女在古代不是会受到鄙视吗？

这句话是典型的封建社会的产物，是绝对应该批判的。那么，这句话是怎么来的呢？古人在说这句话的时候，是在表达什么呢？鉴于今天的很多女性，在听到这句话的时候，会因过于愤怒而不愿深究，我们不妨来个"性别转化"，揣测一下古代的男性是怎么想的。

比如说，你是一个女孩子，喜欢一个长得特别帅的男明星。本来你喜欢的是他的颜值和演技，也知道他在他的专业上花了很多时间，他的文化课不可能达到专家的水平，对此你也不介意。而他听说你们都喜欢有知识的男生，为了让粉丝们高兴，天天在微博上发他读了什么书。可是他文化底子薄，发的东西有很多错误。这时候你就会觉得尴尬，觉得并不想看他分享这些东西，可是你又不想伤害他的自尊心。这时候，你就会说："你好好演戏就好啦，文化不重要啦。"

古代也会有类似的情况。那些需要讨好男性的女孩子，知道男性喜欢才女，就努力读书学写诗。但是她们因为小时候没有得到好的教育，基础比较差，或是本来没有天赋，没有爱好，仅仅为了讨好男性才勉强学习，可以想见，她们学习的成果是比较差的。这时候，好心的男性就会安慰她们："算了算了，女子无才便是德，你不会写诗我也喜欢你。"更有甚者，如果这时候再有人吹捧她们两句，让她们骄傲起来，拿着并不成熟的作品到处炫耀，哗众取宠，这甚至是令人讨厌的。这时候也会有人忍无可忍，出来说："别作妖了，女子无才便是德。"以我看来，"女子无才便是德"，本来说的是封建社会不懂装懂、取悦男性的女性。男性士人出于种种原因时说说这句话，但并不妨碍他们渴望娶到有真才实学的名门闺秀。只不过，一代人里，能像林黛玉一样的人也就一两个，娶到真才女的希望太渺茫了，他们在现实中也仍然宠爱着取悦于他们的"小才女"。

那么，为什么薛宝钗跟林黛玉也说了这句话呢？

首先，宝钗和黛玉都是才女。越是才子才女，越要说才子才女不好，没什么了不起，这是中国式的傲娇。需要注意的是，只有才子才女才有资格说才子才女不好，普通人听到这话，只能说"哪里哪里，当然是有才华好"，可千万不能上去附和"对，才女就是不好"。宝钗、黛玉再说"女子无才便是德"，她们也已经是真正的才女了，并不会真的认为才女不好。

其次，宝钗和黛玉都是大家闺秀，都属于不需要讨好男人的阶层。她们即使不识字，也会是名门公子争相求娶的对象。她们写诗是为了抒写性灵，是因为真有天赋，而不是为了抬高身价。她们不需要为迎合世俗而过分努力，反而需要防范别人误会她们写诗是为了取悦别人。假才女被劝"女子无才便是德"，是别人怕她们出丑。真才女说"女子无才便是德"，意思是，即使我的才华比现在差一点，也够用了，不如收着一点。

最后，与才女才有资格说才女不好的道理相似，只有女性才有资格说这种听起来不"女权"的话。这种话可以理解为一种自谦，但绝非自卑，更不代表真的歧视女性。相反，敢于说这句话的女性，往往有很强的自信心。至于男性，如果听到这种话，只能反对，万万不可上去附和。

明清时代，封建社会已近尾声，原来的等级壁垒被不断打破，性别壁垒也不例外。明清的女性在先进的文化领域追赶着男性的步伐，在文学创作的数量和质量上缩小着与男性的差距。与之前的时代只有凤毛麟角的才女，如蔡文姬、李清照不同，明清涌现出大量的才女。她们中间，固然有很大一部分人的创作有取悦男性的成分，但确实也存在一批数量可观的闺秀诗人，她们的创作已经具有了一定的文学价值。明清小说喜欢塑造才女，就是这种社会现实的反映。

《红楼梦》塑造了很多闺秀诗人的形象，她们具有相当强烈的主体性，在生活方式上与传统男性士人不无近似之处。在这方面走得最远的，当推林黛玉。林黛玉是闺秀诗人最典型的代表。

我们在欣赏林黛玉这个人物的时候，不要只把她看成一个小女生，很多时候，要超越性别，把她作为一个才子来欣赏。她的执着，她的激烈，她的见识，她的孤高，她的争强好胜，都带有古代才子的影子。她的生活中，还没有传统社会中女性要面对的日常琐碎，她一直维持着一种清雅的、近似男性士人的生活。特别是她在谈笑中经常有一种风趣、幽默、可爱的"刻薄"，这是她性格中不可或缺的一种特质，而这种特质，也是才子的特质。

中国古代称赞才女，有一个词叫"扫眉才子"，意思是她除了画眉毛以外，完全就是一个才子。从这个称赞，我们就可以看出，才女的魅力，就在于女性的男性化，才女的最高标准就是才子。林黛玉正是这样一个"扫眉才子"的形象。

谨慎与"刻薄"

林黛玉初进贾府的时候，其实特别谨慎。"不肯轻易多说一句话，多行一步路，生恐被人耻笑了他去。"她看见贾府的规矩有跟林家不一样的，就都悄悄地改过来。比如，吃完饭漱口，林如海教她要把饭粒咽尽再漱口，要知道"惜福"，贾府是直接漱口的，她就跟着改成直接漱口。

这个林黛玉的形象好像跟我们后来印象里的不太一样，林黛玉怎么能这么世俗呢？怎么能这么看人眼色呢？她这样，是不是因为进贾府寄人檐下，受气或者害怕呢？

其实，林黛玉不是受气也不是害怕，她的表现，是一个聪明的孩子到一个新环境的表现，比如，刚进大学的表现。

现在社会流行一种"寒门难出贵子"的论调，其中一个证据就是：有些同学，进入大学以后，过了一段时间，惊奇地发现，他周围的同学什么都会，对大学里的规则特别熟悉，而他自己什么都不会，什么都不知道。都是同时进来的，为啥别人会他不会呢？他就找原因，说肯定他们都是上大学以前，爹妈教的。为什么人家爹妈教的跟你爹妈教的不一样呢？他说因为人家家境好，出身的阶层高，然后说阶层固化、输在起跑线上了什么的。

其实，查查档案，那些什么都会的同学，比这些什么都不会的同学，家境不见得好。毕竟，出生在北大校园里还上北大的同学，少得可以忽略不计。那些什么都会的同学，并不是因为在家爹妈就是这么教的，而是因为他们比较机灵，到了大学里一看，不管是生活的规则，还是思考的规则，跟爹妈教的不一样，跟中学老师教的不一样，他们就悄悄地改过来了，于是成了"什么都会的"那类型。有的同学到了大学，看见跟原来学的不一样的，第一反应说人家不对，"老师讲的跟中学课本不一样""同学的这种作风，我们中学写作文就批判过"——像这样的同学，就不容易进步。

林黛玉就属于比较机灵的类型。其实吃完饭要不要马上漱口这样的问题，并不是什么大是大非的问题。这种无可无不可的事，既然这个地方大多数人都是这么做的，那么跟大家一样是最好的。在这种地方跟大家一样，算是融入文化，不算是迎合世俗，和坚持自己的个性并不矛盾。林黛玉实在不是没有个性的人，但是她不在这些方面表现个性。如果这时候林黛玉大喊一声"你们这么做是不对的"，说"我爸爸教我的不是这样的，你们这样是浪费"，那就是很不懂事了。

另外，还有一个原则是，即使别人在礼仪上做错了，也不应该贸然指出来，最好能和对方保持一致，否则也是不礼貌的。哪怕是她不说什么，只是还按在家里的习惯，过一会儿再漱口，也会让周围的人觉得尴尬。从这个意义上说，黛玉跟贾府的人保持一致，也是得体的。

从这个举动可以看出，初入贾府的林黛玉是很谨慎的。之所以要谨慎，并非因为她在贾府处境艰难，而是因为她懂得顾全体面。她不仅懂得礼数，更明白礼数的原则，懂得主动融入贾府的文化。林黛玉很有个性，同时也很有教养，把林黛玉想象成完全不顾他人感受的人，是不对的。

但是，很快，在熟悉了贾府的生活习惯后，黛玉就不再那么谨慎了。凭借着贾母的宠爱，凭借着与贾府的亲缘关系，凭借着门户相当的出身，黛玉在贾府几乎是无所忌惮的。林黛玉会闹脾气，会说刻薄的话，这恰恰是因为她在贾府的确是很放松的。

林黛玉是个忧郁的人，更是个幽默的人。根据字频统计，整个《红楼梦》里,林黛玉"笑"的次数,远远高于"哭"的次数。她那些刻薄的话,都是笑着说出来的,不是哭着说出来的。林黛玉的刻薄,并非出于怨毒,而往往带着一点儿文人的风趣。

中国的士人,有嘲戏的传统。他们并不是一天到晚板着脸,跟任何人说话都藏着什么"春秋大义",他们是很喜欢互相开玩笑的。开玩笑,其实是有安全感的标志。天天神经紧绷、生怕说错一句话的人,是没有心力开玩笑的。一个孩子什么时候学会开玩笑,与他的心智发育水平和成长环境都有很大关系。林黛玉其实是爱开玩笑的,这表明她在成长过程中没有受到什么压抑。

但是这里有个问题,开玩笑需要对方能"接得住梗"。也就是说,只有双方都是很风趣的人,都没有心理压力,才能互相开玩笑。一方开玩笑,如果另一方是个神经紧张、不懂风雅的人,那他很容易琢磨过度,把玩笑理解成不怀好意,这就是"开不起玩笑"。一个人情练达的人,是能准确地察觉对方是"开不起玩笑""接不住梗"的,在这样的人面前能做到不开玩笑。林黛玉大概是因为年纪小,贾母倡导的文化又太不强调人与人的差异,所以她好像在这方面有点欠缺,总是默认所有人都是"接得住梗"的。她跟宝钗她们开玩笑,她们一般还好,但是她跟下人也开玩笑,就会出现对方"接不住梗"的情况。下人们一般文化水平不高,不是很会开玩笑。林黛玉又是老祖宗的心尖子,下人们整天只有小心捧着她的分儿,她说一句什么,下人们都会诚惶诚恐。这时候跟下人开玩笑,就不太合适。

比如"送宫花"那回,周瑞家的最后给林黛玉送。我认为这是个偶然事件,因为她最合理的选择就是怎么顺路怎么走。花和花之间没什么区别，不存在"挑"的问题，不至于特意为了欺负一下林黛玉，而最后给她送。总之，她是拿着最后两枝花出现在黛玉面前的。

这时候，黛玉就问了一句，"还是单送给我一个人的？还是别的姑娘们都有？"她问这句话是跟别人攀比吗？我觉得不是。她应该是真的想确认一下，这花儿是一人两枝，还是一共只有两枝，就给自己一人了。后面这种可能性存在吗？是存在的，因为黛玉是特别受宠的。至少，在林黛玉看来，这种可能性是存在的。如果是这样，那么她是不好直接把花收下的，还有必要推让一番，说"我哪好意思一个人收下，给别的姐姐妹妹戴吧"这样的话。这句话还是问得很有必要的。这句话反映出，林黛玉是很自负的，是习惯于受到特殊照顾的，但同时也反映出，她还是讲礼貌的，还是会考虑到别人的。

周瑞家的就据实回答"各位都有了"，言外之意，不是给她一个人的，只有这两枝，是因为别的已经都送完了，"这两枝是姑娘的了"，就不用推辞了。

林黛玉本来是想着推让一番的，结果花儿是每个人都有了，那她刚才提到"单送我一个人的"这种可能性，就显得有点儿自负了。人家没想给她一人，她自己想的是不是给她一人的，这是自作多情。所以她这时候就想说点儿什么，把刚才这句消解一下。所以她就说出了那句，"我就知道，别人不挑剩下的也不给我。"她用了"挑剩下"这个词，把自己的地位放得比实际要低，这是为了消解刚才那个"给我一人"的设想。

她的这个表达，是想表示谦虚，但是谦虚得不太得体。什么人这么谦虚就得体了呢？如果贾母这么说就是得体的。比如，随机派发什么东西，正好最后一份给了贾母，这时候贾母说一句，"我就知道，别人不挑剩下的也不给我"，就很得体。因为所有人都挑剩下才给贾母，这种可能性是不存在的，这时候她如果说一句"挑剩下的给我"，大家都知道她是在开玩笑，而且这玩笑就显得比较平易近人。传统中国人的习惯，越是地位高的人，越谦卑。甚至如果特意留了一份最好的给贾母，她仍然可以说，"来，这挑剩下的给我"，这是地位最高的人表示平易近人。林黛玉的这个语气，很像是跟贾母学来的。

但是同样是这句话，林黛玉说就不太得体。因为她不是贾府地位很高的人，她没有这样"平易近人"的机会。在中国传统文化里，平易近人意味着一种心理优越感：首先不是普通人，才存在"近人"的必要。身居高位，才需要把自己放低。你不是最高的，只是比较高的，这时候也学最高阶层平易近人，反而有自高身份的感觉，至少会让人觉得奇怪，让人容易误解。

林黛玉的地位没有贾母那么高，"别人挑剩下才给她"的可能性不是不存在。这样，这句话听起来就像是谴责周瑞家的办事不力，真的把别人挑剩下的拿给她。这句话如果让贾母说，就是一个明显的玩笑，让林黛玉说，就拿不准这是玩笑还是谴责。所以，周瑞家的不敢贸然把这句话当成玩笑，在旁边吓得一句话也不敢说。甚至我们读者在书外看着，如果没有理清人物关系，光看这一句，也会觉得，林黛玉怎么这么矫情。还是贾宝玉打破了尴尬，把话题岔开了。

林黛玉跟丫鬟挺没大没小的，但是很多仆妇对她的印象并不好，我估计往往是有这样的误会。林黛玉爱跟她们开玩笑，但是她们太紧张了，接不住黛玉的"梗"，就觉得黛玉对她们刻薄。至于我们一般的读者，离林黛玉更远了，在看林黛玉的时候，都想着这么一个人不知道怎么高冷呢，所以读者的心情比仆妇还紧张，就更听不出她的玩笑了，更容易把她的风趣理解成怨毒了。

林黛玉开玩笑，更多的时候还是冲着宝玉的。黛玉跟宝玉开得最多的一个玩笑，就是说他跟别的女孩子好。我们怀着一颗紧张的心，看着林黛玉不断地说贾宝玉跟谁谁好了，就觉得这个林黛玉怎么这么爱"吃醋"。其实，林黛玉的这种玩笑，与没好气的嫉妒还是不一样的，这里面调侃打趣的成分更多一些。

顺便说，王熙凤对贾琏，也有这样的调侃打趣，这跟她认真清理门户不是一回事。王熙凤在真的要清理门户的时候，反而表现得特别客气。我们在看书的时候，要把这二者区分开来。

林黛玉为什么要跟贾宝玉开这方面的玩笑呢？首先当然是因为她喜欢贾宝玉，对贾宝玉这方面的关注就多一些，一看见贾宝玉就难免往男女之情上去想；其次是贾宝玉"接得住梗"，因为贾宝玉也喜欢她，双方彼此认可这么亲密的关系，可以没事开点儿男女方面的玩笑；再次，林黛玉说有很多女孩子喜欢贾宝玉，其实也是对贾宝玉男性魅力的赞美。嫉妒本身就是爱情的证明，林黛玉没事就跟贾宝玉开这样的玩笑，是一种爱情关系的确认，甚至可以说是对贾宝玉的一种表白：你看，我觉得你是值得喜欢的，我怕别人也喜欢你。

这种玩笑是善意的，不能理解成攻击性的，也不能理解成缺乏安全感。如果林黛玉真觉得贾宝玉不喜欢她，其实是不敢开这样的玩笑的。如果爱情关系很脆弱的话，随便一个这样的玩笑，可能就闹到俩人分手。

林黛玉老拿别的女孩子跟宝玉开玩笑，特别是拿宝钗开玩笑，有没有觉得她们潜在威胁的成分呢？这个是有的，至少潜意识里是有的。只不过这一切始终是潜在的："你这么可爱，你身边的女孩子也很可爱，你会不会跟她们好呢？我知道你是不会的，但是我还是想听你亲口跟我说——不断跟我说。"

林黛玉拿宝玉开这个玩笑，那是见缝插针式的，只要有可能把话题引到这方面，她是一定会引到这方面的。所以宝玉在第十九回曾经吐槽她："凡我说一句，你就拉上这么些。"林黛玉开宝玉的玩笑，是不需要什么真实事件触发的，是随时随地的。这一方面说明了黛玉有多么在乎宝玉，另一方面也说明了黛玉的思维有多么敏捷。

对这一点，宝玉烦不烦呢？也是烦的。因为他不小心说一句什么，就让林黛玉逮着了，就得跟她解释。可是他开心不开心呢？其实是特别开心的。他吐槽完刚才那句，下一句是"不给你个利（厉）害，也不知道，从今儿可不饶你了"，伴随的动作是伸手胳肢林黛玉，这是一个特别亲密的动作。当然，胳肢完了，林黛玉又开了他一个玩笑，"我有'奇香'，你有'暖香'没有？"一点儿都不服软。对于林黛玉的这个习惯，贾宝玉是无可奈何，还有点儿小得意，所以他的反应是"又去伸手""拉了袖子，笼在上面，闻个不住"。

相比之下，宝姐姐老被她拿来"开涮"，就显得有点儿无辜了。不过，宝钗也明白她只是开玩笑，并不介意。第八回第一次正式写林黛玉拿宝玉、宝钗开玩笑，宝钗的反应是"素知她是如此惯了的"。这个反应非常平淡。就像中学班上有一位女同学，天天开玩笑说谁跟谁早恋了，大家都知道她就是这么一个人，谁也不跟她认真。林黛玉开这样的玩笑，宝钗并没有觉得被伤害，更没想认真辩解。

黛玉说宝玉跟别的女孩子好，多数情况应该理解为开玩笑。否则，宝黛之间的关系也太剑拔弩张了。我们读到这些内容的时候，也应该理解为玩笑斗嘴，不要觉得林黛玉"管"贾宝玉"管"得特别严。

由此也可以看出，贾府的气氛是相当宽松开放的。林黛玉一个大家闺秀，可以天天拿谈恋爱的事当笑话说。

林黛玉说话，往往有文人雅谑的味道。林黛玉开玩笑，手法是多种多样的。而且有双关，大家都以为她在说这件事，结果她在说另一件事；也有"连梗"，你以为这次被她取笑完了，结果不知道什么时候，你哪句话又踩上了这个"梗"，又能被她逮着取笑一回。层出不穷，防不胜防。薛宝钗说："真正这个颦丫头的一张嘴，让人恨又不是，喜欢又不是。"这才是林黛玉说话给人的一般感觉。

宝钗概括林黛玉开玩笑的艺术说：

> 世上的话，到了凤丫头嘴里，也就尽了。幸而凤丫头不认得字，不大通，不过一概是市俗取笑；更有颦儿这促狭嘴，他用春秋的笔法，将市俗的粗话，撮其要，删其繁，再加润色，比方出来，一句是一句。

林黛玉比王熙凤的高明之处在于，她不仅会说话，而且有文化，所以对日常语言不仅能吸收，而且能提炼，能"润色比方"。这其实也是作诗法。薛宝钗还说林黛玉讲的笑话，"虽是淡的，回想却有滋味，我倒笑得动不得了。"这既是笑话的好处，也是诗的好处。一个好的诗人，应该也是会讲笑话的。所以很多诗人都善于嘲戏，林黛玉也是这样。

林黛玉的"刻薄"，是一种高雅的"刻薄"。有一个这样的朋友在身边，你可能常常会被她说得哭笑不得，但你不会厌烦她、害怕她，因为她的风趣幽默，给你带来了很多快乐。她即使说出"比刀子还尖"的话来，仍然透着可爱。林黛玉开玩笑，是以灵活的头脑、丰富的知识和无所顾忌的生活环境为条件的，是一种优越感的体现。

林黛玉有谨慎、善于观察环境、融入周围文化的一面，也有"刻薄"、无所顾忌、敢于表达的一面，这两个方面是并不矛盾的，表现的场合也不相同。谨慎是她言行的边界，"刻薄"则是她言行的特色。林黛玉拥有这样的性格，是因为她才华横溢而又备受娇宠，这样的性格，也是中国文人的典型性格。

林黛玉是曹雪芹第二人格的代表，与贾宝玉珠联璧合，代表了曹雪芹性格中孤高、忧郁、执着的一面，富于文人气质，带有很强的理想色彩。曹雪芹既从世俗角度，将林黛玉安排为贾宝玉最合适的伴侣，更从精神角度，将林黛玉安排成贾宝玉唯一的精神伴侣。林黛玉不但是中国士人理想的审美特质的集合体，更具有才子的典型性格特征，呈现出一种超越性别的理想之美。

红楼人物

第五章 "无情"与"无缘":薛宝钗

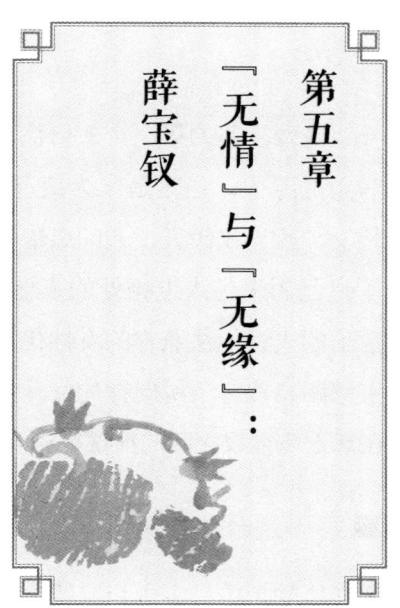

薛宝钗是曹雪芹的第三个人格代表，是宝玉除了黛玉以外最有可能考虑的爱人，经常是作为黛玉的对比出现的。与"至清"的黛玉相反，薛宝钗代表了人间温情与世俗智慧。曹雪芹在她身上寄托了自己用来与人世相处的人格。薛宝钗更富于女性魅力，一切与黛玉的人设无法兼容的女性优点，几乎都被曹雪芹赠予了她。薛宝钗距离贾宝玉所向往的女儿世界，其实更近一步。这也为宝玉在黛玉与宝钗之间的摇摆提供了更充足的理由。

金玉良缘

在《红楼梦》中，宝玉与宝钗之间可能发生的婚恋关系，被称为"金玉良缘"，与宝黛之间的"木石前盟"相对。

宝钗有一个金项圈，刻着"不离不弃，芳龄永继"八个字。这八个字，是癞头和尚送的，说要刻在金器上。所以薛家就给她弄了一个金项圈，刻了这八个字。刻在金器上干什么呢？丫鬟莺儿说了一半，宝钗就不让她说了，应该是跟宝钗的婚事有关。贾宝玉那块玉上也有八个字，"莫失莫忘，仙寿恒昌"，跟宝钗的这八个字正好是一对。这都是癞头和尚跟跛脚道人商量的。这似乎预示着，有金的宝钗，跟有玉的宝玉，命中注定要做夫妻。这就是"金玉良缘"。

在封建社会，人们总是在追求某种确定性，往往相信什么都有"命中注定"。生命中总有最合适的那个人在那里。仕途是这样，婚姻也是这样。确定性有什么好处呢？就是可以避免竞争。这有坏处，可也有好处。竞争的弊端在于，会加大社会的内耗，让人们失去礼让和优雅。在仕途中，世袭制和中正制会有市场，就是因为科举制有竞争，会让人皓首穷经，会出现《儒林外史》里的笑话，于是有人幻想，如果有一种机制能指定天选之人就好了。同样道理，在婚恋中，包办婚姻和宿命论会有市场，就是因为自由恋爱有竞争，会造成一些痛苦和问题，于是有人幻想，如果父母——最好是上天，能直接给指定一个"真命天子"就好了。传奇故事里经常会有神异之物促成姻缘的故事，就是出于这样的幻想。"金玉良缘"看起来也会是一个这样的故事。宝玉有玉，宝钗有金，看起来这很像是冥冥中注定的一段姻缘。

黛玉和宝玉虽然明明前世有"木石之盟"，今生却偏什么也没有。宝玉第一次见到黛玉，就问黛玉有玉没有，听说黛玉什么也没有，就发了一阵疯病，说这个玉"连人之高低不择，还说灵通不灵通呢！"黛玉这个人往那儿一站，就是"神仙似的"，很明显就是"清"之极致了，哪还用什么证明？如果这么一个人都没有玉，那就只能说明有没有玉是不能标志人的高下的，那不是这个人的问题，是玉的问题。就好像一个绝对的学霸，往那儿一站，谁都能看出他是个学霸，如果这样的人都考不及格，那估计是考试的问题，或者发挥不好，不是他的问题。

贾宝玉的标准，其实就是察举制的标准。一看这个人"神仙似的"，就是她了，不用再怎么考核了，不用再怎么竞争上岗了。人们谈恋爱，其实多少都凭的是"察举"——直觉判断，竞争上岗就不怎么美好了。我看上她了，这就是天作之合，什么信物都是多余的。要什么信物来证明你们是天作之合，那说明你没有这个"察举"的能力，你自己看不出来谁是你的爱人。需要信物的传奇，其实已经是异化了，把天生的缘分、天生的感觉，寄托在一个小物件上了；靠信物来证明的爱情，在确定性上已经降了一等了，因为这个小物件毕竟已经不是你本人了。

何况宝钗这个金项圈，你仔细想，它的确定性是非常可疑的。宝玉那块玉，是他出生的时候自己含着带来的。宝钗这个项圈，可不是天生带来的，是他们家自己后配的。如果她真的跟贾宝玉前世有缘分，干吗不跟他一样，生下来的时候带着呢？较真的话，怎么能证明癞头和尚那八个字就是给自己的呢？给她的为什么还要她出生以后追加呢？自己家打的金器，跟贾宝玉带的那块玉，还是配不起来啊。宝玉那个是纯天然的，她这个是人工的。

曹雪芹没有讲过"金玉良缘"的神话，我们不知道薛宝钗前世是什么。很有可能，前世没有薛宝钗，这个"金玉良缘"，就是癞头和尚和跛脚道士在搞事情。

"木石前盟"是极为确定的，却没有任何物证；"金玉良缘"是有物证的，这个物证却没有说明由来。放在学生的圈子，这好比，林黛玉一看就是学霸，但是没有任何证件；薛宝钗有证件，但是证件上没有盖章。认可哪个呢？你认可学霸，好像不如人家有证件的踏实，有证件也可以说服别人；认可证件，其背后手续又有漏洞。这里面就出现了错位，出现了矛盾，出现了两难。有了这种两难，小说才有的写。

"木石前盟"是神话，"金玉良缘"则是象征。宝玉和宝钗的缘分，似有似无，没有来处，却存在于现实世界；有点人为的成分，但是也很漂亮。从人间的视角来看，"木石前盟"是看不见的，"金玉良缘"是摆在眼前的；从神仙的视角来看，"木石前盟"才是真的，"金玉良缘"反而是幻化出来的，现实不过是红楼一梦。

那么，在现实中，这个"金玉良缘"具体表现为什么呢？薛宝钗跟贾府是什么样的关系？薛宝钗有多想嫁给贾宝玉，她的亲人又有多希望她嫁给贾宝玉呢？

薛宝钗的父亲去世了，母亲还在。薛宝钗的母亲薛姨妈，是王夫人的亲妹妹。请注意，薛姨妈可是姓王啊。如果有人问你薛姨妈姓什么，你千万不要说姓薛。薛宝钗有母亲，为什么还要到姨夫家住呢？因为她哥哥薛蟠，是一个真正的败家子。薛姨妈希望让贾政管管薛蟠。当然，管是管不住的，这是另一回事。其实要严格按封建礼教论，薛姨妈一个寡妇，非要上姐夫家住，也是够不避嫌疑的。可见，《红楼梦》所写真是一个礼教不太严格的世界。这也说明薛姨妈为了孩子的教育，也是很用心的，顾不了那些虚礼了。

薛姨妈一家三口住在贾府，真正是做客的。在大观园建好之前，他们在贾府的东北角单住一个小院，挨着王夫人的正房，日常开销都是自己花钱。为什么薛家住贾府就自己花钱呢？因为薛姨妈是大人，他们跟贾府的亲戚关系也更远一点。

贾敏是贾宝玉的亲姑姑，薛姨妈是贾宝玉的亲姨。以血缘论，林黛玉和薛宝钗跟贾宝玉的亲戚关系应该是同类型的，为什么说薛宝钗的亲戚关系远呢？这是因为封建礼教，认为母亲家的亲戚比较远吗？其实不是这个原因。

林黛玉住在舅舅家，其实是住在姥姥家。薛宝钗住在姨妈家，本身跟住在舅舅家没什么区别，但是如果姨妈的婆婆还健在，那情形就大不相同了。从贾母这儿论，林黛玉是她"肉上的肉"，薛宝钗跟她一点儿血缘关系也没有，这里面亲疏差别可就大了。整个贾府，大多数人跟林黛玉有血缘关系，而跟薛宝钗有血缘关系的，只有王夫人和她的孩子们。

其实今天也是一样的，如果你住在姥姥家，那基本上是可以理所当然，可以"为所欲为"的；但如果你是跟姨妈的婆婆生活在一个屋檐下，那就非得格外谨慎小心不可了。住姥姥家是绝对不能自己出钱的，跟姨妈的婆婆一起生活是必须要自己出钱的。虽然林黛玉整天傲娇着说自己是"寄人檐下"，其实真正需要时时客气的，反而是薛姨妈一家。

在这样的环境里，宝钗就不得不比黛玉考虑问题更周全些，更多地顾及周围人的感受。我们总感觉宝钗更现实、更善于变通，这与她的处境不无关系。她如果不这样，倒也不至于过不下去，但是，跟别人家住在一起，多为他人着想一点儿，总是应该的。这背后的动力仍然是"体面"。

贾母对王家人是很客气的，对宝钗自然也很客气。贾母对宝钗，总是要刻意地比对黛玉好一点儿，因为宝钗不是她的亲外孙女。这是中国人的待客之道，并不是因为宝钗更有权势。宝钗也会更多地为贾母着想一些，这是因为贾母不是她的亲姥姥。这也是中国人做客时的人情，并不是因为宝钗有特别的必要讨好贾母。

例如，宝钗过生日的时候，贾母故意要把排场做得比林黛玉的生日排场大，这是对别人家的孩子表示客气，也是对王夫人表示重视，对薛姨妈表示友好。宝钗也很领情，点菜点贾母爱吃的，点戏点贾母爱看的，这说明她是个懂事的孩子，能为大人着想。这不能理解为贾母和宝钗之间的关系比跟黛玉亲密，恰恰说明贾母与宝钗之间的关系较为疏远。事实上，贾母下令给宝钗大办生日的时候，王熙凤还心虚地又请示了一遍贾琏，薛妹妹的生日怎么办。潜在意思是，"我表妹的待遇真的可以超过你表妹吗？"这说明还是黛玉比宝钗更重要一些。贾母给宝钗过生日，还找了个理由，说她今年正好成年，算大生日。也就是说，下回还要不要大办，就看心情了。

在中国，替别人着想是一种女性气质。因为男孩子处于家庭的中心，是可以不为他人着想的；女孩子即使很受宠，也仍然会有很多时候需要体察别人的情绪。更不必说不被重视的女孩子、在外做客的女孩子了。我们现在批评一个人"太直男了"，经常是因为他不懂得替别人着想，不习惯体察别人的情绪。"直男"为什么就会这样呢？这里并没有生理性的原因，完全是我们的传统文化养成的。

贾宝玉在中国男性里，算是比较能体察别人情绪的，而他也被认为是比较有女性气质的。尽管如此，宝玉体察人情的程度，还是比不上宝钗。林黛玉甚至不太表现体察人情的本事。在宝玉、黛玉、宝钗三人中，宝钗是最能体察人情的，这也是她女性气质的重要表现。

宝钗在贾府，是比较疏远的亲戚，所以她也养成了"不干己事不张口，一问摇头三不知"的习惯。作为远亲，过多地掺和亲戚家的事是失礼的。即使被"问"到，也应该尽量避免回答，因为只要回答，就有可能得罪人。特别是随着三人渐渐长大，有了男女之情的问题，宝钗要再插手宝玉家的事，就难免被人看成未来的宝二奶奶。宝钗选择了"时时明确我与宝玉家的事没有任何关系"。

除了体察人情，宝钗还要比黛玉更多地为家务操心。宝钗有亲哥哥，继承了父亲的全部遗产，但她那个哥哥，恐怕实在没本事承担一个继承人的责任。偌大的家业，恐怕薛姨妈是要时时过问的。宝钗几乎是薛姨妈身边唯一可以商量的人，她不得不对现实的经济事务有所了解。比起无牵无挂的黛玉，宝钗要稍多一点儿社会经验，心智也更早熟一些。

《橘子红了》里的秀禾说"我有很多的人要爱"，这句话说宝钗也很合适。宝钗要帮助她守寡的母亲，操心她不争气的哥哥。贾府中唯一与她有血缘关系的姨妈王夫人，与她没有血缘关系却一直善待她的老祖宗，都是值得她爱的人。宝钗没有太多的精力去一意孤行。因此，宝钗代表了作者性格中顾全别人的一面。

黛玉无所顾忌，宝钗有所顾忌，这是与她们在贾府微妙的地位差异有关的。在同样衣食富足、备受娇宠的前提下，相对处于优势者更容易特立独行，相对处于劣势者更容易体谅别人。黛玉牵绊少而支持较强，宝钗牵绊多而支持较弱。黛玉就像班上那位总是忧郁但是作文很好的大才女，骨子里有一种莫名的傲娇；宝钗就像那位人缘很好的插班生，敏感地观察着周围，以一种不为人察觉的谨慎做到了一切完美。

下一个问题是，大家对宝钗嫁给宝玉这事，是什么态度呢？

首先，薛姨妈住到贾府来，有没有把宝钗"塞"给宝玉的动机呢？应该是没有的，因为薛家也得要脸面。

　　同样根据"门当户对"的原则，薛家的门第是不差的，否则王家是不会把女儿嫁给薛家的。薛家与贾家、王家都属于同一个阶层。寒素士人尚且不会卖女儿，同一个阶层的家族，如果有动机把女儿"硬塞"给另一家，这样是很不体面的。

　　以宝钗的门第和个人禀赋，想娶她的人会很多。曹雪芹说，宝钗上京城就是备选秀女来了。但备选秀女这一情节后来没下文了，其实曹雪芹就是想借此说明，宝钗的自身条件非常好，就是想当皇妃也不是不可能，更别说嫁给一般的世家子弟了。薛宝钗是不愁嫁的，除了贾宝玉，她还有无数不错的选择。只不过这部贾宝玉视角的小说，写不到那里罢了。

　　薛宝钗和贾宝玉，仅仅是因为门当户对、接触紧密，有进一步发展的可能而已。如果他们结婚，薛姨妈当然乐见其成，但也就仅此而已，她是没有动机非把女儿嫁给宝玉的。

　　其次，王夫人有没有让宝钗当儿媳妇的意思呢？

　　王夫人的态度，应该跟薛姨妈是差不多的。薛宝钗与王夫人有血缘关系，来自同一母系文化；林黛玉与王夫人没有血缘关系，来自不同的母系文化。从感情上说，在钗黛之间，王夫人肯定是会倾向于宝钗一点儿的，但也就仅此而已。如果宝玉和黛玉结婚，王夫人也没有什么可反对的。

　　王夫人的心理大概是：早已接受了宝玉会娶黛玉的设定，但是如果宝玉没娶成黛玉，能娶宝钗的话，也挺好的，甚至更好。对应到现在，大概就相当于一位高知母亲对儿子婚事的态度：他能自己找当然最好，我会全力支持，但如果在外面没找到，找我闺蜜的女儿,其实也挺好的。她希望让闺蜜的女儿做儿媳妇,不过是看着闺蜜的女儿人不错,如果他们结合,未来的亲家又好相处,不至于是希图自己的家产。她即使暗地希望儿子娶闺蜜的女儿,也绝不会干出拆散儿子恋情的事。

至于贾母的态度,正如大家想的,她一定是一心让宝玉娶黛玉的,宝钗在她眼里不过是过两年就要走的客人。她也不会为了维护黛玉而故意为难宝钗。事实上,在贾母心目中,宝玉要娶的就是黛玉,不存在别的可能性。当然,即便如此,她也不会把话说绝,人活到她这个分上,太明白一切都会有变数了。

同样,王熙凤也没有想到宝玉娶宝钗的可能性。她嫁入贾家之后,与贾母相处得俨然比跟王夫人还好。贾母一心要促成宝黛,王夫人又不曾替宝钗说过什么,她当然会认为宝黛是一对了。薛宝钗是她表妹,她当然是疼爱的,但也没有动机一定让表妹嫁给宝玉。她在贾家已经狂到可以说"我们王家地缝子扫扫够你们吃半年"这样的话,没有必要再拉一个自家的帮手。毕竟持家不是打狼,也不是同伙越多越好。

王熙凤因为尤二姐的事到宁国府去闹的时候,啐了尤氏一口唾沫,说:

你尤家的丫头没人要了?偷着只往贾家送?难道贾家的人都是好的?普天下死绝了男人了!

这是很难听的话,基本上是泼妇骂街了。王熙凤这么骂,必须得自己在这方面绝对没短儿才行。薛宝钗也算是半个王家的女儿，王家比尤家不知体面多少，哪里还有把女儿"偷着只往贾家送"的道理。王家已经嫁过来姑侄两个了，再弄来个宝钗，不怕人家说"你王家的丫头没人要"吗？对王家来说，贾家的男人就那么好吗？不说别的，王熙凤如果存着把宝钗"偷着只往贾家送"的心，这时候还能没心没肺地跟尤氏说这个吗？

最后，还有一个问题，贾元春是什么态度呢？

元春省亲后，给宝玉和姐妹们送礼物，只有宝玉和宝钗的东西是一样的，跟别人的都不一样。这件事，是不是有点"钦定"的感觉？是不是元春已经下令，让宝玉和宝钗成亲呢？

其实，这事应该是一个误会。堂堂皇妃应该没有那么闲，匆匆见了一面就给宝玉指婚。皇家最忌讳的就是轻易表态，即使是已经有了倾向的事，都不能轻易表现出来，贾元春是一个在深宫大内历练多年的人，会轻易表态说"我反对宝玉娶黛玉，他必须娶宝钗"吗？不会的。

贾元春是除宝玉外唯一与黛玉、宝钗血缘关系相等的人，黛玉和宝钗都是她的表妹，她没有道理光向着王家不向着贾家，光考虑母亲的意见不考虑祖母的意见。况且，省亲的时间那么短，她实在来不及了解全家对薛林二人的态度。

贾元春这么做，其实恰恰是因为时间短不了解情况，属于"乱点鸳鸯谱"。这么短的时间，让贾元春看清哪个女孩子对贾宝玉有意思，是会出偏差的。在元春面前，宝黛没有机会表现出亲密。林黛玉帮贾宝玉作弊传纸条，也没让元春看见。宝钗反而到宝玉耳边说了两句话。她说的话其实很正经，就是说这两个字要改改，要不皇妃姐姐看了不高兴。但是贾元春又不知道她说了什么，就看见她跟贾宝玉"咬耳朵"，并且她是全场唯一跟贾宝玉"咬耳朵"的女孩子，那么，贾元春会怎么想？我估计，就是在这时候，贾元春误会了，以为宝玉喜欢的是宝钗，所以她在赐东西的时候，把宝钗当作宝玉的女朋友对待了。

这其实是很常见的现象，一帮人聚会时，不了解情况的长辈或领导认错了恋爱关系，"乱点鸳鸯谱"，这是比较尴尬的，但是绝不说明长辈或领导的态度。长辈或领导唯一的态度就是，支持年轻人自由恋爱。

贾元春也是这样，其实她的表态是："哈哈，我看出你个小孩子开始谈恋爱了，谈吧谈吧，姐姐支持你。"如果你追上去采访贾元春，说："你说支持宝钗，是不是有点钦定的味道？"贾元春肯定回答你："我没说要钦定她。你问我支持不支持宝玉谈恋爱，我当然支持啦。"只不过，她把宝玉的恋爱对象认错了。

这最多说明，薛宝钗也很好，与林黛玉难分伯仲。曹雪芹不会为了写黛玉好，就说宝钗很差劲，这不是曹雪芹的笔法。

总之，请放心，黛玉活着的时候，没有一个人想把宝钗"塞"给宝玉。

宝钗为什么"无情"

那么，宝钗自己是怎么想的呢？

宝钗是不爱宝玉的。

至少，没有爱到黛玉那个程度，不会为他牺牲自己的性命，更不会为他牺牲自己所爱的一切。

宝玉是"情不情"，黛玉是"情情"，宝钗则是"无情"。不管宝玉对宝钗有情也好，无情也罢，宝钗对宝玉是无情的。在宝钗心里，对无情的自己有情，那是你自己的事，与我无关。曹雪芹形容宝钗，用的词是"冷香"，是"雪"，是"任是无情也动人"。

那么，宝钗为什么不爱宝玉呢？那可是宝玉啊！薛宝钗可是个青春少女啊！

有人说，她压抑了对宝玉的爱，用封建礼教压制的。冷香丸就是封建礼教的象征。

我认为，宝钗就是可以不爱宝玉的。就算她再是青春少女，就算贾宝玉再是万人迷，她就是可以不爱。爱这种东西是最说不清的，所有人都爱的，她就是可以不爱。正因为不爱是自由的，自由恋爱才有意义。

薛宝钗不爱贾宝玉，并不说明她不会爱。也许她遇到另一个人，就可以爱得像黛玉爱宝玉那样，只不过宝玉不是这个人而已。薛宝钗表现的，就是一个人不爱另一个人，或者说，不很爱另一个人的状态。

那些默认任何一个青春少女都会爱上贾宝玉，从而认为薛宝钗不爱贾宝玉就是不会爱，是假装不爱的，未免太替贾宝玉自恋了。其实贾宝玉自己都明白"不过是各人得各人的眼泪"这个道理。薛宝钗也不是没有眼泪，但她的眼泪不属于贾宝玉。

说薛宝钗天生带有一股热毒，被冷香丸压下去了，我觉得这倒不是在描写她的爱情，而是在泛泛地描写她所有的情。薛宝钗是一个很有节制、很冷淡的人。这样的人不是没有情，而是情太深了。情太深，就像衣服袖子太长，要挽回来一点儿，反而显得比别人袖子短了。只有情深的人，才需要节制，需要冷淡。薛宝钗的热毒就是她的情，情太深了，就变成冷香了。

这种可以"挽回来"的情，应该是日常人际交往中的情。如果达到了爱情的程度，就不是这个原理了。生死相许的爱情，林黛玉对贾宝玉那样的爱情，是没法往回挽的。

说宝钗不爱宝玉，也有失偏颇。宝钗对宝玉的爱，不是那种不顾一切的爱，而是遇到一点阻力就会收回的爱。遇到阻力就会收回的爱，也是爱。如果阻力不存在的话，宝钗也会与宝玉结婚，也会过很甜蜜的日子，但如果阻力存在，需要付出代价，她就动摇了。

宝钗对宝玉的爱是"金玉良缘"，与林黛玉的"木石前盟"不同。木石前盟，是绛珠仙草欠神瑛侍者的情，她欠的就是这个人的情，所以非得还给这个人不可，把自己的命搭进去，也非得这个人。"金玉良缘"只要有玉的就能配得上，贾宝玉可以，甄宝玉也可以。黛玉爱宝玉，爱的是"这个人"；宝钗爱宝玉，爱的是"这样的人"。要说结婚，爱到宝钗这样，就可以结婚了。但是爱到宝钗这样，也可以不结婚，因为你爱的是这样的人，再找还有，不一定非跟这一个结婚不可。如果有别的因素，比如他还有个木石前盟，那你就先让路，再找别的金玉良缘去。

宝玉已经有了黛玉，他们的爱是木石前盟，以薛宝钗爱的程度，不值得去拆散他们。对薛宝钗来说，这个程度的爱，在世界上有无数的机会，没必要非盯着贾宝玉不可。所以，宝钗对宝玉采取的态度，是"躲得远远的"，回避一切嫌疑。她之所以要避嫌，不是为了封建礼教，而是不想干扰宝黛的爱情。她避嫌甚至不是一种牺牲，只是一种理性选择，因为她并没有爱宝玉爱到很深的程度。

宝钗对宝玉不表现爱情，也可以看作对宝玉的一种爱护，这也是她对宝玉的"情"，也可以看作"深情结成的冷香"。这种情只是人与人之间的情分，并不是浓烈的爱情。薛宝钗一生，可能与无数人都有这样的情分。

宝玉和宝钗之间，尽管没有很深的爱情，也在努力地避嫌，还是难免偶尔流露出男女之情。在接触频繁的异性之间，即使全无发展爱情的可能，偶尔流露出似有似无的男女之情，也是很正常的事。《红楼梦》很会发掘这样似有似无的情，这显示了作者的敏锐，但要把这样的情都"坐实"，都当成实打实的爱情，就没意思了，不风雅了。曹雪芹写宝玉与宝钗之间偶尔的动情，是为了写不相爱的人之间偶尔动情是怎样的情态，就是所谓的"任是无情也动人"，所以我们当一种风雅来看就好。

鱼与熊掌

宝钗对宝玉也是存在吸引力的，她身上有一些黛玉所不具备的美好特质。那是一些更为女性化的特质，更接近贾宝玉所向往的女儿世界。

宝钗的形象是美的。她体态丰盈，比黛玉更健康，更有生命感。曹雪芹写她"脸若银盆，眼似水杏，唇不点而红，眉不画而翠，比黛玉另具一种妩媚风流"。丰润的脸庞，白净的皮肤，大大的、水汪汪的眼睛，红润的嘴唇，浓黑的眉毛，不用化妆，已经是一张艳丽的面孔。这几个特征，曹雪芹都是暗暗对着黛玉写的，病弱的黛玉是不会有这些特征的。宝钗拥有的，是一个健康少女的无敌青春。

我们都知道，唐代是以胖为美的。其实，整个古代中国，主流审美都是喜欢白白胖胖的人。美人不需要胖到臃肿，但不能瘦得筋骨毕露。因为在物质相对贫乏的古代，只有不挨饿、不干活的上等人，才更容易长成这样，长成这样说明健康。就像我们今天喜欢没有赘肉而很结实的人，是因为有钱有闲去健身的人，更容易长成这样，长成这样说明健康。薛宝钗放到我们今天不一定算胖人，只是长得白而丰满，看上去很健康。像林黛玉这样的病态美，虽然一直受到文人的歌颂，但这只是文人的小众趣味，是不被主流社会喜欢的。像薛宝钗这样的形貌，才是更多人喜欢的。

宝钗这样的，比林黛玉更富于女性美。对于美丽的薛宝钗，贾宝玉是不无向往的。有一次，薛宝钗左腕上戴了一个红麝串，贾宝玉说要看，薛宝钗因为"肌肤丰泽"，褪了半天褪不下来。贾宝玉就想，"这个膀子要长在林妹妹身上，或者还得摸一摸。"这说明，贾宝玉对薛宝钗的身体有朦胧的向往。准确地说，他向往的也不是"薛宝钗的身体"，而是"薛宝钗这样的女性"。薛宝钗的胳膊，准确地说，是像薛宝钗这样的胳膊，只有长在林妹妹身上，他才会摸。他爱的仍然是林黛玉这个人，只不过这个人要是长成薛宝钗这样，可能也不错；如果长不成，也就算了，最后他就想"只恨我没福"。

宝钗不仅富于女性美，更有生活常识。有生活常识，也是女性化的特征之一。封建贵族家庭里，男孩都被逼着念圣贤书，不太有机会琢磨生活情趣；女孩不用念书，就会更多地留心日常生活中的小物件；丫鬟根本不能读书，而且要干活，就更知道怎么摆弄小物件。贾宝玉对女儿世界的向往，大多就寄托在女孩子们手中摆弄的小物件上。女儿的世界，拥有着丰富的、他不了解的关于生活的常识。

宝钗营造精致的生活，也博学多闻。比如第八回里，她就劝宝玉不要吃冷酒，吃了冷酒对五脏有害，这就是一种关于酒的生活常识。这种常识在圣贤书里没有，大碗喝酒的糙汉子也不会注意，这种知识体现出一种女性的细腻，令贾宝玉钦佩，也让他体会到了宝钗的关心。这一刹那，宝玉对宝钗是有情的。所以，很久以后，王熙凤还会用"别吃冷酒"这样的话来打趣宝玉。

宝钗还很懂戏。过生日的那次，她点的戏，既热闹，能让老太太高兴，戏词又格外雅致，能让贾宝玉击节赞赏。能"淘出"一出这样的戏来，非得听过好多戏不可。难怪这次宝玉又对宝钗崇拜得五体投地。黛玉赶忙打断了他。这时候黛玉心里是有点不高兴了，因为她推荐不出一出这样的戏来。

黛玉是不太懂戏的。在读《西厢记》、听《牡丹亭》之前，她没听过什么戏。就好像中学时候古文很好的女生，很可能没听过流行歌曲。这也不能算是黛玉知识面窄。而薛宝钗就不一样了，她早在上京之前，就看过《西厢》《琵琶》以及《元人百种》了，这个阅读量是不小的，放在今天，能做个元曲的硕士论文了。有一种学霸，整天听歌，什么流行歌曲都知道，薛宝钗就属于这种。正因为她听得多看得多，所以她更懂得流行歌曲是干什么的，喜欢归喜欢，不至于看见一首就新鲜得"饭也不想吃"。林黛玉张口就是《西厢记》《牡丹亭》里的戏词，说明她熟，熟到张口就来，说明刚读过。林黛玉说的这些戏词，薛宝钗一听就知道是哪里的，说明她更熟，但是她不会张口就来，因为她不是刚读过，而是"曾经很熟"。这等于说，林黛玉就会唱两首流行歌曲，天天挂在嘴边，薛宝钗是什么风格的流行歌曲都会唱个几十首。薛宝钗随时都能开出一个合适的歌单，林黛玉不行。

薛宝钗懂酒，懂戏，这都是关于精致生活的知识。所谓才女，不一定只有会写诗才是才女。懂酒懂戏，也是才女。如果会写诗的才女懂酒懂戏，就更好了。生活常识丰富，是薛宝钗作为才女的一个重要表现。

懂得这些生活常识，虽然不足以让一个男人爱上你，但足以在结婚后增加生活的情趣。薛宝钗的生活常识，像她的美貌一样，都是锦上添花的事。如果有林黛玉一样的高洁心性，又有薛宝钗一样的女性柔情，那是最理想的，是曹雪芹理想中的"兼美"，是"钗黛合一"的境界。但是很多时候，同一个人身上不能同时具有这两种美好的品质，鱼与熊掌不可兼得，这时候就只好舍鱼而取熊掌——舍宝钗而取黛玉了。

鱼与熊掌能不能兼得呢？我希望是能的，我看不出二者有什么必然不能兼容的矛盾。在生活中，我们可以培养自己有林黛玉的见识、林黛玉的性情，同时让自己拥有薛宝钗的身体、薛宝钗的知识。只不过，曹雪芹是写小说，要讲究典型性，要根据人物的特点，给她们分配更合适的属性。

林黛玉是个有见识的人，有见识而又无所顾忌的人就难免眼光高，不愿意迎合世俗。这样的人就难免对日常生活中的知识漠不关心，离物质远一些；离物质远的人，作者就设计她身体弱一些,"超性别"一些。那么,林黛玉所没有的健康的体态、生活的常识,这些特征就赋予了薛宝钗。而留心日常生活的人,更有可能迎合世俗。这些联系都不是必然的,只是概率较大,这样分配,会让人物看起来最合理。

那么,两个人都有优点,都不完美,贾宝玉会怎么选择呢?

宝玉的选择

可能大家会忽略一点,宝玉在黛玉和宝钗之间的选择,归根到底还是在父系与母系之间的选择。我指的不是父系权力与母系权力之间的选择,而是父系文化与母系文化之间的选择。

黛玉是贾政的亲外甥女,她身上带着贾政的影子,黛玉其实就是美化了的贾政。贾政曾经是一个落拓不羁的才子,黛玉身上也有落拓不羁的才子气。贾政很傲娇,林黛玉也很傲娇;贾政说话刻薄,林黛玉也说话刻薄。尤其是第九回贾宝玉出去上学那次,先是贾政傲娇着奚落他一番,回头他去了林黛玉那里,林黛玉接着傲娇着奚落他。如果你用林黛玉说话的逻辑去理解贾政的话,就更容易理解贾政并不是真的讨厌宝玉,只能说贾政不愧是林黛玉的亲舅舅。

只不过,林黛玉身上没有贾政作为中年人的威严和无奈。我们从贾宝玉的视角看,他离林黛玉近,离贾政远。我们容易看见林黛玉的风趣,不容易看见贾政的风趣。我们跟贾宝玉一起怕贾政,精神紧张地听着他的每一句话,更容易把他的玩笑听成责备。林黛玉比贾政更美好一些,她的刻薄,她的脾气,我们更好接受一些。林黛玉的才华和风趣是她吸引宝玉的地方,而贾政在他自己的世界里，也是有才华、风趣的人。

然而，我们和宝玉在林黛玉面前又何尝不是紧张的？宝玉害怕贾政的奚落，又何尝不害怕林黛玉的奚落？对黛玉的奚落，他只能"笑而不语"，或"又是咬牙，又是笑"。宝玉敬贾政，也敬黛玉。他怕被贾政看不上，其实又何尝不怕被黛玉看不上？

在宝钗这里，宝玉面对的则是另一种情景了。宝钗不总是奚落宝玉，表现得比较温和大度，还帮他化解尴尬，给了他很多关心。这其实是一种母亲般的关怀，与父亲式的严厉形成了对比。

宝钗是王夫人的亲外甥女，她身上带的是王夫人的影子，宝钗就是美化了的王夫人，甚至就是年轻的王夫人。宝钗继承了王氏家族规矩严整的文化，也表现出母性的温柔。

贾宝玉在黛玉和宝钗之间的选择，其实也是在父亲形象和母亲形象之间的选择。

少年人在情窦初开的时候，往往是下意识地按照自己父母的形象选择爱人的。因为少年自己的择偶观还没有成熟，而父母是他最熟悉的成年人，是最顺手的择偶模板。

按照弗洛伊德的理论，男孩子在青春期，会倾向于按照母亲的形象寻找爱人，同时排斥父亲。这是他根据自己民族的情况得出的结论。这个理论在现代受到了很多挑战。比如，贾宝玉就没有典型地反映这个理论。

贾宝玉对近似他母亲的薛宝钗，并没有表现出特殊的兴趣，他深爱的仍然是来自父系的林黛玉。他对宝钗的柔情并没有更多的感念，也并未因黛玉的性情而疏远她。与此对应，宝玉对王夫人也没有表现出过多的依恋，对贾政也是只有敬畏，并没有排斥。

贾宝玉的表现，在我们这个民族有一定的代表性。

贾宝玉"长于妇人之手"，母亲承担了管束他的责任，较为强势。对于母亲的管束，贾宝玉是畏惧而排斥的。对于像母亲一样温柔，却会按照母亲的口径规劝他的宝钗，他其实是不敢交付身心的。而对于父亲"诗酒放诞"的世界，宝玉是向往的。他无法抗拒黛玉的魅力，是与此有关的。

在宝钗和黛玉之间，宝玉有摇摆，但最终偏向了黛玉。这意味着，在父亲形象与母亲形象之间，宝玉有摇摆，却最终坚定地选择了父亲形象。

宝玉虽在钗黛之间摇摆，却始终倾向黛玉，也始终未能对宝钗彻底忘情。正如黛玉吐槽的，他是心里有妹妹，但是"见了姐姐，就忘了妹妹"。这种"忘了妹妹"，都只是一瞬间的。

对于这种选择的烦恼，宝玉后来又发展出了新的对策，即从钗黛之间抽离，留下钗黛"同框"，自己在远处对她们进行纯粹的审美观照。

这个策略并不是匪夷所思的，我们不妨仍然采用"对调性别身份"的方法来思考。

比如说，你是一个女生，有两位男同学都暗恋你，在班级大合影的时候，都想站在你身边。这时候，你靠谁近一点，都不合适。你最好的选择就是抽身离开，另外找地方站。多年以后，大家看照片的时候，看到他们俩站在一起，绝对想不到他们都是来找你的。

又比如说，你看一部电视剧，里面两位男演员都很帅。以《镇魂》为例，里面的朱一龙和白宇都很帅。你一开始会想，我找男朋友,是找朱一龙这样的,还是找白宇这样的呢?但是他们俩都太帅了,你无法抉择。于是你很快就放弃了这样的纠结,安心看他们俩演戏,只要在同一个画面里看见他们俩,就觉得很开心。

宝玉看黛玉和宝钗的心情,差不多就是你看白宇和朱一龙的心情。

第四十二回,宝玉看黛玉头发有点乱了,示意了她一下,黛玉自己整理好了。过了一会儿,黛玉和宝钗玩闹,头发又乱了,宝钗又帮她整理头发。宝玉远远看着,就想,早知道刚才就该留着,让宝钗一并帮她抿上去。

在这里,宝玉与黛玉之间仍然存在着分寸感,宝玉并没有"动手动脚"去帮黛玉梳头,反而是宝钗对黛玉做出了梳理头发的亲密动作,宝玉以一种审美的眼光从旁观看。这表明了此时作者的态度,与其在钗黛之间纠结,不如安静地欣赏她们的美。

从第四十二回开始,曹雪芹很注意写钗黛之间的互动,我怀疑这跟读者的反馈有关。贾宝玉是偏心黛玉的,偏偏宝钗又是一个人情练达之人,这就可能造成一个误解,认为宝钗"不好",是一个"有心机"的"坏人"。又因为黛玉爱拿宝钗开玩笑,就更会让人误解,认为钗黛之间关系不好,有斗争。为了消除这样的误解,曹雪芹后来就努力地描述,宝钗也是很美的,钗黛之间的关系是很好的。

曹雪芹在第四十二回安排了一场戏,写宝钗和黛玉消除误会,这其实是消除读者对宝钗的误会。在此之后,钗黛之间的关系就表现得非常亲密。宝玉欣喜地将此形容为"梁鸿接了孟光案",用恩爱夫妻的典故,来形容钗黛之间的关系。这样,宝玉就可以静静地在旁边观看这唯美的画面了,这似乎比得到一个兼有钗黛优点的女子更令人满足。

人情练达即文章

曹雪芹拟过一副让贾宝玉很反感的对联:"世事洞明皆学问,人情练达即文章。"贾宝玉作为一个少年,很反感谈这些。不过我现在觉得,这副对联还是有道理的。我们不要一说谁人情练达,就觉得他俗而否定他。对世事和人情的体察,本身也是一种学问、一种才能。一个才子,只要他的精力足够,他的生活阅历足够,人情练达一点,完全无损于他的美好,也无损于他的诗性。

曹雪芹本人就是世事洞明、人情练达的人,要不他也写不了《红楼梦》。曹雪芹把他人情练达的一面,赋予了薛宝钗。薛宝钗总是很注意体谅别人、维护别人,这是她的好品质。

薛宝钗是很会体察人心的。有一次,王夫人说一个药名,话到嘴头想不起来了,说好像是什么"金刚丸"。贾宝玉就笑,说什么"金刚丸",还"菩萨散"呢。结果薛宝钗就在旁边说,是"天王补心丹"吧。薛宝钗能猜出来,说明她能准确地体察王夫人的思路。

薛宝钗这本事是怎么练出来的呢?是因为她家里也有这么一位老妈。想必薛姨妈也经常有说不上来的话,薛宝钗跟她朝夕相处,免不了总是要猜。这势必让薛宝钗养成琢磨人的习惯。薛姨妈又是官宦小姐出身,除了因为上了年纪有说不上来的话,肯定还会因为傲娇说话经常留半句,这也是要宝钗去猜的。薛宝钗陪在母亲身边,替她解闷,帮她出主意,这对她的情商是一个极大的锻炼。林黛玉就没有这个锻炼的机会。

薛宝钗的理性超出了她的年龄，让她有时候显得有点冷酷。最典型的是金钏儿死的那次。

金钏儿是王夫人的丫鬟，王夫人认为她勾引宝玉，打了她一巴掌，骂她是"下作小娼妇"，把她撵出二门，剥夺做贴身丫鬟的资格，去做贱役。金钏儿是跟在王夫人身边"当自己女孩儿一样"长大的，这次对她是一个很大的打击。她被撵出去之后，很快就淹死在井里了。我们基本上可以推测她是因为受不了这样的羞辱而自杀的。

这件事说得严重一点，其实就是王夫人把金钏儿逼死了，就算不是，王夫人也是在她死前对她做过很过分的事，因此，王夫人内心非常不安，自己偷偷在房间里掉眼泪。宝钗看见了，问是怎么回事。王夫人只能说金钏儿投井死了——不能跟宝钗说金钏儿勾引宝玉，也不能说自己是怎么骂的她，就说起因是金钏儿把东西弄坏了。

薛宝钗就安慰王夫人，叹道："姨娘是慈善人，故然这么想。据我看来，他并不是赌气投井，多半他下去住着，或者在井跟前贪顽，失了脚掉下去的。他在上头拘束惯了，这一出去，自然要到各处去顽顽、逛逛。岂有这样大气的理？纵然有这样大气，也不过是个糊涂人，也不为可惜。"

有人看到这儿，就说薛宝钗真是冷漠啊，一个大活人被逼死了，居然就这么安慰王夫人。

不得不说，就薛宝钗掌握的信息来说，事情确实没那么严重。薛宝钗是不知道王夫人以莫须有的"勾引宝玉"而羞辱金钏儿的，王夫人对她隐瞒了关键信息。王夫人那句话，今天叫"荡妇羞辱"，是很严重的。如果就是因为一般弄坏个东西，金钏儿确实不该有自杀的动机，即使是自杀，也很难说是被王夫人逼死的。宝钗根据她掌握的信息作出这样的推断，还是合理的。

即使薛宝钗对王夫人的解释有疑惑，她也至少没有确凿的证据证明是王夫人害死了金钏儿。即使是司法机构，在证据不足的情况下也只能作无罪推定。

这时候，薛宝钗的任务，就是安慰王夫人。死者不能复生，重要的是照顾生者的情绪。即使生者有过错，只要她没有犯死罪，就应该对她进行心理疏导。薛宝钗说的那些话，都是为了给王夫人以安慰。薛宝钗的做法是人道的。从这两句话还可以看出来，宝钗很会劝人。别人难过的时候，知道怎么劝，这是了不得的本事。

薛宝钗在安慰王夫人之后，就建议她多给金钏儿家些银子。这是目前唯一可以弥补王夫人过错的方法，让王夫人以实际行动表达她的愧疚，也可以让她心里好过一些。这时王夫人表示，想送金钏儿两身新衣服作为装裹，众姐妹"可巧都没什么新做的衣裳，只有你林妹妹做生日的两套"，但送林黛玉的也不合适。薛宝钗就主动提出来，把自己的衣服送给她。

把自己的衣服送给死人作装裹，怎么说也是让人心里有点儿别扭的。王夫人说不能用林黛玉的衣服，表面上是说黛玉身体不好，怕不吉利，其实也是她作为舅妈，不好意思跟黛玉提。她甚至跟庶出的女儿探春都没敢提。跟王熙凤倒是提了，不知道为什么也被婉拒了。薛宝钗是亲外甥女，她才敢提。

宝钗很爽快地说用她的衣服吧，她这也是在为所有人着想。首先，她是帮了她姨妈一个大忙，减轻了王夫人良心上的一点儿愧疚，同时也让王夫人不用去跟林黛玉求助。其次，她拿出自己的好衣服来，对死去的金钏儿，也算是尽了一点儿心意。最后，在她看来，对别人表示同情，要拿东西当然就是拿自己的东西，这样，黛玉和凤姐也不用为难了。唯一略有利益损失的，就是宝钗自己。

宝钗嘴上说，"姨娘放心，我从来不计较这些"，其实她知道，这时候就她拿出自己的衣服来合适。什么人会经常说"我从来不计较这些"呢？就是经常要牺牲自己利益的人。薛宝钗在贾家，就是这种经常要牺牲自己利益的人。不会是很大的牺牲，但往往是牺牲她更合适。林黛玉忌讳的，薛宝钗也忌讳，但是她明白，自己不应该讲究这些。

薛宝钗先通过推论减轻王夫人的负罪感，再帮她提出积极赔偿的方案，最后拿出自己的衣服来，为死者尽心，为生者分忧，应该说，她这一套劝解的流程很周到。至于背后那些她不知道的隐情，是不应该由她来负责的。

又比如第二十八回，薛宝钗正在高高兴兴地扑蝴蝶，不小心撞破了林红玉的小秘密——听见她在亭子里跟坠儿说自己喜欢贾芸的事。林红玉说着说着，就担心有人在外头听见，要把窗户打开看一下。这时候，薛宝钗正在那儿听呢，这会儿要是她们打开窗户正好看见一个薛宝钗，那就很尴尬了。

薛宝钗是个有等级观念的人，她很看不上这些丫鬟，也看不上这些私相授受之事，所以这时候她心里骂了她俩几句。这是她的封建思想，我们批判她。其实她这时候心里真正想的是，自己得表明一下，什么都没听见，也没听，只是路过，是"打酱油的"。

她怎么表明呢？她总不能像宝玉一样，站在那里大喊，"我不告诉别人"。贾宝玉这么喊是因为不懂得人情练达，薛宝钗有更巧妙的处理方式。

薛宝钗就先不言语，心里飞速地盘算了一下，然后故意放重了脚步。越是要告诉人家她没有在听，越是先要放重脚步，表明自己的存在，告诉人家，她不介意人家知道她的存在，因为她什么都没听见。她放重脚步，然后大喊，说"颦儿，我看你往哪里藏"。这样，她虚构出一个林黛玉来，然后告诉她们，自己刚才看见林姑娘蹲在这里弄水儿，自己要吓她一跳，结果她跑了——说得有鼻子有眼的。曹雪芹那点写小说的才能全赋予薛宝钗了。

薛宝钗在一瞬间编出来的这个情节，就把她偷听的嫌疑择干净了。我可是跑过来的，我可没站在这儿听，虽然我现在在这里，一瞬间之前可是不在的。我跑过来可是奔着林黛玉去的啊，我可没空注意周围别人说什么。她编得不仅生动，而且严密，完美地证明了她要说的话"我什么都没听见"，又不留痕迹。她还编得这么快，真是不简单。

但是她编的故事有个漏洞，就是她把林黛玉"卖"了。如果那林姑娘一直蹲在这儿弄水儿，林姑娘听见了没有呢？肯定听见了。而且林姑娘"心里又细，嘴里又爱刻薄人"，她听见了，简直比宝姑娘听见了可怕一万倍。以至于有人甚至以为，薛宝钗在这儿就是故意坑林黛玉的。

我觉得薛宝钗不是坑林黛玉。首先，她的脑子哪那么厉害，临时编这么个故事，还想好嫁祸林黛玉了。其次，她也没有动机嫁祸林黛玉，因为她不想嫁给贾宝玉，一听说贾宝玉有女朋友就躲他远远的。就算她憋着害林黛玉，让两个丫鬟知道林黛玉知道了她们的小秘密，也害不着林黛玉，林红玉总不至于为这个半夜潜入潇湘馆去暗杀林黛玉。薛宝钗编这个瞎话只是为了避免当面撞见尴尬。百密一疏，她只是疏忽了，那么快编了一个情节，把林黛玉扯进来了。这个小瑕疵无伤大雅，也不会造成什么后果。

琴边衾里两无缘

宝玉把钗黛"同框"看成唯美画面，那么，钗黛之间的关系又复如何呢？

第四十二回，林黛玉在行酒令的时候怕罚，冲口说出来两句戏词儿。薛宝钗就把她叫去，讲给她一番不要看杂书之类的封建大道理。看起来好像是，薛宝钗用封建礼教打压追求自由的林黛玉。

但是奇怪的是，经过这一番"打压"之后，林黛玉跟薛宝钗的关系好起来了。这是怎么回事？林黛玉天生喜欢被教训？她不是这样的人啊。

让我来还原一下这个过程。

宝钗听到黛玉说戏词儿，是怎么想的呢？她看戏文比黛玉多很多，她真的会觉得黛玉念了两句戏词就是坏女孩吗？

她想的其实是，"啊，像颦儿这么一个人，居然也听戏？"就好像你突然发现你们班的那位连 PPT 都不太会用的诗词才女，居然也混古风圈的感觉。

林黛玉听戏是刚起步,她那个教她"惜福养身"的父亲,肯定也给她灌输了"戏是没品位的"观念。她之前给人的印象自然是不听戏的。薛宝钗对这个林探花的女儿、政老爷的亲外甥女,其实是多少有点儿敬畏的。她自己听戏多,但是也知道当时的社会认为戏是低俗的东西。突然听说她也听戏,自然是大惊之中又有一丝欣慰的。当然,她也看得出来,林黛玉刚开始听戏。

所以当她说"你跪下!我要审尔!"的时候,是带有一点儿俏皮的。平时都是黛玉拿宝钗开玩笑,这回竟然反过来了,这也是曹雪芹爱写的情境。薛宝钗真的要"审"黛玉、真的让黛玉"跪下",她也没这个权限。这句话她应该是眼角带着笑说的,她想表达的是,"你居然也听戏了,是不是?"

可惜,黛玉开玩笑,宝钗"接得住梗",但是宝钗开玩笑,黛玉就"接不住梗了"。黛玉其实是不习惯被人开玩笑的,她看戏文,心里也是有很强的负罪感的,现在被宝钗提起来,她倒是精神紧张了。她没听出来宝钗是在开玩笑,而觉得宝钗在责备她,所以"羞得满脸飞红,满口央告"。

其实黛玉对宝钗也是有所敬畏的。因为宝钗样样都好,又守规矩,又懂事,又是客人,贾母肯定少不了夸她。对黛玉来说,宝钗就是那"别人家的孩子"。黛玉认为听戏是不好的事,这个不好的事又偏让"别人家的孩子"发现了,她觉得格外窘迫。

宝钗发现她认真了,赶紧拉她坐下吃茶,解释误会,说:"你当我是谁?我也是个淘气的。"我不是什么"别人家的孩子",我跟你是一头的,我比你还厉害呢,我看戏文比你多多了。她说自己小时候什么戏文都看过，气得大人把书都烧了。

妙的是，这儿宝钗说了一句，"我们家也算是个读书人家"，这一句透露了她在黛玉面前的心态。薛家虽然没有爵位，处于典型的寒素职位"紫薇舍人"，但这也是典型的读书人的职位，地位很高了，说"也算"，实在是过谦了。实际上，在林如海和贾敏的女儿面前，她不太敢炫耀自己家的文化。同时她又要表明，我们家的文化虽然比不上你们家，但是自己家也是有文化的，别光看自己家是做皇商的，皇商也有文化，也是读书人。这一句，写出了宝钗在黛玉面前些微的自卑感。因为这一点自卑感，和"也算"的挣扎，流露出宝钗其实是很在意黛玉对自己的看法的。

宝钗毕竟长两岁，又以人情练达见长，接下来，她就谈了一番她对世事的见解。薛宝钗的思想，总的来说，就是把什么都分级。首先，读的书要分级。圣贤的道理，辅国治民的谋略，这是第一级的正经书。诗文在其次，戏文又在其次，算杂书。这其实也是中国古代主流的文体观。其次，人也要分级。男人比女人高级，因为男人能辅国治民，女人不能。人有贤愚，有聪明有笨的。笨人读高级书，也读不出什么来，反而把书糟蹋了。所以，薛宝钗认为，笨人干脆就别浪费时间读书了，男的就去种地做买卖，女的就去做针线活。薛宝钗说"你我只该做些针黹、纺绩的事才是，偏又认得了字。"她把自己和林黛玉都归到笨人里了，这我是不能同意的。

薛宝钗说，"既认得了字，不过拣些正经的看看也罢了，最怕见了这个杂书，移了性情，就不可救了。"

问题是，看低级书，什么情况下会入迷？其实是看得少的会入迷。有的同学平时不看小说，偶尔接触一篇网文，就看进去了，什么嫡庶，什么宫斗，都当成真事。像我这看了成千上万篇网文的，就不会入迷，只会把网文拆开了去分析它们的类型。薛宝钗看的戏文多，她就不会入迷，知道戏只是戏，戏在生活中有自己的位置，但是不能越过边界，进入现实生活。林黛玉刚开始看戏文，她现在就有入迷的危险。薛宝钗提醒她，《西厢记》《牡丹亭》那都不是真事，别太当真了。

薛宝钗这一番话，不见得都正确，但对林黛玉来说是闻所未闻的。像"女孩儿家不认字的倒好"这样的话，别说今天的你觉得不正确，其实林黛玉也没听过。因为林黛玉是独生女，林如海对她有点儿当儿子养，当然不会要求她认真读书举业，但也不会特意强调"女孩子就要怎样怎样"。所以，现在宝钗这么说，林黛玉的感受是，"啊，怎么跟我小时候听说的不一样？"她归因于母亲去世得早，没有人跟她说女人的私房话。其实我觉得，贾敏要是活着，倒也不一定这么教她。

一个人在成长过程中，是需要大几岁的同性朋友教点"坏"的。父母讲的道理可能很正确，但是到一定阶段，人总是要听一点儿和父母说的不同的声音。青少年也往往爱听这样的话，觉得新鲜。这些不那么正确的话，比如"人生不一定只有念书一条道"，是不能由父母和老师来说的，只能由大孩子告诉你。在年轻的时候，认识几个大几岁的朋友，是很有必要的。

薛宝钗在林黛玉面前，承担的正是这个"教坏"的角色。林黛玉从小听的是要"好好念书"，薛宝钗说，"女孩子儿家不认字的倒好"。林黛玉从小是崇尚真性情的，薛宝钗告诉她，戏文里的性情都是假的，不能当真呀。这其实都是些"负能量"，但是给了林黛玉一个新的思考角度，这对她的内心震撼是巨大的。因为有了这种震撼，黛玉对宝钗就产生了依恋。她觉得宝钗这么懂人情世故，崇拜得不得了。懂人情世故，也是一种力量。至于宝钗说得对不对，她暂时没有能力分辨。

林黛玉在这儿低着头琢磨，没有马上回应。她的回应，曹雪芹放到第四十五回才写。第四十五回黛玉对宝钗的这番话表示感谢。

她说："我最是个多心的人，只当你心里藏奸。"黛玉为什么会觉得宝钗"心里藏奸"呢？其实这都跟宝玉无关。试想：你好好在姥姥家住着，突然来了你舅妈的一个外甥女，还是个"别人家的孩子"，你姥姥为了客气，天天在你面前说她好，你不会对她起戒心吗？不会尽量把她往坏里想吗？你会想，"她哪有那么好，不过是会讨好大人罢了"。这就是黛玉所谓的"心里藏奸"。

这里，曹雪芹也顺便向读者解释了一下，宝钗不是"心里藏奸"的，是对人很好的。

黛玉很感激宝钗劝她不要看杂书的话。如果事发之初二者角色互换，她肯定"不饶"宝钗，也就是肯定要天天拿宝钗打趣，而宝钗只是私下里和她说，诚恳地规劝她。这就是黛玉和宝钗性格的差异之一。黛玉说是感激宝钗教导她，其实这里更有对宝钗人情练达的钦佩。到这里，黛玉真的认为，宝钗确实比自己强。宝钗"心里藏奸"的预设被证明是错的，宝钗是一个值得崇拜的人，像黛玉这样的人，对于她觉得好的人，是会真心亲近的。这是钗黛关系就此改善的真正原因。

宝钗也很高兴，就此说了好多关于燕窝粥的事，说林黛玉应该多喝燕窝粥调养。宝钗这又充分发挥了生活常识丰富的特长，显出宝钗的贤惠来。林黛玉说自己住在姥姥家，不出钱，不好意思生事再弄燕窝粥，薛宝钗还主动提出，自己掏钱给黛玉弄燕窝粥。当然，之后不久，宝玉就把这项开销接过去了，这是后话。宝钗这时候说这句话，说明她对黛玉是真的疼爱，也说明黛玉能与她真心交往，她是真的高兴。

话说回来，宝钗对黛玉的这些规劝，都是对的吗？当然不是。读书的女孩子是比只会做针线的女孩子更有魅力的，《西厢记》《牡丹亭》也都是文学精品。这几点，薛宝钗都说错了。

薛宝钗的社会知识比较丰富，但是她的知识中也存在广泛的错误。毕竟她还太年轻，没有机会接触大量的社会现实，她对社会的理解，有很多是道听途说。大孩子在把小孩子"教坏"的时候，难免有一大半知识是错误的，这一点也很真实。错归错，不耽误小孩子对她崇拜得五体投地，也不耽误小孩子由此引发思考，自行得出正确的结论。

对于薛宝钗的错误，贾宝玉就看得比较清楚，贾宝玉要是听见她劝黛玉这些话，就又该说她"国贼禄蠹"了。黛玉在这方面就显得更懵懂一点儿。宝玉对这些"国贼禄蠹"言论是零容忍，比黛玉更坚决一些。

我前面说，一个才子同时人情练达，并不会俗。一个人并不会因为他掌握了更多的知识而变俗。那什么人会俗呢？掌握了错误的社会知识的人会俗。社会知识不一定全是正确的，你看一个人说得头头是道，"应该怎么巴结领导""女博士怎么嫁不出去"，其实他说的可能都是错误的。掌握了很多错误的社会知识,对世界的认识会出现很大偏差,这样的人就会俗。

很不幸,薛宝钗最大的一个缺点就是她有很多错误的社会知识。当然,她还远远没到那些"须眉浊物"的程度,她还年轻,还可以继续学习正确的社会知识。但是,如果她一直信奉这些错误的社会知识,就会比较快地滑落为"鱼眼睛"。

贾宝玉最生气的就是薛宝钗和史湘云会跟他说"混账话"。从成年人的角度来看,这些"混账话"里有错误的社会知识。贾宝玉这样的人,其实在士族社会不是不受欢迎,结交贾雨村,对他也没有更多的好处。这些"混账话"让黛玉觉得新鲜,但最终没有被她接受。宝玉也不会与说"混账话"的宝钗结婚。

黛玉有见识,宝钗有社会知识,这一点,她们又形成了互补。黛玉很清楚自己喜欢的是什么,但是不太清楚社会喜欢什么;宝钗听说过社会喜欢什么,但她自己暂时没有特别喜欢的东西。黛玉如果听到错误的社会知识,也许会信。如果有人跟她说:"你这样是不受人喜欢的。"她大概会失去自信。但是,她有一种直觉,即使大多数人喜欢这样,她也信了,但她最终还是不会照着去做,她还是会做她喜欢的事。宝钗如果听到错误的社会知识,她就真的会信,因为她无法判断这些知识是不是对的。

黛玉以直觉见长,宝钗以经验见长。如果是成年人,这两种人是各有优劣的。但是对少年人来说,以直觉见长比以经验见长要好,少年人有经验实在不是长处。少年人比起同等智力、阶层的成年人来说,经验永远是不够的。少年人比成年人的优势就在于,他们更清楚自己爱的是什么。所以,少年人应该多发挥自己的长处,坚持自己所爱的,而暂时不要管功利方面。追求功利不是不好,只是少年人没法知道什么才是真正有利的。

直觉并不是非理性的,而是理性的集合,对于过于明显的结果,其实不需要很细致的信息和推理。就像你不需要研究税法,就知道你过年收到的十块钱压岁钱不用上税。就像林黛玉不需要知道全社会喜欢什么样的人,就知道她爱的是宝玉。有些事情你能判断对,并不是什么神迹,而是说明你有更强的理性。

黛玉去世后,宝钗会有一次出场的机会,跟宝玉结为夫妇。到那时候,宝钗的这个缺点会大大减弱,因为她的错误的社会知识,会在社会现实面前得到校正。在我看来,宝玉考中科举、进入翰林院的可能性,是非常大的,因为以他的聪明,其实中举应该没有那么难。到那时,薛宝钗就没有什么"混账话"可说了,她不得不承认宝玉其实是一个被士族社会欢迎的人,她嫁给宝玉后,也就没什么可抱怨的,可以过一段夫唱妇随的日子。

但是,这日子能一直过下去吗?我觉得不行。曹雪芹也觉得不行。脂砚斋不止一次提到,宝玉最后有一个撇下宝钗、拔腿就走的行动。日子久了,宝钗学到错误知识而缺乏见识的缺点,仍然会显露出来。宝玉进了翰林院,薛宝钗可能暂时会满足,但是稍微过几年,难免又会觉得他升官慢,仍然会劝他多去跟贾雨村他们交往。对于男人的世界,宝钗是缺乏了解的,但是她会发表意见。这在夫妻生活里是最忌讳的。别说贾宝玉,就是比他俗的男人也受不了,他离开宝钗,只是早晚的事。女人发表意见没有错,但是没有应有见识的人发表意见,确实是一件很烦人的事。旁人认为宝钗最贤惠的地方,反而是她最失败的地方。

宝玉离开宝钗，这件事看起来很无情，脂砚斋管这叫"情极之毒"。"毒"这个字的本意，与积累有关，某些坏东西积累多了，腐烂了，就会产生毒素。因为他太有情了，所以才会做出最"毒"——最无情的事。宝玉是至情至性之人，他终于受不了宝钗整天唠叨"混账话"，为此，他"拔腿就走"，完全不顾宝钗的情分。

林黛玉在崇拜薛宝钗的时候并不知道，其实宝钗是错的，她自己才是对的。一个人在很多年后，难免会明白，自己当年崇拜那个大孩子，其实是错的。只是，林黛玉没有这个时间去明白了。薛宝钗因为人情练达而受到大家的喜爱，却最终败在了对错误社会知识的迷信上。她与贾宝玉，终究是没有缘分的。

薛宝钗是曹雪芹第三人格的代表，作为林黛玉的对比而存在，代表了曹雪芹性格中人情练达的一面。宝钗呈现的是一个人需要顾全他人、并没有遇到真爱时的状态，与宝玉只有偶尔萌动的情愫。宝玉在钗黛之间的选择，是女性美与超性别美之间的选择，是知识与见识间的选择，也是母系与父系之间的选择。宝玉有所摇摆，但始终选择黛玉。钗黛相处，是一幅唯美的画面，宝钗对黛玉略有敬畏，黛玉在消除误会后对宝钗崇拜有加。迷信错误的社会知识，是宝钗的最大弱点，最终导致了她人生的悲剧。

第六章 豪爽的「女汉子」：史湘云

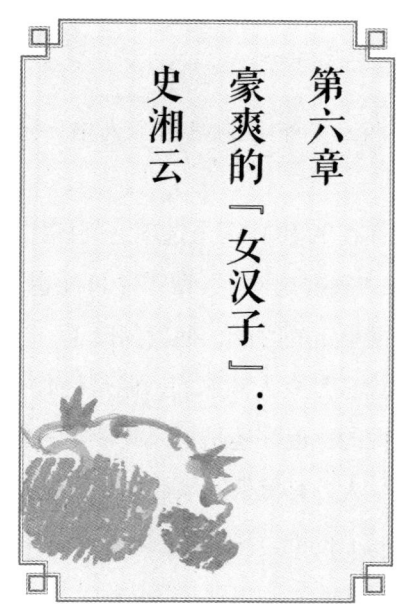

史湘云是作者的第四个人格，是在林黛玉和薛宝钗之后出现的。

当你在 A 和 B 两个选项之间摇摆不定的时候，你就会冒出一个想法："我要选 C！"曹雪芹可能也是这样，当他在黛玉和宝钗之间摇摆不定的时候，他就创造了一个 C 选项——史湘云。

林黛玉是令人倾慕的，但是终归有点儿"不好伺候"；宝钗是令人愉悦的，但你还是不太敢带她一起玩。于是曹雪芹就想：能不能有一个人，有黛玉的风骨，又不用花心思照顾——也就是好养活呢？应该有的吧，毕竟中国历史上，有风骨而好养活的人很多。当然，好养活的人，也就是豁达的人，可能不会像林黛玉那么一往情深，不适合谈恋爱，那么，不爱我就不爱我吧，我们不谈恋爱，就做个玩伴吧，于是史湘云就诞生了。

"钗黛合一"应该是曹雪芹的女性审美理想。这个理想最初由贾宝玉梦中的秦可卿实现过一次，但是梦中的秦可卿只是在表面上实现了"钗黛合一"，太虚太泛了，总是让我们觉得还不够具体可感。史湘云真正以一种内在人格实现了"钗黛合一"。

史湘云是一个特别讨人喜欢的角色。无论是"钗党"还是"黛党"，几乎没有谁不喜欢史湘云的。史湘云身上完全没有沉重感，也给《红楼梦》带来了难得的轻松气氛。她所代表的无拘无束，是贾宝玉最向往的，也是作者和我们最向往的。

侯门千金的富贵与辛酸

史湘云是贾母的娘家人,和贾母一样,来自史家文化。曹雪芹曾经暗示,贾母年轻时候,可能也是史湘云这样的。贾家是林黛玉的姥姥家,史家则是贾政的姥姥家。史家象征着作者心底最本真的东西。史湘云就是一个从作者心底走出来的女性人物。

史家是侯府,与林家相同。史湘云与贾母来自同一家族,身世与林黛玉一样,也是父母双亡。如果说薛宝钗与林黛玉的身份各有千秋,那么史湘云与林黛玉的身份更多的是旗鼓相当。

第二十二回,大家看戏的时候,凤姐发现小旦扮上以后活像黛玉,但是不敢说破,只敢说"像一个人"。这有点像今天的"粉圈",说一个明星像另一个明星,都不敢带大名的,只敢说"一个人"。凤姐一说,所有人都看出来了,但是所有人都不敢说,因为都怕黛玉不高兴。从这一点就可知,林黛玉在贾府真不能算是受气。

林黛玉不高兴,不完全是因为她歧视"戏子"。这场戏是宝钗的生日宴会,贾母为了表示客气,特意把宝钗的生日举办得比黛玉的隆重。姥姥厚待"别人家的孩子",林黛玉原本心里就有点儿不高兴。这个小旦在台上做戏,是为了给宝钗"取乐儿",说林黛玉像一个"装丑弄鬼"给宝钗做生日的"戏子",这是真正会让黛玉生气的点。给宝钗做生日这事,凤姐本来已经觉得欠贾家一个人情了,这时候她不小心说出来半句,赶紧收回去了。宝钗做这个生日,自己也已经觉得很不好意思,当然更不敢说这话。贾宝玉就更不敢说了。在场还有其他人,就算不考虑这个做生日的人情,单纯是怕林黛玉不高兴,也是不敢说的。

只有一个人敢说，这个人就是史湘云。

史湘云张嘴就说出来了，"像林妹妹的模样儿"！吓得贾宝玉赶紧给她使眼色。这一使眼色，史湘云就不高兴了。史湘云一说，大家就都敢笑了。史湘云说了，大家笑了，贾宝玉使眼色了，林黛玉就彻底不高兴了。

史湘云敢说，当然首先是因为她性格直率。什么样的人会性格直率呢？除了粗鲁不懂事的人，就是无所顾忌的人。前者会让人很讨厌，湘云属于后者。湘云在贾府也不需要怕什么人，也没必要怕黛玉，又不像宝钗在这件事上欠着贾母的情，所以才可以无所顾忌。

宝玉当然是怕黛玉的，但是他也不敢说湘云什么，只敢使眼色。这种明显会让黛玉不高兴的话，湘云说完，大家就敢笑了，这里也可见湘云的身份不一般。

散戏以后，湘云和黛玉同时生气了。她们俩生气时说的话是几乎一模一样的。湘云说"他是小姐、主子，我是奴才、丫头。得罪了他，使不得"；黛玉说"他原是公侯的小姐，我原是贫民的丫头；他和我顽，设若我回了口，岂不他自惹人轻贱呢？"黛玉这话，算是回击湘云，她挑出这句话来回击，也说明这个问题是她最关心的。她们生气的点都是一样的，"我比她低吗？"曹雪芹为什么让她们说一样的话，而且说这句话呢？因为他想表达：黛玉和湘云在身份上是旗鼓相当的。

湘云的出身跟黛玉很像，唯一的不同是，湘云跟贾母的关系更远一些。都是父母双亡，都与贾母有血缘关系，为什么黛玉就可以在贾府长住，白吃白喝，湘云就只是偶尔来串亲戚呢？因为贾母是黛玉的亲姥姥，只是湘云的姑奶奶。湘云的爷爷，是贾母的娘家兄弟。史家远比林家繁盛，湘云就留在史家跟叔叔大爷过。如果湘云要投奔外家，无论如何也投奔不到贾府来。

湘云虽与贾母同姓，但她和宝钗一样，与贾府的关系都较为疏远，所以，她对贾母疼爱的黛玉采取了怀疑、回避的态度，而与宝钗更为亲近。在宝钗的生日宴会上，只有湘云敢说戏子像黛玉，也说明她在宝姐姐的生日宴会上比较开心，而不用太顾忌黛玉的感受。

那么，湘云在史家过得怎么样呢？

经济上，肯定是没问题的。有一次，湘云捡了一张当票，不认识是什么东西，百思不得其解。薛宝钗见着，才告诉她了。薛宝钗是要帮家里经营当铺的，所以认识。曹雪芹这一笔，塑造了一个不知生计艰难的侯府千金形象。

但是有些时候，史家又好像很穷。比如，史家不怎么用仆妇做针线，"他们家嫌费用大，竟不用那些针线上的人，差不多的东西，多是他们娘儿们动手"，史家的太太小姐，居然要亲自缝制自己的衣服。以至于贾宝玉托湘云做针线，她都没时间做，只有来贾府的时候，才有空做。这是不是因为史家很穷呢？是不是跟湘云不认识当票矛盾了呢？

我的理解是，不请仆妇，不代表请不起仆妇。史家的文化，就是不讲上下尊卑。有一种贵族，是很会使唤人的，王家应该就是；还有一种贵族，会天天跟子弟讲，你们要吃苦耐劳，不能忘本，史家很可能就是这样的人家。在儒家看来，做针线是女性的本分，而让奴婢代劳自己的分内工作，是暴发户的豪奢行为。既然林家能教育女儿"吃完饭不急着漱口",史家就能教育女儿"要自己做自己穿的衣服"。

我们今天也有这样的老人家,虽然生活条件已经很好了,但是还保持着勤俭的习惯。他们不是请不起保姆,而且总会觉得,"这点活我顺手就干了";他们不是买不起奢侈品,而是在衣着日用等领域,会以俭朴为荣。这样的老人家,如果看见亲戚家的年轻人多花钱少干活,不会觉得他们有钱,只会觉得他们是"穷家养娇子"。

史家的家长,应该就是这样的老人家,而且他们让女眷自己做针线,以致像袭人这样的丫鬟,都会私下抱怨他们。生在这样人家的小孩,尽管衣食无忧,仍然会被要求勤俭,很多时候会比较辛苦。更何况,湘云父母双亡。

有史家这样的家风,如果是亲生的孩子,稍微骄纵一点儿,做父母的也不觉得有什么。同样是史家出来的,贾母就把贾敏宠上了天,给了她很多丫鬟,因为这是亲生女儿。可湘云没有亲生父母,如果骄纵一点,就会被叔叔大爷和他们的夫人看不上了。史家的大人们,在讲勤俭的时候,对亲生子女和侄女是一视同仁的,对湘云也不例外;等到他们迁就自己亲生儿女的时候,他们并不会意识到自己在迁就孩子,对湘云就例外。

亲生父母的存在,有时候是一种限制,但毕竟更多的是一种保护。湘云家的经济条件不错,但是家风比较勤俭,又没有亲生父母保护,难免被家长冠冕堂皇地要求多干活。所以曹雪芹在给她的曲子里写道:"纵居那绮罗丛,谁知娇养?"准确地概括了她的辛酸处境。

另一个宝玉

豁达是史湘云最突出的性格特点。史湘云为什么这么豁达呢？就是因为她在成长的过程中，一方面无所顾忌，一方面又只能自己照顾自己。

中国传统文人的性格中，豁达一直是一个重要的特质。有人会觉得，都是担负家国天下的人，老这么拿事不当事，怎么行呢？其实，那些豁达的文人，都是有担当的人，谁也没有耽误了家国天下。中国文人之所以豁达，恰恰是因为他们背负的东西太沉重了，只有用豁达来平衡一下，人才不会垮掉。每一个豁达的文人，都曾经失去很多。因为失去得太多，他们才不得不用豁达来犒劳自己。史湘云也是这样。

史湘云在成长的过程中，是缺乏宠爱的。曹雪芹说她，"幸生来，英豪阔大宽宏量"。其实，湘云的"英豪阔大"哪是天生的？她只是不得不这样罢了。

只是缺乏关爱，也不一定就英豪阔大，"英豪阔大"的另一个必要条件是生活优越，不用看谁的脸色。史家的经济条件和社会地位都不错，史湘云对自己的同姓血亲完全没有必要特别客气。史家家长的教育方法尽管不近人情，但毕竟是毫无疑义地将她视为自己家的孩子。所以，湘云又养成了和黛玉一样的无所顾忌的性情，甚至在贾家可以公然无视黛玉的感受。

一个人要形成豁达的性格，既要无所顾忌，又要缺乏宠爱，这两个条件几乎是矛盾的。什么样的家庭会同时具备这两个条件呢？就是家庭条件既好，又对孩子不特别重视的家庭。今天也是这样，那些家境不错，但父母工作忙，没有太多时间照顾孩子，也不特别望子成龙的家庭，孩子最容易天不怕地不怕，女孩子最容易长成"女汉子"。史湘云就是一个这样的"女汉子"。顺便一说，并不是女孩子才这样，苏东坡之所以能成长为一个豁达的人，就是因为大宋王朝也是这样对待他的。

史湘云和林黛玉一样，骨子里都有一种目空一切的狂傲。不同的是，林黛玉受的宠爱多，表现文人心思细密的一面；史湘云受的照顾少，表现文人豁达的一面。林黛玉愿意多想一点，史湘云愿意少想一点。林黛玉比较傲娇，一生气就说自轻自贱的话；史湘云比较直率，生气不生气都是有什么说什么。所以，从表面上看，史湘云的狂傲更明显一点。林黛玉和史湘云都有一点文人气，林黛玉是那种孤高自许的文人，史湘云是那种放浪形骸的文人；林黛玉是诗里画里的文人，史湘云是名人轶事里的文人。

如果说林黛玉有一点超性别的美，史湘云则表现出更多的男性气质。她喜欢男装。她穿男装更显身材，似乎比女装还要好看。有一次，她穿上宝玉的衣服，连贾母都把她当成宝玉了。

湘云像男人，尤其像宝玉。也许，在曹雪芹心里，她就是另一个宝玉。也许，宝玉会设想，如果他没有托生为一个"须眉浊物"，如果他是一个女孩子，就应该是湘云这样的。

湘云的人设，其实和宝玉有很多对应关系。宝玉幸运的两点，一个是生于公侯之家书香门第，一个是脑子聪明会作诗。这两点，湘云也都占上了。宝玉对自己的命运不满意的地方，湘云都是和他相反的。宝玉是个像女孩的男孩，湘云是个像男孩的女孩。宝玉不爱考科举，向往女儿世界；湘云有很多时间做针线，很懂女孩子的玩意，同时对科举的世界不太懂而保持向往。宝玉深爱黛玉，没有机会多跟宝钗接触；湘云有更多的机会跟宝姐姐亲近。宝玉准备"同去同归"的黛玉、袭人，也都与湘云关系不错，坐卧之间对她多有照顾。宝玉想做而不能做的事，湘云都替他做到了。

最重要的是，湘云拥有宝玉最向往的东西——自由。在贾宝玉的想象中，如果他是个女孩子，就不会被当作传宗接代的人选看着了，也不会被逼着念书考科举了，那就能获得他最想要的自由了。为了让湘云彻底自由，作者甚至设定她像黛玉一样父母双亡。湘云不像宝玉有那么多人爱，也就不像宝玉有那么多人管，她的豪爽，其实是她的自由的外化。

无拘无束本来是传统社会男性理想人格之一，但随着中国封建社会的腐朽，男性越来越不能无所顾忌，反而是好人家的女孩更有可能无拘无束。无拘无束成为女孩子的一种魅力。越是家教严厉的男孩子，越是容易被这样的女孩子吸引。所以，无论是明清的笔记小说，还是近代以来的武侠小说，我们总能从中看到这种无拘无束的女孩子。她们的形象永远那么闪光，吸引着男主角，也吸引着读者。在她们身上，都有那么一丝史湘云的影子。这样的女性形象，深刻地反映了我们的民族心理。

霁月光风耀玉堂

史湘云的形象十分讨人喜欢，大家都爱看史湘云的戏，很多男性读者也把史湘云当成自己理想伴侣的标准。史湘云既有黛玉的才气，又有宝钗的善解人意；既风趣幽默，又很独立，能照顾好自己。跟她共度一生，应该是不错的选择。

比起钗黛，史湘云的独特优势在于，她是可以"带出去"的。她不像黛玉那么柔弱，也不像宝钗那么严格地遵守女性的行为规范。她最有可能像明清士大夫理想的妻子那样，穿上男装，陪丈夫出门，买一壶酒，谈谈诗文，就像一个朋友那样。在男女割裂的社会中，女性往往没有男性的知识和见地，偶有凤毛麟角的才女，也往往会囿于客观条件，没法像男性一样活动。妻子往往不能做朋友，这是令男性士人非常痛苦的一件事。

薛宝钗会是一个好妻子，但无法代替一个男性的朋友；林黛玉可以做生死之交，但日常生活经验不足；而做日常好友，一起聊天喝酒的，最适合的还得是史湘云。红学大家周汝昌先生，就是史湘云的坚定支持者。他认为，在贾宝玉离开薛宝钗之后，曹雪芹还会给史湘云一次机会，让宝玉和湘云终成眷属。

不过，无论如何，在目前能看到的《红楼梦》中，湘云是没有与宝玉谈恋爱的。曹雪芹给她的设定是"从未将儿女私情，略萦心上"。史湘云不谈恋爱，连薛宝钗那样的偶尔动情都没有。她自己就是宝玉，她不需要再爱一个宝玉。

不谈恋爱，不代表不在一起玩耍。好人家的女孩，恋爱婚姻很谨慎，但是不谈恋爱的时候，与异性伙伴的相处是很大方的。那些绝对不和异性说话的，反而是小家子气。在不用谈恋爱的年纪，有几个异性朋友一起玩耍，这也是很珍贵的人生体验。湘云是很爱跟宝玉玩的，在她眼里，"二哥哥"是一个不错的玩伴，也是一个可以打趣的对象。湘云与宝玉的关系是坦坦荡荡的，曹雪芹用了"霁月光风耀玉堂"来形容。这句曲词既可以概括湘云的人品，也可以概括她的感情状态。

作为一个不谈恋爱的"女汉子"，史湘云有两个典型的名场面，一个是在芦雪庭"割腥啖膻"，一个是"醉眠芍药茵"。

第四十九回芦雪庭那一回，史湘云提议，要了一块新鲜鹿肉来，跟宝玉烤着，连玩带吃。这个行为很男性化，有名士风度，也很大家闺秀。

总有一些人以为，女孩子吃东西应该表现得很秀气：吃一点点，吃得很素，吃得很干净，吃得很斯文。史湘云拿着一块膻乎乎的鹿肉，自己割自己烤，大吃大嚼，这个实在颠覆了他们对大家闺秀的想象。

鹿肉有点像羊肉，味道腥膻。自己动手烤肉有点接近生食，是一种比较原始的吃法。史湘云吃烤鹿肉，就是升级版的烧烤。史湘云胃口很好，能吃带膻味的东西，也不惦记着减肥，这是其一；一边烤肉一边大嚼，只怕是吃得脸上都沾上黑了，完全不顾淑女形象，这是其二；在芦雪庭这么一个风景清雅的地方，她完全没有"这是个小清新的地方啊，我得好好珍惜啊"这样的想法，想起干嘛就干嘛，甚至也不考虑弄了这么一摊，将来怎么搞卫生，这是其三。史湘云这个行为放在今天，就相当于在一个著名的拍照胜地吃烤串，还跟一个哥们儿喝着啤酒对瓶吹的那种。难怪刚来贾府的薛宝琴、邢岫烟、李纹她们看见，都惊呆了。

这种无所顾忌，正是史湘云这个侯门千金的大方之处，那些没见过这阵势的，反而是小家子气了。曹雪芹在这里，还特别写了薛宝琴、薛宝钗和林黛玉三个人的反应，作为对比。

湘云招呼宝琴"过来尝尝"，宝琴起初不来，抿着嘴笑着说，

"怪脏的"。薛宝琴不吃鹿肉，也不能理解湘云的行为，只能保持礼貌而不失尴尬的微笑。这不吃那不吃，就显出一点儿小家碧玉的味道。后来，她听宝钗劝，"便过去吃了一块，果然好吃，觉好吃便也吃起来。"可见曹雪芹夸她比宝钗、黛玉都强，只是客气一下，实际上并没把宝琴当成什么超凡脱俗的人来写。宝钗也不吃烤鹿肉，但是对此表示充分的理解，这就说明她跟贾府的关系比宝琴又近一层。黛玉当然也不吃，但是她不吃是因为真的身体不好，她本来是"爱吃"的。也就是说，她对宝玉和湘云的这种放肆行径，是充分认同的。"平素看惯了，不以为异"。在这一点上，她的精神是跟宝玉湘云一样的。当然，如果林黛玉拿着鹿肉大嚼，那也不是林黛玉了；但是嫌"怪脏的"，也不是林黛玉。所以曹雪芹写林黛玉是介于"爱吃"和"不爱吃"之间的。这种地方，既看出来黛玉和湘云之间精神气质是相通的，也看出来黛玉和湘云行为的不同。

湘云吃鹿肉的时候，作者还突出了她的男性化。本来她就是穿男装来的，烤肉吃的时候，为了操作方便，还特意把手镯褪下来了。这时候她俨然是一个男孩子，跟宝玉是哥们儿，女性身份完全不成为她的羁绊。

还有很重要的一点，湘云一边烤鹿肉吃，一边也没耽误作诗——吃的是腥的膻的，作起诗来却是锦心绣口。一边做极豪放的事，一边写极漂亮的文章，这就构成了一种"反差萌"。首先是因为她诗写得好，然后诗写得这么好的人，还做这么豪放的事，这样才显得"萌"。如果光会吃不会写诗，那也就不是湘云了。

湘云这一点，就很有中国传统文人的派头。要论雅，她比谁都雅，所以她也不必在外在表现上忸怩作态，非要端个小茶盅喝茶什么的。就好像底盘好的人，就不用化妆了，穿个破 T 恤也好看。这就是所谓"男子汉大丈夫，想怎样便怎样"。她可以在最雅的地方，做最俗的事，关键是别人仍然还觉不出俗来。放在今天，哪怕是对瓶吹啤酒这样的事，被她一做就雅了。湘云吃鹿肉这件事，就很典型地体现她的名士风度。

"醉眠芍药茵"这件事，也体现湘云的名士风度，同时又加上了一点儿女性的风流旖旎。

第六十二回写到给宝玉过生日的时候，史湘云"吃醉了，图凉快，在山子后头一块青板石凳上睡着了"。大家找到她的时候，她满头满身落的都是花瓣儿，枕的也是装着芍药的鲛鮹帕包花瓣儿，一群蜂蝶围着她打转。

这个情境，是根据一首唐诗化出来的。中唐诗人卢纶有一首《春词》：

北苑罗裙带，尘衢锦绣鞋。
醉眠芳树下，半被落花埋。

曹雪芹写湘云醉眠芍药茵的这个画面，就是借鉴了这首诗。

这个画面很华美，但实际上，湘云的这个行为，不是典型的传统闺秀的行为，仍然带有男性风雅之士的特点。

按照儒家正统对女性的规训，女孩子是不能喝酒的，更不能喝醉，更不能喝醉了跑出去。喝着喝着酒跑出去玩，叫作"逃席"，是一种狂放的行为，一般发生在席间地位比较高、性格比较狂放不羁、不用那么在意周围人感受的人身上。别说是女孩子，就是地位比较低的男孩子，甚至比较规矩的老头子，也不敢"逃席"。湘云醉眠芍药茵，首先是逃席行为，说明她在大观园中扮演的是狂士角色。

湘云逃席出去看花，这又是名士的风雅行为。她不仅跑出去看花，又在花下的石板上躺下了。虽然这是在私家园子里，不是在大街上，但是一个女孩子在露天的地方躺下，这个举动即使在今天，恐怕也不是每个姑娘都做得出来的。不仅躺下，她还睡着了。这个行为放在今天，也是恐怕要被养生微信和"安全小贴士"痛骂的。书里的人也纷纷说石凳上潮，赶紧把她扶起来。不要说女孩子，就是古往今来的男孩子，也没有几个能办出"躺在青石板凳上睡着了"这样的事来。

如果我们抛开湘云的女性身份，抛开那些美丽的花瓣，湘云这个行为，其实就是典型的名士行为：喝醉了酒，逃席出来，躺在石凳上，睡着了，睡梦里还念诗。这首先是一个很帅的行为。虽然帅，男性的名士做这个举动，如果没有颜值撑着，很可能做得并不好看。曹雪芹安排湘云做这件事，并且加上了落花和蜂蝶，加上了漂亮的诗句，对这件事做了美化，让这件事变得既帅又美。其实卢纶当初写那首绝句，可能也是看上了这个行为既帅又美。帅已经不稀奇了，美也不稀奇了，既帅又美才是值得写的。这个场面，集中写出了湘云的帅和美。

湘云做这件事，并不是要去挑战什么规则，只是直接无视了规则。史湘云是一个无所顾忌的人，她不会去想衣服弄脏了怎么办、着凉了怎么办；不会去想自己逃席别人会怎么看，自己一个女性在石凳上睡觉别人会怎么看。她只是凭一片真性情，怎么尽兴怎么来。史湘云这个形象，在这一刻是最闪光的，真的是"霁月光风耀玉堂"。

曹雪芹对于"醉眠芍药茵"的湘云，用了一个"憨"字来形容。"憨湘云"之"憨"，有点像我们今天说的"呆萌"的感觉。因为呆，所以"萌"；因为憨，所以可爱。之所以呆得萌，憨得可爱，是因为她不是真的傻，只是无所顾忌。可以玩"呆萌"的人，必然是有恃无恐的人。

很多时候，湘云不是在以一个传统女性的方式生活，而是在以一个传统男性士人的方式生活。湘云这样的形象，在明清才女中，也有一定的代表性。这样的女性，产生在封建社会内部的士族家庭中。她们不再是传统的女性，但也不与传统男性对立。那些通脱的男性士人，对这样的妻子或女儿，是不无宠溺的。她们是从中国的传统中生长出来的，是中国传统温和的变数。

在晚清以后的中国现代化进程中，这样的士族女性传统，也为中国的女权运动提供了基础。那些出身士大夫家庭的女性革命先驱，如果不遇到时代变局，大概也会是湘云这样的人物。

我们今天的女性，对中国传统文化的儒雅风流仍然心存敬意，但我们已经不可能再回到蒙昧、柔弱的传统女性角色。我以为，我们不妨继承史湘云们的传统，以女性的身份，去学习传统男性文士的生活方式。

史湘云的婚事

曹雪芹给他笔下的史湘云设计了一个金麒麟，这又是一件金饰。要说"金玉良缘"，她也可以跟宝玉结成"金玉良缘"。反正故事中只说"金的"配"玉的",没说是金的项圈,还是金的麒麟。为此林黛玉还不高兴来着,说怎么又来一个"金的"。

由此也可见薛宝钗"金玉良缘"的不靠谱。如果是可以后天打制,不用天生带下来,那他们这种大富之家,"金的"实在不是什么稀罕物。说贾宝玉结婚要找"有金的",跟说要找"穿红衣裳的"也差不多了。这个"金玉良缘"也太容易被挑战了。

史湘云也有金麒麟,说明了曹雪芹对她的态度。湘云和宝钗一样,都不是宝玉爱的"这个人",但都是他爱的"这样的人"。

曹雪芹给史湘云找了一个确定的对象,这个人就是卫若兰。卫若兰是"红楼四侠"之一,是一位有侠气的世家公子,与湘云正好相配。曹雪芹也给了卫若兰一个金麒麟,跟史湘云这个一雄一雌,正好是一对。这个一对就比较像话了,起码比较确定,没有可替代性,就不像"金玉良缘"那么牵强了。

曹雪芹对史湘云和卫若兰的婚事是不无祝福的,他在曲词里写道:"厮配得才貌仙郎,博得个地久天长,准折得幼年时坎坷形状。"他认为史湘云的配偶是"才貌仙郎",如果能跟这个人地久天长,那对史湘云幼年的不幸也是一个弥补。

在曹雪芹看来,史湘云的童年是不幸的,虽然生活条件很好,但是家长过于严厉,不近人情。在传统中国,摆脱严厉家长的一个最可行的办法是结婚,不仅女孩子如此,甚至男孩子也是如此。只有结婚,你才会被视为成年人,这时家长对你的管控会大大减弱,你可以在一定范围内按自己的想法生活了。如果婚姻美满,夫妻志同道合的话,你基本上可以就此告别原生家庭的阴影了。

但是,好像史湘云也并非是在《红楼梦》这部悲剧中独善其身的人，她和卫若兰的婚姻并未以美满收场。曹雪芹在曲词中又写道："终究是云散高唐，水涸湘江。"

曹雪芹在回目里写过"因麒麟伏白首双星"，"白首双星"的祝福，和"云散高唐，水涸湘江"的措辞，似乎是矛盾的。在见不到佚稿的情况下，我们只能做各种猜测了。

一种可能是，史湘云和卫若兰婚后过了一段美满的生活，后来又离异了。那么，"白首双星"就只是套话，是为了跟"千金一笑"对仗而凑上的。史湘云和卫若兰并没有白头到老。

另一种可能是，史湘云和卫若兰婚后分居两地，但没有离异，并且都活到了白头，这样也可以勉强称得上"白首双星"。毕竟，牛郎织女也是可以称为"双星"的。

还有一种说法是，"白首双星"是指湘云和宝玉，最后是湘云和宝玉白头到老了。但是，湘云和宝玉的缘分又不是"因麒麟"伏的。即使牵强地把金麒麟和通灵宝玉算作"金玉良缘"，也太对不起真有金麒麟却只是友情"串场"的卫若兰了。

以上三种说法还有一个共同的问题，就是直到前八十回结束，卫若兰基本上没有戏份。那么在后面的回目中，曹雪芹如何实现让卫若兰突然登场、与湘云闪电般结婚、紧凑地过一段美满生活、再发生变故离异、甚至让湘云重新嫁人的一系列情节？毕竟，后四十回也不能光写史湘云。

关于这个问题，我个人有一个大胆的想法：也许曹雪芹也没有最后想好。

曹雪芹并不是圣人，《红楼梦》也不是天衣无缝的圣典，也是作者惨淡经营，一点一滴搭建起来的。作家在创作一部长篇小说时，写到一半，突然获得了一个灵感，改变了最初的创作计划，是很正常的事。如果曹雪芹最初设计湘云"云散高唐，水涸湘江"，写到一半又决定让她和卫若兰白头到老；或者反过来，最初设计她和卫若兰白头到老，后来又决定还是给她一个悲剧的命运，于是没顾上修改另一处，这也是完全可能的。毕竟，《红楼梦》是一部曹雪芹未完成的书稿。

总之，对于史湘云的未来，曹雪芹给予了很多善意的祝福，这些祝福，也未必都跟宝玉有关。湘云是宝玉投影在女儿世界中的一个镜像，更是宝玉最好的童年玩伴。多年以后，她将以远房表妹、另一位世家公子的妻子的身份，存在于贾宝玉世界的边缘，与他心无芥蒂地回忆童年趣事。在我们的生命中，这样无关风月的异性好友，也是不可或缺的。

史湘云是《红楼梦》中出场的第四个作者人格，也是贾宝玉人格在女儿世界中的投射。她是一个无所顾忌的"女汉子"，豪爽是她性格的最大特点。"绮罗丛"中的优越生活，与"谁知娇养"的辛酸，共同造就了她的豪爽性格。这种豁达的性格，在中国的文人传统中很有代表性。史湘云表现出一定的男性气质，是中国传统男性士人的美化版。她以女性身份体验着中国男性士族的生活，这样的形象，在明清才女中具有一定的现实基础，始终受到士族文化传统的接纳和喜爱。对贾宝玉来说，史湘云象征了他心底对自由的最原初的向往，也是他现实中最好的玩伴。

第七章 大小姐出身的少奶奶：王熙凤

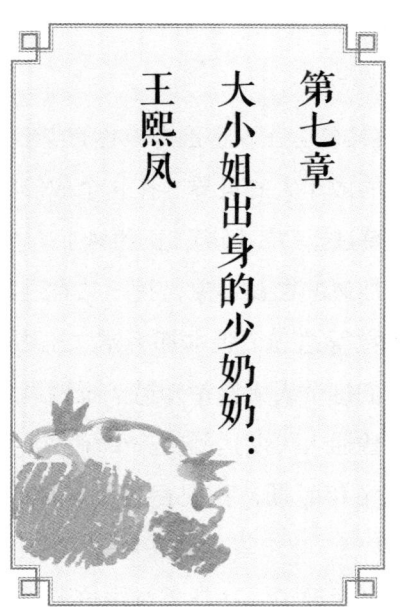

《红楼梦》在以宝玉为中心的少年人的世界之外，还有一个与之共生的成年人的世界。在这个成年人的世界里，最光彩夺目的形象，莫过于"二奶奶"王熙凤了。

　　王熙凤的影视形象，我一共看过刘晓庆、邓婕和姚笛三个版本，我觉得这三个版本都不错。王熙凤这个人物，是谁演谁像，因为我们每个人大概都知道，王熙凤应该是什么样的，同时也觉得这是普通人可以达到的一个境界。其中，邓婕演的王熙凤出现在我的童年时期，我现在想王熙凤的时候，还是会照着她的形象想。

　　但是我要说，我其实对姚笛版的王熙凤一直抱有好感。很多人可能不喜欢这一版的王熙凤，觉得有点过于娇弱了，但是正是这一点儿娇弱，填补了我长久以来对王熙凤的期待。

　　每一个成年人都是由少年人长成的。贾政是由贾宝玉长成的，王熙凤是由谁长成的呢？王熙凤是由黛玉、宝钗、湘云这些人长成的。她们长大了嫁人了，就变成王熙凤了。

　　请你别急着反驳我，我的意思不是说，黛玉她们长大了嫁人了就变坏了、变俗了。我是说，王熙凤并不是一个坏人，甚至也不是一个俗人。王熙凤和林黛玉的关系，就好比梅长苏和林殊的关系。梅长苏看起来跟林殊不一样了，并不代表梅长苏就是一个坏人、俗人，只是说明他长大了。

　　王熙凤并不是一生下来就是少奶奶，她在是少奶奶之前，也是像黛玉她们一样的大小姐,也是"水作的骨肉"。她在嫁人之后,有了很多改变,但是本质不可能有什么改变。如果我们卸掉她少奶奶的粉墨,仍然把她当一个女孩子来观察,就会发现,她的行为更可以理解了。她仍然没有失掉那一点儿少女的心思、少女的美好。

我对姚笛版王熙凤的好感正在于,这个王熙凤最能让我们相信,这个少奶奶是大小姐出身的。邓婕版的王熙凤,细看来也是大小姐出身,但更强调少奶奶的属性。王熙凤是泼辣的,但是她的泼辣不是粗豪,而是由大小姐的无拘无束变来的,她在泼辣的同时,仍然生活得很精致。过去,我们更强调王熙凤"女强人"的一面;现在,我们更有时间坐下来,品味一下这位"女强人"的精致。

放诞无礼的凤辣子

第四回林黛玉进贾府的时候,王熙凤也第一次出场。这次出场给人印象十分深刻,王熙凤是经典的"未见其人先闻其声",还没出场,就从后台传出一句笑语:"我来迟了,不曾迎接远客!"读者在这里净去分析曹雪芹的手法多么高妙了,只有"心较比干多一窍"的林黛玉看出了问题的关键:"这些人个个皆敛声屏气,恭肃严整如此,这来者系谁,这样放诞无礼?"问题的关键在于,王熙凤在贾府的地位是非常特殊的,当所有人的"敛声屏气"的时候,只有她是可以"放诞无礼"的。那么,王熙凤的身份为什么这么特殊呢?

王熙凤是王家的大小姐,王夫人的亲侄女,王夫人是她在贾府的有力靠山。她和贾宝玉也是有血缘关系的,是贾宝玉的表姐，从 DNA 上说，黛玉、宝钗、凤姐和宝玉的亲戚关系是平等的。在没结婚的时候，凤姐就管贾府玉字辈的少爷们叫哥哥、弟弟。就是在凤姐结婚后，宝玉管她也是叫姐姐，很少叫嫂子，这么除了称呼，显得亲切以外，也不排除宝玉是从小就叫她姐姐，没有改口。凤姐则管贾珍他们叫哥哥，这或许也不完全是指着贾琏叫的。凤姐嫁到贾府，也是"出一个门""进一个门"，处处轻车熟路。

但是，事情没有那么凑巧，凤姐并没有做她姑姑的亲儿媳妇，而是做了王夫人的侄媳妇。她丈夫贾琏管王夫人叫婶子，跟王家是没有血缘关系的。凤姐的公婆，是贾赦和邢夫人，一对很不讨人喜欢的老家伙。这里面，就生出了种种复杂的关系。

王夫人护着王熙凤，这是理所当然的。难得的是，跟王熙凤没有任何血缘关系的贾母，也格外宠着王熙凤。林黛玉进贾府的时候，贾母介绍王熙凤是"泼皮破落户"，让黛玉叫她"凤辣子"，这样的戏称，说明贾母是把王熙凤当成宝玉、黛玉一样的自己人的，话里话外透着宠溺。贾母对王夫人，是九分客气夹着一分生分，对王熙凤却是无条件的亲热、信任。

王熙凤为什么能得到贾母的宠爱呢？因为她一嫁到贾府，就迅速地接受了史家系统的文化规则。王家是很讲规矩的，王熙凤在家的时候，对自家长辈想必是十分恭敬的，这一点在她跟王夫人单独相处的时候还能看出痕迹。但是贾母讲的是享乐，不喜欢那么多规矩。王熙凤在贾母面前，就都按贾母的喜好来，故意说些无伤大雅的笑话，甚至时常有分寸地拿老祖宗"打趣"，这一点，连嫁到贾府几十年的老媳妇王夫人也没她做得好。

王熙凤在老祖宗面前的策略是，以轻轻的冒犯，表达作为晚辈深深的恭顺。曹雪芹形容王熙凤，用了一个典故，叫"斑衣戏彩"。这个典故是说，有一个叫老莱子的人，是个大孝子，他孝顺的表现，就是七十多岁的时候，还穿上婴儿的彩衣，在父母面前装成小孩子，逗父母开心。王熙凤在贾母面前，就充分发扬了这种"斑衣戏彩"的精神。在长辈面前，最大的恭顺，莫过于表现出小孩子的状态，去跟他们撒娇。在撒娇中，向长辈表示：我在您面前完全没有藏着心机，我体会到了并万分感激您的宠爱。特别是像贾母这样的老人家，一定是喜欢会开玩笑而不失分寸的晚辈，而不会喜欢谨小慎微的小媳妇。

　　当然，王熙凤这个玩法，只在看着自己长大的长辈面前有效。像尤氏、李纨她们，就只能选择做谨小慎微的媳妇、小媳妇了。王熙凤可以放诞无礼，一方面是因为她乖巧，一方面也是因为她嫁入了背景相近的家庭。因为嫁入了背景相近的家庭，也就更容易懂得如何乖巧。

　　除此以外，王熙凤可以为所欲为，还有一些其他因素。比如，她是媳妇，不是姑娘。在封建社会，姑娘是要嫁出去的，只有媳妇才是家族未来的女主人，所以姑娘在娘家反而有点做客的味道，媳妇反而比姑娘更做得了家里的主。再加上媳妇是已婚妇女，相对来说也不用像姑娘家那么谨言慎行。又比如，她是孙媳妇，不是儿媳妇，年龄、辈分都比较小，也更可以"倚小卖小"。姑娘家不好出面说的话，她可以说；长辈不好出面说的话，她也可以说。仅仅从身份上讲，孙媳妇也是一家之中最有资格"放诞无礼"的存在。

在传统中国，判断一个人是否成年，就是看他（她）结婚了没有，结婚了，就是成年人了。所以，王熙凤是一个成年人，与贾宝玉他们这些未婚少年生活在不同的世界。从少年人眼中看来，她已经很大了。实际上，王熙凤第一次出场的时候，不过十八九岁，比贾宝玉他们大不了几岁。从长辈的眼光来看，她仍然是个小孩子。一个十八九岁的小孩子，既然成家，就必须担负起旧时代大家庭中已婚妇女的种种责任。由此推测，她经常不得不装腔作势，端起大人的架子来，特别是在小叔小姑面前拿出个嫂子的样子来。实际上，不久之前，她也还是温室中的花朵，她的内心，又能比黛玉宝钗坚强多少呢？

在《红楼梦》里，凡是高门出身的小姐，都有一种很强的性格。这种性格，在湘云表现为豪爽，在探春表现为刚强，在黛玉表现为高傲，在宝钗则表现为自制和分寸感。这些不同的性格表现，在本质上是相通的，有人管这叫"小姐脾气"。从积极的角度说，"小姐脾气"可以理解为优越的成长环境所保护下来的作为一个人的完整的自尊。王熙凤也是高门出身的小姐，她的"小姐脾气"则表现为泼辣。王熙凤的泼辣，也是惯出来的，而不是艰苦的生活历练出来的。从她的泼辣中，仍然可以窥见湘云、探春、黛玉、宝钗的影子。

王熙凤是放诞无礼的，湘云、探春、黛玉、宝钗她们，又有哪一个没有"小姐脾气"呢？王熙凤只不过因为步入了成人世界，比她们多"解锁"了一些自由的权限而已。我们理解王熙凤今天的泼辣，不能把她作为大小姐的过去割裂出去。

王熙凤为什么不识字？

王熙凤与其他名门闺秀最显眼的不同，其实在于她是不识字的。

在《红楼梦》里，名门闺秀都是才女，这在一定程度上反映了曹雪芹那个时代的社会现实。但是毕竟，在那个时代，读书识字不是女孩子的必修课。一个不识字的名门闺秀，仍然可以具有名门闺秀需要的各种教养，比如针黹女红，比如人际交往的礼仪，以及士族家庭管家的常识。王熙凤虽然不识字，但是在其他方面有卓越的才能，所以我们不能认为她是没文化的。

王熙凤在那个时代不识字，就相当于在我们今天的时代不会开车。我们今天女性开车稀松平常，但是如果有一个女性不会开车，大家也不觉得有什么，而如果一个呼风唤雨、杀伐决断的女总裁不会开车，我们非但不会觉得她不"女权"，反而会觉得有点"反差萌"。王熙凤不识字，就相当于女总裁不会开车。因为她已经足够强大了，存在某一个对她来说不重要的弱点，并不会显得她弱。

从审美的角度来说，越是强大的人物，我们越应该给她安排一个弱点，这样才显得生动、有张力。不识字，就是曹雪芹为王熙凤安排的弱点。同样，从人物群像的角度考虑，当所有人都是才女的时候，安排一个不识字的人夹在里面，才显得不那么单调，不那么无趣。

那么，如果说王熙凤是黛玉、宝钗变成的，难道她们会有一天变得不识字吗？或者说，曹雪芹安排不识字的那个人是少奶奶，这有什么典型性吗？

有的，因为不管是什么才女，一旦有了美满的婚姻，就开始有不写诗的倾向了。这绝不是因为生活的琐屑剥夺了她们的诗性精神，恰恰相反，消磨人的诗性精神的，应该是完美的生活。伟大的诗，只能产生于悲剧，只能产生于对生活的不满。即使是欢乐的诗，要写得不轻浮，背后仍然要有深沉的悲剧背景，也要以生活中或大或小的不满为切入点。纯粹欢乐的诗是可以写的，也可以写得有趣，但如果一个人长年累月只写纯粹欢乐的诗，那其实是没有意思的，那样只能写出千篇一律的诗。快乐是千篇一律的，只有悲剧才是丰富多彩的。所以，一个诗人，在自己过得比较好的时候，应该自觉地控制自己，不写诗或少写诗，以免写出低品质的作品。一个诗人的男性人格，一旦做上了自己最喜欢做的工作，就应该自觉停止写诗；一个诗人的女性人格，一旦与自己最喜欢的人在一起了，也应该自觉停止写诗。

在明清时代确实有这样的现象，才女们在结婚之后，就不大写诗了。她们自己的解释是结婚之后琐事缠身，没空写诗了。这样的话，你不要她们怎么说就怎么信。写诗是一件不太花时间的事，不存在"没时间写诗了"这个可能性，一个人是不可能真的因为忙停止写诗的。婚后创作量下降的女诗人，都是婚后生活相对优裕的。越是对婚姻不满的、在婚后确实受到残酷压迫甚至被迫承担痛苦劳动的女诗人，反而越有继续创作的动力。由此可见，女诗人婚后不写诗了，不是因为受到婚姻生活的摧残，而是因为生活中不再有不满，不再有值得写的诗。她们总不能说"因为我过得太好了所以我不写诗了"，而只能说"因为我太忙了所以我不写诗了"。忙，意味着你喜欢你正在做的事，意味着你是被需要的。所以，忙，往往是过得好的委婉说法。一个男人得到了很好的官职，过上了自己想要的生活，如果他是在意自己诗歌品质的诗人，也会自觉不写诗了。不写诗的原因，他也不会说是自己过得好，而也会推说自己忙。

所以，当一位才女获得满意的婚姻后，她就会开启"王熙凤模式"，告别那些伤春悲秋的诗词，开始为自己乐意肩负的责任而奋斗。她也不再在乎才女的头衔，可以在更年轻的才女面前大大方方地承认自己才学不够。不管是否曾经是才女，不管是否曾经识字，这时候看起来都没什么区别了。所以，如果一定要在《红楼梦》主角里安排一个不识字的，这个人必然是少奶奶，而且是生活各方面美满的少奶奶。

在中国的传统中，读书作诗是最受人尊重的，但是，如果你在其他方面实在有卓越的才能，那么不读书不作诗也是可以的。王熙凤就代表了这一类人，她的卓越才华，不表现在作诗上，而表现在了管家上。

真的在管家吗？

大家都说，王熙凤是贾府的管家少奶奶。但是你有没有想过一个问题，王熙凤真的在管家吗？或者说，她是管家的"一把手"吗？

在这样一个世家大族里，"管家"是什么意思呢？管家的女主人，她的主要工作还不是管账。管账有专业的财务人员，女主人最多是偶尔过问一下，起个监督作用，具体的账目，她是不会天天查的。至于今天打个酱油、明天熬个绿豆粥这样的小事，更不是这种世家大族的女主人该操心的。一般来说，像这样的世家，日常有哪些花钱的地方、花多少，肯定都有一整套的老规矩，女主人只要萧规曹随就可以了，最多只能做点小幅度的添添减减，如果改动稍微大一点，家里上上下下就要"造反"了。不仅花钱是这样，家里的大事小情，都有一套老规矩管着，都没什么改动的余地。古代中国就是这样，不只是在家里，就连男人在外面做官，也都是事事按传统来，没有多大自作主张的余地。像贾探春那样大刀阔斧地更动家里的财务制度，那都是小孩子闹着玩的，不是主妇管家的常态。

那么，管家的主妇干什么呢？她们最主要的工作是代表家族，应付亲戚朋友之间的日常交际。客人来了要接待，该回访的时候要回访，重要的亲朋好友要时常来往，不能生疏了，更不能失礼。世家大族的社交活动繁多而复杂，男主人们往往又很忙，操心不过来这些事，那么就需要由女主人来专门负责，实在需要男主人出面的时候，也需要女主人事先安排，这叫作"管家"。

这个任务听起来轻松，其实需要极高的社交智慧和人生经验。管家的女主人，必须具有不亚于男主人的见识和文化常识，更需要熟知各家的亲戚关系，将细微的人情远近一一安排妥当。她还需要有足够大的面子，在出面接待贵客时不让对方感觉自己受到了轻视。即使在今天，各单位之间为了保持友好合作而进行的互动，也是需要富于经验的领导来负责的。那么，贾府的人际关系如此复杂，交往的都是最讲究的诗礼世家，就凭一个不识字的王熙凤，她能独立担负起"管家"的重任吗？

王熙凤第一次见刘姥姥的时候，自己也说，"我年轻不大认得，可也不知道是什么辈数，不敢称呼"。这句话虽然是策略性的自谦，但我们也不禁要问：年轻的王熙凤，在"管家"的过程中不会遇到这样的问题吗？得罪了刘姥姥无所谓，要是得罪了比较尊贵的客人怎么办呢？

其实，栋梁之材没有一夜之间长成的。管家的人要有一个培养的过程，是需要老一代管家人"传帮带"的。封建社会的儿媳妇，在正式管家之前，要有一个跟在婆婆身边学习、历练的阶段。对她们来说，管家就是她们终生的职业，婆婆就是她们职业生涯的导师。所以，旧式的婆媳之间，还有同行、师徒的关系，远比今天纯粹基于姻亲关系的婆媳要亲密。这也是为什么今天的婆媳关系与旧式的婆媳关系不能简单类比。

老一代的管家人是王夫人，她是"太太"那一代人里最能代表贾府与亲友交际的。王熙凤是她的指定接班人，这一点也没有疑问。但是，这不代表她会让王熙凤刚嫁过来就接手整个贾府的管家任务。更现实的做法是带着王熙凤一起管家，先让她从事一些辅助的工作。在管家这件事上，其实王夫人是王熙凤的师傅。

具体来说，王熙凤从事的辅助工作，就是接见一些不重要的客人，比如刘姥姥。遇到这种不重要的客人，王夫人就会派给凤姐应付。反正像刘姥姥这样的客人，万一得罪了，也没什么后果，不妨让凤姐练练手。有了凤姐，王夫人就不用见刘姥姥这样对她没价值又难缠的客人了，已经是减掉了一个巨大的负担。如果真来了贵客，王夫人还是会亲自接待的。

当然，对刘姥姥本人，周瑞家的总不会说，"因为您是不重要的客人,所以让少奶奶来见您",肯定是说,"现在我们家就是少奶奶当家"。特别是周瑞家的还要在刘姥姥面前显摆显摆自己的"人脉",虽然她只有权限给刘姥姥引见少奶奶,但是她一定会尽最大可能吹嘘少奶奶在贾家的权势,强调少奶奶就是当家人。更何况,王熙凤的权力确实是得到王夫人的"背书"的,在刘姥姥面前,她就是全权代表王夫人、代表贾府的。如果刘姥姥问起来,王夫人肯定也是说:"啊,我现在早就不管事了,都是凤丫头管呢。"

像刘姥姥这样不重要的客人,对世家大族的生活圈子并不熟悉,是没有能力识别其中玄机的,周瑞家的跟她说现在是二奶奶当家,她会深信不疑,也不敢怀疑,最多是赞叹一句"这么年轻就当家了啊"。

可能你会说,第二回里,冷子兴说过王熙凤是当家人啊。对于冷子兴的话,你也不能百分之百信。虽然冷子兴说话的口气好像是开启了"上帝视角",但他实际上只是一个普通人而已,事实上,你可能没有注意到,他是周瑞的女婿。冷子兴演说荣国府的一切,其实都是有他自己的视角、自己的立场的,这个立场就是周瑞家的立场,是荣国府高等下人的角度,而且是倾向于王夫人这边的。他说王熙凤是当家人,可能就是因为他丈母娘说王熙凤是当家人。

王夫人的团队,肯定是要隆重推出王熙凤的。王熙凤是未来的当家人,这一点必须得跟亲友圈强调。王夫人肯定会拼命夸耀王熙凤聪明能干,能为自己分忧。如果有较为疏远的亲友真的相信了王熙凤已经是当家人,王夫人也会极力地确认这一点,绝不会去抢王熙凤的风头。明白内情的世家大族，也能理解这种人际关系，不会特意去辩白此事。周瑞家的，包括冷子兴，肯定会顺着王夫人的口风说。另外，他们对王熙凤这个年轻的主子也有崇拜心理，因此也会夸大她在家族中的作用，塑造她的光辉形象。毕竟，往王熙凤脸上贴金，就是往王夫人脸上贴金。

甚至连王熙凤自己，可能一开始都不是很清楚，自己的任务是接待不重要的客人。王夫人在跟她交代任务的时候，肯定说的是"今天有个客人，你接待一下"，而不是"今天有个不重要的客人"。刘姥姥一进荣国府的时候，弄不好王熙凤也是第一次接待客人。她打扮得"脂光粉艳"，坐在炕上故意不看刘姥姥，低头拨手炉里的灰，看起来很高冷，实际上这正说明她不知道来客的深浅，心里紧张。她不知道对方其实只是一个来借点小钱的乡下老太太，更怕对方见自己年纪轻，轻看了自己，所以故意端着架子，过分地打扮起来，与来客拉开距离。这时候，她明白自己已经肩负起了主妇的责任，但内心还是一个有点儿胆怯的小女孩。

在第一次从王夫人手里接过任务的时候，王熙凤其实还有点像小孩子第一次被委以重任的小激动。当她完成了接待刘姥姥的任务之后，她渐渐明白过来自己接待的是什么人，这时候又有点小失落。当然，她还是愉快地接受了自己的日常工作就是接待刘姥姥这类人的事实。王夫人之后肯定还塞给了她很多像刘姥姥借钱这样的事，想必她也是干得越来越轻车熟路了。王夫人也会渐渐地分给她更多更重要的任务。

王熙凤真正以管家主妇形象出现的一场戏，是主持秦可卿的丧事，那一次，我们感觉王熙凤是管了大事了。实际上，仔细想想,这件事也不是什么大事,只不过是贾府的一个重孙媳妇死了。这件事本来是应该由秦可卿的婆婆尤氏来料理的,因为尤氏病了,所以才拜托妯娌王熙凤代理。这样一个小媳妇死了,是不会麻烦到她祖母辈的王夫人的。王熙凤主持秦可卿的丧事,不过是一个少奶奶主持另一个少奶奶的丧事。只不过,曹雪芹用了"狮子搏兔"的笔法,把这样一件小事,写成了大场面。

王熙凤帮忙料理秦可卿的丧事,这属于她能力范围内一件稍有挑战性的事。王夫人稍有顾虑,劝她别接这个活儿,觉得你这孩子能行吗?王熙凤则年轻气盛,不辞劳苦地接下了这个活儿。这里面有她对秦可卿的情分,也有显露自己本事的动机。贾琏从扬州回来时,她向丈夫表功,还特意提到了这件事,故意傲娇地说"依旧被我闹了个马仰人番(翻)",让丈夫向珍大哥哥赔不是,实际上,能办好这件事,她是很得意的。

王熙凤料理秦可卿的丧事,是基本成功的。她的成功,在于她生长于世家大族的环境中,富于这个阶层的生活常识。她通过有生以来二十年左右的观察和思考,敏锐地意识到,世家大族的积弊,往往在于"有脸者不服钤束,无脸者不能上进"。这大概是世家大族的通病,甚至也是门阀社会的病灶:优势人群、世族高门尾大不掉,不听指挥;弱势人群、寒门庶族缺乏上升通道;优势人群和弱势人群的区别,则在于有没有"脸"——有没有体面、威望和关系网。男人在外面治国,遇到这样的政治局面,也会觉得棘手。现在王熙凤在府里"齐家",也遇到了类似的困境。她明白,必须给"无脸者""上进"的机会,更要降服住"有脸者"。

所以,王熙凤一上任,首先要求,你们谁也不许说"我们府里'原是这样的'"这句话。因为她是外来的,这就堵住了这些宁府土著,特别是其中的"有脸者"欺负她最顺手的一句话。王熙凤不等她们说,就料定她们有这句,这反映了她丰富的世家大族的生活经验和敏锐的洞察力。后来,她又找了一个迟到的"有脸者",打了一顿,这也是针对"有脸者不服钤束"的措施。这么一来,宁府的下人就老实了。至于王熙凤的管理方案是不是很合理,这都是次要的。她的管理方法,也是跟长辈学来的,也可以算是世家大族的老规矩,不能算是创新,只能说是这个世家小姐出身的少奶奶很传统,很有办法。

王熙凤驾驭着宁府的一帮下人办丧事,算是乱世用重典。乱世用重典很有效率,但是也有缺陷,缺陷就是导致宁府的下人们恨她。本来你一个外来的人,直接宣布府上原来的规矩都不算数了,这就很招人恨了,更别说还把一个有脸的、骄纵惯了的下人打了一顿。据说,后来王熙凤倒霉的时候,这个挨打的下人就给她插刀子了。

追求效率和不得罪人,是一对天然的矛盾。王熙凤整治世家积弊的办法,很多人并不是不懂,而是不敢用,怕得罪人。王熙凤仗着自己地位优越,再加上年轻气盛,所以选择了为解决问题而得罪人。这几乎是她这个身份必然的选择,但是也让读者乃至作者替她捏了一把汗:万一她失势了,是会被这些小人报复的。

王熙凤这样的形象,在中国历史上也很有典型意义。我们与其夸她有管理才能,不如夸她有勇有谋、敢于牺牲。王熙凤的办法,不是训练新兵的办法,而是拯救末世的办法。所以曹雪芹给她的判词第一句就是,"凡鸟偏从末世来"。王熙凤这只凤凰,是末世特有的凤凰。

财神奶奶

王熙凤的另一个明显特征是，她跟钱的关系特别密切。她不仅有钱，也爱钱、会算钱、不忌讳谈钱。这个特征，是十二钗里的其他人都不具备的。

王熙凤跟钱关系密切，一方面是由她的身份决定的。她是已婚妇女，娘家的嫁妆也到手了，婆家的财产也可以由她支配，不像那些未婚的姐妹，在嫁妆到手之前，理论上是"一无所有"的。遇到各种活动，王熙凤总是能大方地拿出钱来，这跟她已婚是有关系的。

另一方面，从家族背景来看，王家属于上升家族，在朝堂上正是炙手可热。这样的家族，比起史家、林家这样的旧族来，更有"钱"的概念，甚至现钱也会更多一些。王熙凤比较在乎钱，也是符合王家的属性的。

有王家这样的娘家作后盾，王熙凤是财大气粗的。她曾经豪迈地对贾琏说："我有三千五万，不是赚的你的……把我王家的地缝子扫一扫，还勾（够）你们过一辈子呢！"王家财力雄厚，王夫人和王熙凤都有丰厚的嫁妆，这是一件令王熙凤颇为自豪的事。在那个年代，这也算是女性经济独立的一种形式了。

王熙凤是很讲究生活品质的。当王夫人误以为绣春囊的主人是王熙凤的时候，王熙凤几乎就说了一个，这东西做工这么糙怎么可能是我的，就打消了王夫人的怀疑。王夫人是最了解王熙凤的，由此可见，精致与奢华，是王熙凤最明显的"标签"。

大家闺秀对钱是没有概念的，王熙凤是因为当了少奶奶，才不得不建立起钱的概念。这也是少奶奶和小姐的区别。王熙凤对金钱是有欲望的，她会想办法弄钱。她拿着给下人的月钱出去放债，利用时间差，自己吃利息。因为时间没衔接好，甚至还耽误过给下人发钱。

王熙凤还会赚外快。她赚的第一笔灰色收入，是给秦可卿送葬途中，在铁槛寺休息时，寺里的老尼给她拉的一单生意。老尼在叙述这个事件时，对不占理的一方多有回护，所以初次阅读的时候，不太容易看清事情的来龙去脉，我在这里用"上帝视角"重新讲一遍。

财主的女儿张金哥从小与长安守备之子有婚约，守备之子也是她的真爱。后来，权贵子弟李衙内看上了张金哥，张家贪图李衙内家的权势，就想退掉原来的亲事。守备家不干，就和李衙内家闹起来了。张家就到处托人，想借个大官的势力，给守备家施加压力，逼他们退婚。张家从老尼这个渠道，就托到了凤姐这里。

老尼之所以托到凤姐这里，是因为她知道，贾王两家在官场中人脉资源丰富。王熙凤平时做事底气足，也是仗着两家在官场中的人脉。老尼的本意，是让王熙凤跟王夫人说说。可能凤姐觉得，这点破事，就算捅到王夫人面前，王夫人也无非是再支给她处理，所以跟老尼说，太太不管这破事。老尼也听得懂，就说："太太不管，奶奶也可以主张了。"凤姐说她也不管。老尼说，她都跟人说了，已经求到府上了，凤姐要是不管，人上管家还以为"到（倒）像府里连这点子手段也无有的一般"。

老尼这是激将法，她摸准了王熙凤年轻气盛的心理。果然，王熙凤说："你叫他拿三千两银子来,我就替他出这口气。"没经过王夫人,她自己就把事揽下来了。凤姐收了钱,自己去托人,给守备家施加了压力,让守备家退了婚。到这儿,这件事跟凤姐有关的部分就结束了。后来,张金哥跟守备之子殉情了,李衙内还是没有娶到张金哥。当然,后来的事就跟凤姐无关了,凤姐收的那三千两银子是不可能退的。

在这件事里,凤姐的角色不能说是光彩。可以说,她的行为间接导致了张金哥的死,她采用的手段是在官场里找关系、借势压人,这也是阴暗的。但是也不能说是她害死了张金哥。因为根据老尼的描述,她根本无从知道张金哥对守备之子是真爱,更无法预见他们会殉情。如果她不答应这件事,老尼自然会去找别的人,张金哥还是难逃一死。所以,在这件事里,凤姐的罪过也没那么大。

与其说是凤姐逼死了张金哥,不如说是李衙内逼死的。而凤姐收了三千两银子,直接吃亏的是张家和李衙内家,因为他们出了钱,却落了个人财两空。当然,张家和李衙内家都不是什么好东西。所以我说,凤姐这笔收入是灰色收入:牵扯了人命,但人命不是她直接害死的;让人吃亏了,但是吃亏的也不是好人。她所行的绝不是正义,但也难说是绝对的邪恶。现实生活往往如此。

那么,王熙凤为什么要挣这个钱?她缺钱吗?她不是缺钱的人。她自己也说,她不等这几两银子使,不会为了挣点钱就"扯蓬(篷)拉牵(纤)"的。这才是凤姐的口气。凤姐这么说,也不完全是傲娇,她确实不会煞费苦心就为挣点钱。她是为什么呢?她是为了面子。做成这件事,显得她有本事。当然,钱也是要的,在她看来，这个钱是对她本事的认可。凤姐要钱，就是在要面子。

凤姐说，这个钱她自己不要，是给跑腿的小厮的。这个话我们当然不信。凤姐这么说，除了必要的傲娇，也是在给自己找借口。毕竟不久之前，她还是个娇滴滴的千金小姐，现在居然已经公然开价跟人要钱了。她的好胜心迫使她要这个钱，但是她的廉耻心又过不去，迫使她找了这样一个借口——她是帮别人要钱，不是为自己要。这样她就好开口多了。

这样，王熙凤就落下了第一个三千两银子。一两银子，我们可以粗略地认为是一千块钱，这样好算。三千两银子的概念，大概是三百万块。做成这件事之后，王熙凤越发膨胀了，觉得自己本事大了，所以很多事就不问王夫人，自己处理，自己拿钱了。后来她应该以此类手段拿钱更多，做事更过分了，曹雪芹就没写。有人说，后来王熙凤倒霉的时候，这三千两银子也起了作用。不过，我估计，到她倒霉的时候，早就有比这更大的把柄了。

凤姐做灰色的事情赚钱，她的动机在面子而不在钱，钱只是面子的象征物。小说里凡是写王熙凤要钱的地方，我们也都应该这么看。

少奶奶的风情

我们初看《红楼梦》的时候，会觉得王熙凤是个风流的女性。在初见刘姥姥的时候，她就表现得跟侄子贾蓉十分暧昧。按照冰山理论，我们可以推测，她在贾府的其他年轻男主子面前也是这样的。她为什么会这样呢？单纯是因为生性风流，真的与这些男性保持着不正当的关系吗？

第二十一回，贾琏跟平儿抱怨王熙凤说：

> 他①防我像防贼的，只许他同男人说话，不许我和女人说话。我和女人略近些，他就疑惑；他不论小叔子、侄儿，大的、小的，说说笑笑，就不怕我吃醋了？以后我也不许他见人！

平儿回答说：

> 他醋你使得，你醋他使不得。他原行的正，走的正，你行动便有个坏心，连我也不放心，别说他了。

平儿为什么要这么说呢？王熙凤跟小叔子、侄儿的"说说笑笑"，与贾琏"和女人说话"有什么不同呢？王熙凤是怎样做到一边和男人说说笑笑，一边"行的正走的正"的呢？平儿这话，仅仅是一味偏袒王熙凤吗？

认为王熙凤生性风流的人，付出了惨重的代价，比如贾瑞。贾瑞以为王熙凤是个好得手的女人，想要勾引她，结果被王熙凤活活地整死了。王熙凤几次三番地放贾瑞的鸽子，把他戏耍得很惨，但贾瑞始终不醒悟。最后，也是最狠的一次，王熙凤骗贾瑞穿着单薄的衣服站在寒风中，然后让人从高处泼下一盆冰冷的粪水来，泼了他一身。贾瑞体质弱了一点，这么一弄，竟然让他得病死了。

---

① 他，这里同"她"。"她"是后起字，原来不分男女都写作"他"。

这一盆粪水泼得，可以说是够狠的了。这类故事情节，在一些西方的小说，比如《十日谈》里，也出现过。有的男读者看了，就难免会追问，她们是谁学谁的。不过，我估计稍微有点阅历的女读者看了都懂，这事还用谁抄谁吗？不管什么时代、什么民族的女性，看见这种痴汉，都是一样的恨。看见他站在楼下那样，就恨不得泼一盆什么东西上去。可以说，这个对痴汉的招数，是写在人类的集体无意识里的。

这个情节，足以说明王熙凤一点也没有要跟贾瑞好的意思，而且对贾瑞的勾引是发自内心的恼怒。王熙凤甚至不是一个私生活很随便的人，否则她对贾瑞至少可以一笑置之，不至于表现出这么深的愤恨。

如果王熙凤真的风流成性，她为什么不接受贾瑞呢？不接受也就罢了，至于恨成这样吗？对贾蓉的暧昧和对贾瑞的决绝，为什么会统一在同一个人身上？我们究竟应该怎么理解呢？

是因为贾蓉长得特别帅，贾瑞长得特别丑吗？我们好像找不到旁证。比起王熙凤的其他侄子、小叔子，贾瑞并没有什么特别不堪的地方。王熙凤不接受贾瑞，说明她很可能从来没有接受过丈夫以外的任何男性。如果有任何人对她有非分之想，她都会如此办理的。贾蓉等人能一直活在她身边，就足以证明他们不曾像贾瑞一样造次。

那么，怎么解释王熙凤对贾蓉等人的暧昧表现呢？其实，王熙凤对贾蓉并没有真的男女之情，她的表现，只是一位年轻的女性上级在营造和谐的人际关系。

王熙凤要管家，要做事，就免不了要跟男性亲属打交道。要是处处都严格遵守男女大防，每一步都做足繁文缛节，那么办事效率是会非常低下的。时至今日，男性在职场中还要经常考虑："我这样是不是和女同事表现得太亲密了？她会不会不高兴？"都会不惜成本规避嫌疑。可想而知在封建时代会是什么样。王熙凤一方面是女性，另一方面又是长辈，相当于上级领导。人们担心冒犯女同事，也同样担心冒犯领导。偏偏这个长辈或者上级，实际上又很年轻，比贾蓉大不了几岁。作为女性，年轻就更容易有男女方面的嫌疑；作为上级，年轻又有被当成小孩看、得不到足够尊重的可能。那么这个贾蓉只要稍微有点儿眼力见，就得整天琢磨：自己这句话会不会说错了？会不会显得不够尊重长辈？天天光琢磨这个，就什么也别说，什么也别干了。

　　为了打消贾蓉的顾虑，王熙凤就必须拿出实际行动来。当下级有顾虑、在上级面前不敢说话的时候，上级是有义务主动破冰的，破冰的方式，往往包括让渡一点儿自己的权利。王熙凤对贾蓉表现得很亲热，甚至亲热到有一点暧昧了，其实只是在告诉贾蓉：你不用担心冒犯我，想说什么就可以说什么，不用每句话都考虑那么周全，你看，我自己还说这样的话呢。所以，王熙凤在贾瑞面前说过的那句，"一家子骨肉，说什么年轻不年轻的话"，也是实话。作为一个要做事的少奶奶，王熙凤在贾蓉这样的男性亲属面前，不能光想着"我是个年轻女性啊""他会不会对我有非分之想啊""可别让人传闲话啊"，那样就小家子气了。她要时时处处懂得事急从权，这才是个做事的样子。

　　王熙凤必须放下年轻女性所习惯的高冷和戒心。一个年轻的女实习生可以义正词严地对男性高管说"请您尊重我"，而一个女性高管，则不宜再向男性下属过分强调"你要尊重我"。她应该有的台词是"什么年轻不年轻的""什么男的女的""什么辈分不辈分的"……

然而，这一切只是一个上级的姿态，为的是打消贾蓉的顾虑，让他畅所欲言，从而提高做事的效率。也就是说，一切都是为了做事方便，完全不能说明王熙凤与贾蓉有什么私情，更不代表贾蓉真的可以越雷池一步。

事实上，作为一个年轻女性，王熙凤对真正的冒犯还是很忌讳的。她也是大家闺秀出身，或许在不久之前，她也还像林黛玉一样，连"臭男人拿过的"东西都不肯碰呢。现在不过是因为做了掌家少奶奶，面子上讲究不起了而已。真遇上贾瑞，她是非常恨，甚至有点害怕的。有人觉得，贾瑞虽然可恶，但是王熙凤是不是也对他太过分了？其实，这就是一个高自尊的年轻女性，面对可能的侵犯或者污名，作出的本能反应。王熙凤只是远没有老练到可以把自己的情绪控制到合理范围而已。

王熙凤拒绝和报复贾瑞，甚至不是出于"贞洁"观念，而是作为一个拥有强大自我的贵族对自己的独立意志的维护。强大如王熙凤的人，可以谦让，但绝不会真的吃亏。贾瑞想跟王熙凤好，不是真的爱她，而是出于对她的不尊重。按照传统中国的说法，这就叫"欺负"。王熙凤当然不会由着贾瑞"欺负"。

贾瑞说，"又恐怕嫂子年轻，不肯轻易见人"。这句话里已经包含了试探和挑逗。他大概是听说过王熙凤与贾蓉等人较为亲密，就想象她是一个风流成性、没有主见、容易得手的女人，所以才生出了勾引她的念头。这个念头本身，已经构成了对王熙凤人格尊严的极大贬低。看似平淡无奇的"年轻"二字，已经包含了极大的轻慢和恶意，把一个精明而高傲的王熙凤看成了一个头脑简单、仰视男人、一心只知情爱的"年轻"女子，甚至看成了一个可以随时骗来玩弄的没有人格的物件。在王熙凤看来，贾瑞误以为她会看得上自己，已经构成了对她的冒犯。

所以，王熙凤第一次见到贾瑞，心里对他的评价就是"那（哪）里有这样禽兽的人呢"，就起了"几时叫他死在我的手里"的念头。王熙凤对贾瑞没有一丝一毫的爱，甚至也不仅仅是讨厌，而是从一开始就充满了置之死地而后快的仇恨。这种仇恨，来源于恐惧，是因为感觉到自己的人格和自由受到了威胁。

《红楼梦》自称《风月宝鉴》，号称要警醒为情所困的人，让他们引以为戒，实际上，对绝大多数深情的人，《红楼梦》只有怂恿，没什么真正的劝诫。贾瑞几乎是《红楼梦》里唯一因为"情"而死得丑态百出的人，几乎是曹雪芹唯一讽刺的人。这种男人，一面看不起女人，一面又坚信是个女人就能看得上自己，那些骚扰女性的、让女性又恐惧又愤怒的，往往是这样的人。对这样的人，曹雪芹是最看不起的，所以干脆让贾瑞直接照了"风月宝鉴"死了，然后冷冰冰地告诫人们，不要看风月宝鉴的正面。这俨然是一个民间的戒淫故事。

当初，贾雨村认为甄士隐的丫鬟娇杏喜欢自己，脂砚斋就嘲笑他说："今古穷酸，皆会替女妇心中取中自己。"这一句话嘲笑了现实中的很多男人，也嘲笑了很多传奇中的男主角。这说明，看不起这样的男人，在曹雪芹的朋友圈中是这个共识。贾雨村一个读书做官的人，不过是替一个丫鬟"取中自己"，所以还有可能让这个丫鬟真的愿意嫁给他。而贾瑞这样的人，居然胆敢替王熙凤这样的人"取中自己"，那可真是自寻死路了。

总而言之，王熙凤对贾蓉的暧昧，是假暧昧，完全是工作需要；对贾瑞的决绝，是真决绝，是发自内心没有商量余地的。王熙凤没有"生活作风问题"，而且内心仍然是一个清高到有点儿脆弱的小女孩。不管王熙凤跟贾蓉等人怎样有说有笑，她确实是"行的正走的正"的，跟贾琏和丫鬟媳妇拉拉扯扯有本质的区别。这一点，平儿看得很准，说的都是实话。

还有一个问题是，焦大喝醉了酒，曾经说贾府"爬灰的爬灰，养小叔子的养小叔子"。这个"爬灰"，像是说秦可卿，那么这个"养小叔子"，算来算去，似乎只有落到王熙凤身上了。事实真的如此吗？焦大这话怎么理解呢？

首先，王熙凤的小叔子是谁呢？贾琏的弟弟其实不多的。贾瑞？已经让王熙凤治死了。宝玉？这个听起来太惊悚了。贾环？这个听起来更惊悚，我放弃。别的？别的没了。至于贾蓉、贾蔷，那是侄子，也不是小叔子。

那么，有没有可能，我们勉强让王熙凤和宝玉好一下？或者，焦大说的"小叔子"是泛指，实际上指的是侄子们，里头一个小叔子也没有？

这种可能也不能完全排除。虽然我之前分析王熙凤实际上是一个非常自爱的人，已经把这个可能性减到很小了。

读小说，我们一定要有"叙述人"的概念。我们要考虑，里面的人物说每一句话，都有自己的立场，自己的视角，他不一定会说实话，也不一定知道全部的真相。我们想一想：焦大的立场是什么呢？他的视角是怎样的呢？他从哪里得出这个结论的呢？

焦大是一个粗使的男性仆人，只因跟着太爷出兵有功，在贾府得到优待。他其实是个大老粗，立功凭的是陪主子出生入死。也就是说，他只是功劳大，并不是本事大。所以，他只能受到优待，没法得到重用。他过的仍然是下等男仆的生活，受到的优待就是不用真的干活，"全当一个死的就完了"。至于上房的精细活计，那是不敢交给他的。这样的人，肯定是整天觉得不平的，觉得自己的待遇还不够好，觉得主子的后代子孙都不成器。已经过世的太爷是他唯一的精神寄托。

那么问题来了：焦大是打哪儿知道女主人爬灰、养小叔子的事呢？他只是一个下等的男仆，离主人的卧房还远得很，主人的私密丑闻，要怎样才能传到他那里去呢？别说亲眼看见什么，只怕女主人的贴身丫鬟，也是不愿意跟焦大搭话的。即使丫鬟不怕死，热衷于传播女主人的丑事，等传到焦大那里，也不知道要经过多少人，怕是早就传得走样了。更大的可能性是，焦大其实什么也没听说，一切都是自己想象的。如果我们要写一个贾府的正史，焦大的话是没法当成可靠的史料采信的，最多只能当民间故事收集起来。这事归中文系管，不能归历史系管。

焦大凭简单的推理就断定，贾府的主子们过着骄奢淫逸的生活。但是怎么骄奢淫逸法，他却没法想象，因为他一生都过着底层的生活。他唯一能想象的，就是主子们会"乱搞男女关系"，因为这一点似乎是"永恒不变的人性"，不管穷人还是富人都可能会有。"爬灰""养小叔子"这样的事，并不是贵族的特权，在最穷最不开化的人群里也会发生，因而为焦大的想象提供了素材。而这样的事，也是焦大热衷于想象的。

鲁迅有句话，"贾府上的焦大，是不会爱上林妹妹的"。其实，林妹妹爱不上焦大是肯定的，焦大爱不爱上林妹妹倒也难说。如果条件允许，焦大为什么就不知道爱林妹妹呢？他会爱的。但是大多数情况下，焦大是没有条件爱林妹妹的，他只能说服自己，"我不爱林妹妹，林妹妹有什么好？"作为一个男性，焦大对那些美丽的女主人也会有一种本能的向往，但他明白这种向往是毫无希望的，所以不得不压抑自己，把这种朴素的喜爱转化为恨意。这种恨意，与他潜意识中的情欲夹缠在一起，说出口的时候，就变成了对于主人两性关系的诋毁。

焦大有充分的动机，把所见所闻附会为主人在男女关系上的不检点，甚至有可能全凭臆想就生造出这些事来。他说这些话，不能理解为他知道什么别人不知道的隐情，因为他完全没有这个条件。他说"爬灰"，秦可卿确实"爬灰"，只能说他蒙对了，他在说"爬灰"的时候，也未必想的就是秦可卿。他说"养小叔子"，指不定是说谁呢，就算真是说王熙凤，也完全不能证明王熙凤"养小叔子"。

如果说焦大确指王熙凤"养小叔子"，可能就是看见她跟年轻的男主子说说笑笑，而不能正确理解这只是工作需要。其实，焦大甚至弄不清主子的辈分，也不能识别这些人是王熙凤的侄子还是小叔子。王熙凤不管有没有私情，都不是焦大能知道的。焦大能看见的，就是王熙凤在交代工作的时候，跟某个男性一起走在光天化日之下。焦大倾向于把这一切都想象为王熙凤在跟人乱搞，这是出于下等男仆对主人的仇恨，也是出于男性对优势女性的隐秘的嫉妒。

弄不好，焦大此时说出"养小叔子"来，是看见了王熙凤正跟贾宝玉坐在一辆车上，因此就判断王熙凤跟宝玉有私情。其实，宝玉还是个小孩子，连什么是"爬灰"都不知道。王熙凤不许贾宝玉追问，或许也是意识到了焦大说的"小叔子"，就是指她车上的宝玉。

宝玉跟王熙凤是没有实质性的私情的。不过，《红楼梦》的写法是"意淫"，是"情不情"，任何一点接近于男女之情的苗头，特别是与宝玉有关的，都会被拿出来写。焦大这句话是没有来由的，但这同时意味着，有人在说王熙凤和贾宝玉的闲话。一个男性和一个女性被说闲话，说明他们曾经比较亲密地相处，说明在某些旁观者眼中，他们是般配的。虽然这两个人是清白的，但曾经被人说过闲话，也算是一点微小的亲密，也是一件值得回忆的事。

曹雪芹当然不能写贾宝玉跟嫂子有染，贾宝玉与王熙凤的亲密，只能到这个程度为止。贾宝玉和王熙凤，一个是清净世界的闺阁良伴，一个是红尘中风情万种的少奶奶，这两个形象都令人神往，却不可能相遇。曹雪芹写上这么一笔，也算是弥补了一点小小的缺憾。

嫉妒或尊卑

我们对王熙凤还有一个印象，她是个"醋坛子"，几乎从不容忍丈夫跟任何一个女性相好。所以，曹雪芹有时候管她叫"酸凤姐"。

到了现代社会，这个"醋坛子"收获了前所未有的支持。因为我们今天的社会是严格的一夫一妻制,如果已婚男性胆敢跟妻子以外的任何女性有染,那简直活该天诛地灭,所有人都会站在他太太一边,即使他太太闹得出格一点,大家也都能理解。所以今天的读者看到王熙凤"泼醋",会觉得解气,甚至觉得她闹得还不够。

在封建社会,女性"嫉妒"是很严重的罪过,直接是"七出"①之一。而按照我们今天的认识,爱情中的嫉妒是天经地义的,甚至就是爱情的证明。在我们今天看来,如果你不想独占你的爱人,就说明你不爱你的爱人。

但是,王熙凤"泼醋"的动机,真的是我们今天想的这种"嫉妒""独占欲"吗?我认为不是。王熙凤的"泼醋",不是我们今天的"打小三",而是体现为不准贾琏纳妾,更不准他有超出礼制的两性关系。王熙凤不许贾琏纳妾,不一定是出于独占欲,而更可能是出于王家人强烈的尊卑观念。

在封建社会,妻和妾的地位是悬殊的,妾往往出身贱民。在《红楼梦》里,妾最常见的来源就是丫鬟被男主人"收房"后的"跟前人"。男主人在娶妻之前,就可以有好几个妾。贾府的传统就是在小少爷刚进入青春期的时候,就在他屋里"放"几个丫鬟,也就是说,默许少爷在娶妻前纳妾。贾琏是贾赦的儿子,从小受的教育自然不会是清心寡欲。贾琏在娶王熙凤之前,也是有"跟前人"的。但是这些"跟前人"我们看不见,因为王熙凤过门以后,就想办法把这些"跟前人"尽快处置掉了。

---

① 七出:封建社会休妻的七种理由,包括不顺父母、无子、淫、妒、有恶疾、多言、窃盗。

中国古代实行一妻多妾制，而不是典型的一夫多妻制。妻也许会温情脉脉地管妾叫"妹妹"，但实际上，妾的真实身份是妻的奴才。从理论上说，妻有权力处置妾。当然，一般来说，妻要看夫的脸色，并不敢真的行使这个权力。但是万一赶上这位夫人的娘家特别硬气，她不用看丈夫的脸色，那就不好说了。王熙凤的娘家就特别硬气，就不用看贾琏的脸色，所以她敢一过门就把贾琏原来的"跟前人"都处置了。

《红楼梦》里妾的另一个来源是妻陪嫁的丫鬟，她们也可以做"跟前人"。陪嫁的丫鬟一般是跟小姐一起长大的，她们虽然理论上是小姐的奴才，但实际上算是小姐的闺蜜，就是周瑞家的所说的"副小姐"。按说陪嫁丫鬟总是自己人，但是王熙凤连自己的陪嫁丫鬟也容不下，把她们也轰走了。只有平儿实在是对她"一味忠心赤胆"了，才勉强留下了，做了贾琏的"跟前人"。而且也只是做"跟前人"而已，迟迟没有晋升为"姨娘"，仍然只是一个"体面的丫头"。

王熙凤连自己的陪嫁丫鬟都容不下，就别说贾府的丫鬟了。贾琏要想在婚后再纳"跟前人"，也无异于与虎谋皮。至于他与鲍二家的这样有丈夫的仆妇勾勾搭搭，更是王熙凤所不可能容忍的。那么，王熙凤这样的习性是怎么来的呢？其实是王家的传统。

为什么这么说呢？因为王夫人就是一个"老王熙凤"。按说，贾政也曾是贾府的少爷，他在结婚前应该也是有"跟前人"的。但是贾政的"跟前人"在哪里呢？我们看不到。赵姨娘显然不是婚前的"跟前人"，因为从子女年龄上推断，她是比王夫人年轻很多的。那么贾政婚前的"跟前人"去哪儿了呢？只怕是当年王夫人一过门就给遣散了。按说王夫人也是有陪嫁丫鬟的，但是她的陪嫁，我们现在也只能看到一个周瑞家的。别的陪嫁丫鬟，估计也被王夫人打发掉了。就连周瑞家的，也没给贾政做"跟前人"，而是嫁给了周瑞，做"正头夫妻"去了。从周瑞的女婿冷子兴是贾雨村的朋友这一点来看，周瑞的身份还不一定是奴才，很可能是平民，也就是说，不一定是贾府的人。嫁给府外的平民，也是丫鬟可能的归宿之一。对丫鬟来说，这也是个不错的归宿，这样她的子女就不再是贱民了；从另一个角度看，这也是丫鬟离男主人最远的归宿。王夫人给周瑞家的，安排了一个对她来说很好，同时又离自己的丈夫最远的去处。总之，王夫人和王熙凤一样，在刚进贾家门的时候有过一系列大动作，无论是贾政原来的"跟前人"，还是她自己的陪嫁丫鬟，都被她处理掉了。

贾政毕竟是贾赦的亲弟弟，他没有像贾赦那样"左一个小老婆，右一个小老婆"，除了他自己道德把持以外，肯定也有王夫人"管教有方"的功劳。从贾母说的"从小儿世人都打这么过的"来看，衣冠楚楚的政老爷，年轻的时候也免不了会像贾琏一样，有"偷腥"的念头甚至行为，然后被王夫人像王熙凤那样"泼醋"治住了。当然，后来她老了，总是有管不住的时候。不知道出了什么状况，贾政还是纳了赵姨娘为妾。赵姨娘是怎么成为贾政的妾的，这其实也是一个费解的谜，这里面肯定有一个波澜起伏的故事。无论如何，贾政的妾也不多。贾赦的弟弟和儿子都在贾家宽容纳妾的氛围下长大，结婚后却都被王家的女儿管住了。由此可见，王家的家传是不容忍纳妾的。

封建社会，男子纳妾不犯法，但是有头有脸的士大夫如果纳妾太多，也是会让人看不起的。按照儒家的观念，纳妾是为了传宗接代，有了儿子还纳妾，就没有借口了，就纯属"生活作风问题"了。所以，只有像西门庆这样有钱没脸的商人，才可以大大小小娶七个老婆。在世家大族内部，是否宽容子弟纳妾，就看各家的家风了。对子弟要求高的家庭，也不会允许随便纳妾。贾家对纳妾比较宽容，都是生怕委屈了少爷们，但是王家是上升中的家族，大概对子弟要求比较严。所以王夫人和王熙凤到了贾家以后，会对丈夫纳妾的行为很看不惯。

王家人看不惯纳妾，并不是因为妾分享了自己的丈夫，她们忌讳的是妾挑战礼制。妾在身份上是奴才，但实际上与男主人有男女之情，男主人稍一忘情，就会把妾抬高到跟妻相平的位置。在封建礼制下，"宠妾灭妻""以妾为妻"是极大的忌讳。有个词叫"婢学夫人"——明明是丫鬟，偏要学夫人的做派。学夫人的做派干什么呢？当然不是为了更好地做妾，而是做"如夫人"。有的丫鬟一心想"爬上去"，并且想象，等自己给主人生下一男半女，就真的可以跟夫人一样了。无论从哪个角度看，这样的丫鬟都是令人厌恶的。

王家的姑侄俩，都对"婢学夫人"的现象深恶痛绝。这一点，我们到后面讲宝玉的丫鬟时再细讲。她们不能容忍自己的丈夫有"跟前人"，恐怕还是因为这些"跟前人""副小姐"难免有"婢学夫人"的行为，她们不能容忍一个奴才在自己眼前学自己的样子。正好儒家礼制也不赞成士人纳太多的妾，她们就乐得维护封建礼教了。

顺便一说，王夫人对贾宝玉的丫鬟也管控很严。贾府的规矩是"凡爷们大了，未娶亲之先，都先放两个人伏侍的"，但是从头到尾，明确跟宝玉有两性关系的，只有袭人一个人。晴雯也是贾母放在宝玉屋里的，但是并没能近贾宝玉的身，最后还"枉担了虚名儿"，被撵出去了。就连袭人，也一直没有获得正式的"跟前人"身份，所以被晴雯嘲笑"也不过和我似的"。王夫人对袭人非常器重，甚至可以自己出钱给她发工资，但就是拖来拖去，始终没有给她正式的名分，由此也可见王夫人在儿子纳妾问题上的慎重。估计她老了，在制止丈夫纳妾的战场上终于失败了，管不了丈夫了，但还可以管儿子。

所以，当鸳鸯的嫂子称平儿和袭人为"姨娘"的时候，她们可以理直气壮地反驳："你听见那（哪）位太爷们太太封了我们做小老婆了？"这两个地位很高而名分不高的丫鬟，恰恰都是笼罩在王家人的阴影下的。王夫人和王熙凤忌讳丫鬟升任姨娘，是出于王家人对礼制尊卑的维护。

至于贾琏勾搭鲍二家的，性质又不一样了。《红楼梦》里有好几个"鲍二家的"，或者"多姑娘"，她们好像是一个人，但是又好像不是一个人，一会儿死一会儿活的。但是她们的人设是基本一致的，都是已婚的仆妇，平时风流成性，故意勾搭各位年轻的男主人。这可能是曹雪芹为她的经历设计了好几个版本，到最后没有统一起来。对于这样的人，曹雪芹也不愿多花精力去打磨她的形象，只不过是在每次需要这样的角色时，就把这个名字抓出来用一下。

在封建礼制下，男主人跟未婚的丫鬟怎样，都是不犯法的，大不了最后把她们纳为妾室。但是勾引有妇之夫，哪怕是勾引下人的妻子，性质就不一样了，因为他们没有合法的渠道把她们纳为妾室。这种行为没法纳入宗法的体系，因此已经是违法的边缘，至少是大大的丑事。贾琏与鲍二家的勾搭这件事，王熙凤可以理直气壮地到老祖宗跟前去闹。更别说在那件事里贾琏还有家暴的嫌疑。在封建社会，"打老婆"也是明显的过错，至少有伤"世家公子"的体面，而且还会得罪同为世家的亲家。所以那次，一向对孙辈极尽溺爱的贾母也气坏了。

贾琏在婚前放纵惯了，婚后受到王熙凤的管束，自然有点儿不适应，就老想着出去"偷腥"。这一次居然偷到有夫之妇那里了，而且还是一个一直名声不好的仆妇，这可比纳妾严重多了。贾府之所以要给小少爷屋里放几个丫鬟，就是为了防止这种恶性事件的发生。贾琏这么干，估计也是在王熙凤面前觉得太压抑，故意要找刺激。

贾琏找鲍二家的，是挑战伦理纲常的事，所以他跟鲍二家的说的话，也都不合伦理，你不要相信他在这种情况下说出来的话会是真的。首先，他是因为在王熙凤那里感到压抑才出来找刺激的，所以当然会在鲍二家的这里尽量说王熙凤的不好。他说出来的，比起他平时的真实感受，是有夸张成分的。其次，他说的等王熙凤死后把平儿扶正，或者娶鲍二家的，这些计划，也是不可能实施的。

有人看到贾雨村在原配死后把妾室娇杏扶了正，就推断贾琏也可以在王熙凤死后把平儿扶正，这是不对的。贾琏跟贾雨村不同。贾雨村出身寒素，后来也主要是走酷吏路线，不太需要跟世家大族交际。他的原配大概也是个乡下女子，"管家"的能力跟甄家丫鬟出身的娇杏半斤八两，所以贾雨村把娇杏扶正没有大问题。但是贾琏是世家的公子，他的夫人需要和世家交际，王熙凤是贾府未来的掌门人，承担着"管家"的重任。如果没有世家出身的血统，没有世家小姐在成长过程中积累的交际文化常识，是不可能胜任"管家"的工作的。王熙凤这个活儿，平儿干不了，鲍二家的更干不了。如果王熙凤死了，贾琏就必须再替贾家迎娶一位世家小姐。如果他把一个丫鬟出身的妾室扶正，甚至去娶一个下人的前妻，是要让世家大族们笑掉大牙的，恐怕以后就没人会和贾府来往了。就算贾琏有这个心，贾府上上下下也没有一个人会答应他。

李纨曾经跟王熙凤开玩笑说，"昨儿还打平儿呢……你今儿又招我来了，给平儿拾鞋也不要。你们两个只该换一个过子才是"。根据曹雪芹一贯的作风，我们怀疑，这个地方又是一个伏笔，可能将来王熙凤和平儿的地位会有一个颠倒。但是，即使是这样，也只能猜测将来平儿要做主子、王熙凤要做奴才，不能说明是贾琏把平儿扶正了。

平儿的未来，除了做贾琏的妾，还有一个很大的可能性，就是嫁给贾府外的平民，做"正头夫妻"。老一代周瑞家的就是这样。如果贾府破落了，那么这种概率还会增大。袭人就是在贾府破落后嫁给蒋玉菡做了正妻。平儿的地位，和袭人是大致相当的。平儿可能嫁给了一个普通的老实人，过上了岁月静好的生活；如果她的丈夫再谋个小官，那她也可以算是官太太了。而王熙凤在贾府破落后，特别是如果贾琏成了罪犯，那么她是很有可能被朝廷发卖为奴婢的。平儿成了夫人，王熙凤成了奴婢，这叫"换一个过子"，这里头未必还有贾琏的事。王熙凤和平儿的相对身份，主要还是表现为主和奴，而非妻和妾。

所以说，贾琏跟鲍二家的说的那些话，不过是在苟且之际哄女人的话，不可能真的兑现。贾琏对鲍二家的只不过是"偷腥"，真让他娶鲍二家的，别说家里人不答应，他自己大概也不愿意。而王熙凤因为这个事闹，也算是维护了封建礼制，所以获得了家长们的支持。

至于让王熙凤痛下杀手的尤二姐事件，性质则更严重，这里面贾琏已经涉嫌文明社会的重罪——"停妻再娶"。

尤二姐和尤三姐在贾府的地位比较尴尬。她们绝不是奴才，她们甚至是亲戚，但是她们这样的亲戚非常卑微，跟钗黛这样的亲戚是没法比的。首先，尤氏就是出身比较寒素的长房媳妇，而尤二姐、尤三姐名义上是她妹妹，实际上又不是亲妹妹。她们是尤氏的继母带到尤家的"拖油瓶"，是尤氏"异父又不同母"的妹妹。在清朝社会，一般来说，能带着女儿改嫁的人，是比较穷的，比卖女儿做丫鬟的人家稍强，但也强不了太多。尤二姐、尤三姐的出身家庭跟贾府有天壤之别，但是又比丫鬟好一点。至少，她们是"正身"，是平民，而丫鬟是"奴才"，算贱民。

这就造成尤二姐、尤三姐跟贾家人在法律上是可以通婚的，但是在现实中又不可能通婚。也就是说，做妻实在高攀不上，做妾又太委屈了。这个阶层的女子，正常情况下是不会跟贾府有交集的，但是一旦有交集，比如以亲戚的名义住进了贾府，就难免沦为玩物。贾府的老少爷们都跟她们拉拉扯扯，但是绝不会迎她们进门。

然而，色胆包天的琏二爷打破了这个规则，他居然妄想跟尤二姐天长地久。为此，他买了一个外宅，安置尤二姐。这个做法很暧昧，无名无分，但是已经有了"停妻再娶"的嫌疑。尤二姐住在外面的时候，其实不能算是贾琏的妾。真正的妾是要跟妻住在一起，接受妻的奴役的，这么做尤二姐也不肯。在外宅里，尤二姐就是女主人，下人们甚至都不用"二"啊"小"啊的字眼称呼她，也就是说，直接称呼她为"奶奶"，跟对王熙凤的称呼是一样的；私下议论起来，就称王熙凤为"那边奶奶"，以示区别。这就意味着，尤二姐实际上已经是贾琏的另一个妻子了。

贾琏这种行为，属于重婚罪，跟纳妾有本质的区别。一夫一妻制是进步的制度，人类的大多数文明都认可这个制度，儒家文明也不例外。中国古代的纳妾制度，不过是一夫一妻制的补充，"多妻"实际上是不被儒家文化认可的。已经有正式结婚的妻子，妻子没有死，也没有被休，这时候另娶一个妻子，特别是不接受原有妻子的领导，这叫"停妻再娶"，在历朝历代都是重罪，甚至比我们今天的"重婚罪"还要严重。陈世美犯的就是"停妻再娶"的罪，他已经有了发妻秦香莲，又娶了公主，而公主显然不是他的妾，在中国老百姓的朴素观念里，这就是该死的罪。传统中国对纳妾是比较宽容的，但是对"停妻再娶"的容忍度很低。

纳妾基本上不会带来财产分割和伦理关系的混乱，对封建宗法制基本没有冲击，而"停妻再娶"就完全不同了。但像尤二姐这样的阶层，只有在"停妻再娶"的情况下才可能与贾琏建立稳定的关系，这就意味着，原本不可能跟贾琏分财产的人，通过这种形式可以分走贾琏的家产，甚至给贾琏生下难以定义伦理关系的后代，这是打破阶层的契机，因而是对封建宗法制度的严重挑战。

因此，王熙凤这次闹得阵仗比鲍二家的那回更大，她可以滚到尤氏怀里哭闹，把尤氏揉搓成一个面团一样，可以把贾珍父子吓得四散逃命。贾琏上回"打老婆"还主要是不体面，这次"停妻再娶"可是犯罪了。所以87版电视剧里的王熙凤数落说："国孝一重罪，家孝一重罪，背亲私娶一重罪，停妻再娶一重罪。"这几句把贾琏的罪责分析得非常清楚，也很符合中国封建文化的思维模式。在国孝家孝期间嫁娶是犯罪的，"停妻再娶"也是犯罪的。贾琏的行为属于犯罪行为，王熙凤如果去告，这个罪名确实是有可能坐实的，到时候，贾琏很可能受到流放之类的处罚，贾家上上下下都有可能受到牵连。所以，王熙凤再怎么闹，贾家人都必须小心哄着她。

王熙凤当然没想告，她所做的一切，从表面上看，都是"治病救人"——把贾琏从犯罪的边缘上挽救回来。挽救的方法，当然就是大事化小，把有罪的重婚行为转化为无罪的纳妾行为，掩盖贾琏想以尤二姐为妻的意图，把尤二姐变成贾琏的妾。通过这个计划，贾琏既避免了犯罪，又达到了跟尤二姐在一起的目的，王熙凤保住了"唯一正妻"的权威，贾府避免了连坐和丢脸，几乎是个皆大欢喜的结局。这里面唯一被牺牲惨了的，只有一个尤二姐。她从一个名不正言不顺的妻，沦落为一个彻头彻尾的妾；从一个自由的平民女儿，沦为王熙凤事实上的奴才。

为了骗尤二姐作出这个牺牲，王熙凤可是费了不少心思。王熙凤说服尤二姐的时候，没有像跟尤氏闹的时候一样，摆出"停妻再娶"这个官方的罪名来，而是先用"娶二房"这个含糊的表述，淡化了贾琏的罪行。然后她以方便照顾尤二姐为名，劝尤二姐搬进贾府来住。为什么王熙凤一定要劝尤二姐搬进贾府呢？因为尤二姐一旦搬进来，就意味着从属于王熙凤了，也就是放弃了妻的身份，接受了妾的地位。

王熙凤向尤二姐保证，进了贾府之后，待遇不会差，并且说自己的性格是多么多么好，绝对不会欺负人。她承诺，尤二姐进贾府以后，与她是"姊妹"关系，可以"同居同处，彼此合心，谏劝二爷"，也就是说，是平等合作的关系——尤二姐不会因为进入贾府而失去"妻"的地位。但是这些都是废话，一点儿法律效力也没有。尤二姐只要进了贾府，身份上就是"妾"，王熙凤承诺给她"姊妹"的待遇就是不兑现，她一点办法也没有。事先承诺的待遇再好，只要没有身份的保障，都是会一点点缩水的。

王熙凤甚至说出"奴愿作妹子，每日伏侍姐姐梳头、洗面"这样卑微的话来。妹妹没有服侍姐姐梳头洗面的义务，这里的"妹子"其实指的是妾，"姐姐"指的是正妻，妾虽然也不用真服侍正妻梳头洗面，但是理论上地位是跟正妻的丫鬟一样的。王熙凤为了避免刺激尤二姐，故意回避"妻""妾"等字眼，她实际上说的是，"我让你做正妻，我自己做妾"。她说得非常感人，但是这可能吗？不可能。真让王熙凤做妾，王家人会吃了尤家人的。王熙凤以非常过分的言辞打消尤二姐"做妾"的顾虑，但是实际上没有给尤二姐任何的保障。她的目的就是把尤二姐弄进贾府来做妾。

尤二姐是个糊涂的人。进入贾府、享受荣华富贵、与贾琏长相厮守，这对她来说太有诱惑力了，因为抵抗不住诱惑，她宁愿牺牲自己的自由身份。她也是考虑到这个"事实婚姻"的身份，反正迟早是保不住的，既然王熙凤已经承诺了给自己"姊妹"的实际地位，那么还不如牺牲掉这个似乎虚无缥缈的自由身份，去换取实际的利益。她不明白,失去了自由的保障,任何利益都是镜花水月。

对于尤二姐来说,进入贾府,就意味着没有尽头的苦难,所以曹雪芹用了"苦尤娘赚入大观园"来形容这件事。尤二姐的悲剧,在于相信没有法律保障的利益,更在于幻想通过他人的恩赐就可以超越自己的阶层。

对于这个问题,尤三姐要比尤二姐清醒多了,她早就劝尤二姐不要嫁给贾琏。尤三姐明白,以她们的出身,无论如何也不可能成为贾琏真正的妻子,再怎么住外宅,再怎么受优待,早晚难免沦为妾室,她们原有的自由身份并不能帮上什么忙。对于这些身份尴尬的女子来说,往后退一步,会比丫鬟、娼妓具有很大的优势,获得很大的现实利益;往前赶一步,比起那些天生就是贱民的妾室,她们付出的牺牲反而更大。

王熙凤把尤二姐接进家门的时候,首先带她去拜见了贾母。那场戏里,贾母看起来糊里糊涂的,其实她心里什么都清楚。她有什么不明白的呢?当凤姐领进来一个"良家的女孩儿",说是给贾琏纳的二房的时候,她不明白这是在收拾"停妻再娶"的烂摊子吗?当凤姐一本正经地说出"要过一年才能圆房"的时候,她不明白她的宝贝孙子已经在国孝家孝期间跟这个女人做了好久的夫妻了吗?只不过这时候她也想大事化小,只能装糊涂罢了。这就是所谓"不瞎不聋,难做家翁"。大家庭的老祖宗,就必须装糊涂。

同样,贾母这时候也明白,这么做,是牺牲尤二姐成全所有人,而且尤二姐在她的宝贝孙媳妇手下不会有好果子吃。但是这时候，她只能有意无意地无视尤二姐可能面临的悲惨命运。贾母会不会像《红楼梦》续书里写的那样，在一个莫名其妙的情境下牺牲黛玉维护宝玉，这个不好说，但是可以肯定的是，在眼前这个情境下，她会毫不犹豫地牺牲尤二姐而维护王熙凤，眉头都不用皱一下。这次，她不仅仅是为了维护自己溺爱的孩子，牺牲别人家的孩子；也是为了维护封建宗法制度，牺牲一个严重挑战了尊卑秩序的罪人。贾母对待尊卑秩序的态度向来不太严肃，但是真遇到封建宗法所不能容忍的大事，她也不会糊涂。就是像贾母这样慈悲的老人家，这时候也只会选择沉默，不会对尤二姐这样的人伸出援手。

尤二姐住进大观园后，曹雪芹写王熙凤对她进行了种种迫害，情节十分离奇，手段极其残忍，也给今天的"宫斗剧"输送了不少灵感。其实，我认为王熙凤做得最狠毒的一件事，还是把尤二姐"赚入大观园"。这个行为，是把一个不稳定的"妻"变成了稳定的"妾"，把一个自由人变成奴婢，是真正断送了一个人的后半生。至于后来给她吃得苦喝得苦，甚至给她下药，都不是问题的关键了。那些狠毒的手段，都还不是真正的狠毒，真正的狠毒，是剥夺一个人的自由，剥夺一个人的尊严，即使从此一直给她锦衣玉食。

曹雪芹写尤二姐在大观园里受到的迫害，有点夸张的意思，给王熙凤设计了几个极端的行为，用来形容尤二姐成为奴婢后的压抑。在现实中，这些行为未必都那么容易实施。但是把尤二姐"赚入大观园"这样的行为，却是容易做到的，更是现实的写照。

在《红楼梦》里，王熙凤做了几件颇狠毒的事。王熙凤的人设里为什么会有"狠毒"这个属性呢?是不是她这个人天性如此呢?其实,这个人设仍然是由她的身份决定的。

人性是复杂的,其实每个人天性里都有"狠毒"的成分。一个人不狠毒,是因为有其他机制抑制住了"狠毒"的表现。相对来说,越年轻的人,内在的抑制"恶"的机制越弱,他们抑制"恶"主要靠外在的机制。

通俗地说就是,年轻人容易"下手没轻没重"。其实年轻人比老年人有时候要更"狠毒"一些,老年人心里也想"狠毒",但是难免瞻前顾后,做事留有余地。王熙凤之所以"狠毒",是因为她年轻。而比王熙凤更年轻的人,未必没有"狠毒"的念头,但是他们的力量还比较弱小,特别是没有掌握权力,与此同时,他们还受到长辈的管束甚至压制,所以很难把一瞬间的恶念付诸实施。

最有可能"下手重"的,就是像王熙凤这样刚刚掌握权力的年轻人。他们做事往往最不留余地,最不计代价。就像王熙凤自己说的,她连阴司报应都不怕。这个属性让王熙凤们可以放开胆子去做事,也会让他们做下最终后悔的事。

王熙凤不许丈夫纳妾、不许丈夫勾搭仆妇、不许丈夫"停妻再娶",这三件看起来很相似的事,其实层次分明。王熙凤"下手"的轻重,取决于这件事对宗法制度的挑战程度。王熙凤的"泼醋",不同于我们今天爱情中的"独占欲",而是出于对尊卑秩序的维护。

上一代的恩怨

王熙凤是王夫人的亲侄女,她们在贾府是最牢固的同盟,按习惯的说法,王熙凤是王夫人的人:王夫人是王熙凤的靠山,王熙凤则会忠于王夫人的利益。在这种情况下,王夫人的敌人,也是王熙凤的敌人。

王夫人在贾府一共有两个敌人,头号敌人是赵姨娘,二号敌人是邢夫人。这两个人对王夫人不能构成实质的威胁,所以王夫人在她们面前可以表现得一团和气。王夫人跟她们的矛盾,往往是微妙地体现在王熙凤身上。

赵姨娘是贾政唯一的妾室,她的存在,是王夫人控制贾政失败的证明。王家人本来就看不起奴婢,更厌恶"婢学夫人",更别说赵姨娘"上位"的过程中,可能有多少让王夫人不愉快的事。所以,王夫人对赵姨娘的反感,不止是一般的妻对妾的反感。

我们读《红楼梦》,感觉赵姨娘是个很讨厌的人,也没有任何女性魅力,不知道贾政为什么会喜欢她。其实,我们要考虑到,《红楼梦》是贾宝玉视角。从贾宝玉的角度看赵姨娘,中间是隔着一个王夫人的。当王夫人和赵姨娘发生矛盾的时候,宝玉肯定认为王夫人是对的,王夫人对赵姨娘的全部负面评价,宝玉也都会默认接受。所以,赵姨娘在贾宝玉眼中的形象,要偏负面一些。

王夫人和赵姨娘的关系,是贾宝玉最熟悉的妻妾关系,所以读者难免也会跟着贾宝玉,默认这就是标准的妻妾关系。实际上,王夫人和赵姨娘的关系,比标准的妻妾关系,是要紧张一些的。

王熙凤是站在王夫人这头的,所以她对赵姨娘表现出了极大的敌意和轻视。她只要一说到赵姨娘,就会极力强调她的奴才身份,否认她是贾环和探春的母亲。

第二十回,赵姨娘认为贾环受了宝玉的欺负,恨铁不成钢地骂他，被王熙凤从屋外听见了。王熙凤隔着门把贾环好一阵数落，其实她数落的是赵姨娘。王熙凤跟贾环强调：你是"主子"，爱跟哪个"姐姐妹妹哥哥嫂子"玩，就跟谁玩，别让人教得"狐媚子霸道"的。意思是，赵姨娘是奴才，贾环应该跟主子们在一起，别老待在她屋子里，更别跟她学，因为她不仅是奴才，而且是"狐媚子"。

王熙凤强调，赵姨娘是奴才，不是贾环的母亲，贾环甚至最好都不要跟她接触。王熙凤一边数落贾环，一边也在拉拢他，强调"我是你嫂子，我丈夫是'你哥哥'"，也就是说，"我姑姑才是你母亲"。至于赵姨娘，那是个"狐媚子"，靠不知廉耻勾引男主人，才当上姨娘。奴才以主子自居，是王家人最不能忍的，"狐媚子"勾引男主人不能忍，姨娘以为自己是小主人的母亲，更不能忍。

赵姨娘和贾环都怕凤姐，不敢回嘴。他们怕凤姐，其实还是怕王夫人。当然，他们也就把对王夫人的恨转移到了凤姐身上。王熙凤跟贾宝玉一样，是招人嫉妒的，特别是招赵姨娘和贾环嫉妒。这主要是因为他们是贾府年轻一代中地位最高的，同时也是因为他们都是王夫人的骨肉至亲。

后来，贾环犯坏烫贾宝玉脸的时候，王熙凤又故意把话题往赵姨娘身上引，提醒王夫人不光要骂贾环，还要连着赵姨娘一块儿骂。这件事更激起了赵姨娘的怨恨，直接导致她勾结马道婆给王熙凤和贾宝玉下咒，差点儿把姐弟俩害死。赵姨娘在王夫人手下做妾，日子不会比尤二姐好过。她恨不得置凤姐和宝玉于死地，说到底无非是冲着王夫人来的。

王熙凤和赵姨娘的仇怨,是王家人强调尊卑、看不惯姨娘的结果。王熙凤跟她婆婆邢夫人的矛盾,则属于"统治阶级内部矛盾",是以邢夫人和王夫人的妯娌矛盾为背景的。

贾家的妯娌来自各式各样的家庭文化,妯娌间不可能没有矛盾。王夫人出身于世家大族,邢夫人出身相对寒素,两个人难免互相看不惯。妯娌有矛盾,没有谁是绝对的对,谁是绝对的错。但是有一点,小孩子肯定是向着自己亲妈的。贾宝玉说,"我偏着娘,说大爷、大娘不成?"这只是人际礼仪的要求。从感情上,人当然会向着自己的娘,认为大爷大娘不对。《红楼梦》是宝玉视角,所以邢夫人的形象也不会好。

曹雪芹设定,邢夫人也是续弦,而且没有自己的子女。《红楼梦》里的老大,除了夭折的贾珠,好像都得死一次老婆,老大媳妇大多是续弦。实际上,只不过是因为老大媳妇都不是世家大族出身,身上都有作者讨厌的某种习气,作者用这种方式,小小地贬她们一下,这个其实不用较真。这种贬抑,也是微小的,因为从法律上讲,续弦和原配的地位是一样的。

邢家比较拮据,邢夫人的娘家侄女邢岫烟居然到了典当衣服、把自己冻着的地步。邢夫人也有陪嫁,但是她的陪嫁王善保家的就显得不大见过世面,不像周瑞家的那么体面。邢夫人嫁入贾家,略有点儿高攀,她自己又不生育,所以紧着讨好贾赦,拼命地给他讨小老婆,甚至都不大敢整饬下人,跟王夫人的风格形成了鲜明的对比。

这位出身寒素的婆婆,对王熙凤这样一位出身世家的儿媳,显然也是看不惯的。当然,王熙凤更看不上她。邢夫人也知道王熙凤看不上她，在王熙凤面前会有一种自卑和敏感。她很想维护身为婆婆的尊严，但是又惹不起王熙凤。毕竟，她到老了是要仰仗贾琏夫妇生活的，而她只是贾琏的继母，如果她与王熙凤发生矛盾，贾琏从感情上不可能向着她。更别说，那边还有一位权势显赫的王夫人给王熙凤撑腰呢。

王熙凤并不是王夫人的儿媳，而是邢夫人的儿媳，这样的关系就比较复杂。这也是门阀时代的常态，因为毕竟直接在自己手底下干活，有点不大方便，所以他们倾向于"易子而用"：我儿子送到你手下去干活，然后我把你儿子接到我手下关照，这样咱们互相不欠人情，大家又都能自在一点。当然，真出了事，我也会对你儿子手下留情，该"找家长"还是"找家长"。

邢夫人对王夫人有微妙的不服气，她天天看着王熙凤，怎么看都能看出点王夫人的影子来，所以不会发自内心地喜欢这个儿媳。王熙凤虽然做了邢夫人的儿媳，但是在感情上还是只依赖王夫人，也不会真拿邢夫人当自己的婆婆。这一点，也就更加深了邢夫人对她的忌恨。

王熙凤甚至都没跟婆婆一起住。贾赦和邢夫人虽然住在荣府里，但他们住的地方是单隔出去的，不走一个门，不吃一锅饭。当初林黛玉进贾府给贾赦请过安后，去给贾母请安，需要出了贾赦的门，再进荣府的门。贾母跟着贾政这边住。由此可见，贾母跟贾赦之间的隔阂是很深的。即使偶然聚会，贾母也明确地表现出不待见贾赦。有人推测贾母跟贾赦不是亲母子，其实，即使是亲母子，也有凑不到一块儿的。就冲贾赦天天琢磨着娶小老婆，贾母就看不上他，把他隔出去，起码能不让他那些小老婆在眼前晃了。

贾琏和王熙凤没有跟着贾赦夫妇划出去，仍然跟贾母、贾政和王夫人住在一起。贾琏夫妇住的地方，就在贾赦住的那块"特区"的正北方，可能在贾赦闹分裂之前，贾琏住在贾赦北边。贾母嫌恶贾赦，却不嫌恶贾琏，所以贾赦那块没有把贾琏划进去。这样，邢夫人不跟婆婆一起住，王熙凤也不跟婆婆一起住。按封建道德标准，这一家子也是忤逆不孝了。不过，王熙凤忤逆得有点理，因为是她婆婆忤逆她祖婆婆在先，她既然还跟祖婆婆住，就不能怪她忤逆婆婆。这样，王熙凤虽然说是嫁到了贾家，实际上就等于住在姑姑家，不用太搭理婆婆的茬。

贾赦从小在贾家养成的公子哥儿作风，在邢夫人的纵容下变本加厉，以至于他亲妈都受不了了。贾赦试图要鸳鸯为妾那回，贾母就嘲讽邢夫人说，你还真够"三从四德"的，还亲自给老公踅摸小老婆。世家出身的贾母，也不太看得上邢夫人这个儿媳妇。

贾赦纳这么多妾，跟王家的家风更是背道而驰，所以王熙凤也看不上这个没正形的公公。她对邢夫人就直接引用贾母的话说，贾赦"作什么左一个小老婆右一个小老婆，放在屋里，没的耽误了人家"，很难想象，这句话是一个儿媳妇说自己公公的。至于王夫人对这个大伯子哥怎么看，她没有说，但是我们能猜到。

邢夫人听了王熙凤这话，当然不高兴。她不光是觉得儿媳妇驳了她的面子，更觉得儿媳妇在耍世家小姐的派头。所以，她越发要替老公讨这个小老婆了。王熙凤就干脆不管她，让她自己去老祖宗那里碰钉子。贾母当然不会向着她。事实上，如果邢夫人跟王熙凤有矛盾，老祖宗肯定也是帮王熙凤的。寒素的邢夫人，面对的是三代世家小姐结成的联盟,胳膊是拧不过大腿的。

在贾赦要讨鸳鸯做妾的时候,连平儿这么一个丫鬟,也跑去帮助鸳鸯,安慰她,帮她想办法,帮她骂人。平儿这么做,当然是出于姐妹间的情谊,并非王熙凤的授意。但是,她的行为,多少也表现了王熙凤的态度。如果王熙凤没有私下表现过对这件事的强烈反感,如果王熙凤不是日常表现出对公婆的反感,平儿这时候也不会跑出来。所以,正在跟邢夫人周旋的王熙凤,一听说平儿跟鸳鸯在一起,赶紧让人"拿嘴巴子打他回来",正是因为平儿的这个行为暴露了王熙凤的真实态度。当然,王熙凤这么说,也就是在邢夫人面前客套一下,她对平儿的行为是默许的。跟平儿一起去的,还有袭人。袭人的出现,也可以说明宝玉对此事的态度。王熙凤和宝玉的共同态度,基本上也就是王夫人的真实态度。

王熙凤既不听邢夫人的,又有贾母和王夫人撑腰,邢夫人对她也无可奈何。"傻大姐误拾绣春囊"那回,邢夫人凭借极不严谨的推理,判定这东西是王熙凤的,自以为可算抓住了她的把柄。她问都没问王熙凤一句,直接"找家长",把绣春囊封了给王夫人送过去。

邢夫人给王夫人送绣春囊,基本上属于挑衅行为。邢夫人这里头有几层意思:一是,看看你侄女干的好事,带着色情物品满园子乱逛;二是,你看你们世家大族的人,整天鄙视我们不懂规矩娶小老婆,其实私底下就这样啊,我都嫌丢脸,我都不好意思说,你自己看吧;三是,你侄女我不敢动,但是她也太过分了,你自己能忍吗;四是,我这是给你留着脸呢,你自己处理吧,我可看着呢。难怪王夫人一看，就又羞又气，顾不上仔细分析，直接就找王熙凤去了。王夫人气急了找王熙凤这一回，跟贾政气急了打宝玉那一回，恰好可以对起来看。

邢夫人自己的儿媳妇，她自己不去管束，而是直接去找王夫人。这充分说明，邢夫人对这个儿媳妇既生分又畏惧。她怕被王熙凤当面顶撞，怕得罪给她养老的人，更怕得罪王熙凤背后的王夫人；邢夫人始终没有把王熙凤当成自己的家人，而只觉得她是"王夫人的人"。

当王熙凤三言两语为自己辩白后，王夫人长舒了一口气，她的第一句话是："我也知道你是大家小姐出身，焉得轻薄至此。"自己的亲侄女，说是"大家小姐"，其实何尝不是在自高身份？"大家小姐"也是王夫人引以为傲的身份，她维护王熙凤，除了血缘亲情，也是出于家族荣誉感。"大家小姐"这个概念所针对的，正是邢夫人这样寒素出身的贾府媳妇。

王熙凤的公婆，是一对让她看不起的人。这是一种不幸，也不失为一种幸运。对于这样的公婆，她可以不太背负孝敬的道义，安然地享受贾母和王夫人的支持，这让她实际上活得自在多了。

赵姨娘和邢夫人这两个敌人，是王熙凤从王夫人那里"继承"下来的，她实际上充当了王夫人和敌人之间的缓冲带。王熙凤与这两个人无法和睦相处，根源于王家的文化传统，根源于她作为世家小姐的骄傲。

一从二令三人木

最后，王熙凤和贾琏的关系又怎么样呢？

读者的直觉是，不会好。为什么呢？因为王熙凤太厉害了。

在男权社会里，人们习惯了柔弱的、容易被男人掌控的女性。一旦出现一个强大的、"厉害"的女性，大家都会本能地认为，这不是好事，她要嫁不出去了。如果她已经嫁出去了，大家就会想：完了，她老公要受气了。

甚至对一些看上去不那么"厉害"的才女，比如李清照、林徽因，大家也会想："有本事的女人，一定不好伺候吧？她们的老公一定会受她们的气吧？"更何况是这么一个泼辣的、有实际行动力的王熙凤呢？

其实，男性一定要比女性强很多、妻子只要挣到丈夫一半的工资就会看不起丈夫，这只是某些时代、某些人的偏见，适用于那种物质匮乏、文明粗野、缺乏稳定感的环境。至于那些拥有足够自信的"优势男"，他们其实还是希望妻子有本事的。相反，如果找一个比他们智商差很多的妻子，经济上、事业上都会拖他们的后腿，出去不能跟亲朋好友交际，回家也没有共同语言，他们是很不愿意的。所以，只要条件允许，他们哪怕被妻子看不起，也要娶有才干的妻子。实际上，他们并不担心有才干的妻子看不起自己，因为他们知道自己不差。

王熙凤哪点儿都不差，贾琏跟她也是门当户对，她并没有看不起贾琏，她也不习惯像那些小家子气的女人那样作妖。如果你带着"女人强大肯定夫妻关系不好"的偏见去看，当然会觉得这对夫妇的一言一行都带着火药味。但如果你脱去这层"滤镜"再看，其实他们算是一对恩爱夫妻。

贾琏和王熙凤最不恩爱的表现，其实就是贾琏出去"偷腥"。

但是贾琏出去"偷腥",只是因为从小习惯了有很多女人,受不了王式规矩,并不是因为王熙凤没有女性魅力。鲍二家的事件后,贾琏向王熙凤道歉,除了迫于长辈的压力,也看着王熙凤可怜可爱。贾琏对王熙凤是有爱情的,是有男人对女人的欲望的。

贾琏和王熙凤是合法夫妻。即使是在最禁欲的社会中,也不会有人非议合法夫妻之间的爱情。所以,曹雪芹就借着贾琏和王熙凤,肆无忌惮地描写完全施展开了的爱情,描写包含了欲望、随时可以释放欲望的爱情。用中国传统的话语来说,这就是一对如胶似漆的小夫妻。

《红楼梦》在写到情欲的时候,其实很大胆,但是曹雪芹一贯的用笔特点是这样的:他越是大胆写情欲的时候,用的语言越平常,让你一眼看过去,看不出这是在写情欲。《红楼梦》虽然如此大胆,却是一本可以放心让未成年人阅读的小说,因为未成年人不该懂的地方,曹雪芹不会让未成年人懂。而已婚人士看到这种地方,自然会心一笑。曹雪芹写情欲,不是猥琐着写,而是幽默着写。他没兴趣教小孩子学坏,只是在跟成年读者开玩笑、对暗号。

曹雪芹在写贾琏和王熙凤的夫妻生活时,尤其喜欢轻描淡写、浑水摸鱼。脂砚斋说,这是为了避免"唐突阿凤英风俊骨"。其实,怕唐突阿凤,可以不写这些内容。曹雪芹这些内容,是抱着一种嘲戏友人的心态。嘲戏友人的闺闱之事,说到底还是祝福友人。曹雪芹写这些,也是为了表现贾琏和王熙凤夫妻关系很好。

可惜,曹雪芹写贾琏和王熙凤夫妻恩爱的桥段,初读《红楼梦》的小读者往往还看不懂。这其实影响了他们理解贾琏和王熙凤的关系。他们很容易把恩爱的话、调侃的话，当成剑拔弩张的话。就像更小的孩子看见情侣接吻，会以为他们在打架。

比如，平儿跟贾琏讲了那段"他醋你使得，你醋他使不得"的大道理之后，贾琏是用一句"你两个本是一路神祇。都是你们行的是，我凡行动都存坏心！多早晚都死在我手里"，结束了谈话。在小孩子看来，这句"都死在我手里"过于恐怖了，好像贾琏真想弄死凤姐和平儿。加上前面贾琏确实出去"偷腥"了，凤姐确实在查他，就给人感觉这对夫妻的矛盾很深了，到了不共戴天的地步。但是有过恩爱夫妻经历的人，看了这句话就"秒懂"，这其实是一句特别亲密的话。懂得这句话的人，就会注意到，前面这一段，贾琏都在跟平儿打情骂俏。贾琏这次"偷腥"，纯粹是因为迷信禁忌，不能跟凤姐和平儿同房。一旦他可以搬回来住了，就越发喜欢凤姐和平儿了。

这一段就是典型的，未成年人和成年人的理解背道而驰的例子。类似的例子还有很多，我不方便再讲了。这些地方累加起来，就给未成年人造成了很深的误会。这种地方，未成年人不懂、不注意，是没有什么的，将来慢慢会懂。我现在只能告诉你，你觉得他们在打架的地方，他们可能是在恩爱。

王熙凤每一次"泼醋"之后，都跟贾琏达成了和解。那些女人并不是"小三"，并不能威胁王熙凤的地位。王熙凤每次闹，都达到了她的目的，就是让贾琏的那些女人不超越礼制，王熙凤并不想离婚。和解之后，贾琏和王熙凤继续过着恩爱的生活。王熙凤对贾琏同样是有爱情的，是有女人对男人的情欲的。

贾琏和王熙凤的另一个矛盾，就是关于钱的问题。王熙凤管着贾琏，不让他乱花钱。这个现象，在今天的婚姻里太常见了。贾琏是个公子哥儿，结婚前花钱大手大脚惯了。未婚的男人花钱大方一点，是一种优点。毕竟，如果都像贾环那么抠抠索索的，也没有美感。但是，结婚以后就不一样了，结婚以后毕竟得过日子。一般来说，女人总是比男人多一点儿节约的意识，所以妻子限制丈夫花钱，是很常见的现象。

贾琏是一个典型的"直男"，他也不是故意要把夫妻的共同财产花光。他在一掷千金的时候，其实没有意识到自己花了多少钱，过后可能也会后悔。王熙凤限制他花钱，是帮他过日子，也是符合他的根本利益的。王熙凤并没有把贾琏管到一分钱不剩，并没有影响他锦衣玉食的生活。我们不能照着今天某些剃个头都要报账的丈夫去想象贾琏这个富贵公子。

曹雪芹给王熙凤的判词，有一句"一从二令三人木"，这一句很令人费解，简直是在猜字谜。几乎每个人都想到了，"人木"是"休"字拆成的。"休"是什么意思呢？大多数人联想到了"休妻"。再联想到贾琏和王熙凤好像一直在"打架"，所以得出结论，后来贾琏把王熙凤休了。可是，"一从二令"又是什么意思呢？这解释就五花八门了，有拆字的，有不是拆字的，但是这些解释都显得不那么自然，都有凑的感觉，所以都让人记不住。

我有一个猜想，其实，"从""令"和"休"三个字的共同点，是都有一个"好"的义项。"一从二令三人木"，就是"一好二好三还好"，或者"一顺二美三特好"，形容"家富人宁""鲜花着锦，烈火烹油"——王熙凤与贾琏夫妻恩爱的时光。"休"不是休妻，可当"好"讲。当然，"休"这个字，同时还有一个"完了"的义项。到最好的时候，就该完了，这是典型的曹雪芹式的哲学。正在什么都好的时候，突然一下子什么都完了，所以王熙凤"哭向金陵事更哀"。第三句"一从二令三人木"写好，第四句写惨，形成一个对比、一个跌宕，这也是绝句的典型节奏。

那么，为什么在什么都好的时候，一下子什么都完了？是王熙凤做错了什么事吗？其实，根本不需要王熙凤做错什么事，而是这个时候整个家族一下子完了。有时候就是这样，你这个人非常努力，做的事也都对，但是你"凡鸟偏从末世来"，偏偏赶上你所在的这个群体，大的趋势就是覆灭，那么你也得跟着覆灭，这跟你个人的努力是没什么关系的。

贾府为什么会覆灭呢？当然也不是王熙凤一个人"作"的，而是皇上让它覆灭。在封建专制时代，"若要真富贵，还得帝王家"。你再怎么富贵，有一天皇上不想让你富贵了，你的富贵就都没有了。皇上要抄你的家，就是天要绝你，并不是具体人做错了什么事，你做什么对的事也没用。

王熙凤这个人，其实就是贾府中的"少壮派"，也就是年轻一代中刚刚开始接触权力的代表。她有野心、不怕事，为了贾府不辞辛劳。王熙凤为了贾府，付出了不少辛苦，累得连孩子都怀不住，还落下了病根。

王熙凤几乎也是"亲生的"儿媳妇，她与贾府是砸断骨头连着筋的。作为世家小姐出身的少奶奶，她在贾府备受长辈的宠爱和下人的敬畏，已经获得了很多。她又是个有才干的人，爱逞强的人。所以，她才会为贾府尽心尽力地付出。

为了贾府的"家富人宁"，她"机关算尽"，操碎了心，但是在皇帝的强大意志面前，她的努力不值一提。贾府还是"忽喇喇似大厦倾""家亡人散各奔腾"了，这不是一个忠心的聪明人凭一己之力能挽回的。她自己则落得一身重病、沦为奴婢，"昏惨惨似灯将尽"。

曹雪芹写王熙凤"反算了卿卿性命"，也有版本是"反误了卿卿性命"。我觉得是"反误了"好一点。王熙凤的悲剧在于，她的一切努力都是徒劳无功的，还把自己累死了。所谓"聪明反被聪明误"，是说所有的人都无力抗衡皇权、无力抗衡命运，只不过聪明人能者多劳，在反抗的过程中付出更多一点，最后下场都是一样的。至于有没有王熙凤设计了一个"机关"，把自己算计进去了的桥段，也许有，但不必有。有这个桥段，就显得更直观一点；没有，就更符合现实。王熙凤的悲剧，最好不要是玩个小花招，弄巧成拙把自己套进去了，这太低级了；也不应该是因为她作恶太多，遭了因果报应，这个三观也不够高级；真正的曹雪芹式的悲剧，应该是她作的恶没有得到惩罚，她辛辛苦苦争取的东西没有得到好结果，这才叫"叹人世，终难定"。起码，根据我的审美，我希望贾府的悲剧是无责任者的悲剧。

至于这里面有没有贾琏抛弃王熙凤的桥段，甚至陷害王熙凤的桥段，我觉得就更没必要了。王熙凤的悲剧不需要责任者，何况贾琏平日并没有积累什么对王熙凤的仇恨，这一点可能跟很多人想象的是不一样的。

王熙凤是《红楼梦》成人世界中最有光彩的形象，她是世家小姐变成的少奶奶，代表了刚刚长大的年轻人。她出身高贵、才干出众，刚刚掌握了世俗权力，野心勃勃、尽职尽责，却又不得不面对现实的种种苦衷。她是未来的管家人，同时又不得不面对复杂的婆媳关系；她是一位有魅力的少妇，同时又必须小心保护作为女性的自己；她是得到丈夫喜爱的妻子，同时又必须时刻警惕丈夫"偷腥"，维护封建宗法制度。王熙凤代表了曹雪芹的人格中世俗的一面，这个人格仍然是可爱的，显示出红楼人物所特有的鲜明性情。

第八章 高门庶女的小心思：贾探春

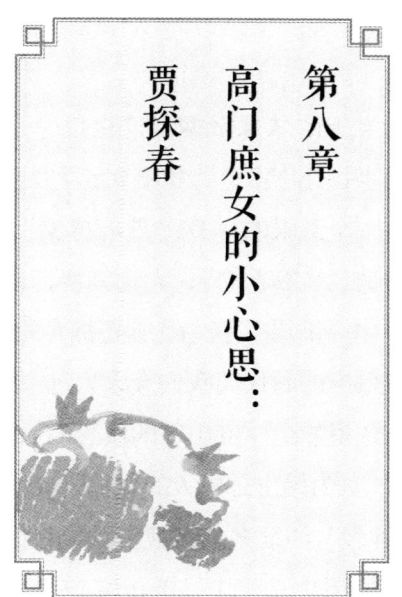

贾宝玉的妹妹贾探春，也是一个让人过目不忘的角色。她"才自精明志自高"，才华出众，个性强烈，是一朵带刺的玫瑰花。她还有一个惹眼的标签："贾府庶女"。她也是出身高贵的贾家小姐，却是"姨娘养的"，无论如何，这都是一个劣势。"高门"与"庶出"之间产生了张力，让贾探春的身份变得微妙。

有嫡庶的时代离我们今天太远了，今天的很多中国人都是从贾探春这里知道"庶出"的概念的。今天的网络上有一种"嫡庶神教"，认为嫡出是极大的优势，庶出是极大的劣势。不可否认，"嫡庶神教"的很多素材就来自《红楼梦》里跟探春有关的情节。在真实的历史文化中，庶出究竟意味着什么呢？我们如何理解《红楼梦》中跟嫡庶有关的情节呢？这是我想重点说的问题。

谁是我的妈妈？

我们每个人来到世界上，最先受到妈妈的保护，妈妈是我们安全感的第一个来源。但是，探春一生下来就要面对不确定性的挑战。"谁是我的妈妈？"对她来说，这个问题居然是需要论证的。

我们每个人都爱自己的妈妈，那么，你为什么爱你的妈妈呢？是因为你的基因有一半跟她一样，她十月怀胎生了你？是因为她用乳汁养育你，处理你婴儿期的琐事？还是因为她养你教你，陪伴你长大？我们今天的多数人会觉得，有必要这么矫情吗？妈妈只有一个，所有的事都是妈妈一个人做的，反正我爱她就是了。但是，对于古代世家的少爷小姐来说，这个问题就不那么理所当然了，其母亲的职责，是分给不同的人承担的。

古代的士大夫除了有一个正妻，还可以有若干个妾。妻和妾都可以生孩子，妻生的算嫡出，妾生的算庶出。不管谁生的孩子，都不是生母自己带，都是一生下来就交给奶妈去喂，由仆妇照料饮食起居，再长大一点，就请先生来教育。当然，这个过程是要有母亲监督的，因为只是监督，不是亲自带，所以即使孩子再多，也只需要一位母亲就够了。这位母亲，当然就是父亲的正妻、孩子们的嫡母。

由此可见，在少爷小姐的成长过程中，庶母的作用是微乎其微的。带孩子的事有专门的下人负责，以母亲形象出现在孩子们面前的是嫡母。庶母只负责生，生完之后与孩子相处的机会并不多。如果嫡母厚道一点，庶母可能会有些机会跟亲生的孩子接触。有的嫡母可会忌讳孩子跟生母接触，就像今天有些领养孩子的家庭忌讳孩子的亲生父母来找一样，也是可以理解的。以王家人的脾气，王夫人应该会是后一种。话说回来，即使嫡母允许庶母跟孩子接触，庶母也无法代替嫡母履行母亲的责任，因为她们往往是丫鬟出身，文化水平没法与大家闺秀出身的嫡母相比，没法给孩子提供与家庭条件相匹配的教育。所以，嫡出的子女和庶出的子女，成长经历也是差不多的，都是跟着嫡母，而不是庶出子女就跟着庶母。

那么，关于"谁是我的妈妈"这样的问题，在探春这样的庶出子女身上就出现了分裂。那个生了她但是一天都没养她的女人，可以算是她的妈妈吗？按照旧时代民间故事的逻辑，亲生父母即使一天不养,也是亲生父母,非亲生的父母即使把你从生下来第一天养到成人,也不是父母。但是在现实中,人的感情却没有那么简单。

生恩和养恩,哪一个更重呢?我在现实中不用面临这样的抉择,但是我设想了一下。如果让我选,我还是觉得养恩重。因为养大一个孩子,特别是以比较高的水准养大一个孩子,实在是太辛苦了。生孩子毕竟是一个生理行为,而养孩子是一套复杂的社会行为。人类是一种拥有高度文明的生物,一个人能否真正长大成人,不仅是由基因决定的,更多是由后天的教养决定的。对一个孩子来说,对他(她)影响最大的人,是抚养他(她)长大的人,而不是生他(她)的人。对抚养自己长大的人感情更深,也是人之常情。

在中国古人的观念里,所有的孩子都是嫡母的孩子,孩子不管是不是嫡母亲生的,他的姥爷姥姥就是嫡母的父母,他的舅舅姨妈就是嫡母的兄弟姐妹,而庶母并不是他的母亲,庶母的家人更不是他的亲戚。勉强类比的话,就好比今天的领养家庭,养母的父母也会把女儿领养的孩子视为自己的外孙,不太会在意他不是女儿亲生的。所以,探春说她舅舅是王子腾,不是赵国基,这是符合当时的礼法的。

庶出子女认嫡母为母亲,符合礼法的要求,不能算是攀附。庶出子女在礼法上对生母不负有太多的义务;相反,给生母待遇过高,不对嫡母尽孝,才是挑战礼法的。当然,从感情上说,对自己的生母好一点,也是人之常情,但是这只是情分,不是义务,情分是要用情分来换的。以赵姨娘的为人,我们不能指望她能跟探春培养出什么情分来。

嫡母的地位总是比庶母高的，就好像今天领养家庭的条件一般都要比原来的家庭好一点。如果我们站在庶母的角度看，庶出子女认嫡母，总是免不了"攀高枝"的嫌疑。实际上，庶出子女对教养了他们的嫡母，是可以有真感情的。并不能认为，只有亲生母亲才会对孩子真心付出；更不能认为，只有地位低的母亲才会对孩子真心付出。人情是复杂的，不能因为嫡母地位高，就把认嫡母的庶出子女说成是"攀高枝"。

中国的封建宗法规定庶母不是母亲，你说这是反人性的，也是可以的，但是这个规定也客观上为不愿意认庶母的庶出子女提供了理由。孔夫子教给我们：以德报德，以直报怨。也就是说，有人情的时候，就讲人情；没有什么人情的时候，就按规矩来。那些冷酷无情的规矩，是保护你在感情上并不情愿的时候，不受道德绑架。如果探春跟生母关系好，她大可以说："什么嫡的庶的，您就是我的母亲，我要好好孝敬您。"如果这个生母实在不让她敬服，光给她添麻烦，那她就会"拿出小姐的款来"，说："规矩就是这样啊，您不能算我的母亲，我也没办法。"

父母带给孩子的，并不一定只有恩情。出于各种各样的原因，很多人都感到自己的人生受到了父母的拖累。贾探春这个形象能在中国拥有这样的人气，很大程度上是因为很多中国人在她身上看到了自己。很多人会把自己想象为探春，借着为探春鸣不平，发泄自己对原生家庭的怨气。

赵姨娘拖累了贾探春的人生，这其实是赵姨娘人品的原因，而非身份的原因。反而是宗法制度，给了探春一个疏远生母的冠冕堂皇的借口。很多看似由制度造成的悲剧，其背后其实都有很具体的人情的原因，甚至有很多日常的琐碎矛盾。

探春会变成剩女吗？

赵姨娘是怎么拖累贾探春的人生的呢？据书里王熙凤分析，主要有两条。

一个是眼下的问题。王夫人本来是疼爱探春的，但是因为讨厌赵姨娘夹在中间，所以只能多少对探春冷淡一点。

这个问题，很大程度上不是身份问题。王夫人并没有因为探春是赵姨娘生的，就觉得探春不好，她讨厌的只是赵姨娘。王夫人讨厌赵姨娘，主要是因为她人品不好，总是出来闹事。当然，赵姨娘闹事，也有她自己的无奈。总之，王夫人讨厌的其实是她这个人，而非姨娘这个身份。探春曾经指出，同样是姨娘，周姨娘口碑就没这么差，因为周姨娘不生事。

王家人最讨厌的就是"婢学夫人"，即讨厌姨娘和丫鬟提出超过"本分"的要求，挑战宗法秩序。赵姨娘偏偏就是个很不"本分"的人，非要强调自己是贾环和探春的母亲，要求"孩子妈"的权利。这一点，是王家人非常忌讳的。所以，她越闹，王熙凤就越要代表王夫人"踩"她，强调她是"奴才"。至于王夫人，那更是对这个人衔恨已久，一点都看不上了。

王夫人也是把探春当自己的孩子来爱的，但是她不敢对探春太好，因为这样赵姨娘就会"得意"，以为自己生孩子有功，会来讨要更多的权利。探春是个聪明的孩子，她也看得懂王夫人的心思，所以她觉得，如果没有这个不懂事的赵姨娘，她本来是可以从王夫人那里得到更多母爱的。这是探春怨恨赵姨娘的最直接的原因。

何况，赵姨娘自己也没有给探春什么母爱。在宗法制度下，赵姨娘并没有亲自抚养探春。同时，她看探春的眼神，永远带着功利的色彩。赵姨娘总是想从探春身上得到什么，而从来不想自己能为她做点儿什么，也不管自己的索取会给她带来多大的麻烦。在现实中，有些父母在子女发达后表现得很自私，他们的子女在看到贾探春这个形象时，难免会产生很多的联想。

在这个问题上，嫡庶身份没有决定性的影响。赵姨娘只是作为"夹在王夫人和探春之间的人"出现的。如果她像周姨娘一样安分，是不会给探春带来这个困扰的。

另一个是关于未来的问题。王熙凤担心，庶出的女孩会嫁不到好人家，因为婆家有可能计较这个。

乍听起来，这个说法似乎也不无道理。因为在一妻多妾制度下，妾的出身不会太好，一般是丫鬟，弄不好还会是妓女之类，总之，与公侯世家的门第会有很大悬殊。一个人好不容易娶了个公侯家的小姐，结果一问，其实她母亲不是个"正经"女人，不知道她会从生母那里习得什么毛病，那不是亏大了吗？也就是说，庶出的小姐，虽然也顶着个公侯小姐的名头，但实际上这个名头是"掺水"的。

王熙凤这么说，探春对这个说法应该也是深信不疑的，这个说法对她的打击是巨大的。人一生最重要的两件事，无非是找工作和找对象。人在青春期展开的对未来的畅想，其实也无非是围绕着这两件事，可能关注找对象稍微多一点。这时候，如果有人告诉你，你命中注定找不到好工作、好对象，而且这种厄运是你与生俱来的,不是因为你做错了什么事,你也没有通过努力改变的机会,那对你的打击可能是毁灭性的。世间最大的不公平莫过于此,你因此而产生什么样的怨愤都是不过分的。

探春面临的,正是这样的处境。封建时代的女孩子,找婆家既是找对象也是找工作。你让一个十几岁的女孩子知道,像她这样的庶女,是不受婆家欢迎的,这简直太残忍了。我父母那一辈在年轻的时候,会有一个"出身不好"的说法。那些因"出身不好"被剥夺了未来的年轻人,会对周围的世界有一种怨愤,而且有可能会把这种怨愤发泄到给他们带来厄运的父母身上。探春此时的心情,也许跟那时候的他们可以类比。

我们这一代人没有赶上"出身决定论"的时代,可能不太能体会到这种心情。但是其实,"嫁不到好男人"的魔咒,也是笼罩在每一代青春少女的头上的。我们在十几岁的时候有时候会被说:你学习太好了/你个子长得太高了/你不会打扮/你不会做家务,这样是嫁不出去的。

同时,在学习工作的领域,也有这样的魔咒。我们也会听到一些负面信息:你学习那么好有什么用,你是个女孩子啊/你的家庭没背景啊,考研的时候导师不会喜欢你的/找工作的时候用人单位不会喜欢你的。

今天的少女们,听到这种魔咒的机会有增无减。而且今天又多了一个听起来像"出身不好"一样可怕的新词——"原生家庭"。这些词对我们的压迫感,也能让我们体会到探春的心情的。

对于这样的魔咒,少女们是很在意的。事关"终身大事",有谁会真正不在意呢?令人难过的是,在意几乎是没有用的,所有的这些魔咒，几乎都不是靠努力能够改变的。我不能通过努力变成男性，或者变成别人的女儿，不能通过努力让自己的个子变矮一点，其实，我也不能通过努力让自己的学习变差一点，让自己对化妆和烹饪感兴趣。

更糟糕的是，对于这样的魔咒，少女们是深信不疑的。刚刚步入青春期的她们，对这种来自成人世界的否定性的声音，是无力鉴别的。她们会认为，这才是人间的真实。尽管父母老师告诉她们，"没这回事"，她们还是不会相信。

"嫡庶神教"能在今天流行，或许是与这样的社会心理有关的。我们太容易受到这些魔咒的绑架，认为自己身上有一种无法改变的劣势，从而把自己想象为古代的庶女，并且想象自己的前程因此一片灰暗。

探春在十几岁时听到的魔咒就是，你是庶出的，所以你嫁不好。她对此深信不疑，并且因此陷入深深的苦恼。

但是，庶女真的嫁不好吗？从今天见到的清代资料来看，贵族嫡女与庶女在婚嫁问题上，看不到有统计学意义的差异，庶女嫁得好的比比皆是。当时的王公贵族的女儿，嫡出、庶出都算上，一共也没几个，她们都是非常稀缺的联姻资源。中国文化的传统就是"嫁女必胜吾家者"，男性总是未必能娶到跟自己阶层相同的女性的。王公贵族的儿子要娶王公贵族的女儿，总是要打破头的，谁还舍得去挑什么嫡庶呢？对于贾府这样"白玉为堂金作马"的人家，还要挑嫡庶，这得是多么"轻狂"的人啊！就连咸丰皇帝的正宫娘娘、老百姓说的"东太后"，都是贵族家的庶女出身。皇帝都不挑，到底是什么人在挑呢？

其实，反而是王熙凤说的那句，"便是我们的丫头，比人家的小姐还强"，更符合现实。就连周瑞家的这种世家出身夫人的陪嫁丫头，要想嫁给周瑞这样的平民，人家都是抢着要的。而庶女的身份，比丫头不知道高到哪里去了。甚至她们的母亲，能做这种人家的妾，本来也差不到哪里去。在现实中，并没有人会嫌弃高门庶女。

有人可能说：诚然，现实中高门庶女都嫁得很好，但也许是因为她们特别努力呢？也许是她们都比嫡女优秀很多呢？也许她们本来可以嫁得更好呢？要这么说，那就永远无法证真也无法证伪了。人的内心是复杂的，一个人成功与否的原因也是复杂的，具体到每一个个案，也许我们永远说不清是什么导致了最后的结果。

贾探春将来是否会受到某一家婆婆的歧视，失去某一个机会，我们永远无法断言。我们只能说，从最后结果来看，庶女和嫡女的命运没有差异。这意味着，庶女是有机会的，庶女不是绝对没有嫁给如意郎君的可能，即使她要在背后付出更多的努力，也终究是有机会努力的。

退一万步说，即使庶女真的受到歧视，这个歧视也只是在高门大族的范围内。同是高门大族的情况下，也许庶出相对嫡出是一个劣势。但是，相对于更低的阶层，高门大族就成了绝对的优势，这时候，嫡庶就会被忽略不计了。绝对不会出现平民的嫡女比王公家的庶女有优势的情况。

在封建宗法社会，父亲是谁才是大事，母亲是谁其实相对是小事。而在宗法上，你只能是嫡母的孩子，只有你爸爸的正妻才是你的妈妈，至于你是谁生的，这只是一件微乎其微的小事。所以，高门庶女贾探春这样的人设，有一个大大的优势，带着一个小小的劣势。这正是曹雪芹给贾探春的人设。这样的人设，也正是曹雪芹爱写的。纯粹的凄风苦雨的劣势，曹雪芹是不写的。贾探春的未来，并不像她所听说和想当然的那么灰暗。

少年人所相信的对自己不利的传言，不一定都会变成现实。很多时候，他们都只是自己着急。等真正步入社会，他们会惊讶地发现，自己最担心的事情其实对自己几乎没有影响。或许，这才是更完整的现实。

贾探春也是一个这样的少女，她以为庶出的身份会影响自己嫁人，这构成了她整个少女时代的自怨自怜。但实际上，庶出的劣势，完全盖不住高门带给她的优势，盖不住她"才自精明志自高"的个人素质。王熙凤说的"不挑庶正"的，才是现实中的大多数人。

在现实中，庶出相对事小，出身高门才是大事。贾探春觉得自己庶出是件大事，是因为她身边所有兄弟姐妹都是出身高门的，她出身高门这个优势表现不出来。等她嫁人走出贾府的那一天，她就知道做贾政的女儿是多么好的一件事了。真正出身于优势家庭的少年，其实是不知道自己的优势的。一个品行美好的人，往往需要成长到一定时候，才意识到自己的优势。贾探春就是年龄还小，还没意识到自己的优势。

在阅读《红楼梦》时，我反复想告诉少年时代的我，美好并不必然代表悲剧，他们说的"魔咒"也往往不会应验。如果没有重大的社会变故，贾宝玉会长成一个受人追捧的才子，林黛玉会嫁给她的宝哥哥，王熙凤可以夫妻恩爱地过下去，贾探春也可以找到她的如意郎君。女孩子不会被招聘单位轻视，学习好、个子高的女孩子也不会被男孩子讨厌。我在长大后看到的世界正是如此。我知道，即使没有这些许诺，那些美好的少年也会按照他们的理想走下去。我只是希望，有了这样的确信，他们的少年时代可以过得轻松一点。

还有一个问题是，人情练达的王熙凤，为什么也会认为探春的未来会受到庶出身份的影响呢？我们要考虑到，王熙凤的经验也总归是有限的。

王熙凤也只嫁过一次，这时候才二十来岁，见过的案例也不会太多。她是如何形成这些观念的呢？我推测，是听王夫人念叨的。王家的文化是强调尊卑的，王夫人是不喜欢妾室的，有了赵姨娘以后就更不喜欢了，所以，她在讨论妾室对子女的影响时，会往哪边歪呢？当然是夸大负面的影响。

王夫人是疼爱探春而讨厌赵姨娘的。做母亲的如果有点见识，都会有一种隐隐的担忧：别人大概不会像我这样疼爱我的孩子吧！但是接下来，她又绝不会承认这是因为自己的孩子不够好，而是会归罪为讨厌的人影响了自己的孩子。

比如，实际上她会想：探春这么好的孩子，将来能嫁个好人家吗？进而她会想：万一探春嫁不好，只能因为她是庶出——对，都是那个讨厌的赵姨娘，妨碍了她的前途。实际上，这一切都还没有发生，但是在王夫人的意识里，这一切越想越真，就好像真实发生了一样。这也让王夫人又多了一条痛恨赵姨娘的理由。

王夫人这样想，就会这样跟王熙凤念叨。而庶出歧视是一件难以证伪的事，王熙凤也找不出足够的例子来反驳。王熙凤自己应该是嫡出,她也不知道庶出的女孩找婆家的时候结果会是怎样的。王熙凤能嫁给贾琏,首先是因为她出身高门,其次是因为她个人条件好,此外还有王夫人的"加持",至于她的嫡出身份,可能起到的作用是微乎其微的。但是,别人在奉承她的时候,一定会把"嫡出"这条加上:到底是嫡出的小姐,通身的气派就是不一样。日久天长,王熙凤就会相信,自己长得这么好,有这样的好运气,都是因为自己是嫡出。她也会担心,庶出的姐妹不可能有自己这样的好运气。她自己是嫡出的,说庶出的姐妹会比自己艰难,等于说自己不过是沾了嫡出的光,这样也比较礼貌。其实,这个逻辑是很难验证的。

中国的宗法制度其实是相对灵活的,讲不讲嫡庶,完全要看人。同父异母这样的关系,感情好了就会强调同父,感情不好就会强调异母。同父异母的兄弟姐妹,如果其中某一个长脸,其他人就可能出去吹嘘,"这是我的手足至亲啊",就不提异母的事了;如果其中某一个丢人,其他人就可能拼命划清界限:"别看都是一个爹,其实我跟他不是一个妈啊,我是我他是他。"一个高门大族出身的人,如果他的行为举止优雅得体,大家就会称赞,"到底是世家出身啊",才不会去追问他是嫡出还是庶出。如果不小心知道了他是嫡出,姥姥家也是世家,那就又会有一波称赞:"到底是嫡出啊。"如果不小心知道了他是庶出,那大家就会沉默,当作无事发生,甚至继续吹捧他嫡母的娘家。如果这个人的举止不符合大家对高门大族的期待,大家才会开始找原因:高门大族的孩子怎么能这样呢?如果恰巧发现了他是庶出,大家就会"恍然大悟":噢,原来是庶出啊,就是个丫鬟生的,怪不得呢。如果是嫡出,那也不耽误大家接着骂，"高门大族出身的还这样"，说不定连他姥姥家也骂进去了。

所以，嫁得好不好跟嫡庶的关系，也是无法验证的。庶女如果嫁不好，就说是因为庶出；如果嫁好了，就说"庶出的还嫁这么好，姑娘真是不容易"。王熙凤是王夫人这头的，平时也很欣赏探春，她当然是要向着探春说话的。向着探春，就要夸大外在条件对她的不利影响。这样，如果她将来嫁不好，就说是赵姨娘害的，探春受委屈了；如果她将来嫁得一点儿不委屈，还可以说"赵姨娘这么捣乱也没耽误我们嫁个好人家"，更显得探春有能力。

总之，探春现在还没嫁人呢，她嫁得好不好，我们还不知道呢。探春担心的一切，王夫人和王熙凤为她惋惜的一切，都存在于不可知的未来中。这一切都还没有发生，而且大概率不会在现实中发生。

关于探春的归宿，我基本同意87版电视剧《红楼梦》里的说法，她嫁得很远，极有可能做了王妃。也许是顶替宗室女儿去和亲的。我觉得也有可能是嫁给了镇守边境的带兵宗室。她嫁得绝对不算差，因为身份还是很尊贵的；当然也不能算好，因为要到边远的地方去生活，丈夫大概也不太有文化。重要的是，她不是通过择婿出嫁的，她的婚姻跟她的庶女身份没有关系。她的远嫁，并不是因为贾府选择了一个庶女去干这苦差事，贾府还没牛到这个分儿上。之所以选择她，只是因为这时候贾府的适龄未婚女只有她。至于嫡庶这样的小问题，这时候都不重要了。曹雪芹这样安排，恰好回避了嫡庶问题。

贾探春和今天的很多青春少女一样，对成人的世界既有憧憬，又觉得不安。她听到一些传言，非常担心自己成为"剩女"。实际上，她并没有真的成为剩女。她的这种少女心态是十分真实的，至于我们书外的读者，无论是设想她的命运，还是在她身上代入自己，都不必太坐实了。

最痛快的一巴掌

在礼法上，探春是王家的外孙女；在感情上，探春也认同王夫人是她的母亲。因此，探春也接受了王家的家族文化，她也是讲究上下尊卑的。

因为毕竟不是王夫人亲生的，探春认同自己是王家的外孙女，就没那么理所当然。探春身上没有流着王家的血，但她的心底已经认同了王家的精神，这种情况是允许的。生理上的血缘和后天的文化认同，是两件相关而又不同的事。

像探春这样的孩子，一旦认同了王家的文化，就会表现得比王家人还要"王家人"，这中间也有一种补偿心理。越是不被家族爱的孩子，不被家族理所当然接纳的孩子，越会强烈地表现出家族的特性。

探春是一朵"玫瑰花"，美丽却长了一身刺。她会保护自己，会争取自己的利益，这也是在成长环境中处于相对弱势的孩子的特点。像贾宝玉，就不用学会保护自己，因为别人已经把他保护得很好了，他只会大大咧咧给下人撒钱。

探春有一次"壮举"，就是在抄检大观园的时候，打了邢夫人的陪嫁王善保家的一巴掌。这个动作，其实是一个典型的王家人的动作。在《红楼梦》里，只有王家人会打下人的嘴巴，这是王家人和史家人的标志性区别。但是，王夫人和王熙凤打人，我们多少都会觉得她们可恨，唯有探春打的这一巴掌，我们都要为她叫好。这可以说是《红楼梦》中打得最让人解恨的一巴掌。

抄检大观园这件事，其实是"神仙打架，路人遭殃"。事件的根本原因是邢夫人跟王夫人暗着较劲，直接目的是找借口裁员，减少大观园的丫鬟数量。

事件的导火索是傻大姐在大观园里捡了一个绣春囊——属于色情物品。邢夫人第一反应，认为这是王熙凤的，心想可拿着你们世家大族的错了，赶紧把这东西封了给王夫人看。王熙凤一席话，以五条理由让王夫人相信绣春囊不是她的，但是到底是谁的，王夫人总要给邢夫人一个交代。

在此之前还发生了另一件事。贾政跟赵姨娘说要给宝玉纳妾，说完就没下文了。宝玉不知道贾政叫他是要给他纳妾，以为要问他"四书"，于是就伙同丫鬟撒谎，说在大观园里半夜撞见一个黑影，吓病了，好躲着贾政。贾母一听，大观园半夜有个黑影，这还了得，于是就要整饬大观园的治安。这一整饬，又发现仆妇们有聚众赌博的恶习。

综合这两件事，王熙凤就跟王夫人说，干脆以查赌为名，彻底查一下大观园，查出哪个丫鬟还有私藏违禁物品的，就把她"开"了。查出了这样的丫鬟，就算绣春囊有了出处，跟邢夫人也有交代了。

姑侄俩要彻查大观园，当然不只是为了给邢夫人一个交代，她们的目的就是要裁减丫鬟。为什么要裁员呢？王熙凤明面上说的是"省些用度"。这一通操作，读者一看，以为贾府都穷到这分儿上了，要靠裁员节约经费了。

实际上，我觉得贾府的财政还不至于这么困难，两个王氏要裁员，还是要考虑史王两家的文化差异。贾府的传统是要给少爷房里放丫鬟，史家的传统是厚待下人，王家的传统则是要对下人严格管控。王夫人提到，贾敏在家的时候，"娇生惯养"，不像现在这一代小姐只有四五个大丫头，也就是说，贾敏用的丫鬟是很多的，这应该是贾母的规矩。贾母年轻的时候府里丫鬟多，是贾史两家文化合流的结果，那么，现在减丫鬟，就是改贾母的规矩，行王家的令。

王夫人从王家嫁过来，对贾母多用丫鬟的规矩可能不满。她年轻的时候不便说什么，现在贾母老了，她掌权了，她等不及贾母死，就开始试着按自己的想法管家了。减丫鬟不是要说明贾府穷了，而是要说明贾母的势力衰退了，王夫人开始夺权了。

要从奢侈转向节俭，大家肯定会有意见。王夫人年轻的时候做贾府媳妇，也享受过丫鬟众多的好处，现在她让晚辈少用丫鬟了，显得有点不厚道。其实，这一代的姐妹们丫鬟已经不如贾敏多了，这里面多少也有王夫人的影响。所以，王夫人还特意说了几句客气话："如今还要裁革了去，不但于我心不忍，只怕太太未必就依。虽然艰难，难不至此……如今我宁可自己省些，别委屈了他们。"

王夫人减丫鬟还有一个直接的考虑，就是降低宝玉纳妾的可能性。宝玉已经到了可以纳妾的年龄，理论上园子里的丫鬟都有可能成为他的妾。贾政已经开始考虑给宝玉纳妾了，说明这个问题确实提上日程了。贾政跟赵姨娘商量，不跟王夫人商量，恐怕是对王夫人有些成见。贾政刚提这件事，王夫人就来了个抄检大观园，把晴雯等都弄走了，这操作总像是针对她老公的。王家人是反感纳妾的，王夫人管不了贾政，就管宝玉，其实根源还是对贾政不满。

王夫人下令抄检大观园，也是对邢夫人封绣春囊这个举动的直接回应，但是这个回应压根不是冲着邢夫人去的，而是顺水推舟，冲着贾母去的。理论上说，尽管贾母老了，王夫人前面还有邢夫人这个长房媳妇。可是王夫人完全没有把这个寒素出身的大嫂放在眼里，哪怕邢夫人主动挑衅，只要确定了自己人没有把柄落在她手里，也不屑于理她了，还借着她提的由头，去整饬贾母的弊政。这样，王夫人这次针对贾母的行动，不仅奉了贾母本人的旨意，还拉上了邢夫人这个"垫背"的。万一搞砸了，还能说是跟邢夫人一起搞的，而且是邢夫人挑的头。邢夫人以为自己终于可以"黑"王夫人一把了，结果王夫人根本没拿她当对手，只拿她当"垫背"的。

邢夫人一点儿都没有明白王夫人的意图，所以完全没有避嫌的意识，还主动接住了泼向她的脏水。王夫人安排周瑞家的等几个心腹抄检大观园的时候，邢夫人竟派人过来插一杠子，让她的陪嫁王善保家的加入。

王善保家的在贾府的地位并不高。她是个下人，这是绝对的。她勉强可以算是跟周瑞家的平级，算是太太的私人助理，但实际上，她远不及周瑞家的体面。且不说邢夫人的势力不如王夫人，单说周瑞家的从小是王家的丫头、王善保家的从小是邢家的丫头，周瑞家的却比较体面。王善保家的可以算是贾府下人里的管理层，但也仅仅是爬上了管理层的边，在管理层内部是鄙视链的底端。

越是这样的人，越容易自我感觉良好，手里有点芝麻绿豆大的小权，就真以为自己是贾府的重要人物了。她平时负责太太身边的杂务，就生出很多幻觉：给丫鬟放放月钱，就自以为是丫鬟的领导了；甚至管管少爷小姐的东西，就觉得自己管着少爷小姐了；再多待上几年，就觉得自己是老资格了，是百事通了，甚至是长辈了，连年轻主子都不放在眼里了。

更可恶的是，这样的人，还喜欢按自己的想象，给主子分三六九等。比如，王善保家的就以为，小姐不如少爷，庶出的不如嫡出的。那句经典台词"那（哪）里一个姑娘家，就这样起来？况且又是庶出，他敢怎样？"就出自王善保家的之口。王善保家的发明了这个被奉为"无上经典"的台词之后，马上就被打脸了，是真实地被打了脸。

王善保家的在邢家长大，到贾府后也一直很边缘化，其实她不熟悉世家大族的行事规则。她只是用小门小户的那套逻辑来揣测世家大族。曹雪芹告诉我们，这种人不管是在故事中还是在现实中，都是会被打脸的。

其实，邢夫人也缺乏在世家大族生活的经验。她惊恐地发现，王夫人收到绣春囊后，剧情没有按照她的预想发展。王夫人没有跟王熙凤闹起来，也没有来找她闹，反而像顺着她自己的指示一般，开始抄检大观园了。邢夫人当然不相信王夫人如此臣服自己，但是实在猜不出王夫人葫芦里卖的什么药。她能想到的应对策略，就是派王善保家的过去跟着。

王善保家的并不知道她主子其实是心里没底，却以为自己是

"钦差大人",过来指导抄检工作的,所以她一路大模大样,喧宾夺主。她指着晴雯的箱子说:"这一个是谁的?怎么不开开让搜?"一个仆妇居然官腔十足,但是其实她自己并不很清楚为什么要抄检大观园。曹雪芹描写这种人简直惟妙惟肖。

王善保家的这么做,成功地替她主子招了"黑"。本来邢夫人没指望这事真的闹这么大,结果被王家人顺水推舟,真的闹了这么大;本来抄检大观园是王夫人下的令,邢夫人非让王善保家的插进来,王善保家的还非要表现得以自己为主导。这就让所有人感觉,抄检大观园是邢夫人的命令。邢夫人本来在贾府没那么大威信,再加上王善保家的言行举止令人厌恶,这更加剧了所有人对抄检的不满。

王善保家的就是典型的"鱼眼睛",是与"须眉浊物"性质相同而"更可杀"的存在。从贾宝玉的角度看,这种仗势欺人是典型的"浊";从王家人的角度看,她这是不知上下尊卑、没规矩——怎么看,她都是该打的。只不过,王熙凤和周瑞家的有所顾忌,虽然讨厌她,但是也不敢撕破脸。

贾探春作为贾家人,她对王夫人裁减丫鬟的计划有所保留。所以她本能地要保护自己的丫鬟,说:"我的东西到(倒)许你们搜阅,要想搜我的丫头,这却不能。"抄检大观园本来就是搜丫鬟,没有搜小姐的。探春说这话的意思就是:你们要搜我的丫鬟,就等于是搜我,比搜我还严重,不是真的让搜她。王善保家的又没听懂这句话,还真傻乎乎上去搜小姐,这就越发该打了。

作为贾宝玉的亲妹妹,探春对这种"鱼眼睛"是反感的,嫌她们"腌臜";作为王家的外孙女,探春有很强的尊卑感,很反感这种奴大欺主的行径；更何况，她还有"庶出"这个心结，这就让她更忌讳"奴才"。她把生母都当奴才反驳回去，何况只是一个继伯母的陪嫁。

王善保家的不仅没有听懂探春的示警，而且她也从心里瞧不起探春。她平日目睹的，就是邢夫人刻薄前任留下的庶女迎春。她无法想象，世家出身的小姐并不刻薄庶出的女儿，对自己亲手养大的孩子像对待宝玉一样疼的。她不知道探春被王夫人惯出了什么样的脾气，还以为她也像迎春一样好欺负。她搜完探春的箱子，居然还"越众向前拉起探春的衣襟，故意一掀，嘻笑道：'连姑娘身上我都翻了，果然没有什么。'"

她伸这个手的时候，是把自己当成了探春的长辈。她似乎觉得自己是高于探春的，能跟探春开这个玩笑，是给探春面子。当然，在潜意识里，她还是敬畏探春的。否则，真要开玩笑的话，世界上开玩笑的方式千千万万，她干吗非要选贬低对方的方式？我们这代人过年的时候也会遇到这种八竿子打不着的亲戚，本来他要是好好说话，也不是不可以平等相处，可他偏偏看你是念书回来的，怕你看不起他，非要贬损你一下，你觉得不舒服了，他就推说是开玩笑。王善保家的也是这种心态。

探春被王善保家的"搜"了这一下，一时间，贾家人的"牛心左性"、王家人的尊卑有序、庶女对奴才的敏感一齐涌上来了，一巴掌就打在了王善保家的脸上。这一巴掌，打的就是这种有点小权力就欺压人的浊臭存在。这一巴掌打得让每个读者都觉得痛快，因为我们在现实中都想打这样的人。

王善保家的以为"她不过是个庶女"，对自己这样的长辈应该毕恭毕敬。没想到,刚这么想,就挨"庶女"揍了,挨完揍,她都不敢大声叫屈。稍微抱怨两句,"庶女"都不屑于骂她,派个丫鬟去骂。"庶女"的丫鬟骂她,她都不敢回嘴。估计回去还得挨邢夫人一顿数落。

这个故事告诉我们,对于自己不了解的群体,不要拿着自己狭隘的经验去揣测他们中间谁高谁低,更不要去欺负自己主观认为应该受气的那个。别说有可能猜错,就算你猜对了,也许那个最弱的没准也足以碾压你了。这个故事也告诉我们,自己某些屈尊纡贵的玩笑,别人可能是不领情的。这个故事还告诉我们,当有教养的人开始示警的时候,最好闭嘴开溜,不要进一步上去作死。

贾探春对抄检大观园持保留态度。如果这件事完全是王夫人主导,她还不便说什么,这里头她多少有点儿憋屈。但是有王善保家的掺和进来,而且本来最初也是邢夫人挑事,她就不必客气了。这一巴掌打在王善保家的脸上,打的是邢夫人的脸,也是在发泄对王夫人的失望。

抄检大观园的直接结果是一批丫鬟被裁减,王夫人的治家思想得到了贯彻。至于贾母、邢夫人和王夫人三方斗争的结果如何,我们已经看不到了。只有探春打的这一巴掌,给我们留下了深刻的印象,这几乎也是目前可见的抄检大观园的结局了。

宝玉的亲妹妹

探春是和贾宝玉一样长大的,她也是一个"牛心左性"的贾家人。只要她认准的原则,就不轻易妥协。这个特点,也表现在她对待赵姨娘的态度上。

探春代替王熙凤管家的时候，赵姨娘的兄弟赵国基死了。按照惯例，家生子的家人去世，赏二十两；买来的奴婢家人去世，赏四十两。这大概是因为，家生子更是纯粹的奴才，买来的奴婢的亲属，还有点平民的味道。袭人的母亲去世，就赏了四十两。赵姨娘大概是家生子，她兄弟赵国基生前也在贾府当差，公事公办的话，应该赏二十两。当然，封建社会的事哪有那么多公事公办，主子愿意多赏就可以多赏。赵姨娘毕竟不是一般的奴才了，她的身份是姨娘，还给贾府生了一儿一女，就是多赏一点儿，也没人会说探春徇私舞弊。如果真赏二十两，只有袭人的一半，也确实太难看了。

但是探春坚持认为，超过了二十两，就算徇私舞弊。当然，这里包含着她平日对赵姨娘的不满。她也是想借此掩饰自己跟赵姨娘的特殊关系。其实，这怎么掩盖得住呢？探春也只是保持一点徒劳的倔强罢了。

偏偏赵姨娘不识趣，来找探春闹。先说自己"熬油似的，熬了这么大年纪"，再说自己生了探春和贾环，功劳大；又对探春说赵国基是"你舅舅"：句句都在摆明探春跟自己的关系，句句都在戳探春的痛点。赵姨娘大概也不是故意要让探春难堪，她只是以为，摆明这些事实，就可以打动探春，让她顾及血缘情分。其实，探春又不是不知道这些，探春想掩盖的，她非要揭出来，本来能办成的事也办不成了。

针对赵姨娘提出的生了自己和贾环的问题，探春咬死了，家生子的份例就是二十两。意思是，别看你生了我们，奴才就是奴才。她还故意寒碜赵姨娘说，将来如果贾环也纳了平民出身的妾，也是赏四十两。意思是,不如袭人有什么稀罕,将来赵姨娘也不如她的亲"儿媳妇"。关于"你舅舅"的问题,她更是一口咬定,王家那个九省点检才是她舅舅,赵国基干的只是奴才的活。她也是故意拣赵姨娘的痛处戳,处处强调"奴才",强调和赵姨娘亲生儿女之间的天壤之别。

探春这么戳赵姨娘的心窝子,下手略狠了,这也是因为赵姨娘戳了她的痛处。赵姨娘越是伤害她,她越是跟赵姨娘拧着来,并且会做过分的事。贾宝玉最后"情极之毒"了,其实探春也是"情极至毒"。探春甚至表现得比宝玉还明显,因为她是女孩,是庶出,身处劣势,更需要保护自己。

探春还有一个"不女权"的想法,她居然想做男孩。她说:"我但凡是个男人,可以出得去,我必早走了,立一番事业,那时自有我一番道理。"有的读者为此大跌眼镜:按照《红楼梦》的价值体系,你已经天生是"水作的骨肉"了,你居然想变成"泥作的骨肉"?

其实,探春的这个想法,正好和贾宝玉是相反的。宝玉天生是男孩,想做女孩;探春天生是女孩,想做男孩。宝玉是男孩而温柔腼腆,喜欢女孩子的玩意;探春是女孩而精明强干,想到外面去做一番事业。按照民间的说法,这对兄妹是"生反了"。不可否认,探春对男性世界的想象,有理想化的成分,就像贾宝玉对女性世界的想象有理想化的成分一样,这个想象本身是不切实际的,但也不比贾宝玉的想法更值得批判。

探春的理想化之处在于,她忽略了男性世界中有大量"须眉浊物"的存在。男性的世界并非处处平等、处处看个人实力,男性世界照样和家庭内部的女人世界一样，充满了派系斗争，充满了不平。"须眉浊物"的功名利禄不值得追求，在这一点上，宝玉比探春说得对。

如果忽略掉理想化的成分，探春想做男孩，也不失为一个很酷的想法。人没有必要满足于自己的天然性别。总是有老先生在惊呼，"女孩子要有女孩子的样子，女孩子天生已经很美好了，不要变成男孩子的样子"。其实，女孩子有女孩子的美好，男孩子有男孩子的美好。女孩子的美好，也可以让有志于此的男孩子效仿；男孩子的美好，有志于此的女孩子也可以追求。比如说女孩子就要远离仕途经济，跟说男孩子就必须承担仕途经济一样，未免太主观了。

一个人即使不想变成异性，也不妨吸收异性身上的优点，弥补与自己天然性别相关联的缺陷。一个伟大的人，必然是兼具两性的优点，也不会因为性别而姑息自己的缺点。当然，一个人在完善自己的时候，要远离"浊臭"，远离那些虚假的功利和幼稚的阴谋，这也是应该的。

探春对赵姨娘有点儿过分，还想做"须眉浊物"，这一开始让人有点儿难以接受。不过，想想她是贾宝玉的亲妹妹，也就不觉得想不通了。这兄妹俩，看起来很不一样，其实内在的精神是相通的，还真不愧是亲兄妹呢。

探春的镜像贾迎春

贾府中还有另一位庶女，贾迎春。她为我们展示了高门庶女另一种可能的命运，她是贾探春的另一个自我。对照着贾迎春，我们可以对贾探春有更深的理解。

迎春是贾赦的庶女。她的第一位嫡母已经去世了，邢夫人是她的继母，除此以外，应该还有一位生她的姨娘。

《红楼梦》里有一个"周姨娘"，总是跟"赵姨娘"一起出现，但是身份很模糊。有人说，她是贾政的另一个妾。但是贾政没有别的子女了，而如果周姨娘是一位没有子女的妾，她不应该有这么高的地位。所以我认为，周姨娘还是贾赦的妾，她的孩子最有可能是贾迎春。只不过，曹雪芹在这个人物身上也没有过多着墨，也没有给她一个特别清晰的身份，只是需要的时候拿过来用用。

周姨娘基本上是作为赵姨娘的参照物而存在的。她更安分守己，没什么存在感，也不招人讨厌。实际上，迎春也是作为探春的参照物存在的。同样是庶女，她遭到了另一种待遇，也形成了截然相反的性格。

贾母查赌的时候，处置了迎春的乳母。邢夫人就跑到迎春那里去，质问她为什么不管束乳母。迎春说"我说过他两次，他不听，也无法。况且，他是妈妈，只有他说我的，没有我说他的"。邢夫人说，"你就该拿出小姐的身份来，他敢不从，你就回我去才是"。

听起来是不是豪言壮语？邢夫人是不是特别替迎春撑腰？其实，这么空嘴说说，不算是为迎春撑腰。迎春再是主子，在她未成年的时候，也是没法拿出身份来的。父母应该为孩子管束下人，立起规矩来，这才叫为孩子撑腰。她质问迎春为什么不管乳母，那她为什么不替迎春管呢？怎么不拿出夫人的身份来呢？迎春的乳母出事，如果问"管教不严之罪"，归根究底，应该问责的是邢夫人。邢夫人去责备迎春，其实是推卸责任。这个责任，迎春是承担不起的。可以想见，如果迎春真的去管束乳母，乳母反击起来，邢夫人是不会替迎春兜底的。

邢夫人这么推卸责任，一方面，是她没有能力管束下人。作为寒门出身的继室，她在贾府本来就身份尴尬。贾府原有的下人树大根深，大概也不服她。另一方面，迎春不是她从小带大的，她对迎春没有感情，并不是真的想保护迎春。迎春摊上这样一位继嫡母，实际上跟没娘的孩是一样的。再者，邢夫人可能还带着寒门的意识，看不起女孩，看不起庶出。这一点，在王善保家的身上表现得淋漓尽致。看王善保家的怎么轻视探春，就知道她平时是怎么欺负迎春的。

邢夫人推卸完责任，就开始指责迎春不如探春。旁边的仆妇也都帮腔，说迎春"老实仁德"，不如探春"伶牙俐齿"。这表面上是替迎春说话，实际等于是在说迎春天资不如探春。这些仆妇都是不大看得起迎春的。

邢夫人还说，"你好哥哥、好嫂子"——贾琏和王熙凤，"竟通共这们一个妹子，全不在意"。这话说得，简直与赵姨娘说探春怎么不"拉扯"贾环的口吻如出一辙，说明邢夫人的见识也未见得比赵姨娘高明。而且，哥哥嫂子不"在意"她，你这做母亲的，"在意"她了吗？这又是邢夫人在推卸责任，把照顾迎春的责任推卸给贾琏和王熙凤。

迎春就在这样的环境下长大：继母不爱她，不保护她，只知道贬低她，推卸责任。迎春之所以那么懦弱，并不是天生如此，而是环境决定的。她是真的得罪不起下人，真的没有人帮她。而探春则与她形成了鲜明的对比：王夫人爱探春，保护探春，信任探春；以王夫人的手段和威势，想必也是会替探春调教下人的。探春形成那么强大的自我，也都是王夫人惯出来的。

迎春和探春同为庶女，受到的待遇却截然相反，这说明怎样对待庶女，并没有礼法的规定，而更多是取决于嫡母。迎春和探春的性格差异，是由她们的嫡母对她们态度的不同决定的。迎春是被冷落的庶女，探春则是受到宠爱的庶女。

迎春的下场十分悲惨，她嫁给了出身世家却人面兽心的孙绍祖，被虐待至死。曹雪芹的设计也是不过分的，迎春嫁的仍然是世家公子，并没有下嫁更低的阶层，只不过世家公子人品如何，有时候仍是不可控的。迎春嫁给孙绍祖，并不是因为她是庶出，嫁不到更好的，而是因为贾赦和邢夫人不爱她，没有帮她精心挑选。这件事完全是这对夫妇没有尽到为人父母的责任，所以迎春早逝后，贾母要找他们算账。迎春一生的悲剧，不是来自庶出的天灾，而是来自不靠谱父母的人祸。探春没有遭遇这样的命运，则需要感谢王夫人。

贾探春是一个典型的高门庶女形象。她有着与宝玉相似的血统和成长环境，认同王夫人为自己的母亲。赵姨娘的存在则给她带来了青春的烦恼，是她敏感和自卑的来源。探春是一个对未来充满担忧的青春少女，她担忧的事情并不一定是现实，我们要正确看待探春身上折射出来的嫡庶文化，不可夸大庶出身份对她的影响。王夫人给了探春疼爱和保护，探春身上也带有王家人的气质。探春的性情和跨性别意识，与宝玉有内在的相似之处。

第九章
贾宝玉的粉丝群：怡红院的丫鬟

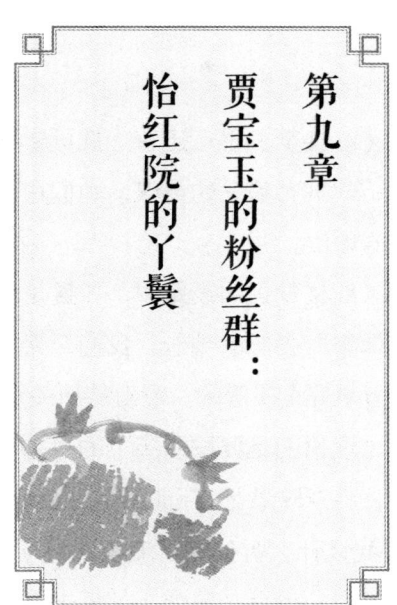

在《红楼梦》里,还有一批可爱可敬的丫鬟。她们没有独立的身份,却拥有独立的灵魂,她们在贾宝玉的世界中同样占有不可或缺的地位。

在《红楼梦》的设定中,丫鬟是奴婢身份,我们不能按照今天的"保姆"去想象她们。我们今天的保姆与雇主之间是雇佣关系,双方是完全平等的,没有从属关系。《红楼梦》里的丫鬟都是买来的,理论上是要按照买主的意志使用的。在那个时代,人成为商品,就意味着把自己的人身权利交给了买主。我们今天还有句话:"我凭什么听你的?我卖给你了?"你只要没有卖身,哪怕是领了工资,也没必要什么都听老板的。反过来说,如果你卖身了,就意味着你什么都要听买主的。这种买卖奴婢的制度是非常残忍、非常不人道的,所以现代社会已经废除了这样的制度。奴婢的生活,即使是锦衣玉食的,也丝毫不值得羡慕。

但是,我们想象一下,如果你现在穿越到了《红楼梦》里,不幸成了丫鬟,那么成为什么人的丫鬟,仍然有幸与不幸之别。如果成为贾赦、薛蟠的丫鬟,是绝对的不幸;如果成为贾宝玉的丫鬟,却还算是不幸中之万幸。曹雪芹会写贾探春这种万幸中的不幸,也会写怡红院丫鬟这种不幸中的万幸,这是他喜欢写的命运。如果我们只会简单地看,"她是个小姐"或"她是个丫鬟",这就辜负了曹雪芹的苦心。

尽管都是怡红院中的丫鬟,她们同样会因为来源的细微不同,遭遇不同的命运。尽管贾宝玉完全秉持着一颗平等之心,他和丫鬟之间仍然有身份的鸿沟。丫鬟和丫鬟之间也会有细微的等级差异。看《红楼梦》,我们也要看懂这些。

"宠粉"的宝二爷

在《红楼梦》里,丫鬟们被视为天生低一等的人。她们或者像香菱一样被拐卖,已经不知道亲生父母是谁;或者像袭人一样生在贫穷的家庭,父母不知顾惜或无力顾惜,把女儿卖为丫鬟;或者像鸳鸯一样是"家生子"——父母就是贾家的奴婢,一出生就自动成为贾家的奴婢。贾府对下人比较厚道,丫鬟一般也过着比较好的物质生活,也不会轻易被打骂,但她们仍然是"奴才"。她们没有机会接受教育,承担着服侍主人饮食起居的烦琐劳动;她们理论上是主人的所有物,挨打是本分,不挨打是情分;她们随时可能被男主人征为"跟前人",却永远没机会跟男主人正式结婚。她们与主人朝夕相处,却与主人之间隔着一道天然的鸿沟。

对这样的女孩子来说,贾宝玉这样的人,简直就是神仙中人。他和她们年纪相仿,却容颜俊美,举止风雅。她们可能永远弄不明白贾宝玉读书究竟好不好,她们却可以看见贾宝玉每天做着跟她们完全不一样、完全搞不懂的事。她们对贾宝玉充满崇拜,这种崇拜中又夹杂着一丝青春的悸动。

这些情窦初开的少女,每天面对着贾宝玉,要说她们都是心如止水,那是不真实的。她们不太可能真的认为自己能嫁给贾宝玉,但是总会对贾宝玉充满了好奇,想要接近他。她们对宝玉的感觉，有点类似今天的粉丝对偶像的感觉。那是一种没有什么现实企图的狂热沉迷。

更何况，这个偶像，还是个"宠粉"的偶像。

贾宝玉从小接受了贾母的文化观念，相对讲究平等，不太强调主子和奴才之间的尊卑关系。作为一直养尊处优的诗礼之族的公子，他有一种与生俱来的温柔，有着"情不情"的过人见识，所以他会把丫鬟看作跟自己一样的人来尊重，会尽量地考虑她们是怎么想的、她们需要什么。他对丫鬟，甚至是一种宠爱——不是主人对宠物的宠爱，是少男对少女的宠爱。他会劝丫鬟少干一点活，会骗她们吃好吃的，会花钱请大夫给她们看病，会纵容她们发脾气、跟自己顶嘴。在世俗的人看来，这种宠爱甚至过了头，是贾宝玉这个纨绔子弟"傻"、不知道过日子。

我们可以想象，那些本来已经接受了自己天生是奴才命的女孩子，在成为贾宝玉的丫鬟之后，发现自己也可以作为一个人被尊重，甚至被宠爱，是怎样的惊喜。女性在青春期需要一个觉醒，需要一个男性告诉她，她是美好的，是值得被珍惜的，她可能一生都会对这个男性特别感激。这些丫鬟生命中的这个觉醒，就是贾宝玉这个并不可能成为她们爱人的男性完成的。在那个时代，这些出身贫寒的女孩子，本来可能一辈子也不会有这个觉醒。宝玉对丫鬟们的"青春启蒙"，跟神瑛侍者对绛珠仙草的灌溉之恩是一样的，女孩子们对他的感念，也不仅仅是"受人滴水之恩当以涌泉相报"那么简单。

这样我们就可以理解，这些女孩子明明是奴婢身份，却为什么死也不愿离开怡红院。她们如果离开怡红院，不意味着获得自由,而意味着"终身不能进二门",堕入更悲惨的奴才生活。就算是她们赎身回家,名义上成为自由人,但在当时的社会大环境下,贫寒人家的女孩仍然免不了被家里人或夫家人压榨、虐待,甚至可能被再次卖为奴才,还不如怡红院的丫鬟受"尊重"。在怡红院当丫鬟,基本上就是她们人生中最幸福、最有尊严的时光了。更何况,这里还有一个令她们感念、喜爱的贾宝玉。

贾宝玉和丫鬟们的关系,不像一般的主仆关系那么对立,反而有点儿像偶像和粉丝的关系,整个怡红院,就像是贾宝玉的一个粉丝群。粉丝们一方面觉得偶像可望不可即,一方面在群里又可以与偶像有一些互动。久而久之,这些年轻的女孩难免生出一种幻想:偶像会不会喜欢我更多一点呢?所以,她们内部会生出一些自己的规矩。其实,这样的规矩都是她们自己想的,偶像是不知道的。她们之间会有竞争,也会有争宠引起的不愉快。而所有这一切的动力,都是出于对宝玉淳朴的喜爱。

在怡红院这个粉丝群里,最重要的两个大粉丝是袭人和晴雯。袭人有点像今天的"妈妈粉",她是贾宝玉生活的总负责人,她对宝玉无微不至地照顾,呈现出一种母爱。晴雯有点像"粉丝头",不惜一切代价维护宝玉,有时候还会因此欺负小粉丝,其实她跟宝玉也没有什么特殊关系。除了她们俩,每一个丫鬟也各自有自己的位置。比如,麝月是袭人的好闺蜜,是一个候补的袭人;芳官会唱戏,是有才艺的粉丝;小红不被看重,是"小透明粉";怡红院还有一个身在曹营心在汉的编外人员紫鹃,算是"路人粉"。篇幅所限,这里只介绍袭人、晴雯、紫鹃三个人。

"妈妈粉"袭人

袭人本来是贾母的丫鬟,是贾母有意放在宝玉房里,准备给他做"跟前人"的几个丫鬟之一,也是唯一与贾宝玉建立了亲密关系的女性。

袭人对宝玉不是有现代意义上的爱情,她跟宝玉在一起的主要动力是忠诚。忠诚是袭人的首要人设。她跟着贾母的时候,眼里只有一个贾母,跟宝玉的时候,就变成眼里只有一个宝玉了。她对宝玉好,首先不是因为宝玉多好,也不是因为宝玉对她多好,而是因为宝玉是她的主子。

袭人的绝对忠诚,让她显得有点奴性,这也是很多人不喜欢袭人的原因。但如果你想到,袭人其实是丫鬟里最有可能赎身的,或许会有新的看法。

袭人不是"家生子",被称为"外头的"。她姓花,是贾府从她父母手中买来的。据她自己说,是她当时不忍心眼睁睁看着父母饿死。这一方面表现袭人的孝顺,一方面也说明,袭人一直跟家里人有联系。理论上说,她卖的是"死契",是终身属于贾府的,但既然还有亲人,就还存在赎身的可能,以贾府的仁厚,也不会绝对不放人。

比起"家生子",袭人这种"外头的",还带着点自由人的意思。主家对这样的人,一方面不视为纯粹的奴才,多少还有点客气,赏赐的份例也比较多;另一方面也不视为"自己人",多少有点生分。从身份上论,袭人对贾府的归属感是比较弱的。袭人其实是最有条件根据自己的主观意愿作出选择的,她为宝玉做的一切，恰恰是她自己的决定。

后来，花家的条件好了，袭人的亲人准备赎她出来，她竟然跟家里又哭又闹，死也不肯赎身。这一切当然是因为对宝玉的牵绊。袭人有重获自由的机会，却为宝玉放弃了，这实在不是一般的情分。

袭人的"奴性"表现，仍然是她自由意志的体现。一个人并不是只有在反抗他人的时候才体现自由意志，对于自己喜欢的人，主动选择顺从，去关怀他，照顾他，为他牺牲，同样是自由意志的体现。一个有独立灵魂的人，是可以主动地选择忠诚的。

忠诚是一种美好的品质。人对稳定性总是有追求的，忠诚满足的就是人对稳定性的追求。袭人的忠诚，可以理解为一种超越了功利的善意。我对你好，是我的事，不以你好不好为转移，也不以你对我好到什么程度为前提，我不跟你讨价还价。这种无功利的善意，给人一种安全感，是一种类似母性的关怀。其实母亲对婴儿就是这样的，母亲爱你不需要你回报，也不需要你先考个一百分。如果我们不把袭人对宝玉的忠诚看作奴才对主人的服从，而看作一个具有独立意志、善于照顾人的母亲对孩子的照顾，就不会觉得那么不舒服了。

我们之所以需要母爱，其实就是需要这种绝对的安全感，不管你多么差、多么弱，世界上总有一个人会爱着你。如果母亲过于强势，不能给孩子这种安全感，孩子的童年就会留下缺憾。王夫人恐怕就是一位这样的母亲。贾宝玉关于母爱的缺憾，一定程度上就是由袭人填补的。

值得一提的是，在"贾宝玉的代理母亲"这个位置上，袭人有两个竞争对手。一个是贾宝玉的乳母李嬷嬷，一个是贾宝玉的父妾赵姨娘。这两个年龄比袭人至少大一倍的女人，都曾经跟袭人攀比。

李嬷嬷在感觉小丫鬟们轻慢她的时候，说袭人"是我手里调理出来的毛丫头"。赵姨娘是在赵国基去世争丧葬费的时候，因为自己只得二十两银子而袭人在母亲去世时候拿了四十两，悲愤地说出"我在屋里熬油似的熬了这大年纪，这会子连袭人都不如了"。

从这两句话来看，你觉得这两个人谁的地位高呢？如果你根据字面得出结论，李嬷嬷的地位比袭人高多了，赵姨娘的地位比袭人低多了，就又呆了。

李嬷嬷的地位是比袭人低的，她和袭人的工作性质不同，没有袭人的上升通道。袭人小的时候，可能会把李嬷嬷作为前辈来尊敬，但是李嬷嬷是没有机会做"跟前人"的，永远没有机会上升为"半个主子"。越是这种地位低而没有上升机会的人，越会倚老卖老，仗着自己年纪大几岁，吹嘘说某个现在得势的人，多年以前是归自己领导的。她越这么说，越说明袭人现在的地位是令她嫉妒的，是她达不到的。"调理"这个词用得也很玄妙，看起来好像是袭人曾经全面地服从于她，跟她学做事，甚至接受过她的役使和惩罚，实际上也许只是她当初作为老人儿给过袭人几句指教而已。现在她把袭人当年的客气上升为接受"调理"，也只是一种无用的自我安慰罢了。

赵姨娘的地位反而是高于袭人的。她跟袭人攀比，是因为她是贾政的妾，而把袭人视为宝玉的妾。那么，她们实际上相当于一种婆媳关系。她跟袭人是同一个序列的，而且排位在袭人前面。她之所以说自己"还不如一个袭人"，恰恰是因为她觉得自己所受待遇应该比袭人好。她这么说，也在强调自己的弱势。当然，她的出身跟袭人不同，她是家生子，袭人却可以赎身离开，这一点她是不会提的。

袭人担负起了统筹照顾宝玉饮食起居的任务，就像一个全职母亲照顾儿子那样。她会担心小厮不知道给宝玉添炭，宝玉自己不知道说；会担心"通灵宝玉"经过一宿放冷了，第二天会冰了宝玉的脖子；在宝玉来自己家的时候，会觉得没有可给他吃的东西、会担心他吃坏肚子。这完全是一位母亲对幼儿的担心，尽管她只比宝玉大一岁。袭人等于是从李嬷嬷手里全权接过了奶妈的责任，难怪李嬷嬷会觉得失落。

这就是袭人的第二个特长——贤惠。袭人比宝钗黛玉更接近中国传统妻子的典型形象。才女毕竟是可遇不可求的，贤惠才是中国传统对妻子的一般要求。社会不要求她们理解丈夫的精神世界，只要求她们做好丈夫的"贤内助"，替"干大事"的男人处理好家里日常生活的琐碎，替缺乏自理能力的他们安排好生活。袭人就很符合这样的要求。

宝玉将来不管娶了黛玉还是宝钗，身边如果没有袭人这样一个得力助手是不行的。时至今日，还有人会替夫妇都是学者的家庭发愁：你们两个人都这么忙，家里没有个打理柴米油盐的人不行啊，毕竟很多事是不便交给雇佣关系的保姆的。更何况《红楼梦》里是古代社会，没有那么多减轻家务劳动的科技。要追求与钗黛的精神生活，另一面就得有个袭人替你们负重前行。

传统士大夫讲究的是"娶妻娶德,纳妾纳色"。娶妻就要娶个有妇德的,像袭人这样的,帮助料理家务,至于她的容貌,包括个人才艺,就可以差一点了。

但是曹雪芹的设计恰恰相反。他安排贾宝玉"娶妻娶色,纳妾纳德"。他理想的妻子是林黛玉,才貌绝世,但说不上"贤惠",即使是"候补妻子"薛宝钗,也是才貌远胜于袭人而贤惠远不及袭人。而在选妾的时候,他却预设了才貌平平而贤惠的袭人。这说明,尽管宝玉向往女儿世界,依赖袭人像母亲般的照顾,但他已经觉得女性的个人才智是第一位的,贤惠是第二位的,大家闺秀必须有才色,贤惠可以靠丫鬟,而不是像他的前辈们那样,认为贤惠是必不可少的,是大家闺秀的标配,才色只是点缀。

贤惠的袭人有一个最大的缺点,就是她文化水平低,也不熟悉士大夫的世界。她一直被傲娇的政老爷误导,以为她的宝二爷书读得不好,因此生出了很多没必要的忧虑和规劝。她也不清楚贾家是军功出身,从来没有培养出一个真正的翰林,只觉得这一家人都好有文化好厉害,生出一家子都是念书的,就宝玉"不爱念书"的错觉。至于宝玉的精神世界,那离她简直太遥远了。她只是宠爱着一个三餐一宿的宝玉的肉身,却从未理解见识过人的宝玉的灵魂。这个缺点,在妾的位置上还不明显,甚至有时候她的这种担忧和规劝还令人感动,但是如果是娶妻,宝玉当然不能娶这样的。

母爱给人安全感,却限制人的发展,所以,妻子如果只是扮演母亲的角色,终究是有问题的。所以,曹雪芹只是让母爱退居到袭人的地位。这种精神上的隔阂,也让袭人和宝玉终究是有距离的。

　　与贤惠相关，袭人的第三个特点，是她的本分。她是宝玉实际上的第一个女人，却仍然勤勤恳恳地安于做好丫鬟的工作，从未端过夫人的架子，也没要过如夫人的名分。平等社会的女性已经很难认同这样的卑微，但在当时的社会条件下，这样才是得体的。

　　袭人的这个特点，并不符合史家系统对丫鬟的期待，却是王家系统喜欢的。王家系统最讨厌的"婢学夫人"，袭人是一点儿也没有的。抄检大观园的时候，宝玉疑惑为什么人人都有不是，王夫人却一点儿都不说袭人。其中主要原因当然是王夫人对袭人有特殊的保护，但还有个次要原因，就是王夫人抄检大观园的主要目标是"婢学夫人"的丫鬟，袭人这样在"本分"范围内与宝玉亲密的人，并不令王家人反感。

　　袭人与宝玉发生关系，不是因为她想"爬"上去，甚至也不是因为她爱宝玉，而是因为她知道贾母已经把自己暗许给宝玉做妾了。在她的意识里，她只是在尽一个卖身丫鬟的本分。当然，这个本分尽得很愉快，并不痛苦。在此之后，她也没有提进一步的要求。

　　袭人虽然已经与宝玉有了亲密关系，但是她不但不按宝玉"未来妾"的标准打扮自己，而且还向王夫人进言，要限制宝玉与姐妹们交往的尺度，为宝玉的名节着想。这话简直太对王夫人的胃口了，所以王夫人听了管她叫"我的儿"，这直接奠定了她在王夫人心目中儿子未来"首席妾室"的地位。

　　袭人这件事做得有点儿招人烦。首先大家觉得，她自己跟宝玉都有了男女私情了，还不许宝玉跟别人恋爱，太虚伪了吧。其实讲道理的话，袭人进言的是宝玉跟小姐们的关系，是"妻"的层面，她自己属于"妾"的层面，是另一回事。

不过，除袭人外，宝玉也确实没有别的"跟前人"，这里面可能也有袭人的功劳。袭人知道王夫人烦纳妾的事，所以可能替她看着别的丫鬟，不许她们接近宝玉。这里面也不排除有袭人的小心思，即她也是打着王夫人的旗号，在"妾"的层面排除竞争者。贾宝玉的第一个女人，反而阻止了他有第二个女人。

其实，贾宝玉跟姐妹们交往，并不是要跟她们淫乱。这一点上，袭人又不理解宝玉了，这是她跟宝玉的又一个很大的隔阂。

不光王夫人，薛宝钗也欣赏袭人的本分。薛宝钗在跟袭人近距离接触后，得出结论"别看错了这个丫头"。有的读者认为，薛宝钗是在拉帮结派，为将来嫁给宝玉作准备。实际上，别说薛宝钗这时候还没有很强的动机要嫁给宝玉，就是她有这个意愿，也借不着一个丫鬟的力。

本来王家的传统是不待见妾室的，袭人的身份，容易让人误会她是那种"婢学夫人"——想爬上去的人。但薛宝钗发现她不是这样，反而很本分。所谓"别看错"，正是指这个问题。曹雪芹这里也是借宝钗的口，说明袭人不是那种想爬上去的人。连如此守礼的宝姐姐都觉得不错的人，当然是个本分的人。

即使这样，王夫人也最终没有给袭人一个正式的"跟前人"的名分。所以晴雯嘲笑袭人，"不过和我似的"。王夫人这么做，就堵住了宝玉的丫鬟成为"跟前人"的路，因为没有人能越过袭人的次序去。这样，袭人就受点儿委屈。好在，本分的袭人对此也没有怨言。为了堵住口子，让自己的心腹受点委屈，也是典型的传统做法。

贾宝玉在袭人身上体会到了女性柔情的一面，那就是无条件的包容，无微不至的照顾，这是一种近似母爱的方式，也是中国传统女性的标准方式。袭人不算聪明，但是她表现出的这种柔情，是宝玉身边那些聪明的女性所缺乏的。这种柔情并不是宝玉最想拥有的，却是他成长过程中的一种独特的体验，为他带来了无限关于女儿世界的美好想象。这种美好的人类感情，也是站在宝玉视角的作者所不能忘怀的。

"粉丝头"晴雯

晴雯本来也是贾母安排在宝玉身边的。但是她一直没能与宝玉发生什么。最后，反而被王夫人当成狐狸精赶出去了，她是冤枉的。

与袭人不同，晴雯很小就在贾府，她的哥哥嫂子也是贾府的奴才，她基本上算是"家生子"。她是纯粹的奴婢，没有地方可逃。偏偏是最没有自由的人，表现出了最强的自由意志。

晴雯比较像贾母的丫头，她在主子面前有独立的想法。她敢怼贾宝玉，敢对他说出自己的想法。有句脂批叫"晴为黛影，袭为钗副"——晴雯有点像黛玉，袭人有点像宝钗。这大概是着眼于晴雯有很强的个性，袭人比较本分守礼而言。实际上，晴雯是史家文化培养出来的丫鬟，所以有点像史家系统的林黛玉；袭人莫名地更符合王家文化的口味，所以有点像王家系统的薛宝钗。

耐人寻味的是，宝玉在选择未来的妻子时，在钗黛之间明显地选择了黛玉；在选择未来的妾室时，却跟袭人更为亲近。这也体现了宝玉对妻和妾的不同需求。

"家生子"比"外头的"少了一点儿尊严，但是在府里的人际关系比较牢固，实际上也更受主家信任。一开始贾母对晴雯的信任，恐怕是要超过袭人的。这也可以解释为什么晴雯的性格比袭人更张扬。王夫人在逐渐代替贾母治家行权的过程中，更多地拉拢较为游离的袭人，而不太与晴雯接触，也是合理的。

我怀疑曹雪芹在写袭人和晴雯这两个人物的时候，寄寓了一点儿文人式调侃。"外头的"袭人更像一个寒素士人，"家生子"晴雯更像一个世家子弟。袭人谦和本分，工作勤奋，对主家忠诚，努力加强与主家的关系，这像寒素的作风；晴雯性情刚烈，敢说敢做，显得不那么把主家当回事，就更像世家的作风。"家生子"看起来是"自己人"，但最后往往主家不太敢管，反而是"外头的"新晋寒素，更能拿捏在手里，跟主家结成联盟。特别是当家的要换人的时候，寒素是比较好用的，世家则不敢用，而且最好清除出去。可以说，大到朝堂上的大臣，小到家里的丫鬟，人性总归都是差不多的。

进一步开脑洞的话，晴雯没有积极地争取做宝玉"跟前人"，不知道是否与她"家生子"的身份有关。士族社会有一个规则，"士族养清望，寒素求功名"——寒素积极做实事，求取功名，士族子弟要表现自己不那么急功近利，少做事少争功。简单说就是，士族子弟不爱做事。袭人积极做事、要强，也劝宝玉要强，而晴雯的脾气习性，倒是跟贾政、贾宝玉微妙相似。

晴雯不仅自己不积极接近宝玉，还看不上别人接近宝玉。宝玉给麝月篦头，她嘲笑说："交杯盏还没吃，倒上头了。"宝玉说也给她篦篦，她还不接受。袭人得了王夫人赏赐的旧衣服，觉得有脸面，也被晴雯嘲笑。这样的小恩小惠，和为了争取小恩小惠所做的卑微努力，晴雯是看不上的。这是晴雯天性中的高傲。一个人即使生下来就是奴才，也是可以有高傲的天性的。

这一点，也可以看出"晴为黛影"——晴雯的这点高傲，是最像林黛玉的。这可能跟她在贾府中比袭人稍微自在一点儿也有关系，就像黛玉比宝钗稍微自在一点儿。无非是小姐有小姐的世界，丫鬟有丫鬟的世界，而不同的世界内部的规则其实是差不多的。

晴雯第一次正式出场，是"探宝钗黛玉半含酸"那回，刚写完第一次钗黛对比，晴雯就出来了。宝玉从宝钗那里回来，晴雯说："好，好，要我研了那些墨，早起高兴只写了三个字，丢下笔就走了。哄的我们等了一日。快来！给我写完这些墨才罢！"原来，早起宝玉写大字，晴雯给他磨墨。宝玉写大字不是练字，是写匾额。他给自己住的地方起的名叫"绛芸轩"，所以他写完"绛芸轩"三个字，就出门了。但是晴雯不懂，她磨了好多墨，她以为宝玉得把墨写完了才好，一直在等他回来写。宝玉出门，她以为是小孩子逃避做功课。

这里作者其实在告诉我们，晴雯是不识字的。所以，直到黛玉过来，作者才点出这三个字是"绛芸轩"，其实晴雯不知道宝玉写了什么字。晴雯和袭人一样没有机会接受教育，因此她并不比袭人更理解宝玉。晴雯的天性像林黛玉，但她终究不是林黛玉。晴雯跟黛玉的关系也不好，因为她也不理解黛玉。

晴雯尽管不很理解宝玉，但她是崇拜宝玉的。所以，她还是殷勤地陪在宝玉身边，帮他磨墨，宝玉写好了字，她"生怕别人贴坏了"，"亲自爬高上梯的贴上"，不惜"冻的手僵冷"。这样的情义，宝玉也是感念的。

晴雯的第一个名场面是"晴雯撕扇"。那阵子宝玉正被黛玉、宝钗、湘云三个人折腾得没脾气，火气比较大，还刚刚踢了袭人一脚。这时候，晴雯失手摔折了个扇子，宝玉就骂她了。晴雯也知道宝玉是找碴儿撒气，因为平时她打坏了什么值钱东西，宝玉也没骂过她。这回，宝玉却叹道："明日你自己当家立事，难道也是这么顾前不顾后的？"正是这"当家立事"四个字把晴雯得罪了，意思是"你嫁人了以后怎么办"。

十几岁的小姑娘，本来就忌讳人说这个话题了。我们中学时候那帮女同学，谁要是打了个什么东西，旁边的人马上就接上宝玉这句，到后来，谁打了东西，马上特自觉地警告旁边的人："你不许说那句啊。"女孩之间说这话是开玩笑，男孩这么说女孩，就很严重了。

更何况，怡红院的丫鬟尤其不愿意提及嫁人。不嫁人，她们本来过着"平常人家的女孩也没这么尊重"的日子。嫁了人，她们就陷入普通仆妇的悲惨生活了。更别说，不嫁人，还有机会给宝玉做妾。虽然她们往往也不好意思说想给宝玉做妾，但是想一直守在宝玉身边的朦胧愿望还是有的。即使是高傲如晴雯，她一面不屑"跟前人"的身份，一面有意无意地还是抗拒离开宝玉的。

现在，这个让她舍不得离开的宝玉居然亲自提让她嫁人，于是一股无名的火升上来，所以她说"要嫌我们，就打发我们，再挑好的使。好离好散的，到（倒）不好？"——索性说，你让我走，我也不怕走。从一个"当家立事"就跳到"打发我们"，看起来扯得太远，其实内在的逻辑是这样的。

袭人赶紧过来劝宝玉，但是她在劝的时候，不小心又把自己和宝玉当成一个共同体了，"可是我说的，'一时我不到，就有事故儿'。"这当然也是她潜意识的流露。晴雯本来就看不上袭人往上爬，现在看到她竟公然以既得利益者自居——自认为宝玉跟她是自己人、晴雯是外人了。其实那时袭人啥名分也没有，地位并不比晴雯高，居然用这样的语气跟晴雯说话，这真是"你也配姓赵"。所以袭人这话，反而火上浇油了。这时，宝玉过来护袭人，晴雯就"夹枪带棒"，一边掐袭人，一边怼宝玉，气得宝玉说，"你也不用生气，我也猜着你的心事了。我回太太去，你也长大了，打发你出去，好不好？"意思是说，你这是作死呢，你再闹，我就轰你走。晴雯一听，哭着问："我多早晚闹着要去了？"

所以，宝玉得罪晴雯，晴雯生气，围绕的主要问题是"走"，而不是摔扇子。

晴雯是不想走的，宝玉说她是找碴儿，想被开除，好出去嫁人，这是冤枉她了，这话说重了。作为平等的人，宝玉是做错了，是应该赔不是。当然，他是主子，他肯把丫鬟当成平等的人，给丫鬟赔不是，也是他的温柔。另外，哄女孩子，也是男孩子应该有的度量。

袭人跟晴雯生气，林黛玉赶紧过来哄袭人，开玩笑叫她"好嫂子"。意思是：你是宝玉的"跟前人"，我都承认了，你跟宝玉的关系比晴雯更近，你就别跟晴雯一般见识了。袭人被哄好了，晴雯就更没面子了，那晴雯当然是归宝玉哄。

贾宝玉去薛蟠那里喝完酒回来，把晴雯当成袭人了，这个误会略尴尬，不过也正好是一个搭话的契机。晴雯当然继续跟宝玉撒气，宝玉就好言劝她，然后让她去拿果子来吃——意思是这篇翻过去了，咱们不置气了。

晴雯这时候已经消气了，笑了，但是还要傲娇说，我不去，我去了再把盘子打了怎么办。这时候，宝玉又说了一个金句："你爱打就打。"其实意思是，别说你是不小心打的了，就是你故意打了，我也不会再怪你了。但是他跳过中间的逻辑，直接说"你爱打就打"，就显得格外宠溺。

在这儿，曹雪芹又发挥了他"只要繁中虚"的特长，把这个金句铺陈开了写：

> 这些东西，原不过是借人所用，你爱这样，我爱那样，各自性情不同。比如那扇子，原是搧的，你要撕着顽，也可以使的，只是不可生气时拿他出气。就如杯盘，原是盛东西的，你喜听那响的声儿，就故意的摔了，也可以使得，只是别在生气时拿他出气。这就是爱物了。

这里面有几层意思：第一层，别说你不小心打了，就是你故意打了，也没关系；第二层，故意打东西也不算浪费，因为东西不如你的心情值钱；第三层，把刚才的扇子带出来，说摔了扇子没关系，就当是为让你高兴了；第四层，但是，你别拿砸东西出气，要砸东西就高高兴兴地砸，也就是，别生气。这个话乍听起来，像是贾宝玉这么个贵公子不会过日子，但实际上要读懂，他是在哄晴雯高兴，给晴雯台阶下；说心情不如东西贵重，不是说东西便宜，而是说心情重要。贾宝玉确实不能算是小气，但是不小气只是手段，如果你只看到宝玉浪费，就还不是《红楼梦》的正确读法。

晴雯就说，既这么说，你就拿了扇子来我撕，我最喜欢撕。这就写出晴雯的性格中特别"葛"的一面，这话接得，让人想不到。贾宝玉也不含糊，说行啊，撕呗。正好麝月走过来，晴雯就把她手里的扇子抢过来撕了。贾宝玉说那儿还一箱子呢，干脆把那箱子扇子都拿过来让你撕吧，并且说了名台词"撕得好，再撕响些"。晴雯撕了几把，终于不撕了。贾宝玉说千金买一笑都值得，几把扇子算什么，你高兴就好。

撕扇子一段，写出了宝玉的豪奢，更写出了他对丫鬟的宠溺；写晴雯，写出了她那种既张扬又天真的个性。这样的晴雯，也是这样的宝玉培养出来的。

另一个名场面，是"勇晴雯病补雀金裘"。晴雯淘气着凉生了病，本来按规矩，她应该回家去休息，当然，这主要是怕把病传染给主人。但是就凭她那个家的条件，还不如在怡红院的住处能休息好，所以宝玉就说，别走了，就在怡红院休息吧，还私下掏钱请大夫给她看病。大夫来了愣把晴雯当成小姐了，可见条件确实好。对于这样的照顾，晴雯嘴上不说，心里是很感激的。

这时候，贾宝玉穿的雀金裘被烧了个洞，第二天见老太太要穿的。当时已经是深夜了，而且需要的织补技术还比较高，仓促之间找不到裁缝。晴雯说，那就我来吧。她就带着病，熬着夜，给贾宝玉补好了。这既写出晴雯的本事大,也写出她为了宝玉"挣命"的牺牲精神。既有本事,又肯"挣命",这种人我们是欢迎的,所以这种人设是很有美感的。

晴雯为宝玉"挣命",根本原因是她崇拜宝玉,宝玉平时又宠她,直接原因是这回生病宝玉对她多有照顾。晴雯感激宝玉,很像士大夫感激主君的知遇之恩,感激的不是待遇本身,而是对方对自己的尊重、爱护和欣赏。"士为知己者死"是中国人几千年的信仰,晴雯这个举动,特别能引起中国读书人的共鸣。其实黛玉对宝玉的感情,也是"士为知己者死"。晴雯为宝玉补雀金裘,跟绛珠仙草用眼泪报答神瑛侍者是一样的,是还泪神话的世俗版,是简化了的宝黛爱情。

晴雯为人诟病的一件事是她打小丫鬟坠儿,打得特别狠,直接拿簪子往手上戳,然后把她撵走了。晴雯的脾气很暴烈,是块"爆炭",她其实是有点暴力倾向的,从之前的撕扇子,之后抄检大观园时"挽着头发,闯进来,'豁'一声,将箱子掀开,两手端着底子,朝天往地下尽情一倒",都可以看出来。只不过,那两件事体现她的"反抗精神",又没伤着人,大家没感觉罢了。

晴雯打坠儿的起因,是平儿到怡红院来串了个门,就丢了一个虾须镯,后来查出来是被坠儿偷去了。偷东西无论如何是不对的。问题是,为这件事,值当打得那么狠吗?这不是仅用"嫉恶如仇"就可以解释的。

晴雯打坠儿的时候,骂了一个词,叫"打嘴现世",意思是坠儿丢人了。坠儿丢谁的人?是丢怡红院的人。不仅偷东西本身说明品质不好,而且为这么一件并非价值连城的东西,就冒着被撺出去的风险偷窃，这叫"眼皮子浅"，好像没见过好东西。丫鬟品质不好丢人，丫鬟没见过东西也丢人。丢怡红院的人，就是丢贾宝玉的人。

贾宝玉本来就招人嫉妒，怡红院的丫鬟也比别的丫鬟招人嫉妒，贾宝玉又一天疯疯癫癫的，把丫鬟们也宠得没样，所以其他下人议论怡红院丫鬟的不是，议论宝玉的肯定也不少。这回坠儿出了这么丢人的事，肯定别人又要议论怡红院了。他们不会光说坠儿怎么样，肯定会连带着说"怡红院的丫头"怎么样，进而会说到晴雯，更会说到宝玉。用今天粉圈的术语来说，这叫"粉丝行为偶像买单"，坠儿的行为要由宝玉来买单，坠儿偷东西，属于给宝玉"招黑"，给怡红院这个集体"招黑"。晴雯当然不能容忍坠儿损害宝玉的名誉，她作为怡红院这个集体的一分子，也不能容忍坠儿损害怡红院的名誉。

晴雯对坠儿的感情，有点像今天的"粉丝头"对小粉丝的感情。"粉丝头"是粉丝中的意见领袖，她们往往为维护明星的荣誉做了不少事，受到大家的拥戴。时间长了，"粉丝头"有可能会膨胀，幻想自己也是很了不起的人，尤其幻想自己可以代表偶像的意志，忘记了她跟偶像其实也没啥交情。这时候，如果有小粉丝做了有损于偶像和粉丝集体声誉的事，"粉丝头"就会出面，对小粉丝加以制裁。很多时候，只是"粉丝头"自己"认为"小粉丝这么做会有损偶像和大家的声誉而已。晴雯在怡红院的地位，就有点像这种"粉丝头"。

晴雯打坠儿，就是因为觉得她败坏了怡红院的声誉，尤其是宝玉的声誉。她的本心是为了保护宝玉，她打坠儿的最深层动力，是出于对宝玉的爱；次要的动力，是觉得坠儿连累了自己，她是在维护自己的权益。这里面还有一点心理因素，就是晴雯觉得自己可以代表宝玉，这跟袭人下意识称自己和宝玉是"我们"是一样的。晴雯以为，自己想打坠儿，就等于宝玉想打坠儿。其实，宝玉很明显是会反对打坠儿的。这也是晴雯因为对宝玉狂热的爱，生出的一点儿过分的执着。

晴雯是在病中打坠儿的，这件事发生在宝玉请太医给她看病之后、补雀金裘之前。这时候，她正对宝玉感激涕零，不知道怎么报答才好。打坠儿跟补雀金裘的心理其实是一样的。为了报答宝玉，晴雯不仅对坠儿狠，对自己更狠。晴雯的性格有极端的一面，不极端就不是晴雯了。而她对宝玉的爱，是可以理解、值得同情，甚至有审美价值的。她对宝玉的爱，混杂着崇拜与感激，是粉丝对偶像的爱，也是士人对主君的爱。

与林黛玉不同，晴雯是个世俗的女孩子，还比宝玉大一岁。她和袭人一样，向宝玉展示了世俗少女的美。有一回，晴雯跟麝月、芳官在卧房里玩闹，三个人都只穿着贴身的衣服，披头散发的，她们见了宝玉也不回避。这个情节没什么不雅，反而表现了小孩子的天真烂漫，但是这时这三个女孩子的形象，呈现的是典型的女性特征，是与黛玉的那种端庄不同的，这对贾宝玉不能说没有一点冲击。

曹雪芹写这时候晴雯穿着"红小衣红睡鞋"，这是典型的女性化符号。我们今天理解什么是睡衣，不理解为什么要穿睡鞋。其实，睡鞋是给裹小脚的女性准备的，缠足女性的"三寸金莲"其实是伤残的，所以睡觉也需要穿特制的"睡鞋"来保护。"睡鞋"

是女性特有的服饰，而且只在卧房穿。

在清代，旗人是不裹脚的。一个旗人的小孩，平生见到的第一个裹脚女人，不会是他的母亲和姐妹，而最有可能是做丫鬟、仆妇的民人。比如曹雪芹，他就很可能有"下人才裹脚"这个印象。裹脚的下人，向他展示了女性的另一种可能的形象，一个神秘而别具柔情的世界。晴雯的那双红睡鞋，他大概是在哪个丫鬟姐姐的脚上见过。

缠足在古代，也只是民间习俗，在士大夫的文化中，是上不得台面的。曹雪芹绝不会讨论宝钗黛玉是缠足还是天足，因为这个问题不太雅致，会破坏宝钗黛玉的形象。曹雪芹写的是架空文，他心目中的宝钗黛玉是古人，不是他身边的旗人。所以，推测其创作心理，曹雪芹在写一个女性的时候，不会第一反应"她是缠着足的"，因为他身边的人没有这个习惯，这跟今天的我们是一样的。我们理论上知道古代的妇女缠足，但是在想象一个古代美人的时候，是不会自然把她按缠着足来写的。

而晴雯不需要维持钗黛那样冰清玉洁的人设。对曹雪芹来说，红睡鞋不仅是女性化的符号，更是丫鬟的特定符号。这个符号不代表进步、不时髦，但是很新奇，是一个不那么"正确"的大姐姐的象征。勉强类比的话，就好像一个小孩，从小被教授母亲灌输"耳环是女性被奴役的标志"，然后他看见新来的保姆姐姐戴着耳环的感觉一样。曹雪芹还写到晴雯留着长指甲，染得通红，这也是一种"不正确"但有吸引力的女性标志，也符合一个文化水平不高、好强爱美的丫鬟的身份。这样的符号，钗黛没有，袭人也没有，只有晴雯适宜。对宝玉来说，这样典型的女性符号，是通向他所不了解的女儿世界的大门。晴雯与袭人一样，是贾宝玉女儿梦境的重要组成。

抄检大观园后，晴雯被王夫人赶走了。那件事，她真的特别冤枉。

王夫人来的时候，晴雯正生着病，比较憔悴。王夫人看了就说她装出个"多病西施"的样儿来，"妆狐媚子"勾引宝玉。多病西施为什么就能勾引男人呢？其实，多病西施勾不到别人，只能勾到宝玉。王夫人认为，晴雯是在学林黛玉。实际上，早在见到林黛玉之前，王夫人听说宝玉身边有个丫鬟眉眼有几分像林妹妹，就已经不高兴了。

学林黛玉为什么就那么大罪过呢？乍一看，好像王夫人特别讨厌林黛玉。实际上，以王夫人的傲娇，要真的讨厌林黛玉，反而不会这么大张旗鼓说出来了。

其实，王夫人讨厌别人学林黛玉，重点不在"林黛玉"，而在"学"。"学"后面的宾语之所以是"林黛玉"，是因为林黛玉是目前最有可能嫁给贾宝玉的人，这一点，王夫人内心也是承认的。那么，贾宝玉的丫鬟学林黛玉，就属于王家人最讨厌的"婢学夫人"行为。

其实，晴雯虽然像林黛玉，但还真没学过林黛玉。她的人设也跟林黛玉不一样，她平时并不是病病歪歪的，她是个"使力不使心"之人，身体很好，心思也比较单纯，没林黛玉那么多心眼。她也不喜欢林黛玉，还冲撞过林黛玉，气得林黛玉写了一篇《葬花吟》。她这次生病，是偶然的，不巧就让王夫人看见了。

王夫人不知道晴雯是真生病了，还以为她每天都这样，以为她是"东施效颦",看林黛玉老生病,就以为生病好,刻意模仿。相对于丫鬟,王夫人肯定是站在黛玉这头的,这时候,在她的意识里,黛玉就是她未来的儿媳妇,她要维护黛玉。王夫人这时候的想法可能是:你竟敢模仿我的准儿媳妇,来勾引我的儿子,我的准儿媳妇是什么样的人,哪是你配模仿的?她认为"学林黛玉"是对林黛玉的一种伤害,她反对学林黛玉,恰恰是维护林黛玉的表现。

王夫人的这种心情,其实我们也可以理解。在生活中,我们看见哼哼唧唧的女孩子,也会想,"她是不是学林黛玉呢";进而想,"林黛玉这样的人,哪是她学得了的?她理解林黛玉吗?她有她的诗性吗?"我们因此反而更讨厌她了。这正是因为我们喜欢林黛玉。

王熙凤也有这种表现。她听说小红原名叫"林红玉",因为犯了宝玉、黛玉的讳才改了,就说了一句"你也玉我也玉,得了玉的什么便宜似的"。这句话听起来也像是对林黛玉有敌意,其实也是出于维护林黛玉及贾宝玉。

按照中国传统,"犯讳"是很严重的事。晚辈不能跟长辈重名,下人不能跟主人重名,否则会被视为严重的冒犯。这最初是遵循区别原则,避免引起误会,后来,避讳改名则成了一种谦恭的表现。与王夫人类似,王熙凤也是反感红玉名字的"玉"字重了宝玉黛玉的"玉"字,而不是讨厌宝玉黛玉的名字,也不是讨厌黛玉的名字跟宝玉相似。

中国民间有一种做法,觉得谁好,就把谁的名字拿来,给自己的孩子用。这种做法其实是不合礼制的,是对名字主人的冒犯,相对于正规的礼仪,是一种陋习。如果双方地位是平等的,这么做当然也不犯法,只是不太好而已。王熙凤这句话,是一句吐槽。相对于书里的世界,这是在吐槽这部书里叫"玉"的人太多了,是曹雪芹的自嘲,所谓"官方吐槽最为致命"。相对于现实世界,曹雪芹也许另有所指,比如可能有谁家孩子用了"霖"字。是不是这样,我们今天已经不得而知了。

王熙凤顺便还吐槽了一句,有的丫鬟说话"妆(装)蚊子哼哼",以为这样"就是美人了"。这句话听起来也像是针对黛玉的。而实际上,这句话也是针对学林黛玉的丫鬟的。林黛玉虽然身体弱一些,说话声音小一些,但是她自己说话不是"妆(装)蚊子哼哼"的,林黛玉其实很能说,爱开玩笑。真正有文化的女性,说话并不像"蚊子哼哼"。反而是自己没有文化而羡慕知识女性的女性,会想象知识女性说话都像"蚊子哼哼",所以说话就模仿自己想象中的那个腔调,以为这样就高雅了。其实,"蚊子哼哼"的腔调,是一个特定阶层的腔调,一听就是"婢学夫人"腔。

王家人认为学林黛玉是对林黛玉的伤害,主观上可能是因为她们有什么阴影。比如说,赵姨娘是怎么上位的,说不定她曾经刻意模仿过王夫人;又或者,赵姨娘在成为姨娘以后,自以为有了身份,开始模仿王夫人了。这让王夫人和王熙凤很不舒服。

客观上,贾府模仿林黛玉的丫鬟恐怕还真不少。因为大家都知道林黛玉是未来的宝二奶奶,林黛玉又是这么一个"神仙似的人物",潜意识里想做宝玉妾室的丫鬟们,自然会模仿她。模仿林黛玉这样的人,又学不像,观感上会是一场可怕的灾难。贾府里要是充斥着这样的丫鬟,也确实挺烦的。

晴雯冤就冤在，大家都模仿林黛玉，只有她不屑于模仿林黛玉，最后被扣上模仿林黛玉这个帽子的竟然是她。没办法，谁让她天生就像林黛玉呢？谁让她是怡红院的"粉丝头"呢？谁让她偏在这时候生病，让王夫人误会了呢？该落在她头上的帽子，她是怎么都躲不掉的。

王家人讨厌"婢学夫人"，主要还是讨厌做妾的不本分。其实，晴雯也讨厌丫鬟往上爬，这跟讨厌"婢学夫人"不是一回事，但是方向是类似的。晴雯倒不是为了维护礼制尊卑，而是不屑于追逐当妾的那点名利，她连妾都懒得当，就更不会有动机模仿林黛玉了。所以最后她落了一个"狐媚子"的名声，说她勾引宝玉，她特别委屈。因为勾引宝玉这件事她不仅没有做，而且一直看不起。

屈原的《离骚》里有两句："众女嫉余之蛾眉兮，谣诼谓余以善淫。"在世俗社会，女人只要长得漂亮，就会有人嫉妒，就会被造谣淫荡；同理，士人只要有才能，就会有人嫉妒，就会被造谣谋求私利。说一个士人谋求私利，说一个女人淫荡，都是很严重的指控。这两件事其实是一类的。屈原面临的是这样的处境，晴雯面临的也是这样的处境。屈原不屑于追求私利，晴雯不屑于勾引宝玉，最后他们却都被指控做了自己最不屑的事，这真是天大的委屈。

王夫人把晴雯赶走，基本上属于误伤，实际上晴雯并没有做王夫人讨厌的事。王夫人伤害晴雯是出于误会，这其实比晴雯真的冒犯了王夫人，更具有悲剧色彩。

王夫人把晴雯赶走的时候做得很残酷，只让她穿着贴身的衣服，什么都不许带走。晴雯带着病回到哥嫂家里，吃不上喝不上，没人照顾，很快就含冤而逝了。在晴雯身上，隐约有古代贬谪士人的影子。

晴雯在临死的时候，说自己不能"耽了虚名"，既然说自己是狐狸精，那自己就干脆做一次狐狸精吧。等于是说，她一生没做过坏事，却受了天大的冤屈，那就在死之前做一件坏事吧。这是非常悲愤的话。晴雯不是不想接近宝玉，只是她的高傲不允许她这样做。而她所做的"坏事"，不过是跟宝玉换穿了贴身的衣服，又把她标志性的红指甲咬下来，留给宝玉作纪念。

晴雯死后，被送到化人场焚化了。只有留在宝玉那里的一点纪念品，证明她卑微的生命曾经存在。晴雯只是一个丫鬟，命如草芥，很容易就被无情的人世轻轻抹去。而这样一个卑微的生命，却拥有那样美丽而高贵的灵魂。晴雯短暂的一生中，最快乐的时光，应该就是在怡红院做"粉丝头"的日子。这样美好的日子是如此脆弱，贾宝玉必须很快长大，丫鬟们则必须离开这片伊甸园，回到寒冷而污浊的尘世。曾经一起拥有快乐时光的少男少女就此走进了不同的世界，再也没有相遇的日子。数年后，曹雪芹回望自己的青春，在《红楼梦》中写下这沉重的一笔的时候，内心或许也是充满了对人世无常的感慨吧。

"路人粉"紫鹃

抄检大观园后，迎春的贴身丫鬟司棋被撵走，周瑞家的就来押送她上路。周瑞家的对司棋比较凶，大概因为她姥姥是王善保家的，周瑞家的就把对她姥姥的不满都发泄到她身上了。这时候周瑞家的说了一句话："你如今不是二号小姐了。如不听话，我就打得你。"有的版本，此处"二号小姐"作"副小姐"。

"副小姐"这称呼很奇特，值得玩味。周瑞家的为什么说小姐的贴身丫鬟是"副小姐"呢？

小姐的贴身丫鬟很有可能陪小姐出嫁。出嫁后，她们有可能像平儿那样，成为姑爷的妾，也有可能嫁给有权势的管家，或者嫁给外面的平民，像周瑞家的那样，继续协助夫人管家。她们的前途，很可能是成为"副夫人"。所以，她们在小姐身边也是娇生惯养，除了不学文化以外，也要养得非常"体面"，才不给小姐丢人。她们与地位更低的下人打交道，也都是打着小姐的旗号。她们的实际地位几乎是下人里最高的。一般的仆妇，都得小心捧着她们。

捧着小姐，是下人的本分，但是捧着这些贴身丫鬟，她们就不甘心了。所以仆妇们对小姐的贴身丫鬟会有很大的意见，觉得她们太娇了，太倚仗小姐的权势了，所以就带着恶意，赠给她们一个"副小姐"的外号。意思是，她们又不是小姐，摆什么谱。

具有讽刺意味的是，这句话是周瑞家的说的。几十年前，她自己就是王夫人身边的"副小姐"呢。现在她嘲讽年轻人是"副小姐"，也不禁让人感叹天道轮回。

要说《红楼梦》里的天字第一号"副小姐"，那必须是黛玉身边的紫鹃。

紫鹃本来也是贾母的丫鬟，被安排到了黛玉身边。在贾母的计划里，宝玉和黛玉是要结婚的，到时候，紫鹃就跟袭人、晴雯"胜利会师"了。紫鹃到黛玉身边后，跟黛玉很投缘，比她从林家带来的丫鬟还好，很快就占据了黛玉身边"副小姐"的位置。

紫鹃也是"家生子"，所以她"心里却愁：他（黛玉）倘或要去了，我必要跟了他去的。我是合家在这里，我若不去，辜负了我们素日的情常；若去，又弃了本家。"要是黛玉嫁的不是宝玉，我可怎么办呢？跟她走吧，舍不得我爹妈；留下来吧，舍不得她。所以，紫鹃拼了命也要促成宝黛的婚事。

贾母在把紫鹃派给黛玉的时候，完全没有考虑到她会因此为难。这是因为，贾母认为意外的事是不会发生的，黛玉就是要嫁给宝玉的。

紫鹃在《红楼梦》里最重要的行动就是促成宝黛的婚事。她说是怕黛玉外嫁让她为难，这多少有点开玩笑的成分。主要原因是她把黛玉当成了亲姐妹，觉得对黛玉来说，嫁给宝玉是最好的。

另外，紫鹃还有一点自己也没想清楚的潜意识。作为"副小姐"，她有很大概率给林黛玉的丈夫做妾——如果黛玉能嫁给宝玉，她就有可能成为宝玉的妾。紫鹃不一定很明确地想做宝玉的妾，她只是模糊地想一直留在贾府，比跟着林黛玉去一个未知的陌生世界要强。这实际上意味着，比起去做陌生人的妾，她更能接受做宝玉的妾。

紫鹃不是怡红院的人，但是她未来很有可能变成宝玉的人。她觉得黛玉嫁给宝玉是不错的归宿，这本身就是对宝玉这个人的肯定。所以，她可以算是宝玉的"路人粉"。她的偶像本来是林黛玉，但是因为宝玉跟她的偶像组了CP，她也不反对连宝玉一块儿"粉"了。

紫鹃这种帮黛玉找对象的急切曾经遭到薛姨妈的吐槽。那次薛姨妈开玩笑说起,把黛玉许给宝玉最合适了,紫鹃赶紧就跳出来,说:"就是就是,您赶紧去跟太太老太太说说吧。"薛姨妈就笑了,说:你干吗?催着你们姑娘出了阁,自己好赶紧找个小女婿去?薛姨妈虽然是拿紫鹃的婚事开玩笑,其实这话说得还留有余地。现实的情况是,丫鬟替小姐找对象,就是替自己找对象。薛姨妈其实是在暗示:是你自己急着跟宝玉吧?

顺便说,"慈姨妈爱语慰痴颦"这一回,有人觉得,薛姨妈是不是故意在搅和宝黛的婚事。我认为不是,这时候刚闹完"慧紫鹃情辞试莽玉",宝黛的关系已经很明朗了。这时候也没人敢再破坏他们的亲事,如果谁再说一个不字,宝玉又犯病了,谁也吃罪不起。薛姨妈其实很清楚宝玉就是要娶黛玉的,只不过她作为一个亲戚,不便说什么,也说不上什么。

当时,薛姨妈刚做成了几对媒,于是对着钗黛二人说,不知道你们姐妹俩的姻缘,现在在哪儿呢。她女儿的姻缘,她是真不知道在哪儿呢。宝玉如果做个女婿她是满意的,无奈已经让黛玉占上了。她说这话,其实是有这个意思,但是不敢提。她也许暗暗地希望,黛玉的姻缘并不是宝玉,这样宝玉就能做她女婿了,但这只是她潜意识里的愿望,她并不会为此真的做什么缺德事。而黛玉的姻缘,她其实很确定在哪儿呢,但是贾母到这份儿上了都没明说,她一个亲戚,也不可能替贾母挑明。

这时候,黛玉看宝钗跟薛姨妈亲热,不禁伤感起来。薛姨妈赶紧安慰她,说可以认她当干女儿。薛宝钗就在旁边打趣,说她这么好,您干吗不干脆让她当儿媳妇;又说黛玉不能认自己妈当妈，因为自己哥哥还没定亲呢。这两句话是一个意思。薛宝钗说这话，也是少女之间的玩笑话，并没有拆散宝黛的意思。即使宝钗真要拆散宝黛，也不会用把林黛玉介绍给薛蟠这么笨的办法，谁会希望丈夫的前女友成为自己的嫂子呢？少女间开这种玩笑，那就是逮谁说谁，才有意思。要是光搁着对方的心上人开玩笑，反而不好。至于宝黛的关系，哪是这句玩笑话就能拆散的。

薛姨妈赶紧从旁边说，薛蟠可配不上她。这倒也是真话，要让黛玉当儿媳妇，她也没意见，但是她知道自己那个不成器的儿子没这个福气，是万万不敢提的。这里也是曹雪芹在跟我们开玩笑，这要真是宝玉成了薛姨妈的女婿，黛玉成了薛姨妈的儿媳，倒也逗了。

这时候，薛姨妈又赶紧说，黛玉还是嫁给宝玉合适。这是拿黛玉打趣，也是撇清自己没这意思。

那么，紫鹃真让薛姨妈去说这个媒的时候，薛姨妈为什么又没答应呢？因为这件事老太太已经打定主意了，不需要薛姨妈一个外人去说。薛姨妈要真去说了，会显得很傻。紫鹃这是一句孩子话，也没必要认真对待，所以薛姨妈跟她打个哈哈就过去了。

曹雪芹写这一笔，还是为了借薛姨妈的口吐槽：紫鹃是自己想寻小女婿去了。这里面其实也带着紫鹃对宝玉的一点朦胧的情愫。

紫鹃促成宝黛婚事是不遗余力的。早在第三十回的时候，宝黛生了一场大气，闹到一个砸玉、一个大哭大吐，然后谁也不理谁了。其实双方都想和好，但是谁也拉不下脸来。这时候紫鹃先是给黛玉做思想工作，说这次也是姑娘太浮躁了，三分怪宝二爷，七分怪姑娘。这时候宝玉来登门道歉了，黛玉还傲娇着说"不许开门"，结果紫鹃不理她，自作主张去给宝玉开了门，还主动跟宝玉说了一句"我只当是宝二爷再不上我们这门了，谁知这会子又来了"。这句话给了宝玉一个天大的面子，宝玉赶紧接话，说："我便死了，魂也要一日来一百遭。"

有人吐槽，紫鹃这句话说得像个老妈子跟嫖客说的话。这倒也可以说明，紫鹃为了把她的姑娘"推销"给宝玉，是多么的不遗余力。我们念大学的时候，赶上室友跟她男朋友吵架，我们为了让他们俩和好，也得拿出这种老妈子一样的劲头，在中间说好话。当然，前提是两个人本来就是男女朋友关系，你情我愿，并不真是姑娘往上贴。

再好的情侣，也有闹误会的时候，这时候就得靠好哥们好闺蜜从旁"助攻"。他们自己拉不下脸来，我们就替他们扮演"不要脸"的角色。这次要没有紫鹃主动圆场，把宝玉放进来，真不知道他们俩还要僵持到什么时候。

紫鹃不愧是从史太君那边出身的，特别敢说敢干，敢自作主张，敢对主子直言"进谏"。

第五十七回"慧紫鹃情辞试莽玉"那次，紫鹃可把贾府上上下下折腾得不轻。紫鹃着急宝黛的感情进展太慢，自作主张替黛玉去试探宝玉。她跟宝玉说，林家人要接黛玉回去嫁人了，宝玉一下子就犯了呆病，差点儿死了。黛玉听说宝玉要死了，她自己也活不成了，也差点儿死了。风波过后，黛玉知道是紫鹃从中捣鬼，就责备了她几句。

紫鹃说，我都是为你着想啊。你看看你除了嫁给宝玉，还有更好的出路吗？你又没有娘家人，要是嫁给别的公子王孙，人家三妻四妾地一娶，你还不让人欺负死？而且这事你要抓紧，现在老太太活着，什么都好办，但是老太太这么大岁数了，说死就死，老太太要是死了，就不知道有啥变局了，你舅妈可不保证像你亲姥姥一样替你撑腰。

紫鹃说的这些话，应该说都是切实的，说明她也是经过了深思熟虑，方方面面都替黛玉考虑到了。这些话又都说得特别直，什么忌讳都犯了。直接讨论小姐的婚事，这就不用说了，还把婚后"三房四妾"这样的细节都想到了。还说到了小姐娘家都死绝了、老太太活不了多久了、舅妈不像姥姥那么靠得住，这也都是绝对的禁忌话题。怪不得黛玉连声说"这丫头今儿疯了""我不敢要你了"。

在这里也可以看出史家系统和王家系统的不同，黛玉与紫鹃的相处模式，跟宝钗与莺儿的相处模式，形成了鲜明的对比。莺儿不过说了一句宝钗项圈上的字可以跟通灵宝玉上的字对起来，宝钗便嗔莺儿不去倒茶。虽然只是嗔了一句，没有对莺儿不好，却显出森严的身份秩序。紫鹃就完全不一样了，跟林黛玉什么都敢说，黛玉在她面前一点儿小姐的架子都不端。

《红楼梦》里的丫鬟们是小人物，承担着比较细碎却同样不可或缺的功能。从人格分析的角度看，她们代表了作者心灵深处一些比较底层的元素。袭人那基于自由意志的忠诚，晴雯的清高与牺牲，紫鹃的智慧与俏皮，都是作者一部分人格的写照，也代表了中国人的一部分性情。从人物功能的角度看，她们没有希望做宝玉的妻子，却崇拜和维护着宝玉，与"情不情"的宝玉之间，形成了另一种模式的两性关系。她们是清净女儿更本真的存在，向宝玉展示了女儿世界的神秘与美好。

红楼人物

第十章 十二钗中的一组对角线

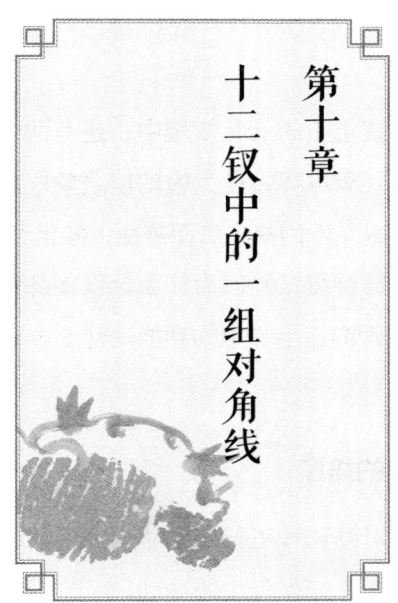

在贾宝玉的女儿梦境中，还有两位女神一样的人物，秦可卿和妙玉。秦可卿曾在太虚幻境之梦里出现，妙玉则居于离尘出世的栊翠庵，她们都高贵而美丽，家世背景不详，与宝玉接触也少，因而显得神秘。她们为什么会以如此神秘的姿态出现在红楼一梦中呢？她们在小说中的功能是什么？她们在现实中的身份又是什么呢？

十二钗的排序

秦可卿和妙玉都属于"金陵十二钗"。"十二"这个神秘的数字，总让人产生分组的冲动。"十二钗"可不可以像"十二星座"那样分组呢？

十二星座可以有两种分组方法。一种是分成四组：火相、土相、风相和水相，每组三个；一种是分成三组：基本、固定和变动，每组四个。这样，每个星座都有两种属性，或者说，以这两种属性，就可以确定一个星座。

在我看来，"十二钗"也有这样两种分组方法。一种是按身份，分成三组。一组是异姓的小姐：黛玉、宝钗、湘云和妙玉；一组是贾宝玉的同姓姐妹：元春、迎春、探春和惜春；一组是其他人，也就是媳妇们和她们生的下一代，可卿、李纨、王熙凤和贾巧姐，这一组其实就是媳妇，巧姐是塞进来的。另一种是按个性，分成四组。也就是说，前面说的三个分组，每一组都有四类人。

其中都有一类特别耀眼、个性很强的，分别是黛玉、元春和可卿；一类是性情温和、自我克制的，分别是宝钗、迎春和李纨；一类是性情豪迈、有男子气概的，分别是湘云、探春和王熙凤；一类是承担了家族没落的命运的，分别是妙玉、惜春和巧姐。在这个系统里，每个人都有自己独特的功能，根据两个属性就可以确定一个人。

画成表格是这样的：

	异姓小姐	同姓姐妹	媳妇及下一代
才性出众	黛玉	元春	可卿
自我约束	宝钗	迎春	李纨
男子气概	湘云	探春	凤姐
家族没落	妙玉	惜春	巧姐

如果你永远记不住十二钗都有谁，这个表格或许会对你有帮助。

要是再调皮一点儿划分，我们还可以给十二钗对应上十二星座。比如，异姓小姐算固定星座，同姓姐妹算基本星座，媳妇算变动星座。比如，探春白羊，湘云狮子，凤姐射手，宝钗金牛，李纨处女，迎春摩羯，可卿双子，元春天秤，黛玉水瓶，惜春巨蟹，妙玉天蝎，巧姐双鱼。随便怎么联系，只要你喜欢。如果你对星座没有兴趣，也可以找你熟悉的系统来对应。

在前面的表格里，我们看到，可卿和妙玉构成了一组对角线。这两个人对应的两个属性各自正好是相反的。可卿是这家的长房媳妇，妙玉只是一个依附者；可卿是个最要强的人，妙玉是个最佛系的人；可卿对贾府是全身心地投入，妙玉对贾府事务的参与度极低。两个人正好可以构成一组对照。

还原到现实中，可卿嫁入高门，代表上升中的寒素；妙玉向下沦落，代表没落的贵族。对宝玉来说，可卿代表了女性世界的诱惑，妙玉则象征了纯粹精神的领域。她们站在贾府现实世界的两端，也占据了宝玉的女儿梦境的两端。

寒素的可卿

秦可卿出身于一个普通的读书人家，秦家在"护官符"上绝对没有姓名，秦家人见到贾家人，都有点儿诚惶诚恐。非但如此，秦可卿还不是秦家亲生的，是从育婴堂抱来的。

按照某些宫斗剧的逻辑，秦可卿嫁进贾家，还不得让人欺负死啊。还有人觉得，她根本不配给贾蓉做妻，只能做妾。但是《红楼梦》偏不按他们的逻辑来，秦可卿做了贾家的长房长媳，还颇得信任，老祖宗把她视为"重孙媳中第一个得意之人"，公公婆婆把她当亲生女儿一样看待。

宫斗逻辑的信仰者，看到他们不看好的人过好了，让他们的信仰破灭了，一般会产生第二个猜测：她的背景肯定不一般。但是秦可卿的背景又实在一般，怎么办呢？就有人找到了切入点：她不是抱养的吗？说不定是什么了不得的王公贵族扔到育婴堂的呢。有人说王公贵族的孩子不会扔育婴堂啊，他们就说，扔育婴堂只是为了掩人耳目。这么一来，就又跟宫斗逻辑接上了，他们很满意。

实际上，"护官符"以外人家的女儿，不可能嫁入贾府吗？

不可能做长房长媳吗？贾府里上上下下所有的大嫂，都来自"护官符"以外的人家，为的是好调教。至于被公婆"当成自己女儿"这样的事，那就自由心证了。像林黛玉这样的人，就是遇到再好的婆婆，她也不会有"婆婆像亲妈"这样的感觉。而一个嫁入高门的寒门女孩，幸福感是比较高的，就是婆婆批评她两句，她也会觉得"打是亲骂是爱"。可卿还有跟公公"爬灰"的重大嫌疑，当然，这件事她很大程度上是被迫的。我想说的是，贾珍敢对儿媳妇下手，也是看准了她娘家没人。而且，这件事里，可卿也不能说是完全不情愿，这说明这个嫁入高门的寒素女子，对公公有很高的服从性，甚至是有点崇拜的。同样是禽兽不如的人，贾赦就没可能对王熙凤下手。

那么为什么贾母这样的人，也信任可卿呢？我们来看看贾母是在什么事上信任可卿，她是让可卿去打发宝玉睡午觉，也就是让她看孩子。信任她看孩子，跟信任她管家，可是不一样的。什么样的人会经常被安排去做看孩子这样的事呢？曹雪芹用了一个词，"妥当"。表面上，他们也许会说她"有能力""靠谱"，实际上，是因为舍得使唤她，知道使唤她她也不敢反抗，并且觉得她吃过苦，处理日常琐事应该在行，甚至不准备在重要的地方用她，所以觉得她干点这样的活理所应当。王夫人让王熙凤跟着学管家，这叫信任；贾母说秦可卿带孩子带得好，这不叫信任。贾母说可卿"妥当"，恰恰说明贾母觉得可卿出身寒素。贾母对王夫人甚至王熙凤的那种客气，对秦可卿是没有的。

秦可卿带宝玉去睡觉，先去了一个房间。房间里挂的画是《燃藜图》，是让人克服贫困好好念书的，挂的对联是"世事洞明皆学问，人情练达即文章"，是让人不仅要钻研学问，而且还要提高情商——都是大老爷们的事。贾宝玉说不好，不要在这儿睡，可卿就带他到自己房间去睡。对于秦可卿卧房的陈设，曹雪芹有一段特别浮夸的描述：

> 刚至房门，便有一股细细的甜香袭了人来。宝玉便觉得眼饧骨软，连说"好香"！入房向壁上看时，有唐伯虎画的《海棠春睡图》，两边有宋学士秦太虚写的一副对联，其联云："嫩寒锁梦因春冷，芳气袭人是酒香。"案上设着武则天当日镜室中设着的宝镜，一边摆着飞燕立着舞过的金盘，盘内盛着安禄山掷过、伤了太真乳的木瓜，上面设着寿昌公主于含章殿下卧的榻，悬的是同昌公主制的连珠帐。宝玉含笑连说："这里好！"秦氏笑道："我这屋子，大约神仙也可以住得了。"说着，亲自展开了西子浣过的纱衾，移了红娘抱过的鸳枕。

秦可卿的卧房这么奢华，是不是说明她的出身不一般呢？也不说明。

首先，曹雪芹的这些修饰，是夸张的说法，有调侃的意味。读者要认为这些真的是唐朝汉朝春秋战国的文物，那就被蒙了。

既然这些东西不是文物，那么曹雪芹花这么大笔墨，写得这么夸张，用意何在呢？其实很简单，他是在跟上述挂《燃藜图》的那个房间作对比。那边是那样的画，那样的对联，这边是这样的画，这样的对联；那边什么都没有，这边什么都有；那边那么男性化，这边这么女性化；那边那么简朴，这边这么精致；那边那么艰苦奋斗，这边这么骄奢淫逸；那边那么正确，这边这么不正确。所以，得出结论：那边没法睡觉，这边可以睡觉，真是"神仙也住得了"。曹雪芹是在形容这些陈设特别奢华，并且在暗点这些女性卧房的陈设对少年宝玉的情色暗示。

首先，曹雪芹把秦可卿的卧室陈设写得这么郑重其事，主要是对少年宝玉的揶揄。这个小小少年，偶然进入成年女主人的卧房睡觉，见到这些女性色彩浓厚的卧具，只觉得目不暇接。这是为他一会儿的春梦作铺垫。

其次，这些东西必须不是秦可卿从娘家带来的，更不是她从生身父母那里继承或从育婴堂带出来的，而是贾府置办的。一个小媳妇的卧房里有什么，只说明她在婆家过着什么生活，完全不说明她娘家是什么样的境况。

有人说，秦可卿一个从育婴堂抱出来的孩子，怎么可能这么华贵呢？怎么不可能呢？一个人的气质，是由她成长过程中各个阶段的各种因素综合形成的。第一，人的天性是不能完全随环境而转移的，出身卑微的人也可能有高贵的天性，比如晴雯的天性也是跟林黛玉差不多的。第二，秦可卿最卑微的一段经历，是她在育婴堂待过，但是那段时间她还没有记忆，这段时间的经历只影响人的一些底层特质，比如是不是缺乏安全感之类。第三，秦可卿是在秦家长大的，秦家虽然比较贫寒，但是基本的读书人的教养还是有的，秦可卿的礼仪、文化常识，是秦家教给她的，她在文化上表现为秦家的女儿，血缘比起文化来影响要小，或者更隐蔽。第四，秦可卿现在的生活是贾家给她的，婆家怎么捯饬她，跟她的出身无关。寒门女子嫁入高门，也愿意接受婆家的文化，这本来就是贾家长房都娶寒门女子作媳妇的原因之一。

脂砚斋说，曹雪芹写秦可卿是从育婴堂抱来的，就跟大家都爱说赵飞燕是歌女出身一样。越是倾国倾城的美艳女子，越要极力说她出身寒微，这样才有传奇色彩。自古以来，特别是在小说传奇里，出身寒微的女子后面出落得美丽高贵、极尽奢华，是常见的桥段。在现实生活中，原生家庭不太好的女性，在进入好的环境后，很快全盘接受了先进的文化规则，也是很常见的现象。一般来说，女性接受先进的文化总是要快一些。

那么，育婴堂的生活有没有给秦可卿留下寒素的印记呢？按照今天的教育理论，育婴堂的孩子得不到足够的关注，可能会缺乏安全感。秦可卿后来又嫁入高门，这一点也有可能加剧了她的讨好型人格。秦可卿有没有这类表现呢？有，而且很明显。

第七回里，宝玉想与秦可卿的弟弟秦钟交好，邀请他一起读书。秦可卿是又惊喜又忐忑，赶紧跟宝玉说：

> 宝叔，你侄儿年小，倘或言语不防头，你千万看着我，不要理他。他虽腼腆，却性子左强，不大随和些是有的。

宝玉按辈分是贾蓉的叔叔，所以秦可卿叫他"宝叔"，套近乎说自己的弟弟是"你侄儿"。对于这个大辈分的少年，秦可卿也是不敢怠慢的。秦可卿安排他在自己房里睡觉的时候，要说"他还是小孩子，没关系"，却还要说"不怕他恼"，然后才说自己的弟弟都比他高。秦可卿对"宝叔"是敬畏的，哪怕他只是耍小孩脾气，她也怕他不高兴。因为有这层敬畏，她才特地要表白，别看宝玉是叔叔，自己只把他当小孩看。这很符合一个地位较低、富于生活经验的小媳妇的口吻。

在众人眼里，贾宝玉身份非常高贵，性格又特别乖张，轻易不搭理人。秦可卿也是这么看的。宝玉能带秦钟玩，秦可卿是非常兴奋的。她既开心，又担心秦钟会得罪了宝玉。一方面，她觉得贾宝玉没长性，现在高兴，指不定什么时候又不高兴了，觉得贾宝玉的"雷点"也比较奇怪，秦钟不知道哪句话说不对，就会触了他的"雷"；另一方面，她觉得自己的弟弟也不是会伺候人的人，是"小门小户娇养惯了的"。像秦家这样的人家，对儿子寄予的期望比女儿大，往往会优先满足儿子的需求，而不会像培养女儿那样培养他"体会别人的需求"。现在让她这个宝贝弟弟去伺候那个得罪不起的小叔叔，她一方面觉得得罪不起宝玉，另一方面也怕自己的弟弟受了委屈，难免又会惊慌失措、满腹担忧。

所以她卑微地乞求贾宝玉：如果我弟弟说了什么让叔叔您不高兴的话，那一定是他错了，但是请您看在我的面子上宽恕他；您也不是向他低头，而是不跟他一般见识；别看着他内向，他其实脾气不好，不会伺候人，请您有个思想准备。

本来只是嘱咐小孩子好好一块玩、别生气的话，说成这样，足见这个小媳妇在贾家的每一位成员面前的诚惶诚恐。她想"拉扯"娘家人，又时时刻刻怕得罪了婆家人。贾宝玉在这里还没有表现出一丁点儿不高兴的苗头，她已经在想象最可怕的后果了。她婆婆尤氏说她"可心细，心又重，不拘听见个什么话儿，都要度量个三日五夜才罢"倒也是事实。这种谨小慎微的性格，是

"受气媳妇"的性格,是要强的寒门女儿的性格,也是上升过程中的寒素士人的性格。这种极度敏感、极度缺乏安全感的行为模式,也可以看出在育婴堂度过的婴儿期在她灵魂深处留下的烙印。

秦可卿最后也是死在了这种性格上。《红楼梦》里的人物,生的大多是情绪病,类似今天的抑郁症、焦虑症之类。张太医给秦可卿的诊断是:

> 左寸沉数,左关沉伏,右寸细而无力,右关虚而无神。其左寸沉数者,乃心气虚而生火;左关沉伏者,乃肝家气滞血亏;右寸细而无力者,乃肺经气分太虚;右关虚而无神者,乃脾土被肝木克制。

今天的人看这段话可能很费劲了,其实这段讲的是五行生克理论,不用懂医学,只要略知五行就可以看懂。秦可卿的病根一共有两条,一条是"心气虚而生火",一条是"肝家气滞血亏"。"心气虚而生火",说的是她不接地气,心高气傲,太要强。心火盛了,就克金,伤了肺经。伤了肺经代表悲伤。心高气傲,就不容易满足,就容易伤春悲秋。肝气郁滞,就是说她老生气,而且是生闷气。小媳妇是难免受气的,她受了气又不敢发泄出来,就成了闷气,就会伤身。这是说她自我克制太过分了。肝木盛了,就克土,伤了脾经。伤了脾经,就容易焦虑,自我压抑的受气小媳妇是很容易焦虑的。而且伤了脾就不想吃饭,自我压抑久了,食欲下降,当然也伤身。厌食这个症状本身,也代表了极度的自我否定倾向。

秦可卿这个病，生得也很"钗黛合一"。心气盛，容易悲伤，这是林黛玉的病；自我约束直至自我否定，这是薛宝钗的病。两个病生在一起，就更没治了。曹雪芹在这里，也是用秦可卿的病来概括一切红楼女孩子的情绪病，写一切"春恨秋悲"对她们的折磨。

如果你还是觉得玄乎，太医接下来说得更明白了：

> 大奶奶是个心性高强聪明不过的人，聪明特过，则不如意事常有；不如意事常有，则思虑太过。此病是忧虑伤脾，肝木特旺，经血所以不能按时而至。大奶奶从前的行经的日子问一问，断不是常缩，必是常长的，是不是？

她聪明要强，所以常常不如意，常常思虑太过。行经的日子常长，就是生理周期会延长，也就是月经频率降低。月经频率的降低，象征着女性生命活力的降低。聪明要强，失望多；自我否定，忧虑多。情绪病的折磨让秦可卿吃不好睡不好，生命活力降低，最终一步步走向了肉体或精神的死亡。

需要说明的是，曹雪芹写秦可卿的病，这是象征的写法。秦可卿的所有症状，都是聪慧敏感、体质柔弱的青年女性常有的，在现实中并不会要人的命。女性读者如果发现自己有类似的问题，加强锻炼、保持开朗心情是必须的，但千万不要对号入座、太过恐慌。有人纳闷：这么常见的症状怎么可能要人的命，是不是秦可卿的死另有隐情？其实，曹雪芹写的就是常见的症状，为的是增强小说的现实感，然后给症状赋予文学的意义，象征青年女性的苦恼。

至于男性读者，如果不能像曹雪芹或贾宝玉那样花心思去琢磨女性的心理，那么大可跳过这段不读，知道秦可卿是情绪病就好，万万不要非要从这里去攀扯什么经世治国的大道理，免得入了宝玉口中"国贼禄蠹"之流，犯了凿牙穿眼的罪过。

顺便说一句，给秦可卿看病的是太医，也就是太医院的大夫，不是御医。太医很牛，但是请他只需要多花钱，还不需要特权，大致相当于一些医院的特需门诊。晴雯生病了都能请太医来看，秦可卿生病了请太医也没什么稀奇的，并不说明她有什么特权。

秦可卿的情绪病，是怎么要了她的命的呢？曹雪芹写得很含糊。其实史书上常常会写一个人"郁郁而终"，究竟他是自杀了，还是吃不好睡不好消耗死的，还是本来就该死了，只是死前有未了的心愿，我们从来都弄不清楚。秦可卿也可以理解为"郁郁而终"。

秦可卿死的时候，她有两个贴身丫鬟，一个马上自杀了，一个给她戴孝摔盆，自愿作她干闺女了，这个有点不寻常。如果我们解释成秦可卿跟丫鬟特别好，丫鬟特别感激她，也是勉强可以解释通的，有一条脂批就是这么讲的。如果我们理解为，秦可卿跟贾珍有点儿什么事，这两个丫鬟知情，然后畏惧贾珍的权势，也是可以讲通的。曹雪芹惯于把事情写得这么暧昧。与公公的暧昧关系，会让秦可卿更有负罪感，也加重了她的情绪病。

秦可卿会被公公胁迫，是与她娘家势力单弱有关的；她会特别拿这个当事，折磨自己，则与她在育婴堂养成的心理模式有关。这类烦恼，王熙凤是不会有的。秦可卿承受的是一个寒门女子高攀后很可能遇到的苦难，这一切最终导致了她的早亡。与她命运相似的邢夫人、尤氏、李纨等人，也或多或少承受过类似的苦难，她们活下来了，但是变成了不够可爱的样子，并且随着年龄的增长，变得越来越不美好。

那么，这么一位寒素的女子，为什么又会在宝玉的梦境中成为警幻仙子的妹妹，成为汇聚了一切女性美的女神呢？

唯一的原因是，她出现在了合适的时间。

秦可卿对贾宝玉只是完成了启蒙。一个少年的青春期的启蒙，常常不经意间由一个年长者完成，这个年长者不需要真的被这个少年爱上，只需要出现在相应的时间。

贾宝玉梦游太虚幻境的情节，剥离掉一切浪漫的修辞，还原到现实中，其实只是这样一件事：贾宝玉去宁国府做客，小孩子坚持不了太长的时间，困了，贾母让秦可卿打发他睡觉。因为贾宝玉娇生惯养比较矫情，恰好没有适合给他睡觉的屋子，秦可卿想着他是小孩子，就让他到自己卧室里睡了，没关系。这其实是贾宝玉第一次在成年女性的卧室中睡觉，是在机缘巧合下发生的。贾宝玉正在成长发育的阶段，女性卧房的陈设给了他一定的性暗示，诱导他做了平生第一个春梦。在春梦中，他梦到了一个抽象的女性对象，这个对象理论上集中了女性的一切美好，但是不太具体，因为这时候贾宝玉还不知道女性有哪些美好。这个形象与秦可卿有关，因为毕竟宝玉在入睡前最后见到的是她，她的女性形象对宝玉或多或少有一点刺激。所谓日有所思夜有所梦，人在梦中见到的东西往往与他睡前刚刚见过的东西有关。这一切都是秦可卿不知道的，秦可卿没有主动做任何事情，只是在这时候出现过，所以贾宝玉在梦中叫出她乳名的时候，她还纳闷。曹雪芹在这故意写了一笔玄的，但也是为了向读者表明，春梦是宝玉自己的事，与秦可卿无关。

贾宝玉梦中那个警幻仙子的妹妹，并不是现实中的秦可卿，她只是冒用了秦可卿的名字。现实中，青春期的少年做春梦的时候，也会梦见性对象是某个自己熟悉的人，其实他完全没有必要因此愧疚，因为他的欲望并不是指向这个人的，梦中人冒用了这个人的名字和形象，只是某种机缘巧合，与白天的偶然活动有关。

宝玉梦中的那个人，兼有黛玉和宝钗的美，这只说明宝玉的理想型女性是这样的，不说明秦可卿达到了这个高度。当然，在做梦这一刻，在宝玉的眼中，秦可卿就是这样的完美女性，可卿在日常生活中的尘俗和无奈，他是看不到的。

人对帮助自己完成性启蒙的长者，是有情结的。这时候，青少年人正在成长期，准备步入成年，还没谈过恋爱，还不清楚自己喜欢什么样的。这时候出现了一个还不错的成年人，跟他的理想型女性至少在大方向上比较接近。于是这个少年人惊讶，原来世界上还有这么好的人，于是在他／她的指引下，一点点地长大，一点点地明确自己想要的，直至最终找到属于自己的伴侣。启蒙者并没有引诱少年人，一般也不会与这个少年人在一起，他／她的存在就足以完成启蒙，向少年人展示成年人世界的入口。对于启蒙者带领自己初次接触的一切美好，少年人都会感念很长的时间。秦可卿扮演的正是这样一位启蒙者。

这位启蒙者，不需要特别完美。在很多情况下，他／她甚至是不怎么高贵的，因为他／她很可能是那种会被指派去带孩子的普通人。启蒙者在现实中是一个肉体凡胎的人,他/她可能有各种各样的缺点,甚至可能很世俗,远远比不上这个少年人真正适合的那个人。但是在少年人眼中,启蒙者身上的缺点往往被遮蔽了,可能是他接触不到启蒙者缺点的那一面,可能是他还不知道这样是不好的,更大的可能是,他有选择地无视了启蒙者的缺点。所以,贾宝玉是看不到秦可卿的缺点的。秦可卿无意中为贾宝玉作了启蒙,远远不能说明她在现实中是完美的,是高于钗黛的。

秦可卿有幸成为贾宝玉的启蒙者,恰恰是因为她是受气小媳妇,会被派去带孩子。同时,她身上带有的一点小家碧玉的美,也是让宝玉感到新鲜,促使他领悟到男女有别。这种美,跟袭人、晴雯的美有点像,但是又比她们的美高贵一些,更成熟一些。能启蒙男孩子的女性,往往需要在高贵中带一点寒素气,再带一点成熟女性的风韵。秦可卿正好具有这样的特点,所以曹雪芹选择让她来"造衅开端"。

无数年后,当那个少年人已经功成名就,有了自己的生活,如果还有机会见到当年的启蒙者,往往是会发生祛魅的。当初的少年人会发现,这只是一个很普通的人啊,当年我怎么会崇拜他/她成那样的?从此之后长大的少年死了心,安心去过自己的日子。曹雪芹写秦可卿是个受气小媳妇,写她的父亲有些市侩,甚至写她可能跟公公"爬灰",或许是他已经经历过了启蒙者的祛魅。至于那个兼有钗黛之美的完美形象,曹雪芹选择让她永远地留在太虚幻境,留在贾宝玉的梦里。梦中的秦可卿,只是一个"情天情海幻情身",是一个幻象,是情的象征,是一尊神。

无论是梦中的秦可卿,还是现实中的秦可卿,都是如此美好,又如此神秘。以至于在《红楼梦》成书后，她还在不断地激发着读者的探究欲。围绕着秦可卿，读者们想象出了各种各样的故事，这些故事，也是秦可卿这尊女神幻化出的大千世界，这是更广阔的"情天情海幻情身"。这样的演绎，大概也是曹雪芹始料未及的吧。

"神"不需要是最高贵的，只需要是最典型的。

没落的妙玉

妙玉也是一个神秘的人物。她游离于大观园之外，居住在近乎与世隔绝的栊翠庵中。我们不知道她的父母是谁，只觉得她的性情孤高怪癖，时不时地看见她拿出极为稀奇的茶具，或者发现她掌握着冷僻的知识。我们推测，妙玉也是一个背景深不可测的人物，却不知道，其实她过得挺惨的。

妙玉本来是一个贵族家的小姐，后来她出家为尼了。出家的原因，说是身体不好，买了替身也不中用，所以自入空门，带发修行。后来，父母亡故家道破落了。再后来，她师父死了，她就困在京城，无依无靠了。元春省亲的时候，贾府要买一批小尼姑放在园子里，作点缀。请大家注意这些小尼姑的地位之低，她们跟那些小戏子一样，都是买进来的，跟园子里的花花草草一样，是一个点缀。买了小尼姑，就需要一个师父来管理她们，妙玉就被请来了。妙玉的地位，只比这些小尼姑稍微高一点，她和小尼姑一样，也是这个院子的点缀。

买尼姑来作园子的点缀，我不知道什么朝代有这个风俗或制度，但是从这里头，可以体会到中国古代读书人郁积了几千年的一种心境。不一定真有这么惨,但是古代读书人会觉得自己就是权势的点缀,只比奴才稍微高一点点。

所以妙玉出场的时候,就说"侯门公府,必以贵势压人,我再不去的"。这是她在挽回最后一点儿尊严——我是你们下帖子请来的,是做客的,不是买来的。

如果不下帖子呢?她说不来就能不来吗?应该也不能。然后王夫人说她"既是官宦小姐,自然骄傲些,就下个帖子请他何妨"。王夫人是一个特别讲究上下尊卑的人,从本心来讲,她愿意维护一个曾经的官宦小姐的这点骄傲,因为她自己也曾经是一个骄傲的官宦小姐。从做事方法上说,她这么做也是正常的:一个诰命夫人,跟一个小尼姑争什么呢?她说让下个帖子就下个帖子呗,又不费事,也没有法律效力。但是下这个帖子真就能让王夫人发自内心地尊重妙玉了吗?王夫人知道是不可能的,妙玉也知道是不可能的。下这个帖子只是让妙玉稍微找回那么一点点"场子"①来,有个台阶下。

所以我们看,妙玉跟林黛玉的地位那是天壤之别。林黛玉再怎么说自己是"无依无靠投奔了来的",她那也是傲娇。但是妙玉在贾府就真是个点缀,所以王夫人会对她格外客气,表现自己是懂得礼的,但是这完全不说明妙玉的地位高,也不说明她们真的就尊重妙玉。这就是中国人的傲娇之处。有人看她们对妙玉很客气,就理解成妙玉来头不小;看她们对黛玉比较随便,就认为黛玉是个寒门孤女被人欺负,这就是没理解中国人的傲娇。

最能体现妙玉的性格,也最令人误解妙玉的名场面,莫过于

---

① 场子,意为面子。

"妙玉奉茶"那一出戏。

话说这一天，刘姥姥进了大观园，又来陪贾母解闷儿了。贾母跟刘姥姥吃完饭，带了刘姥姥和宝玉、黛玉一干人等，在园子里散步，然后要到妙玉的栊翠庵去坐坐。大家来了以后，贾母夸妙玉她们花木修理得好，说："我们才都吃了酒肉，你这里头有菩萨，冲了罪过。我们这里坐坐，把你的好茶拿来我们吃一杯就去了。"说得客客气气的。

然后妙玉就恭恭敬敬地请贾母喝茶。给贾母用的是成窑五彩小盖钟，沏的是老君眉，用的是旧年蠲的雨水。这茶具和茶叶，带着浓浓的老年人风味，很华贵很庄重，但是有点儿无趣，不是文艺青年爱喝的。这不是妙玉平常吃的茶，是特意给老祖宗沏的，这说明妙玉是诚心诚意地招待老祖宗。

结果贾母喝了一口，就递给刘姥姥，说："你尝尝这个茶。"刘姥姥喝了一口，她哪会品茶呀，就说："好是好，就是淡些，再熬浓些更好了。"

然后曹雪芹"插播"了一段儿，妙玉带着宝玉、黛玉、宝钗去吃体己茶。曹雪芹就爱这么着，把两件事交错着写，这叫"间色法"，跟莺儿给宝玉打络子是一个手法——一根络子，要两种颜色的线缠在一起才好看。一个故事，也要两条线索缠在一起才丰富，才自然，更接近现实生活。吃体己茶这条线，我们后面再细说。

吃体己茶期间，妙玉忙吩咐道婆："将那个成窑的茶杯别收了，搁在外头去罢。"宝玉理解，别收了，就是不要了，就劝她，既然不要了，不如就给了刘姥姥，她卖了也可以度日。妙玉听了，说:"你要给他,我也不管你,只交给你,快拿了去罢。"还找补了一句,"幸而那杯子是我没吃过的。若我使过,我就砸碎了也不能给他"。

到这儿大家就开始骂妙玉势利眼了。都是受过现代平等教育的人,大伙儿就都说妙玉怎么能这么对待劳动人民刘姥姥呢?贾母是人,刘姥姥也是人,同样一碗茶,凭什么对贾母就恭恭敬敬地端上去,刘姥姥只喝了一口就要连茶杯都砸了?这不是嫌贫爱富是什么?

在这儿我要请大家思考一个问题:妙玉说要砸这个茶杯,是砸给谁看呢?她是在跟谁生气呢?是跟刘姥姥吗?《礼记》上有一句话,"尊客之前不叱狗",说聚餐的时候,有尊贵的客人在场的时候,不能去骂一条狗。一条狗有什么不能骂呢?因为我们又有个词儿叫"指桑骂槐"。就是傲娇的人在骂一个人的时候,特别是骂一个有点身份的人的时候,往往不是骂这个人,而是骂另一个人,另一个跟他有点关系,或者有点相似但是身份低的人,甚至于骂一条狗。对方也会听,你骂这条狗,他就自然知道你是骂他了。你要是没骂他,真的是骂狗呢?那他也是会认为你是在骂他的。所以,最好的办法就是,别骂狗。所以形成这么一条餐桌礼仪,不骂狗。如果你不能做到永远不骂狗,至少在有很重要的人在场的时候不要骂狗。当然,你真想骂人的时候,可以骂狗。

所以妙玉在摔打茶杯的时候,她实际上在摔打谁呢?是贾母把那杯茶递给刘姥姥的,所以妙玉这时候说要砸茶杯,就算不是"摔打"贾母,也是"摔打"贾母了。她如果真心要讨好贾母,这时候对刘姥姥也只能忍着。何况像她这样的人,会不懂这个礼吗？所以，妙玉"摔打"刘姥姥，就是给贾母脸子看呢。

你说妙玉势利吗？她敢"砸"贾母的面子，明明是胆大妄为得很。以她的身份这么胆大妄为，可以说是冒死抗争了，就是晴雯也未必敢呢。

那么她跟贾母抗争，有没有道理呢？贾母的行为确实是不太礼貌的。人家好心好意地给她端了一杯茶上来，她喝了一口就给别人了，这是不礼貌的。当然，这是因为贾母是一个讲平等的老太太，她喝了一口茶，就让刘姥姥也尝尝，很随意，不是故意对妙玉不礼貌。但是她忽略了妙玉的感受，至少说明她在心里是真的没拿妙玉当回事。她没有意识到：她是在妙玉这里，妙玉不是她的丫鬟，她是妙玉的客人，妙玉作为主人在招待她。她下意识地觉得，妙玉是跟丫鬟差不多的人，这是她的家，这杯茶是她的丫鬟给她端上来的，所以才会顺手把茶递给刘姥姥。像贾母这样的富贵老人家，她讲起平等来可以特别平等，但是在她的内心深处，还是有一些根深蒂固的等级观念的。

在生活中我们也可以看到，有的家长为了对外人讲究礼貌，忽视了对小孩的礼貌，这是不好的。如果是对亲生儿女，也就罢了。但是如果这个小孩不是自己亲生的，却牺牲他的尊严，去成全别的大人的尊严，这就很不对了。妙玉是个很有修养的人，现在沦落到大观园"点缀"的地位，贾母还这样去践踏她的尊严，难怪她要冒死抗争了。

再看刘姥姥的表现。她是"一口吃尽"，然后说"再熬浓些更好了"。很明显她是不懂茶的，但是不懂茶，可以不评论啊，可以直接说好啊。刘姥姥平时在贾府的行事，那是极为谨慎的，不是动不动就要摇头晃脑评论一番的人。你看，刘姥姥在宴席上的表现，那些菜肴，那各色酒杯，她都是不懂的，但是她知道，这肯定都是好东西，要不贾府也不收着了。如果王熙凤当时端给她一杯茶，她肯定不敢说"再熬浓些更好了"。刘姥姥是很清楚她在贾府的文化劣势的。但是这颗谨慎的心，到妙玉这儿就完全放松了。这说明就连刘姥姥也觉得，妙玉并不是一个值得尊重的人。现实中也有这样的人，当他意识到他应该尊重人的时候，他是很谨慎的。但是他对于什么样的人应该尊重这个问题，判断得总是很"奇葩"。或者说，在我们看来很"奇葩"。他有一个非常世俗非常势利的标准。刘姥姥这个人，有她可爱的地方，但她确实是那种非常世俗非常势利的人，否则就不到贾府来"打秋风"了，你不能指望她理解贾宝玉、林黛玉看人的标准。

刘姥姥说完"再熬浓些更好了"之后，贾母和众人都笑起来。这里贾母和众人当然是拿刘姥姥取乐，但是等于妙玉也在这取乐的范围里了。妙玉靠贾府养活着，平时被人看不起也是无可奈何，但是把她踩咕^①到刘姥姥以下，这就太过分了。

再说那个妙玉要砸掉杯子，她最后砸了吗？没砸。书里说没砸是因为贾宝玉劝住了。其实，如果她真心要砸，贾宝玉也是劝不住的。所以最后没砸，就是她并没想砸，贾宝玉所说的只是给了她一个台阶下。所以妙玉不是像有些人想象的那样，奢侈得不得了，柜子里有一排成窑的茶杯，说砸一个就砸一个。这个茶杯她也只有这么一个，也是珍藏着，这次是专门为老祖宗拿出来的，表达的也是诚心诚意的恭敬。结果贾母随手就递给刘姥姥使了，

---

① 踩咕：音 cǎi·gū，（动）贬低人。

怨不得妙玉生气。她说要砸，是表示强烈的愤慨——这么珍贵的杯子，我拿给你你不领情，我还不如砸了呢。

贾宝玉给了妙玉一个台阶下，说"那茶杯虽然脏了，白撂了，岂不可惜？依我说，不如就给那贫婆子罢。"妙玉也不是给台阶不下的人，她表示同意，说："这也罢了。"首先她同意宝玉的建议，不过是看在宝玉的面子上；然后又找补一句："幸而那杯子是我没吃过的，若我使过，我就砸碎了也不能给他。"请注意"砸碎了"的说法，是在这时候第一次提出来的，之前妙玉没有说过要砸茶杯。她之前只说让道婆"别收了，搁在外头去罢"，"杯子脏了""要撂了"这样的话，都是贾宝玉先说出来的。妙玉一开始并没说要砸，她是在同意把杯子送给刘姥姥以后，才用假设句式找补了这么一句。

她之所以不砸，不是因为这个杯子贵，而是因为这个杯子"贱"。贵贱的标准也不是以世俗的标准，而是以"我用没用过"为标准。这又是妙玉在自高身份了。而且这句话又卖给了贾宝玉一个人情，因为贾宝玉刚用妙玉"素日吃茶的那支绿玉斗"吃过茶。妙玉这是又强调了一遍：我用自己用过的杯子给你吃茶，是很高的礼遇。

其实这也是一句废话，妙玉可能拿自己吃过茶的杯子给贾母吗？不可能。从世俗的标准看，妙玉用自己吃过茶的旧杯子给贾母，是不够尊重的；从妙玉的标准看，自己吃过茶的茶杯不是什么人都配用的。只有贾宝玉有这个待遇。所以她这个假设是永远不可能成立的，那么，"就砸碎了也不给他"的情况也根本不可能出现。

接着妙玉表示同意把杯子给刘姥姥，又找补了一句："你要给他，我也不管你，只交给你，快拿了去吧。"意思是，这杯子要送也不能是我送给她的，只能是我送给你，你再送给她，我管不了；这个面子我是给你的，不是给她的。

然后贾宝玉赶紧接着给台阶："自然如此。你那（哪）里和他说话、授受去，越发连你也脏了。"这个假设还是拼命抬高妙玉，拼命踩刘姥姥。这个真不是歧视刘姥姥，这是因为妙玉刚才受了屈辱，在帮她挽回尊严。而且这时候贾母和刘姥姥都不在场，宝玉话说得重一点，她们也听不见，并没有因此受到伤害。这种地方，如果你只看到，妙玉怎么可以这么说刘姥姥，宝玉怎么可以这么说刘姥姥，就又呆了。

然后贾宝玉又说："我叫几个小幺儿来河里打几桶水洗地，如何？"还是踩刘姥姥，抬高妙玉。而且这回加上了实际行动，含着道歉的意思。道歉到最后，一定要有一个实际行动。你提一个实际的行动方案来表示道歉，对方同意了，那么你只要把这件事做完，就代表对方原谅你了，这件事就算了了。如果不落实到实际行动上，这件事就还没完。

这个面子，妙玉又接了，说："这更好了，只是你嘱咐他们：抬了水只搁在山门外头墙根下，别进门来。"妙玉在洁癖的方向上又往前作了一层。这就等于说，自己就是有洁癖，没有别的，不是生老太太的气，让宝玉别多想。这句话就说明，妙玉也在往回挽。而且妙玉说别让小幺儿进山门，表面上还是显得很高冷，实际上这是在减轻小幺儿的劳动，说只要把水抬到山门外头墙根，就算原谅他们了，不用进门来了，不用来这儿洗地了。这样，又给了贾宝玉这边一个让步。这样,把解决方案落实到行动上,台阶就算走下来了。妙玉就把杯子给了贾宝玉了。然后贾宝玉把杯子悄悄给了贾母的小丫鬟,不让贾母看见,这件事就算过去了。

这种描写,再次体现了《红楼梦》式的心计。这种心计不是斗争,更不是阶级斗争,而是我们中国人在日常生活中的智慧。这种智慧不是想着怎么坑人,也不是委曲求全,这里面有非常鲜明的性情,也含有满满的善意。

从这件事就可以看出,妙玉在贾府的地位是很低的,但她总是努力地维持着傲骄,总是在以一种富于攻击性的姿态,掩饰着自己的伤痛。如果你不理解她的伤痛,会以为她是多么不近人情,整天在欺负人。当然,她也不需要同情,她宁可你相信她在欺负人,也不愿意你看出她的艰难和敏感。

作为一个没落贵族的女儿,妙玉是颇有些值钱的收藏品的,但是她现在没有任何收入,所以在经济上是完全依附于贾府的。如果可以,她也是愿意让贾家人开心的。但是一旦讨好失败,她马上会敏感地意识到地位的悬殊和对方的轻蔑,从而迅速进入防御状态,利用自己在文化传统上的优势,表现出加倍的轻蔑,来保护自己。这种时候特别多,所以我们看到的妙玉,似乎永远在轻蔑人。

我们再来看体己茶这条线。

在贾家的人里,妙玉最看得上的人,只有宝玉、黛玉、宝钗三个人,所以才请他们吃体己茶。大概是因为,他们三个是小孩子,不会用什么权势压人;他们与妙玉年龄也比较接近,文化水平比较高,价值观不那么俗,妙玉觉得跟他们稍微能聊得来一点。

这三个人里,妙玉最看重的又是宝玉,这可能有性别的因素,但主要还是因为妙玉觉得宝玉是个有见识的人。

贾母把茶递给刘姥姥之后,妙玉心里不高兴,不想多待,就拽着宝钗、黛玉去吃体己茶。她一开始没叫宝玉,后来宝玉跟来了,她就说:"你这遭吃的茶,是托他俩个的福。独你来了,我是不给你吃的。"这是因为妙玉到底是个尼姑,叫宝玉进屋会有嫌疑,其实宝玉来一起喝茶,她是欢迎的。

这个体己茶,茶叶、茶具和用水都跟给贾母的有一个对比。关于茶叶,没说是什么茶,不知道是不是六安茶,反正肯定不是老君眉了。用的茶具,也不是成窑这种谁都知道好的茶具了,都是有点文化气息的。给宝钗的是一个"瓟斝",给黛玉的是一个"杏犀䀉"。这两个茶具,还是有微妙的高下之分的,代表了妙玉对宝钗和黛玉的态度。

"瓟斝"三字镌以隶书,"杏犀䀉"三字镌以篆字。隶书和篆字都是比较高古的书体,隶书是汉朝成熟的书体,篆字是殷商秦朝的书体,相比而言,篆字略微高古一点。比如,你要写个乐府歌谣,用隶书就很合适,用篆书就不太相宜了,但是你要写点特别典雅的文字,那么篆书合适。"瓟"就是"分瓜"的意思,说明这个斝是把一个瓜分开来的形状。六朝乐府有"破瓜"的说法,"瓟"一词虽然换成了比较古的字面,实际上用的仍然是俗乐的典故,是比较女性化的。乐府跟隶书也比较衬。"杏犀䀉"意思是这个杯子是用犀角做的,名称化用了李商隐的名句"心有灵犀一点通",用的是七律,更有文人气息。七律这样的诗体,虽然晚出,但是后来地位很高,可以用篆书写。李商隐用的这个典故,也很古雅，像是什么上古传说，也能配得上篆书。从这些因素来看，给黛玉的茶具要高雅一点点。在妙玉看来，跟宝钗相配的是隶书，是六朝，是乐府；跟黛玉相配的是篆书，是唐诗，是七律。宝钗也不是俗人，但是黛玉更不俗。

但是宝钗那个茶杯，也不是一味地不如黛玉那个，也有往回找补的地方。上面有两位名人的品题，其中一位是晋朝的王恺，出身于琅琊王氏，是所谓的"王谢子弟"，他收藏过这个杯子；一位是宋朝的苏东坡，是著名的文化名人，他在京城做大官的时候见过这个杯子。这两位先后摸过这个茶具，这又提升了它的价值。这两位也是文人雅士，但是毕竟是做官的人，是红尘中人。这仍然表示，宝钗要更富贵一点，妩媚一点，而清高还是林黛玉。

这样，宝钗的茶杯在题字高古上比黛玉的略差一点儿，却在另一方面胜出，进一步缩小了差距。这就像宝钗比黛玉的出身，略逊一筹，但也没有绝对的劣势。这应该也暗示了妙玉对这两个人的评价。妙玉还是更喜欢林黛玉的，至少绝不讨厌林黛玉。

妙玉给宝玉的茶杯，则是自己平常用的绿玉斗。按妙玉的说法，这种沾了她仙气的茶杯是最值钱的，只有她最看重的客人才配用，说明她是很看重贾宝玉的。妙玉的名字也带"玉"字，这里曹雪芹又写她日常用绿玉斗，也是在暗示，她也是和宝玉、黛玉一样的人。

妙玉这么干，也挺不避嫌疑的。今天的男孩子，恐怕也不能无缘无故用女孩子平常用的杯子喝水，这个举动相当地暧昧。当然，我们也可以说，妙玉这个人举止放诞，完全不顾世俗的礼仪，自己看好谁就对谁好。无论如何，这是一个向宝玉表示亲密的举动。妙玉虽然嘴上傲娇，实际上最看重的还是宝玉。说这是男女之间的情愫也好，说是风雅名士之间的交往也好，都似是而非，这又是曹雪芹爱写的暧昧了。

对于妙玉的情谊，贾宝玉也是感念的，这是"情不情"的他来到世间的又一个收获。作为男性，他必须对妙玉的情谊作出得体的回应，不能说："呀，你用自己的杯子给我喝茶，对我真好呀！"他说的是，"常言'世法平等'，他两个就用那样古玩奇珍，我就是个俗器了。"

这句话差点又触痛了妙玉敏感的内心。她心说，怎么，你嫌这个绿玉斗平淡无奇吗？你奶奶不把成窑五彩小盖钟当回事，你也不把绿玉斗当回事吗？你也沾染上了富贵人家的铜臭气了吗？所以她傲娇地说，"只怕你家里未必找的出这么一个俗器来呢"。意思是，她也是有家底的人，不比贾家差，她这也是高级东西，宝玉别看不起人。贾宝玉赶紧解释说，"俗说'随乡入乡'。到了你这里，自然把那金玉珠宝一概贬为俗器了。"

贾宝玉为什么要说自己的东西差呢？因为妙玉给他用自己的杯子，这个好意是他不敢承担的。所以他故意替妙玉掩饰一下，说其实给自己用的这个杯子比她们俩的差，妙玉对她们俩更好。现在既然妙玉多心了，他又进一步解释说，"金玉都是俗器"，这个想法也很巧妙。

妙玉听了很高兴，知道宝玉不是看不起自己。她马上明白过来，宝玉是替自己遮掩，又见宝玉全盘接受了自己的价值观，就更高兴了。她又显摆似的，拿出来一个大盒，说是"九曲十环一百二十节蟠虬整雕竹根"——这是一个铺叙，总之容量很大。

妙玉说："就剩了这一个，你可吃得了这一海？"

这个大盉，其实跟前面饭桌上王熙凤灌刘姥姥酒的那个黄杨根抠的大套杯是一对。当时，王熙凤一拿就拿出一套套杯，刘姥姥马上就认怂了，说自己喝不了那么多。这时候，她就是喝得了也得说喝不了，表示感谢主人的盛情款待，但是这么多自己实在是喝不了。要说自己喝得了，这就显得愣了。但是这回，贾宝玉的反应还没刘姥姥快呢，他居然大喜说："吃的了。"这话说得妙玉没法往下接，只好说："你虽吃的了，也没这些茶糟蹋。"这句倒也是实话。

接下来，妙玉发表了的她著名言论："一杯是品，两杯即是解渴的蠢物，三杯便是饮牛饮骡了。"

这话说得让所有的喝茶人都很恐慌，我们中国人喝茶，常常就是一喝喝一天的。我自己在家写东西的时候，泡茶都是拿玻璃壶泡一大壶，还得续一次水，三杯哪够。其实泡茶的意义就在于多喝。喝茶为什么风雅呢？其实喝茶是个时间的艺术，能喝茶，说明你有闲暇。要不你费半天劲好不容易泡出茶来，才喝一口，一个电话就把你叫走了，然后一忙忙一天，回来茶早就不能喝了，这样就不风雅。一壶茶能一直喝，喝到没味，说明你这一天都没动窝，说明你"常得无事"。"常得无事"几乎是中国贵族生活的心似境界了，如果再加上"熟读《离骚》痛饮酒"，就可称名士了。你跟朋友喝茶就更是了，喝得越多，说明聊得时间越长，不仅说明你们俩都是"常得无事"的名士，而且说明你们交情好，聊得来。所以说，一壶茶，喝得越多，越风雅。有人受到妙玉的误导，沏了茶也不敢多喝，只敢抿一小口，然后就忙别的去了，其实这是不对的。

那妙玉为什么这么说呢？因为她真的不可能喝那么多茶，她在掩饰。喝茶这事，是要有人伺候的。正经的茶道，不是拿玻璃壶泡一大壶一饮而尽，是忙活半天喝一小口。古人也没有保温杯，喝茶，都得有个小书童在旁边一直伺候着。妙玉这里条件简陋，那些道婆尼姑怕是并没那么好使唤，不能像茗烟袭人那么善解人意，她的饮食起居其实是没人伺候的。所以她只能因陋就简，有好茶只点一点，意思一下。更何况，贾母她们还在外头坐着呢，一会儿说走，就得叫上这三个人，拔腿就走。所以妙玉也没指望他们长待，宝玉在这里，应该坐不了喝一大盆茶的时间，他们跟妙玉也没有促膝长谈的交情。妙玉说喝茶只能喝一杯，看似狂妄，其实是为了掩饰没有那么多喝茶时间的窘境。

那么，烹茶沏水用的是什么水呢？黛玉问，也是跟外头给贾母的茶一样，是旧年的雨水么？用旧年的雨水，已经很讲究了，这是贾母的待遇。于是妙玉说了两句特别"轻狂"的话。一句是"你这么个人，竟是大俗人，连水也尝不出来"。另一句是"隔年蠲的雨水，那（哪）有这样轻浮？如何吃得？"

我们先分析第二句。

妙玉沏体己茶用的水，比隔年的雨水"高级"多了。她特别得意地形容这个过程：

> 这是五年前，我在玄墓蟠香寺住着，收的梅花上的雪，共得了那一鬼青的花瓮一瓮。舍不得吃，埋在地下。今年夏天才开了。我只吃过一回，这是第二回了。

用的是梅花上的雪，量很少，在地下又埋了五年。这个水也可以做冷香丸了。金庸写的《笑傲江湖》里曲长老跟令狐冲夸耀自己挖了多少古墓，才得到了《广陵散》的曲谱。妙玉夸耀这个水的难得，那份得意，跟曲长老有一拼了。妙玉自己也舍不得吃，这是第二回吃。可见这三个人的待遇之高。

隔年的雨水已经难得了，妙玉居然说"如何吃得"，那梅花雪她只吃过一回，难道她平时吃茶不用水吗？她自己平时吃茶，当然用比这差很多的水。她说的不是"我如何吃得"，其实是"你如何吃得"，意思是，那是招待贾母的，自己怎么会用来招待你们呢？招待你们当然要用规格高的。

这个"如何吃得"，也是特别生动的口吻。这句话在什么场合下会说呢？就是一个本来很讲究的人，遇见了一个她认为会更讲究的人，准备好好招待。这时候，她其实是有点忐忑的，怕自己品位不够，招待不周，让那个讲究的人挑理。结果她发现，对方没有这么讲究。或者说，自己招待的规格已经超出了对方的期待。这时候她会特别得意：看，我的品位不错吧？没让你笑话吧？原来你的品位我也是可以达到，还可以超过的啊。一个"如何吃得"，含有七分如释重负，二分热忱，还有一分"你还不如我呢"的小得意。

我们回过头来看，妙玉为什么要说黛玉"竟是大俗人"？有人可能觉得，能说黛玉是个大俗人，她得是什么样的"大雅人"啊。其实她是在庆幸，黛玉的要求没那么高，自己的招待绰绰有余了。前面的"你这么个人"才是她真实心态的流露，阅读时不应轻轻放过。在妙玉眼里，黛玉是"这么个人"，值得小心供着，而且不好伺候。这个心态，其实跟我们理解黛玉的心态是差不多的。

妙玉这时候蹦出来"竟是大俗人"这句话，是有点儿得意忘形了。她是想表达"原来你吃不出来啊""我给你的是你没吃过的好东西吧"这两个意思。她的本心并没有对黛玉的轻蔑。这样的意思，用"竟是大俗人"来表达，是否得体呢？在有些情境下是得体的。什么情境呢？闺蜜之间，是可以用这样表面上贬损的话表达亲密和兴奋的。但如果不是闺蜜，这句话就表现出很强的攻击性，意思就成了"你不过如此啊""我比你强啊"，就成了争强好胜、看不起人的话了。

那么问题就在于，妙玉是黛玉的闺蜜吗？

黛玉的反应："知他天性怪僻，不好多话，亦不好多坐，吃完茶，便约着宝钗走了出来。"看来，黛玉并不觉得愉快。这说明，至少从黛玉这一方来看，她们并没有亲密到可以互相打趣的程度。只不过，黛玉同样觉得妙玉是"这么个人"，对她有所敬畏，没有发作。黛玉比刘姥姥她们懂得尊重妙玉，基本上能够平等对待她。不过，黛玉看妙玉，是"天性怪僻"；妙玉看黛玉，是"你这么个人"：显出二者还是有微妙的地位差异。

黛玉对妙玉的交情，也就到喝一杯茶、不使小性子为止了，她走的时候并不高兴。妙玉用闺蜜的口吻跟她说话，看来是有点儿自作多情了。黛玉不悦地走掉了，以妙玉的自尊，也不会再去往上"贴"。妙玉其实也是很想跟黛玉玩的，在得到她的间接认可之后也很兴奋，但这一切的热情终究落空了。妙玉说"竟是大俗人"这句话，是说错了，错就错在她没有把握好人际交往的分寸。

我们现在也会觉得，有些出身于知识分子家庭的孩子，说话的攻击性很强，好像总是看不起人，总是在嘲讽人，总是要证明自己比别人强。因为他们出身的家庭不错，可能他们有优越感，看不起别人吧。其实，他们可能是像妙玉一样，并没有恶意，只是人际交往的经验有一些欠缺，错把攻击性强的话当成了亲密的话，对还不够亲密的人说了最好的朋友才能说的话。这些本来适用于最好的朋友中间很亲热的话，被说给不熟的人，特别是说给对自己还有点儿敬畏的人，就成了攻击性的话。更别说，有时候自己的表达还有微妙的错误。但是，这些家庭背景不错的孩子，在说错了话的时候，往往不是积极地反省自己，而是会像妙玉一样，凭借自己的出身优势加以掩饰，说什么"我就是要这样""我就是比你强"。这样，他们的形象就显得越来越"乖僻"了。

妙玉的形象，就是一个没落贵族的形象。她有家底，本来也是像黛玉一样的人，现在却落入可怜的境地，为生活而卑微，不得不时时敏感地自我保护。她知书识礼，却身处劣势；她渴望与人交往，却缺乏与人交往的经验；她承受了她这样的人不应承受的屈辱，却在努力地保持傲骄。妙玉身上，还带有一个昔日官宦人家小姐的高贵，同时她也承受了家族衰落的厄运和苦难。

将来到贾府衰败的时候，惜春和巧姐的命运也势必与妙玉相似。备受宠爱的巧姐就是童年的妙玉，惜春颓废没落的气质、绝情自闭的做派，则与妙玉有相通之处。妙玉代表着大家族没落的命运，站在道路的尽头，召唤着"千红一哭，万艳同悲"。妙玉是作为寂灭的偶像存在的，这是她的神性所在，也是她莫名吸引书中人与书外人的原因所在。

秦可卿代表了上升的寒素，妙玉则代表了没落的贵族，她们各有各的傲娇，各有各的苦衷。她们把守着贵族女性命运的两极，在她们之间的地带，展现着十二钗的多姿多彩。她们是外来者，因而显得神秘；她们具有典型性，因而获得了神性。她们以偶像的姿态，进入了宝玉的梦境，屹立为女儿世界的边界。《红楼梦》的人物结构，因她们的存在而更加完整。